겨울이 오면

겨울이 오면

초판 1쇄 찍은 날 | 2015년 4월 22일
초판 1쇄 펴낸 날 | 2015년 4월 29일

지은이 | 한유진
펴낸이 | 예경원

편집 | 유경화

펴낸곳 | 예원북스
등록번호 | 제396-2012-000132호
등록일자 | 2012. 7. 25
YRN | 제1-0102호

주소 | 경기도 고양시 일산동구 무궁화로 8-28 삼성메르헨하우스 712호 (우) 410-837
전화 | 031-819-9431 팩스 | 031-817-9432
http://cafe.naver.com/yewonromance
E-mail | yewonbooks@naver.com

ISBN 979-11-5630-413-5 03810

※ 이 도서의 국립중앙도서관 출판시도서목록(CIP)은 서지정보유통지원시스템 홈페이지(http://seoji.nl.go.kr)와 국가자료공동목록시스템(http://www.nl.go.kr/kolisnet)에서 이용하실 수 있습니다.

19세미만 구독불가

한유진 장편 소설

겨울이 오면

YEWONBOOKS ROMANCE STORY

YEWON BOOKS 예원북스

C O N T E N T S

프롤로그

[너 정말 승주 씨를 믿니? 자고로 여자는 삼 일에 한 번씩 북어 패듯이 패라는 말이 있었지. 그거야말로 고로한 유교사상이 낳은 병폐의 잔재지. 근데 말이야. 요즘 이런 말이 있어. 남자, 특히 애인과 남편은 삼 일에 한 번씩 내 남자인지 확인해야 한다는 거야.]

약혼자의 지저분한 사생활이 친구의 입을 통해 흘러나왔다. 겨울은 친구의 말을 믿을 수가 없어 두 손으로 귀를 막아버렸다.

아니야. 아냐.

약혼자를 믿고 싶었다. 어떠한 일이 있어도 그녀가 선택한 남자를 믿고 싶었던 겨울은 친구의 말을 믿지 않았다. 자신을 위한 친구의 충고임을 알면서도 짜증냈다.

“나한테 왜 이러는데?”

[너한테 내가 왜 이러는지 아직도 몰라?]

은지가 화를 내며 자기 일처럼 열을 높였다. 겨울은 마구 머리를 흔들었다.

[너 이러다가 정말 후회한다? 여자 밝히는 것들은 병이야. 그건 평생 못 고친다고. 그렇게 내 말을 못 믿으면 실수다 치고 나와. 여기 힐턴이야. 방금 그 인간이 여자랑 호텔에 들어갔어.]

"……."

순간 겨울은 심장이 멈추는 듯했다.

[내 눈으로 직접 봤어. 그러니까 제발! 겨울아, 내 말 한번만 믿어봐. 나중에 평생 후회할 일 만들지 말고.]

은지의 확신에 찬 목소리가 수화기를 통해서 들려왔다. 이미 그녀의 심장은 멈춘 것처럼 뛰지 않았다. 만약 친구의 말처럼 약혼자가 다른 여자와 함께 있다면……. 생각하기도 싫었고 끔찍했다. 차라리 안 보고 안 믿으리라.

"나 기다리지 마."

[야! 한겨울! 너 정말 바보처럼 굴래!]

은지가 버럭 고함을 질렀다. 겨울은 움찔 놀랐지만 입을 닫아버렸다. 화를 추스른 은지가 깊은 한숨을 내쉬는 소리가 나지막하게 들려왔다.

[겨울아, 다신 이런 전화 안 해. 이번이 마지막이야. 나도 이러고 싶지 않아. 근데 네가 내 친구니까. 내가 본 이상 참을 수 없으니까. 네가 불행해질 것이 뻔한데 어떻게 가만있어. 만약 너하고 내 입장이 바뀌었다면 넌 가만있을 거야? 내 불행을 남의 불구경

하듯이 지켜볼 거냐고!]

단호하게 들렸다. 겨울은 눈을 감아버렸다. 아니, 은지의 남자가 그런 부류라면 참지 못할 것이다. 그만큼 은지는 그녀에게 있어서 소중한 친구였다.

그녀가 주섬주섬 가방을 챙겨 어깨에 메는 사이에도 은지는 그녀를 타이르다가 벌컥 소리를 질렀다.

[나도 네가 모르고 그냥 살기 바라. 하지만 아무리 생각해도 그 새끼가 널 갖고 노는 것 같아. 그래서 지금 내 기분이 엿 같다고!]

"……."

겨울은 그만 눈을 감아버렸다. 아니, 어쩌면 귀를 막고 싶었는지도 모른다. 그녀는 이런 전화를 은지에게까지 받고 있다는 사실을 피하고 싶었다. 승주와 약혼하고 얼마 되지 않아서 점점 불거지는 그의 여성 편력으로 인해 겨울은 힘들었다. 친구들뿐만이 아니고 지인들까지 승주와 그녀의 약혼을 아는 사람들에게 잊혀질 만하면 승주의 여자 문제가 불거졌다. 이젠 마지막이겠지 모른 척 해주었는데 그것이 잘못이었나 보다. 제일 친한 은지의 입을 통해서 듣자니 더욱 곤혹스러웠다.

결심이 필요했다. 겨울이 잠시의 침묵을 깨고 말했다.

"미안해. 나 때문에 너까지 힘들게 하고. 지금 갈게. 거기서 기다려."

겨울은 다리가 후들거려서 운전을 할 수 없을 것 같았다. 택시를 잡아탄 그녀는 호텔 로비에서 은지를 만났다. 그녀는 승주가 들었다는 객실 복도를 은지와 조심스럽게 걸었다.

"난 내 눈으로 봤어도 믿지 못했어. 네 눈을 속이고 지금껏 그 새끼가 그런 짓을 저질렀다는 걸."

"……."

대답하지 못했다.

"기어코 사람 뒤통수를 후려쳐? 나쁜 새끼!"

은지가 바드득 이를 갈았다.

"그간 널 속인 게 한두 번이니? 우리한테 들킨 것만 해도……. 으으으! 분하다 못해 치가 떨린다."

당사자인 겨울보다 은지가 제 일처럼 분노했다. 그러나 곧 겨울의 굳은 표정을 보고 입을 다물더니 작게 손짓했다.

"저기야."

은지가 손가락으로 1305호 객실을 가리켰다. 겨울의 시선이 친구의 손가락 끝에 걸린 객실 문에서 떨어지지 못했다.

겨울은 처음으로 약혼자의 외도를 확인하는 것이지만 친구들의 제보가 잇달았기에 단련이 되었던 것 같았다. 생각보다 떨리지 않는 자신이 이상했다. 아무래도 모든 것을 내려놓아서 그런지도. 담담했지만 선뜻 벨을 누르는 것은 망설여졌다. 참다못한 은지가 눌렀다.

벨이 울리자 안에서 남자 목소리가 들렸다. 남자의 익숙한 음성에 담담하던 그녀의 심장이 그제야 뛰기 시작했다.

"누구십니까?"

밖에서 응답하지 않자 안의 남자가 재촉했다. 겨울은 차마 입을 떼지 못했다. 이번에도 그녀 대신 은지가 나섰다.

"……룸 메이드입니다. 잠시…… 목욕용품을 채워 드리려고 왔습니다."

"잠시 기다리세요."

남자의 대답이 끝나고 잠시 후에 문이 열렸다. 겨울은 승주가 가슴을 훤히 드러낸 채로 문을 열어젖히자 심장이 멎는 줄 알았다. 이런 상황을 전혀 예상 못한 승주는 기겁을 했다. 그는 방금 샤워를 했는지 물기가 덜 마른 엉덩이 부근을 긴 타월로 가린 채였다.

"……겨울아, 네가 여긴 어떻게?"

말까지 버벅거리는 승주를 보며 겨울은 물론 은지까지도 승주의 모습을 보고는 굳었다. 승주가 놀라 어쩔 줄 몰라 주위를 두리번거리는데 은지가 따지듯이 말했다.

"그건 우리가 할 소린데요? 겨울이한테는 지금 CC(골프클럽)에 있다고 하셨다면서요. 그런 사람이 대낮에 그런 차림으로 호텔에 여자와 있다니 이게 말이 되는 거예요!"

"여자라니요. 난 이 호텔에서 모임이 있어 잠시 들렀어요. 하도 피곤해서 잠시 쉬었다가 나가려던 참이에요. 은지 씨는 우리 일에 빠지세요."

승주는 오히려 은지에게 성질을 내며 큰소리를 쳤다.

"대체 넌 여기 무슨 일이야. 너도 사무실에 있다고 안 했나?"

뻔뻔한 얼굴로 겨울을 나무랐던 그때였다. 승주의 뒤로 한 여자가 홀연히 나다났다. 그러곤 겨울과 은시를 보고는 경계하듯이 말했다.

"자기야, 저 여자들 누구야?"

승주와는 오래전부터 연인인 것처럼 살갑게 구는 여자를 보자 겨울은 전신의 피가 다 빠지는 느낌을 받았다.

"넌 눈치도 없냐? 들어가. 어서!"

"자기야, 왜 그래!"

그의 힘에 안으로 밀려들어 간 여자가 발광을 해도 승주는 억지로 문을 닫았다. 만약 여자가 나타나지 않았다면 승주의 행동으로 봐선 겨울이가 옴팍 뒤집어쓰는 상황이었다. 적반하장이 통하지 않자 사정을 하다가 이젠 실없이 웃었다.

"하하. 저기…… 겨울아, 내가 말이야. 그러니까 잠시 쉬었다가 가려고 왔는데 그게……."

승주가 그녀의 두 손을 붙잡고 무슨 말을 해야 할지를 고민하듯이 어색하게 웃었다. 그런 약혼자를 보자 그녀는 할 말을 잃었다. 붙잡힌 손을 야멸차게 뿌리치고 돌아섰다. 이젠 완전히 끝이라고. 그간 친구들의 말에도 끄떡하지 않았는데 진작 확인했어야 옳았다고 자신을 질책했다. 방금 본 상황만으로도 그간 약혼자의 행실이 어떠했을지는 안 봐도 알 것 같았다. 그녀는 쫓아와 변명을 늘어놓는 승주의 손을 야멸차게 내쳤다.

1. 자유를 찾아서

승주와의 약혼은 파혼으로 이어졌고 그로부터 1년이란 시간이 흘렀다. 그런데도 그 인간은 아무 때나 그녀의 사무실을 찾거나 전화를 해선 재결합하자고 떼를 썼다.

"지금 장난해요?"

어이가 없었다.

[장난은. 내가 너한테 장난칠 사람이야?]

"네. 지금껏 나를 우롱한 걸 보면 충분히 그러고도 남을 사람이에요. 그러니까 그 시답지 않은 소리 하려면 그만 끊어요."

그녀가 수화기를 놓으려고 하자 그가 말렸다.

[잠깐만! 겨울아, 내 말 깊게 생각해. 이렇게 빌잖아. 이젠 여자 문제로 너 힘들게 안 할게. 맹세해.]

그녀는 절로 나오는 신음을 삼켰다. 파혼하기 전에도 이랬던 것 같았다.

"백승주 씨."

그녀가 목소리를 착 깔았다. 그녀가 목소리를 깔면 마음의 빗장을 더욱 단단히 친다는 것을 아는 승주가 긴장한 목소리로 말했다.

[겨울아, 내가 깜박 잊었어. 스케줄이 있었어. 오늘은 그만하자.]

제 마음대로였다. 제 말이 먹히지 않으면 살짝 뒤로 빠지는 식의 작전. 그녀가 기운 빠진 목소리로 말했다.

"오늘만이 아니고 다신 전화도 찾아오지도 말아요."

그녀가 저를 너무 거부한다고 느꼈는지 좀 전과는 달리 경색한 음성으로 말했다.

[그건 내 맘이고. 근데 이것 하나는 명심해. 난 너를 아직 포기 안 했어. 끊는다.]

그녀의 생각 따위는 필요치 않다는 제멋대로의 승주로 인해 겨울은 혈압이 끓어올랐다. 기필코 재결합을 하겠단 의지를 보이던 승주와의 전화를 끊은 뒤로 겨울은 사무실에 앉아 있을 수 없었다. 속에서 끓어오르는 분노는 무작정 차를 몰게 만들었다. 그래야만 그에 대한 증오를 조금이나마 식힐 것 같았다.

어느새 차는 고속도로를 달렸고 화가 안 풀린 그녀는 손으로 핸들을 내려쳤다. 그 바람에 내려친 손바닥만 아팠지만 고통보다는 그녀를 화나게 만든 승주 때문에 인상을 찡그렸다.

목적지를 정하지도 않았는데 어느새 바닷가 근처였다. 아마 무의식 속에서도 바다를 그리워했나 보다. 어차피 온 것 바닷가 근처로 차를 몰고는 정차했다. 정면으로 하얀 물거품이 밀려들었다가 밀려 나갔다. 차에서 내려 걸었다.

10월 중순이라선지 아니면 날씨가 오락가락해선지 바닷바람이 찼다. 옷깃을 여미고 해변을 천천히 걸었다. 긴 스커트가 바람에 펄럭였다.

다닥다닥. 바람은 그녀의 긴 치마 끝을 깃발을 치듯이 때리고 지났다.

"겨울아. 내가 잘못했어. 한 번만 봐줘. 다신 안 그래."

파혼을 당하고도 정신을 못 차린 것 같았다. 집착적인 그에게 학을 뗀 그녀는 동해까지 오게 돼 어이없었다. 누구 때문에 변두리로 쫓겨나 근근이 생활하는데 생각할수록 그 인간의 정신세계가 이해 안 되었다.

그는 우스운 남자다. 본인이 한 일이 그녀의 정신세계를 어떻게 붕괴시켰는지, 얼마나 깊은 상처를 주었는지조차도 모르는 양심 없는 이기적인 남자였다. 그런 사람을 상대한 자신이 한심해 더는 받아주지도 말자며 먼 수평선을 보았다.

유유히 배들이 지나쳤고 붉은 노을이 그녀의 머리 위에도 쏟아 내렸다.

좋다. 이 따스함이.

가만히 눈을 감고 전신을 감싸는 붉은 노을을 한껏 느꼈다.

그녀의 발 근처로 바닷물이 밀려들었다가 달아났다. 반복적인 움직임을 물끄러미 바라보며 승주와의 지난 일을 바닷물처럼 깨끗이 밀어내고 싶었다.

좀 더 걷다가 고개를 쳐드는데 앞에 성당이 보였다. 비스듬한 경사로에 세워진 고즈넉한 성당이었다.

겨울은 그곳을 향해 걸었다. 그녀가 여기까지 온 것은 어쩌면 승주 때문이 아니고 나약하게 끌려 다니는 자신 때문에 화가 났는지도 모른다. 더는 그에게 끌려 다니지 말자 결심을 굳히며 언덕길을 올랐다.

텅 빈 언덕길에는 소담한 가을꽃들이 피어 있었다. 그중에 하얀 구절초가 유난히도 그녀의 눈에 띄었다.

가라앉은 차분한 마음으로 성당 앞에 섰다. 문이 거대했는데 까만 쇳덩이로 만들어진 문고리를 힘껏 잡아 문을 열었다. 고택에서나 들어봄 직한 문소리가 크게 들렸다.

성당 안으로 천천히 걸었다. 안은 어두웠다. 텅 비었을 것이라고 생각하며 걷는데 유리창을 통해 스며든 노을빛을 받은 한 남자가 보였다. 그녀가 여는 문소리에 그 남자가 설핏 고개를 쳐들었다. 두 사람의 시선이 가깝지 않은 거리에서 마주쳤다. 그가 흠칫 놀란 듯이 날렵한 턱 선에 난 덥수룩한 수염을 쓸더니 급히 옆쪽으로 난 문으로 나갔다.

그녀는 방금 본 남자의 얼굴이 낯익다는 생각을 했다. 수염이 났지만 새하얀 피부가 창백하리만큼 투명했다. 붉은 노을이 유리막에 투과된 빛에 반사되어 남자의 짙은 눈썹과 거만하리만큼 날카로운 콧날에 닿아 반짝였다.

겨울은 고개를 갸웃거렸다. 남자는 그녀에게 들키기 싫은 사람처럼 얼굴을 피하고 사라졌다. 순간 이상한 생각이 들었다. 그녀를 아는 사람이라서 일부러 피하는 것일까? 하지만 곧 남자에 대한 궁금증을 내려놓았다. 지금 낯선 남자를 생각할 여유가 없었다. 백승주의 끝없는 집착에서 벗어나려면 지금보다도 더욱 강해져야 한다. 조용히 의자에 앉아 천주님께 소원을 빌었다.

"……성부와 성자와 성령의 이름으로 아멘."

기도를 마치며 조용히 일어선 겨울은 성당을 나와 차에 올랐다.

이윽고 10시가 넘은 시각에서야 서울 톨게이트를 빠져나왔다. 집이 가까워지자 은지의 얼굴이 떠올랐다. 방송국 작가로 일하고 있는 은지는 그녀에게 있어서 가장 소중한 친구였다. 이렇게 울적할 때면 늘 은지의 얼굴이 떠올라 전화를 걸었다.

"밥 있니?"

삭막하고 어두운 집에 돌아가고 싶지 않았다.

"나 배고파."

[지금까지 일했어? 그러다 몸 상할라.]

하루에도 몇 차례씩 전화를 하는 사이라설까? 은지가 그녀의 목소리만 듣고도 기운이 빠졌는지를 알았다. 친구의 걱정에 가슴이 뭉클했다.

"몸보다 마음이 아파. 아까도 그 인간이 열받게 해서 동해 갔다가 오는 길이야. 집에 가도 혼자고, 너하고 술이나 할까 해서. 밥 남은 것 있어?”

[찬밥 있어. 근데 그 인간은 아직도 정신 못 차리고 왜 그래. 시간 내서 내가 만나볼까?]

“시간 낭비야. 그 인간이 네 말을 듣디?”

[하긴.]

은지가 한숨을 내쉬며 말했다.

[와. 밥 줄게.]

“고마워. 소주는 있어?”

[반병 남은 거 있을 거야.]

“그것 갖고 안 되지. 사갈게. 이따가 보자.”

전화를 끊고 은지의 집 방향으로 차를 몰았다. 집 근처 편의점에서 소주와 버터를 바른 오징어와 간식용 소시지를 샀다. 그녀가 심심풀이로 자주 먹는 것들이었다.

은지의 집은 야트막한 골목길에 접어들어야 있었다. 길을 걸으며 아빠가 살아 계셨더라면 아마도 이 정도의 집은 있었을 것이라고 짐작했다. 어릴 적에 아빠가 돌아가셨기에 엄마와 단둘이 살다가 엄마 재혼 이후에는 외삼촌 댁에서 살았다. 아빠가 계셨다면 그녀의 운명은 달라졌을 것이다. 그렇다면 배경을 따라 승주와 만나지도 않았을 것이다.

이제 와 생각해 보니 그녀의 선택이 잘못이었다. 후회로 점철된 자신을 뒤돌아보며 이젠 승주의 아파트에서 나가야겠다 결심했다. 외삼촌 댁으로 다시 들어갈 수 없어 망설였고 그 망설임이 승주의 집착을 더욱 부채질한 원인인데도 미루다가 이 상황까지 왔다. 어쩌면 그녀가 갈 곳이 없다는 것을 잘 아는 승주가 그것을 약점으로 잡고 제멋대로 휘두르는 것이리라. 그 약점을 만들어주었으며 집착하게 만든 요인이 그녀에게도 있었다. 개업한 지 얼마 안 된 사무실 때문에 도저히 집을 얻을 형편이 안 되었어도 나왔어야 했다.

허름한 은지의 옥탑방에 올라서며 이 정도는 얼마면 얻을 수 있는지 문뜩 생각했다.

"은지야, 나야."

잠시 후에 헐렁한 추리닝 차림의 은지가 얼굴을 삐죽 내밀었다. 은지가 겨울의 머리부터 발끝까지 훑더니 걱정되는 듯이 말했다.

"아까는 못 물었는데 혹시 그 인간, 집에 있니?"

"아냐. 혼자 있기 싫어서 왔어. 너도 넘겨짚는 건 선수다. 작가라서 상상력이 풍부해 그런가?"

겨울의 편한 미소에 은지가 피이 웃었다.

"들어와."

은지가 그녀에게 길을 터주었다. 그녀는 작은 거실 겸 주방에 방 하나, 화장실이 딸린 친구의 집으로 들어갔다. 작지만 언제 봐도 아늑했다. 그녀가 나무 테이블에 앉으며 말했다.

"여기 보증금 얼마라고 했지?"

겨울이 뜬금없이 오두막 같은 옥탑방의 보증금을 묻자 은지가 의심스런 눈빛으로 말했다.

"무슨 일 있구나?"

"아냐."

겨울이 시선을 회피했다. 하지만 은지는 피해가는 친구의 동공을 좇아 성질내듯이 말했다.

"빨리 말해. 그 인간 때문이지? 이번엔 또 뭐야? 혹시 아파트에 들어와 살겠대?"

"아냐."

"그럼 왜 이 코딱지 같은 옥탑방 세를 묻는데?"

"이젠 벗어나고 싶어서. 그간 벗어났다고 생각했는데 아니었어. 가만 생각해 보니 그 사람보다 내가 더 문제였어. 거기가 어디라고 거기서 살아. 거길 나가야겠어."

"이제야 결심한 거야? 늦었지만 이제라도 결심해서 안심이다. 그럼 갈 곳은 마련했어?"

"아직. 그래서 너한테 물어보려고. 그때 너 이거 얼마에 얻었다고 했지?"

"네가 이런 곳에서 산다고? 고급 아파트에서 살다가 살 수 있겠어?"

"언제부터 내가 고급이었다고."

"그래도 그런 곳에서 살다가 이런 곳에서 살려면 불편할 거야."

친구가 걱정을 해주었다.

"너 여기 얼마에 얻었어?"

"천만 원. 근데 요즘 올랐어. 아마 더 줘야 할 거야."

겨울은 친구의 말에 수중에 몇백 갖고는 옥탑방도 들어갈 수 없는 처지라서 더는 묻지 않았다.

지난 이야기에 늦게 잠이 든 겨울은 어스름 동이 틀 무렵에 휴대폰이 진동해서 무의식적으로 전화를 받았다.

"한겨울."

입니다, 를 마치기도 전에 그녀는 승주의 버럭 소리를 들었다.

[이젠 외박까지? 넌 내가 그렇게 우습냐!]

난데없는 소리에 겨울의 미간이 좁혀졌다. 이건 무슨 개 풀 뜯어 먹는 소린지 모르겠다. 그녀는 잠이 확 달아나 버렸다. 헝클어진 긴 머리카락 사이에 손가락을 넣어 쓸며 상체를 일으켜 세웠다.

"자다가 무슨 봉창 두드리는 소리죠?"

[지금 나 네 아파트야. 밤새도록 널 기다렸어.]

"왜요?"

[왜에?]

그가 말꼬리를 붙잡고 늘어졌다.

"근데요?"

[근, 데?]

그가 그녀의 말을 씹었다.

[여자가 외박이나 하고 너 왜 이렇게 변했어. 예전엔 안 그랬잖아.]

"그게 누구 때문인지 몰라요? 근데 내 아파트를 어떻게 들어갔죠? 비밀번호를 바꿨는데."

[내가 다시 바꿨지.]

하며 말하는 그의 얼굴에 사악한 미소가 보이는 듯해 그녀가 소리를 질렀다.

"뭐라고요!"

[약혼자라니까 잽싸게 바꿔주더라고. 우리 사회는 아직 정엔 훈훈해.]

"네가 왜 내 약혼잔데! 그리고 네가 뭔데 내 집 현관 키를 바꿔! 뭐로 바꿨어!"

그녀가 버럭 소리를 지르자 승주가 한풀 낮춰 말했다.

[워워. 화 풀어. 그렇다고 하늘 같은 약혼자님께 반말은 너무 지나친 것 아니야.]

"지금 그런 말이 아니잖아요!"

[그러니까 내 말이. 그러게 왜 외박이야. 지금 당장 뛰어와. 거기가 어딘지 모르겠지만 10분 준다.]

"10분? 여기가 아파트 놀이터인 줄 알아요? 여기서 거기 가려면 30분도 더 걸려요."

[거기가 어딘데?]

"은지네 집이요."

[아아.]

안심한 듯한 승주의 음성에 웃음이 담겨 있었다.

[은지 씨하고 있었구나. 그럼 안심. 천천히 와. 기다려 줄게.]

저런 씨이!

오늘은 기필코 끝장을 보리라. 이를 악문 그녀는 옆에서 자는 은지를 흔들어 깨웠다.

"은지야, 나 간다. 문 닫고 갈게. 더 자."

으응 하는 은지를 보며 세수도 못한 얼굴로 친구의 집을 나왔다.

집 근처 공터에 세워놓은 차에 올라 속력을 높여 집으로 달려왔다. 아직 출근 시간 전이어선지 25분 만에 돌파한 그녀는 아파트 현관 앞에 섰다. 자기 집을 들어가는데 마치 남의 집을 방문하는 사람처럼 벨을 누르려니 부아가 치밀었다.

나쁜 새끼! 입술을 악물며 벨을 눌렀다.

딩동 딩동 딩동!

화를 내며 벨을 누르자 안에서 슬리퍼 끄는 소리가 들려왔다. 덜컹 문이 열리며 나쁜 새끼의 얼굴이 드러났다. 그녀가 생각한 것처럼 승주는 사악한 미소를 짓고는 바지 주머니에 손을 찔러 넣고 거만하게 서 있었다.

그녀는 그를 보며 이를 갈았다. 저 화상을 또 보다니. 이젠 정말 끝내고 싶었다.

“자기가 사준 집이라고 지금 유세 떠는 거예요?”

벌처럼 따끔하게 쏘아대자 그가 뒤로 한 발 물러섰다.

“유세는. 너를 그만큼 사랑하니까.”

“그만해요! 이젠 진저리 나. 지가 필요할 때만 사랑이지? 요즘 왜 이래요? 여자 없어요? 옛정이 그리워 나한테 지금 작업 거는 거예요?”

“우리 겨울이가 왜 이렇게 골내나.”

유들유들하게 다가오는 승주의 낯짝에 침을 뱉고 싶었다. 하지만 그런 것들이 무슨 소용이랴 싶었다. 이 남자에게 화를 낸다는 것 자체가 관심이 있다는 표현으로 보일지도 모른다. 약혼녀가 시퍼렇게 눈 뜨고 있는데도 불구하고 대낮부터 알몸뚱이를 잘도 쳐댔을 백승주의 간덩이는 그런 것들을 초월했을 것이다. 상식 이하의 행동을 하는 사람들의 대부분은 자기가 한 행동의 정당성을 주장한다.

그날을 생각하면 뼈가 녹고 피가 거꾸로 솟는 느낌이지만 참았다. 그때는 이자를 갈기갈기 찢어 죽여도 분이 안 풀릴 줄만 알았는데 시간이란 것이 이제는 쉬어지지 않는 숨도 쉬게 해주었다. 애써 숨을 참으며 차분하게 말했다.

"나가줘요. 아무리 자기 집이라도 지금은 내 공간이에요. 이 집의 권리는 나한테 있어요."

"물론. 네 얼굴 봤으니 갈게. 비번은 네 생일과 내 생일 날짜야."

속이 뒤집혔지만 잘 참으며 승주가 나가자 그녀는 안전걸이부터 잠갔다. 그러곤 결심을 굳혔다. 기어코 집을 얻어 나가리라고.

겨울이 승주의 전화를 받고 나간 후에 바로 잠에서 깬 은지는 다시 잠들지 못했다. 그녀의 집에 들어오라 해도 한사코 싫다는 겨울이었다. 은지는 더는 겨울에게 강요할 수 없었다. 그녀가 거부한 이유는 바로 자신에게 있었기에.

은지에게는 남자가 있다. 그 남자가 한 주에 두 번 정도 그녀의 집을 찾는다. 그것을 아는 겨울이 그녀를 위해 사양한 것이다. 은지는 친구가 걱정되어 전화를 걸었다.

"집엔 잘 들어갔고?"

[응.]

"그 인간은?"

[아까 갔어. 근데 아파트 비밀번호까지 바꿔놓고 얼마나 유세를 떠는지. 살기가 치솟더라.]

은지는 자신과 겨울의 처지가 어쩌면 이렇게 딱한지 모르겠다고 생각했다. 안된 친구의 든든한 버팀목이 되어주었으면 좋겠지만 겨울이보다 그녀의 앞이 더 캄캄했다. 친구를 걱정해 준답시고 전화를 걸었는데 어느새 신세 한탄을 하고 있었다.

"내가 인기 작가든지 남친이 외무고시에라도 턱 붙었으면 결혼하자고 했을 것이고 그럼 이 집을 너한테 내줄 수 있는데. 나나 남친이나 똑같은 형편이니 결혼은 자꾸 미뤄지고 너한테 집에 들어와 살라고 강력하게 말도 못해 미안해."

[무슨 그런 말을 해. 난 괜찮아.]

"내가 남친 조건을 따지는 게 속물 같니?"

[그게 무슨 속물이야. 결혼은 곧 현실이야. 그걸 안 따질 수가 없지. 너한테 속물이라고 할 사람 없으니까 자책하지 마.]

"위로 고마워. 지금 누가 누굴 위로하는 건지. 아침은 먹었어?"

[먹었어. 넌?]

"벌써 먹었지."

은지가 땅이 꺼져라 한숨을 쉬었다. 그녀의 한숨 소리를 듣고 겨울이 말했다.

[너 걱정 있구나? 그러다 땅 꺼지겠어.]

"그럴 일이 있어."

[글이 안 써지니?]

"아냐. 그게 아니고 내가 누구한테 작품을 보냈는데 까인 것 같아. 그 사람하고의 인맥이 있어 내가 직접 캐스팅하면 지금의 설움을 좀 씻을 것 같아서 그랬는데. 그것도 물 건너간 것 같아."

에효! 저절로 한숨이 터졌다. 은지는 수개월 전에 완성한 작품을 제작 스태프들에게 보여주었다. 하지만 그들은 그녀의 인지도가 낮다는 이유로 반응을 보이지 않았다. 이렇게 가만있다간 언제 빛을 볼지 모른다는 생각에 직접 나선 은지는 서강준의 소속사로 작품을 보냈다.

솔직히 그곳에 보낸 것은 강준이 그녀의 이름을 기억해 줄까 하는 일말의 기대심에서였다. 하지만 강준이 받았는지 못 받았는지 연락이 없었다. 그가 자신의 작품을 봐준다면, 그쪽에서 먼저 방송사로 연락을 해준다면 기회가 생기는 것이다. 기대하지 않던 제작 스태프들의 생각을 그녀 쪽으로 끌어올 수 있는 선택의 폭이 넓어지는 것이다.

그만큼 스타 마케팅은 작품의 제작 성쇠를 쥐고 있었고 그녀가 직접 톱스타를 캐스팅한 것이기에 방송사에서도 은지의 존재를 높이 사줄 것이다. 그런 방식으로라도 그 바닥에서 살고 싶은 은지는 간절한 바람으로 그곳에 작품을 보냈다. 그런데 전혀 연락이 없었다.

[어디다 보냈는데 우리 은지를 깐 거야?]

"서강준 소속사."

은지는 아차 싶었다.

"아, 내가 쓸데없는 말을. 하하. 겨울아. 소모적인 대화는 그만 하고 기분도 꿀꿀한데 술이나 할래? 난 지금 나가도 되는데? 넌 일 많아? 아니, 뭘 그런 걸 물어. 네 사정 뻔한데. 아직도 그 백승주가 너 사무실 힘들게 방해하지? 그 인간도 참. 그럼 네가 지한테 갈까 그런다고 했지? 뭐 그런 인간이 다 있냐. 살다 살다 그런 인간은 처음이야."

입에서 나오는 말을 주저리주저리 늘어놓았다. 한 얘기를 또 하고 또 하고. 은지는 무슨 말을 주절댔는지 몰랐다. 친구에게 미안한 마음에 말도 안 되는 말들을 늘어놓았다. 그때 기다려 주던 겨울이 차분하게 말했다.

[너네 동네에 포차 많지? 거기서 만나. 30분 후에 보자. 퇴근 시간도 다 됐고.]

"어……. 그래도 돼?"

[너만 되면 난 돼.]

"아아. 그렇구나. 우리 겨울이가 대빵이지."

영혼이 없는 말로 대꾸한 은지의 손에 은근하게 땀이 배어났다.

"그럼 나와. 오늘도 성수 씨 안 오는 날이니까 우리 집에서 자고."

[그럴게. 조금 이따가 보자.]

겨울이 전화를 끊자 은지는 한숨을 쉬며 전화기를 놓았다. 하마터면 친구에게 실수를 할 뻔했다. 아무리 겨울이 이해해 준다지만 많이 미안했다.

붉은 천막으로 지어진 포장마차 안으로 겨울과 은지가 들어갔다. 겨울은 둥근 스텐으로 만들어진 빈 식탁에 앉았다. 그녀들 주위로 다섯 테이블이 있는데 이미 술에 얼큰히 취한 사람들도 몇몇이 보였다.

겨울은 일단 우동으로 배를 채웠다. 먼저 그릇을 비운 은지가 슬쩍 겨울의 눈치를 살폈다. 고개를 들다가 친구를 본 그녀가 말했다.

"더 먹을래? 아니면 술?"

"술 시켜. 어묵하고."

"그러자."

겨울이 고개를 돌리는데 은지가 말했다.

"닭발도 추가."

고개를 돌려 친구를 보던 겨울은 미안해서 눈도 못 마주치는 은지 때문에 웃겼다.

"뭐가 미안해 자꾸 내 눈치를 보는데? 천하의 은지 작가께서?"

"천하의 은지 작가는. 너만 나를 알아주지 방송국에선 찬밥 신세야."

여전히 신세 한탄하는 은지를 보며 피이 웃던 그녀가 고개를 돌려 주인을 불렀다.

"이모! 여기 소주 한 병하고 어묵, 닭발 주세요."

"네. 잠시만 기다리세요."

잠시만 기다리라던 이모는 정말 잠시 후에 어묵과 닭발을 가져다 주었다. 그녀들은 자기들이 좋아하는 안주를 먹으며 술을 마셨다.

술 한 잔이 두 잔 되었고 테이블엔 빈 병이 두 개나 자리했다. 술이 담긴 병엔 소주가 반병 정도 들어 있었다.

"마시자."

주거니 받거니 겨울과 은지는 술을 마셨다. 어느새 시간은 자정을 훌쩍 넘겼다. 테이블에 빈 병이 세 개가 되었고 술이 들은 병도 거의 바닥을 드러낼 즈음이었다. 겨울이보다 더 마신 은지가 술에 취해선 겨울을 빤히 쳐다보았다. 꽤나 술이 세다는 은지도 술을 이기지 못했다. 눈도 제대로 뜨지 못한 은지가 끔벅끔벅거렸다. 그런 친구를 보던 겨울이 눈자위가 붉어진 눈웃음을 지었다.

"왜 그렇게 보는데?"

"히히."

술에 취하면 은지는 웃길 잘했다. 겨울은 또 시작되었구나 생각하며 뜨끈한 어묵 국물을 수저로 떠서 마셨다.

"겨울아."

혀가 꼬인 채로 은지가 불렀다.

"저기 미안한데. 네가…… 강준 씨한테 전화 좀 해주면 안 되니?"

"……."

순간 겨울의 얼굴이 굳었다. 하지만 술에 취한 은지는 친구의 미동 없는 눈빛을 보지 못했다. 술에 취해 자신이 뭔 소리를 하는지도 모르면서도 본능적으로 미안한 웃음을 지었다.

"내…… 가 인기 작가도 아니고."

"……."

이미 술에 취한 은지를 상대로 그녀는 어떤 행동도 하지 않았다.

"너란 인맥이라도 안 쓰면. 여기서 살아남기 힘들어."

은지가 손에 꽉 쥐었던 젓가락을 힘없이 식탁에 툭 떨어트렸다.

"너라면. 한겨울이 너라면."

목소리가 점점 한 옥타브씩 낮아졌다. 겨울은 친구를 가만히 봐주었다.

"서강준이 나를……. 만나줄 거야. 그럼 내가 직접 그 사람을 캐스팅한 것이 되고 내 작품을 제작자들은 얼씨구나 하고 기획하려 들 거야. 너도 알다시피 지금은 스타 마케팅이 작품의 성패를 좌지우지하거든."

겨울은 그런 친구를 물끄러미 보았다. 은지가 서강준의 소속사에 작품을 보낸 지 꽤 됐는데도 회답이 없어 술김에 하고 싶은 말을 뱉는 것 같았다. 쟁쟁한 작가들 작품이 수두룩해서 자기 것을 뒤로 미뤘다는 말을 언젠가 들었다. 그녀가 해줄 수 없는 일이기에 위로해 준 적이 있었다. 아마도 그것이 서강준의 소속사로 보낸 작품일 줄은 겨울도 미처 몰랐다.

"내, 가. 걔가 내 영혼이라도 사겠다고 해도 팔겠어. 걔가 정말 내 작품을 못 봤을까? 이런 생각을 하는 내가 정말 구질구질한데, 걔도 너무 도도햇!"

마지막에 힘을 주며 말하던 은지가 푹 고꾸라졌다. 스텐 테이블에 얼굴을 묻은 친구를 보던 겨울의 얼굴이 우울했다.

"……미안해, 겨울아."

은지가 아직도 정신이 남은 듯 말을 꺼냈다.

"이번이 나한테는 마지막 기횐데. 스타 마케팅은 작품을 하기도 전에 절반의 성공을 하는 건데……. 근데 걔가 내가 비인기 작가라고 무시하는 것 같아. 나빠 서강준이."

"……."

"난 지가 절실히 필요한데……."

겨울은 쓰러진 친구를 씁쓸하게 보며 은지를 부축했다.

"일어나. 집에 가자."

2. 재회

다음날, 사무실에서 일을 하던 겨울이 고개를 들어 시계를 보았다. 퇴근 시간이 가까웠다. 앞에서 열심히 타이프를 치는 직원을 보며 말했다.

"성미 씨, 퇴근해."

"네. 다 했어요. 이것만 마무리하고요. 회계사님도 오늘은 일찍 들어가세요."

"그러려고. 참, 성미 씨. 우리 내일모레 회식하자. 오늘 하려고 했는데 아무래도 은지를 만나야 할 것 같아."

"그러세요. 전 아무 때나 해도 좋아요."

성미가 활짝 웃었다.

"참, 은지 작가님은 언제 결혼하세요?"

그녀와 오래도록 일한 성미는 그녀의 주위 사람들에 대해서 잘 알고 있었다.

"글쎄. 곧 하겠지."

"저 먼저 퇴근할게요."

마무리를 짓고 성미가 자리에서 일어났다.

"오늘 수고했어. 내일 봐."

"네. 회계사님도 내일 봬요."

성미의 나가는 모습을 물끄러미 보던 그녀는 어젯밤 은지의 말을 생각했다. 오죽 다급했으면 강준의 이름을 거론했을지. 은지를 위해서……. 고민했지만 그것은 솔직하지 못했다. 은지의 일은 핑계에 불과했다. 그녀는 늘 그를 생각했다. 가슴속 깊은 곳에선 그가 자리했다. 어쩌면 사랑하는 그를 놓지 못하고 승주와 약혼을 했을지도 모른다. 그녀는 나쁜 여자다. 그녀를 놓지 못해 안달하는 승주나 그녀는 다를 바 없었다.

그녀가 얼굴을 찡그렸다. 가끔 낱장 광고지를 통해서 그가 게이다, D그룹의 상속녀와 사귄다는 소문이 돌 때면 심장이 터지는 것처럼 아팠다. 욱신거리다 못해 찢어졌다. 실제로 그에게 여자가 있다면. 그가 게이가 아니란 사실을 알지만 상속녀의 소문은 사실일지도 모른다는 생각에 듣고 싶지 않아 외면했다.

더는 미룰 수 없었다. 꼭 한 번은 어떤 식으로든 그를 만나야 했다. 은지가 먼저 꺼내주어 결심이 굳어진 그녀는 컴퓨터를 뚫어지게 응시하다가 전화를 걸었다.

"나야."

[너 왜 그냥 갔어? 옆에 없어 깜짝 놀랐잖아.]

"그냥 할 일도 있고. 지금 시간 어때?"

[괜찮아.]

"그럼 잘됐다."

[뭐가?]

"강준 씨한테 전화 좀 해줘."

[얘는 자다가 봉창 두드리니? 강준 씨한테 연락을 하라니 무슨 말이 그래?]

"만나고 싶어."

은지가 놀란 듯이 물었다.

[지금 무슨 시추에이션이야?]

"나 진지해."

[못 믿겠어. 너 오늘 이상하다?]

이상하게 생각하던 은지가 돌연 말했다.

[혹시 나야? 나 때문이야? 어제 내가 너한테 강준 씨와 연결해 달라고 졸랐어? 어머! 나 미쳤나 봐. 무명이 길어지니까 별짓을 다 했네.]

은지가 길길이 날뛰었다. 설사 그랬어도 그건 술에 취해서 한 행동이라고. 절대로 진심이 아니었다고.

[떡 되면 뭔들 못해. 내 마음이 아니었어. 어제 일은 잊어.]

은지의 말을 듣던 그녀가 목소리를 낮췄다.

"그간 너한테도 속였어. 실은 나 그 사람 보고 싶어. 보고 싶은데 참았어. 승주 씨가 힘들게 할 때마다 소리 없이 울었어. 너 앞에선 용감한 척 굴었지만 그럴 때마다 그 사람이 보고 싶었어."

[……겨울아.]

"죄를 받는 것 같아 늘 미안했어. 이제라도 만나서 그때 미안했다고, 잘못했다고, 용서해 달라고 빌고 싶어. 네가 강준 씨 얘기를 꺼내지 않았다면 할 생각조차 못했어. 용기가 없어서. 근데 너랑 같이 나가면 할 수 있을 것 같아. 네 작품 얘기를 핑계 삼아서 만나고 싶어. 진심이야, 은지야. 너 때문이 아니고 나 때문이야. 그러니까 부담 갖지 말고."

은지는 그녀의 말을 믿지 못하고 재차 물었다.

[사실이야? 정말 그래서야?]

"응. 그러니까 내가 만나고 싶다고 전해줘. 근데 솔직히 겁이 나. 나를 모른다고 할까 봐."

[알았어. 그렇다면 내가 할게. 보낸 작품을 받았냐고 물어보면서 그쪽의 반응을 볼게. 기다려.]

은지가 전화를 끊었다. 은근히 목이 탔다. 친구를 돕기 위해서라고 결심했지만 정작 진심이 나와 버렸다. 그녀의 마음속 깊은 곳에선 그를 만나고 싶은 마음이 존재했었나 보다.

잡히지 않는 마음으로 책상에 놓인 컵을 들었다 놓았다 하며 그렇게 시간은 30분을 넘고 있었다. 바쁜 스타라서 은지의 전화를 받지 못하거나 그 반대의 경우이거나. 그러자 점점 체념 쪽으로 생각이 잡혔다. 그래, 어쩌면 이것이 순리일 것이다. 다른 남자를 선택한 여자의 소식을 듣고 싶은 사람이 몇이나 되겠는가. 원망이나 안 들으면 본전이었다. 계산이 빨라지자 단념이 쉬웠다.

1시간이 흘렀다. 그렇구나. 이것이 현실일 것이다. 굳이 톱스타가 아닐지라도 자기를 배신한 여자를 만날 리가 없었다. 두근거리던 가슴도 잔잔히 가라앉았다. 타던 갈증도 서서히 사라졌다. 포기하자 쉬웠다.

그녀는 혼자 모든 결정을 해버렸다. 그러곤 아무런 일도 없었던 것처럼 태연히 커피를 내려 마셨다. 이미 밖은 어두워지기 시작했다. 시각을 보는데 6시가 넘고 있었다. 그렇겠지. 성미가 퇴근한 지 1시간이 넘었으니까. 기운 빠진 웃음이 저절로 새어 나왔다.

겨울은 전화를 걸어 은지에게 그만두라고 할 생각으로 책상에 놓인 휴대폰을 드는데 전화가 울렸다. 은지였다. 연락이 안 되어 기다리지 말라는 전화 같았다.

"안 받지? 내가 쓸데없는 짓을 했어. 그만둬."

담담하게 말했다. 그런데 은지의 반응이 심상치 않았다.

"왜 그러니? 혹시 너하고 날 안 보겠대?"

자신 때문에 친구까지 안 보겠다고 한 것 같았다.

"은지야."

[아니야. 촬영하느라 전화를 못 받았대. 방금 통화했어. 만나재.]

바위로 한 대 얻어맞은 기분이 들었다.

[듣고 있니?]

"……응."

[강준 씨 소속사로 전화해서 강준 씨의 매니저 전화번호를 알아

냈어. 매니저하고 통화를 했고 강준 씨가 받았어. 처음엔 내가 보낸 작품을 말했더니 반가워했어. 그런 다음 네 소식 안 궁금하냐고 운을 떼었더니 궁금하대. 만나자고 자기 번호를 가르쳐 줬어. 근데 적고 보니 번호가 익숙해. 겨울아, 010-****-9944면 그때 그 번호 아니니?]

"……그건 강준 씨 번호인데."

[그것 봐. 안 바꿨다니까. 어쩐지 익숙하더라. 근데 왜 안 바꿨을까?]

은지의 말에 심장이 폭발할 것처럼 뛰어 숨 쉬기도 힘들었다.

[G호텔 커피숍 7시로 잡았어. 빨리 준비해. 촬영이 끝나서 서울로 올라오는 길이래.]

"정말이지?"

꿈같은 이야기라서 믿기지 않았다.

[응. 먼저 가서 기다리자. 난 지금 출발할 거야. 너도 거기서 출발해. 이따가 보자.]

순순히 만나자고 한 것이 믿기지 않아 은지와의 전화를 끊고 서둘러 G호텔로 차를 몰았다. 가끔 차가 신호 대기에 걸릴 때마다 거울을 통해서 얼굴을 살폈다. 헤어진 후로 처음 만나는 그에게 예쁜 모습을 보이고 싶었다. 파운데이션으로 두드리며 입술도 립글로스로 촉촉이 만들었다.

드디어 호텔에 도착했고 로비에서 은지를 만났다. 그녀들은 구름사다리 계단을 올라 커피숍의 룸으로 들어갔다. 둥근 원탁은 하얀 테이블보가 깨끗이 깔려 있었다. 그곳에 앉으며 은지가 말했다.

"강준 씨 매니저한테서 좀 전에 전화 받았어. 곧 도착한데."

"응."

담담한 척 굴었지만 실은 많이 떨렸다. 떨림 속에는 설렘도 자리했다. 그가 모른 척하지 않아 고마웠지만 어떤 반응을 보였을지 궁금했다.

"혹시 말이야. 강준 씨가 싫어하는 내색 없었어? 전화라서 몰랐나?"

너무도 알고 싶었다. 그녀는 타는 목을 앞에 놓인 냉수로 달랬다. 은지가 활짝 웃었다.

"나도 그걸 걱정했는데 아냐. 그러니까 걱정 마. 오히려 강준 씨가 긴장하더라."

"……강준 씨가 긴장을 하다니?"

"대뜸 너 잘 지내냐고 물었어. 백승주와 결혼했냐고 묻기에 솔직히 다 말했어. 그랬더니 당장 만나자고 하더라. 강준 씨도 네 소식이 궁금했었나 봐."

설마…….

친구의 말이 믿기지 않아 멍하니 앉은 그녀의 귀에 노크 소리가 들렸다. 잠시의 눈 돌릴 틈도 없이 문이 열렸고 감색의 슈트를 걸친 강준이 들어섰다. 그가 차분하게 은지와 그녀를 보다가 고갯짓을 하는데 품위가 묻어났다. 사람은 위치가 그 사람의 품격을 말해주는 것 같았다. 그녀와 헤어질 때 강준은 청바지 차림이었다. 그런데 지금의 모습은 예전의 모습이 아니었다. 좀 더 세련되고 격조적인 남자의 냄새를 물씬 풍기는 진정한 수컷의 모습으로 다가왔다. 그가 그녀들 앞에 우뚝 섰다. 그러곤 먼저 은지를 보더니 인사했다.

"은지 씨의 작품이 회사에 있는 걸 몰랐어요. 이렇게 알게 됐으니 당장 검토해 볼게요."

강준이 그녀를 반가워했다.

"이제라도 봐주신다면 저야 영광이죠."

"아마도 사무실의 착오가 있었던 것 같아요. 그러니까 오해 푸세요."

"혹시 제가 무명이라서 밑에서 치운 것은 아닐까요?"

은지가 미소를 가장해서 솔직하게 말했다. 그가 피식 웃었다.

"그랬다면 대신 사과할게요."

"아뇨. 농담이었어요. 정말 잘 부탁드려요."

"물론이죠. 제가 알았으니 챙겨 볼게요."

은지가 활짝 웃었다.

"빠른 시일 내에 연락이 오길 기다릴게요. 아 참. 겨울이 왔어요."

그가 옆으로 고개를 돌렸다. 그녀는 그의 앞에서 죄인처럼 비굴하게 보이기 싫었다. 하지만 어느새 죄인이 되어 그와 시선을 마주하지 못했다. 갈팡질팡하며 시선이 흔들렸다. 그러자 그가 먼저 인사했다.

"오랜만이에요, 겨울 씨. 잘 지냈죠?"

만나자고 했으니까 먼저 인사를 했어야 했다. 하지만 어쩐 일인지 입이 떨어지지 않았다. 쥐구멍이라도 있다면 기어들고 싶었다.

그녀는 미안하고 부끄러웠다. 그것을 느꼈는지 그가 부드러운 미소를 지어주었다.

“고개 들어요. 그래야 내가 겨울 씨가 잘 지냈는지 알 것 아닙니까?”

부탁이었고 부드러운 청이었다. 어렵사리 고개를 쳐든 그녀가 애써 미소를 지었다. 인사보다는 우선 미안하다는 사과를 하고 싶었다. 그런데 막상 그의 얼굴을 보자 말이 나오지 않았다.

“……바쁘신데 나오시라고 해서 죄송해요. 강준 씨도 잘 지내셨죠? 얼굴이 보기 좋아요.”

그녀가 준비한 사과는 입에서 떨어지지 않았다. 대신 사과할 타이밍을 놓쳐 긴장했다. 그가 옅은 미소를 지었다.

“네. 겨울 씨의 염려 덕분이에요. 앉아요.”

그가 두 여자를 번갈아 보며 손짓했다. 그의 손짓에 자리에 앉는 순간 후회했다. 앉기 전에 하고 싶은 사과가 먼저였다. 기회를 놓친 그녀는 마음에 걸린 나머지 고개를 들지 못했다.

그런 그녀를 그가 지긋한 시선으로 봐주었다. 존칭을 써서 거리감을 느꼈지만 그 시절에 그녀를 보던 그런 깊고 검은 눈빛으로 봐주었다.

그사이 주문한 차가 들어왔다. 그들은 얌전히 차를 마셨다. 몇 모금을 마시던 은지가 슬쩍 자리에서 일어났다.

“이거 죄송해서 어쩌죠? 약속이 있었는데 깜박했어요. 죄송해요, 강준 씨.”

그녀는 겨울에게도 말했다.

"겨울아, 이따가 보자."

찡긋 윙크를 하며 문을 나서는 은지를 보던 그녀는 얼굴을 붉혔다. 친구가 그녀를 위해 자리를 마련해 주는 것이다.

"응. 이따가 전화해."

친구의 등 뒤에 대고 말하던 그녀는 그와 시선이 마주치자 어색했다. 마시던 찻잔을 만지작거리다가 스스로 자초했던 그때의 일을 떠올렸다.

❖

겨울은 재혼한 엄마 때문에 줄곧 외삼촌 댁에서 지냈다. 가끔 그녀를 보러 오던 엄마의 발길도 끊어졌다. 아빠가 남겨준 적은 유산과 아르바이트해서 번 돈으로 대학을 다녔고 4학년 때 카페에서 일하던 강준을 만났다.

그를 처음 보았던 날 그녀는 잊을 수가 없었다. 강준은 커피 빛이 도는 앞치마를 둘렀는데 배우 같았다. CF 속의 배우가 툭 튀어나온 듯한 그의 인상은 강렬했다. 시선을 어디에 둘지 몰라 헤매는데 그가 부드럽게 웃어주었다.

"난 서강준이라고 해요. 우리 서로 도우며 일해요."

가늘고 긴 손마디가 그녀를 긴장시켰다. 자연스럽지 못해 굳은 몸짓으로 인사했다.

"한겨울이에요. 잘 부탁합니다."

"나도 같은 알바생이에요. 부탁을 받을 처지가 못 됩니다."

예의의 미소가 매력적이었다. 그 처음 만남부터 그녀는 그를 사랑하게 되었는지도 모른다. 그렇게 만난 두 사람은 자연히 친해졌고 가깝게 지냈다. 그는 제 직업이 모델이라고 했다. 하지만 석 달을 일해도 20만 원 받기 힘들어 아르바이트를 한다고 말했다. 어쩌면 그렇게 힘든 처지의 사람들이라서 그런 공통점으로 급격히 가까워졌는지도 모른다.

카페에서 일하는 동안 두 사람은 사랑하는 연인이 되었다. 미래를 약속했고 그녀가 대학을 졸업하고도 카페에서 아르바이트를 하며 회계사 시험을 대비할 수 있었던 것도 그가 옆에 있어서 가능했다.

드디어 겨울은 회계사 시험을 치렀고 합격을 고대하며 발표를 기다렸다. 그녀의 옆에 그가 있었다. 드디어 합격자 발표를 확인하던 순간 그녀가 손에서 휴대폰을 떨어트렸다.

"왜 그래?"

놀란 그가 얼른 그녀의 휴대폰을 집어주었다.

"어떻게 됐어? 합격했지?"

합격한 기쁨에 놀란 겨울이 휴대폰을 떨어트렸다고 짐작했다. 하지만 곧 그녀의 표정은 어둡게 변해갔다.

"……떨어졌어요."

축 늘어진 채로 말하자 그가 겨울을 살포시 안아주었다.

"괜찮아. 다음에도 있는데 뭘 그래. 다음엔 꼭 붙을 거야."

그의 위로에 그녀가 강준의 품에서 나오며 말했다.

"나 그만할래요. 더는 힘들어서 못하겠어요."

전혀 예상치 못한 그녀의 반응에 그가 말렸다.

"안 돼, 겨울아. 얼마나 했다고 벌써 포기야. 나 봐. 아직도 무명 모델이지만 내가 포기하는 것 봤어? 이런 나도 포기를 못하는데 벌써부터 포기야."

그녀가 버럭 화를 냈다.

"그러니까 강준 씨는 안 되는 거예요. 진작에 포기를 했어야지. 안 되는 것에 목을 매니까 이렇게 사는 거라구요. 난 강준 씨처럼 안 살 거예요. 취직할래요."

"겨울아, 마지막으로 한 번만 더 치자."

"싫어. 그만할래요. 강준 씨도 이젠 정신 차려요. 지금 스물일곱이에요. 언제 돈 벌어 결혼할 건데요?"

"……."

그의 얼굴이 창백해졌다. 그녀는 그의 표정 따위는 관심조차 없었다. 그때 밖에서 그들을 찾는 사장의 목소리가 들렸고 강준이 서둘러 나갔다. 겨울은 곧 사장을 만났다. 일전에 사장에게서 직원을 뽑는다는 회사에 대해서 들은 적이 있었기 때문이었다. 그녀는 사장에게서 그 회사의 주소가 적힌 쪽지를 받았다.

일주일 후. 그녀는 강준 몰래 이력서를 낸 회사로부터 면접을 보러 오라는 통보를 받았다. 막상 면접 오라는 통보를 받았는데 얕은 한숨이 나왔다. 그에게 말하지 않았다는 이유로 은근 눈치가 보였다. 그런 자신이 싫어 결심을 굳혔다. 어차피 회사에 취직한 것도 아니고 면접이니까 마음먹은 김에 볼 생각이었다. 그녀는 시외버스터미널로 향했다. 곧 면접 볼 회사에 도착했고 그곳은 골프 클럽이었다. 생각했던 것보다 큰 골프장의 사무실을 찾아들어 갔다.

"저 오늘 면접이 있어 왔습니다."

남직원이 고개를 들어 말했다.

"아, 혹시 한겨울 씨?"

"네."

"이리로 오세요. 사장님께서 기다리십니다."

그녀는 남직원의 뒤를 쫓다가 여직원을 직접 사장이 면접한다는 말에 의아해 직원에게 말했다.

"매번 사장님께서 여직원을 직접 뽑으시나요?"

"아닙니다. 서류를 보시곤 직접 보시겠다고 해서 특별히 보시는 겁니다."

"아. 네."

의아했지만 그녀는 예의의 미소를 짓고 직원의 뒤를 쫓아 사장실로 들어갔다. 그리고 그곳에서 카페의 손님으로 자주 들렀던 백승주를 만났다. 놀란 그녀를 보던 승주가 웃으며 말했다.

"놀랐습니까?"

가까스로 진정한 그녀가 말했다.

"전 손님이 이곳의 사장님인지 생각도 못했어요."

"그럴 겁니다. 나도 가끔 가던 곳의 직원이 내 회사에 서류를 낼지 몰랐어요. 거기 앉아요."

그녀가 자리에 앉았다.

"차는 뭐 할래요."

"됐습니다."

놀란 그녀는 마실 생각조차도 못했다. 그러자 승주가 직원에게 말했다.

"찬물 내오고 퇴근할 거니까 차 대기시키고."

"알겠습니다."

남직원이 나가고 바로 후에 여직원이 물을 내왔다. 승주가 그것을 권하자 일단 입술을 촉촉이 축였다. 호기심의 눈빛으로 승주가 말했다.

"회계사 시험을 준비한다고 들었는데요."

"그걸 어떻게?"

"거기 사장님하고 내 아버님이 아시는 사이라서 들었어요. 아, 뭐 시시콜콜 말하는 사이는 아니니까 안심해요."

승주가 그녀가 일하는 커피숍 사장과 아는 사이였다는 것이 부담이었다.

"……네."

"우리 회사에 서류를 내서 보자고 했어요. 그럼 회계사는 포기한 겁니까?"

그녀는 입을 다물었다. 그가 참지 못하고 말했다.

"회계사가 되는 걸 포기한 것 같으니 우리 회사에서 일해요. 다만 좀 아깝긴 합니다. 혹시 회계사가 되기까지 뒷받침이 필요하다면 내가 도울 수 있는데."

그가 은근한 거래를 해왔다. 손님으로만 생각했기에 짐짓 당황했지만 그녀는 애써 태연한 척 굴었다.

"제게 거래를 조건으로 내거신 거라면 사양합니다. 하지만 뽑아주신다면 이곳에서 일해볼 생각은 있습니다."

그렇게 당당하게 자신을 지켰던 그녀는 승주의 지치지 않는 제안을 뿌리치지 못했다. 그녀가 회계사 준비를 하는 동안 물질적으로 도움을 주겠지만 다른 어떤 제안도 하지 않겠다는 조항을 걸었다. 그녀로선 거부할 수 없는 조건이었다. 단지 사귀는 남자가 있다면 헤어지라는 조건이었다. 그녀는 사랑하는 남자가 있었지만 꿈을 위해서 사랑을 포기했다. 그녀는 속물이었다.

승주의 제안을 받아들인 그녀는 강준에게 이별을 통보했다. 그녀의 이별 통보에 백승주란 남자가 개입되었다는 사실을 알게 된 강준의 분노는 더욱 컸다.

"넌 지금 그 사람한테 이용당하는 거야, 바보야. 너한테 아무런 관계도 없는 사람이 회계사 준비를 시켜주겠다는 그 말을 믿어?"

"믿어요. 그 사람이 그랬어요. 회계사가 되게 도와주겠다고."

그가 어이없는지 목소리를 낮췄다.

"그래서 하고 싶은 말이 뭐야."

"우리 헤어져요."

"뭐?"

"우리 헤어지자고요."

그녀의 이별 통보에 그가 무시무시한 눈빛으로 그녀를 노려보았다.

"다시 말해봐."

"……헤어져요."

그가 믿을 수 없는지 고개를 저었다. 그녀는 그를 설득하고 싶었다.

"나를 위해서 잠시만 헤어지자는 말을 하는 거예요. 내가 회계사가 될 때까지 기다려 준다면 돌아올게요."

그가 설득되지 않자 승주를 회계사가 되기 위한 밑거름으로 쓰겠다고 둘러댔다. 그렇게 터무니없는 말로 그를 이해시켰다. 그땐 그렇게라도 해서 회계사가 되고 싶었다. 그만큼 절실했다.

"이런 말을 하는 내가 우스운데 진심이에요. 몇 년이 걸릴지 모르겠지만 그간 나를 놔줘요."

그가 경악했다. 하지만 그녀는 제 목소리를 높였다.

"날 정말 사랑한다면 내 부탁을 들어줘요."

말도 안 되는 소리를 지껄이고도 제 말을 들어주길 거듭했다. 그가 고함을 질러댔다.

"듣기 싫어!"

순간 그녀는 강준의 눈빛을 보았다. 앞길을 열어주겠다는 남자의 은근한 유혹을 뿌리치지 못한 제 여자를 질책하는 눈빛이었다. 아마도 그는 그렇게 말하는 것 같았다. 어떻게 사람의 마음이 그렇게 가벼운지. 가끔 손님으로 오던 사람의 배경과 은근한 제안에 솔깃해진 제 여자의 추악한 모습에서 경멸을 느끼는 것 같았다. 하지만 저를 벗어나려고 시도하는 여자를 끝까지 붙잡았다. 그의 사랑을 느꼈지만 그녀는 찢어지는 마음조차도 외면했다.

"겨울아, 우리 조금만 참으면 돼. 나 곧 드라마 찍어. 그것 뜨면."

"만약 못 뜨면요. 확실하지 않은 것으로 날 잡을 생각 말아요. 난 보이는 것만 믿을 거예요. 그러고 싶고요."

단번에 거절했다. 되지도 않은 것에 희망을 거는 그에게 넌덜머리 났다. 18살 때부터 모델 일을 했지만 27살이 되도록 무명이었다. 그런 남자에게 자신을 맡길 순 없었다. 만약 승주란 남자의 은근한 유혹이 없었더라도 그 상황에서라면 똑같은 선택을 했을지도 모른다. 그때에는 그만큼 힘들지 않은 생활이 절실했다. 구질구질한 생활에서 벗어나고 싶었다. 그녀는 속물이었다.

"후회할 거야. 나를 버린 너를. 그때 후회하지 말고 내 곁에 있어."

그가 붙잡았지만 그녀는 매몰차게 그에게 등을 돌렸다.

"내가 후회하게 제발 좀 떠요. 그래서 나한테 보란 듯이 성공해요."

사랑하는 남자의 심장에 대못을 박았다. 모질게 대하고 그녀가 선택한 것은 승주의 배경이었다. 그녀에게 배신을 당했기 때문이었는지 강준은 곧 브라운관에 데뷔했고 데뷔하자마자 일약 스타의 반열에 올랐다. 그녀가 버린 남자가 스타의 반열에 올라 여자들의 로망이 되었다. 그리고 그 남자는 그녀를 원망도 않고 그 시절 그녀를 사랑했던 시절처럼 진지하게 봐주었다. 그녀는 못내 고개도 들지 못한 채 있었다.

❖

"고개 들어."

그의 음성이 너무도 부드러워 그녀가 고개를 들어 그를 쳐다보았다. 희미한 미소가 걸렸다가 언제 있었는지 모르게 사라졌다. 그런 모습에서 뭐랄까, 말로 표현은 안 되지만 좀 더 큰 남자, 그녀는 차마 바라볼 수도 없는 높은 곳의 남자가 된 것 같았다.

"나를 보자고 했다더니 왜 이리 말이 없어."

"……."

은지가 있었을 때는 존칭을 써주더니 그 시간으로 돌아간 듯이 말했다. 순간 겨울은 어떻게 행동해야 좋을지 몰랐다. 그녀가 긴장한 얼굴로 쳐다보자 그가 지긋한 시선으로 보았다. 마치 너무도 그리운데 그립다는 말을 못하고 그저 물끄러미 바라보는 시선으로.

겨울은 그의 시선이 찌릿해서 감전되는 줄 알았다. 그녀도 모르게 진저리를 치며 파르르 몸을 떨었다. 감전된 것처럼 찌릿한 심장과 눈동자가 흔들렸다. 그가 말했다.

"왜 한 번도 내 전화로 연락할 생각을 못한 거니?"

"……어떻게 그래요. 강준 씨 심장에 대못을 박은 장본인이. 철면피가 아닌 이상 그럴 수가 없죠. ……그리고 이 말은 꼭 하고 싶었어요. 성공한 것 축하해요."

그가 웃음기 없는 표정으로 말했다.

"너도 회계사가 된 것 축하해."

"고마워요. 그리고 미안해요. 사과로 강준 씨의 마음을 풀 수 없지만 제가 할 수 있는 것은 미안하다는 사과뿐이에요."

모기 소리처럼 억지로 기어나온 변명이란 것이 고작 미안하다는 말이었다. 회계사가 된 것도 다 강준 씨 덕분이라고 하고 싶었지만 입을 다물었다.

"그 사람하고 약혼한다는 말을 들었을 땐 충격을 받았어."

강준은 그날이 떠오르는 것처럼 참담한 낯빛이 되었다.

"아까 은지 씨한테서 파혼했다고 들었어. 근데 어쩌다 파혼한 거야?"

"그건……."

그녀가 대답을 못하고 있는 사이에 노크와 함께 문이 열렸다. 그러곤 그의 매니저 실장으로 보이는 삼십대 중반의 남자가 들어섰다. 그녀에게 실례를 표하더니 그에게 말했다.

"더는 지체할 시간이 없어. 지금 바로 청송으로 가야 해."

은 실장의 말에 강준이 고개를 끄덕였다. 그는 겨울이를 만나려고 스케줄을 조정했다. 그 바람에 애꿎은 조연들이 촬영을 먼저 시작했다.

"3시간밖에 안 남았다고 빨리 내려오래."

그가 멋쩍게 웃었다.

"알았어. 곧 나갈게. 먼저 가 있어."

"나 먼저 가라고?"

은 실장이 그녀를 힐끗 쳐다보자 강준이 말했다.

"어. 곧 갈게."

은 실장이 방을 나가자 그가 겨울에게 사뭇 진지하게 말했다.

“이젠 나에게 미안하다는 생각 그만둬. 다 지난 일. 너도 잘됐고 나도 잘됐으니 된 거야.”

그의 말대로 잊은 듯했지만 그럴수록 그녀는 점점 작아졌다.

“여기 오는 내내 너를 보면 무슨 말을 할까 생각했는데 아쉽다.”

그녀가 애써 미소를 지었다.

“그렇게 말해줘서 고마워요. 그래도 제가 한 짓은 평생 용서받지 못할 거예요.”

“그만하래두.”

그가 정색했다. 그 모습을 보자 더욱 이해가 안 되었다.

“내가 밉지 않아요? 회계사가 뭔지 그것 되겠다고 강준 씨를 아프게 했잖아요.”

그가 피식 웃었다.

“그땐 죽도록 미워했지. 근데 지나고 보니 다 네 덕분에 내가 여기까지 온 걸 알게 되었어.”

이건 또 무슨 말일까? 자기의 능력을 무시하며 떠난 여자에게 공을 돌렸다. 문뜩 그는 부처가 아닐까 생각했다.

“네 덕분에 난 이를 악물고 연기했어. 네 덕인데 내가 왜 너를 미워해. 고마우면 고마운 거지.”

진심으로 들렸다.

“그렇게 말해주니 더 미안하네요. 늦었지만 용서를 빌고 싶어요.”

“용서는 여기 오기 전에 이미 했어.”

그는 진심 같았다. 마음의 짐을 살짝 내려놓은 그녀에게 그가 일어서며 말했다.

"나가면서 얘기하자. 참, 은지 씨 작품은 곧 검토할게. 그러니까 걱정 말라고 전해."

앞서던 그가 걸음을 멈췄다.

"대신 너도 내 조건을 들어줘."

"……어떤?"

그녀의 낯빛이 어두워졌다. 혹시나 하는 걱정이 담겨 있자 그는 재밌는 표정을 지었다.

"여전히 순진하구나."

그녀가 얼굴에 나타나는 표정이 미안해 얼굴을 붉혔다. 그가 가만히 그녀를 봐주었다.

"전화 줘."

그가 섬섬옥수 같은 긴 손을 내밀었다. 그녀는 마치 최면에 걸린 사람처럼 가만히 그에게 휴대폰을 건넸다. 그가 그것을 받아 번호를 눌렀다. 그러자 어디선가 벨이 울렸다. 그가 슈트 안주머니 속에 넣어두었던 전화를 꺼내 확인하더니 겨울의 전화에 제 이름을 적어 전화번호를 저장해 두었다. 그러고 나서야 그녀에게 전화를 내주었다.

"내 조건은 이거야. 오늘은 바빠 이대로 가지만 내가 전화하면 꼭 받는다는 조건. 명심해. 친구를 위해서 내 전화는 항상 받아야 한다는 것."

거의 반협박을 했다. 하지만 강제적인 그의 협박이 기대되었고 그 시절처럼 장난치는 그의 귀여운 짓이 고마워 처음으로 그에게 미소를 지었다.

"입이 열 개라도 할 말이 없지만 강준 씨가 그걸 원하면 할게요."

"정말이지? 약속 지켜."

그의 배려 덕분인지 어느새 그녀는 그에게 가졌던 미안한 마음을 조금씩 내려놓고 있었다.

강준과의 만남 이후 이 주가 지났다. 그녀는 별로 큰 소득이 되지 않는 소규모업자들의 자잘한 세무 일을 하느라 바빴다. 이런 것들은 한 달 수임료가 얼마 안 되었지만 영세한 회사를 운영하는 그녀로서는 이런 작은 규모의 일이라도 해야 했다.

그녀는 독립적인 자신의 회사를 설립하기 전까지 세무법인 회사에 몸담고 있었지만 파혼 이후 승주의 농간으로 그 회사를 퇴사했다. 어디서도 그녀를 받아주지 않아 하는 수 없이 회사를 설립해서 운영 중이었다. 그때 그녀의 밑에서 일하던 직원이 성미였는데 그녀가 쫓아와 주었다. 성미는 그녀에게 있어서 직원이지만 동생 같은 존재였다. 그녀가 회사 일로 힘들 때 함께해 준 식구였다. 그래서 성미의 월급만큼은 늘 챙겼다. 이번 달에도 성미 월급은 나올 것 같아 나름 뿌듯했다.

책상에 수북이 쌓인 증빙서류철을 보고도 웃을 수 있는 것이 그 이유였다. 자신을 믿고 따라준 직원을 실망시키지 않은 것.

그녀는 성미가 입력해 놓은 자료를 토대로 정리해서 결산 보고

서를 작성했다. 한참을 일에만 몰두하던 그녀는 때마침 궁금했던 은지의 전화를 받았다.

[겨울아, 됐어. 역시 서강준이야. 지금 방송사가 들썩여.]

"네 작품이 된 거야?"

[아직은 대화 단계인데 강준 씨 회사의 대표가 위와 상의 중이래. 조금 전에 피디가 와서 귀띔했어. 그러면서 강준 씨와 잘 아는 사이냐고 묻고 갔어. 대박이야.]

강준의 입김이 작용한 듯싶었다. 과연 톱스타의 역량은 대단했다. 겨울은 은지에게 곧 좋은 소식이 있을 것 같아 기분이 좋았다.

"잘됐다. 그럼 곧 계약하겠다?"

[고마워. 네가 있어 된 거야. 정말 고마워, 저녁에 전화하자.]

신인 작가의 작품이라고 뒤로 밀리더니 이제야 친구의 소원이 이루어졌다. 한 걸음씩 앞으로 나가는 친구를 보며 쌓인 서류들을 하나하나 정리했다. 해도 해도 끝나지 않을 것처럼 쌓인 증빙철을 보자 커피 생각이 간절했다. 고개를 들어 성미를 보니 열심히 타이프를 두드리며 일하고 있는 모습이 보였다.

성미 것까지 커피를 두 잔 내린 그녀는 하나는 성미 책상에 올려주고 제자리로 돌아왔다. 정신없이 타이프를 치던 성미가 앞에 놓인 커피를 보고는 기쁨의 미소를 지었다.

"저한테 시키지 그러셨어요."

그녀가 입가에 살짝 미소를 보였다.

"바쁜 것 같아서. 마셔."

"잘 마시겠습니다."

그녀의 배려에 사무실 안은 갑자기 훈훈해졌다.

호로록…….

두 여자의 커피 마시는 소리가 들렸고 곧이어 무음으로 해놓은 겨울의 휴대폰이 울려 받았다.

[나야.]

"강준 씨?"

중국과 대만으로 팬 미팅을 간다고 들었는데 그가 전화를 주었다. 그날 이후부터 그와 전화 통화를 했었다. 그가 자주 전화를 해주어선지 마치 헤어짐이란 시공을 초월한 것 같았다. 그간의 건너뛴 시간이 무색하리만큼 두 사람은 가까웠다. 그래선지 일을 하다가도 손이 쉴 때면 은근 그의 전화를 기다리는 마음도 생겼다.

그녀는 요즘 그를 만난 이후로 살짝 들뜬 상태였다. 전화기를 든 채로 자리에서 일어섰다.

"잠시만 기다려 줘요. 나가서 받을게요."

그녀는 휴대폰을 들고 얼른 사무실을 나갔다. 복도 끝으로 걸어가 창가에 서서 받았다.

"팬 사인회 간다고 들었는데 잘했어요?"

[어. 방금 도착했어. 공항. 지금 집으로 가는 중인데 혹시 시간 돼?]

"피곤하지 않아요?"

[아니. 네 목소리만 들어도 피곤이 사라져.]

그의 달콤한 전화에 그녀가 파르르 몸을 떨었다. 언제부터 이런 멘트에 몸이 녹아들었는지 모르겠다. 한겨울도 이런 멘트를 날려주는 남자를 좋아했었나 보다. 그녀가 발개진 얼굴로 배시시 웃는데 퉁명스런 그의 목소리가 들렸다.

[시간 안 돼? 혹시 내가 이러는 것 부담스럽나?]

"설마요. 아니에요."

그녀의 대답에 기다렸다는 듯이 말했다.

[그럼 네 사무실 주소 찍어 보내줘. 거기로 갈게. 저녁 하자, 우리. 그날 보고 처음 보는 거잖아. 빨리 보고 싶어.]

순간 그녀는 쿵! 하는 심장 소리를 들었다. 보고 싶다는 그의 말에 스물아홉을 먹었음에도 아직도 좋은 느낌의 남자 앞에선 서툴렀다.

"아, 음…… 피곤하지 않으면 오세요."

[너하고 저녁을 먹는데 피곤할 리가 없지. 있던 피곤도 사라질 거야.]

이 남자가 이렇게 다감했는지 모르겠다. 심장에서 북소리가 들려왔다.

"그럼 제가 살게요. 친구의 부탁을 들어주신 한턱이요. 혹시 아시는 곳이 있으면."

[고집도. 그럼 오늘은 네가 사. 다음엔 내가 사고. 거기 주소 당장 찍어 보내. 그럼 이따가 보자.]

그가 전화를 끊었다. 그의 달콤한 여운은 좀처럼 가시지 않았다. 겨울은 뛰는 심장에 손을 올려 지그시 눌렀다. 이렇게 벅차게 뛰는 심장을 그대로 놔두어도 폭발하지 않을까? 승주를 만나 굳어

버렸던 심장이 스물 후반에 다시 뛰는데 마음 가는 대로 내버려 두어도 될까?

조심스러웠지만 마음이 가는 대로 하기로 했다.

그와의 전화를 끊고서도 한참 후까지 마음이 진정되지 않았다. 일이 손에 안 잡히고 그의 전화가 기다려지는 것이 유독 심했다.

겨울은 버벅거리며 일을 했다. 그렇게 시간이 흘렀고 그가 도착했다는 전화가 왔다. 설레는 마음으로 급하게 사무실을 나갔다. 그가 번쩍이는 차에 등을 기대고 삐딱하게 서 있었다. 마치 자동차 모델처럼. 빛나는 외모의 그는 차와 동일시될 만큼 멋졌다. 그가 옅은 미소를 지으며 차 문을 열어주었다.

"타."

"감사해요."

그녀가 다소곳하게 조수석에 올랐다. 그가 프런트 보닛을 돌아 운전석에 앉았다. 공항에서 바로 왔다더니 매니저도 없었다.

"그때 봤던 매니저 분은 안 계시네요?"

"중간에 내려줬어. 택시 타고 집에 가라고. 어차피 나 내려주고 갈 거니까."

"아아."

"밥은 내가 아는 집으로 가서 먹자. 그게 낫겠지?"

대답하는 대신 고개를 끄덕이자 차를 몰았다. 큰 도로에서 신호를 받고 섰는데 그녀의 전화가 울렸다. 겨울은 운전하는 그에게 잠시 전화를 받겠다고 허락을 받았다. 지금 시간이면 올 데가 없어 의아해하면서도 전화를 받으니 건물주였다.

아! 이런.

건물주가 전화를 했다면 필시 그 건 때문이었다. 그가 들을지도 몰라 우선 인사하고 나중에 통화하려고 마음먹었다. 흠흠, 목을 가다듬으며 최대한 공손히 목소리를 낮춰 받았다.

"사장님, 그간 안녕하셨어요? 제가 지금 클라이언트와 있는데 내일 전화를 드리면 안 될까요? 내일 출근하는 대로 연락드리겠습니다."

하지만 그녀의 뜻대로 되지 않았다. 건물주는 그녀의 상황 따윈 고려치 않겠다는 듯이 말했다.

[클라이언트가 있어도 내 전화는 받을 수 있지 않소?]

"아, 그게……."

[일전에 세를 올리겠다고 했는데 여적 대답이 없어 전화했어요. 이거 나를 피한다고 될 일이 아니오.]

"아뇨. 제가 왜 사장님을 피하겠어요. 다만 일이 있었고."

[두말 않겠어요. 내가 올리라는 것만큼 못 올릴 거면 나가줘요.]

"사장님, 이제 입주한 지 일 년 좀 넘었는데 벌써 세를 올리시면 어떡해요. 솔직히 월세를 내는 것도 벅찹니다."

[그건 댁의 사정이고.]

"네. 그건 제 사정이에요. 그렇지만 몇 개월이라도 봐주시면."

[아아. 딴말 말고 올리지 못하면 다른 데 알아봐요. 끊습니다.]

육십 중반의 건물주는 일방적으로 밀어붙이더니 전화를 끊어버렸다. 난감한 겨울은 울상이 되었다.

그가 힐끗 그녀를 보았지만 그녀는 눈치채지 못했다. 좀 전에 설레었던 마음이 착 가라앉았다. 손에 들린 전화기를 무심히 보는데 그가 말했다.

"무슨 전화야?"

"아뇨. 아무 일도."

"근데 얼굴이 왜 그래?"

그가 걱정하는 눈빛으로 보자 그녀는 아무 일도 없었다는 듯이 생긋 웃었다.

"아니에요. 식당은 다 온 거예요?"

"응. 저기서 돌면 바로야."

그가 더는 묻지 않아주어 덜 신경 쓰였다. 곧 식당에 도착했고 그녀는 그와 저녁을 먹었다. 하지만 건물주의 전화로 마음이 불편해 잘 먹지 못했다. 그에게 미안하다는 말을 전하고 다음을 기약하며 헤어졌다.

다음날 회사에 출근하자마자 건물주에게 사정사정해서 시간을 벌었다. 하지만 고작 한 달의 기간을 받은 것이 전부였다. 한 달 후엔 주인이 제시한 월세를 올려주던지 나가던지 결정을 해야 한다.

손에서 일을 놓지 못하던 겨울의 어깨가 축 늘어졌다. 수임료 괜찮은 것 하나만 들어오면 좋을 텐데. 백승주의 방해 공작에 큰 건들은 모두 다 떨어져 나가고 자잘한 것들만 있어 일은 고되고 힘든데 그만큼 수임료는 많지 않았다.

겨울의 얼굴에 그늘이 드리워질 무렵에 전화 벨소리가 울렸다.

앞의 성미가 받았다.

"한겨울 회계 사무실입니다. 무엇을 도와드릴까요?"

[회계사님 계십니까? 계시다면 통화를 하고 싶습니다.]

"누구시라고 전할까요?"

[임 기획이라고 합니다.]

임 기획? 성미가 입안에서 중얼거리다가 말했다.

"잠시 기다리세요. 회계사님을 바꾸겠습니다. 회계사님, 전화 받으세요. 임 기획이라고 하는데요?"

"임 기획?"

어디선가 들어본 듯한 회사명이었다. 겨울이 수화기를 들며 입안에서 중얼거리다가 전화를 받았다.

"전화 바꿨습니다. 한겨울입니다."

[안녕하십니까? 전 임 기획의 대표 임성진입니다. 저는 잘 모르실 거고 서강준의 소속사라고 하면 아실 것 같은데요.]

강준 씨 소속사 대표? 전혀 생각도 못했던 그의 회사 대표가 찾았다. 무슨 일일까. 대표가 자신을 찾을 일이 없어 고개를 갸웃거리며 인사했다.

"안녕하세요. 대표님께서 제게 어쩐 일로 전화를 주셨는지요."

[저 좀 만나주시겠습니까? 제가 드릴 말씀이 있어서요.]

"제게요?"

잠시 생각이 필요했지만 상대에게 실례가 될 것 같아 응했다.

"어디서 뵈면 될까요."

[저희 회사로 와주시면 고맙겠습니다. 중요한 일이라서 밖에서

만나뵙는 것은 아닐 것 같습니다. 의논도 드려야 하고.]

"저와 의논을요? 무슨 말씀인지 잘 이해가 안 돼서요."

[오시면 압니다.]

임 대표의 말은 전혀 감이 잡히지 않았다. 대화의 핵심이 이해가 안 돼 물어보려던 순간이었다. 그녀의 머릿속에 하나가 떠올랐다. 대표가 강준을 만나는 것을 알게 된 것이다. 그래서 배우 보호 차원에서 만나자고 하는 것이다. 대표가 아직은 그렇다고 하지 않아 단정을 짓지는 못하겠지만 그런 생각이 들었다.

"그렇게 하겠습니다. 언제 가면 뵐 수 있습니까?"

[시간이 나시면 지금이라도 뵈었으면 합니다.]

시계를 보았다.

"바로 가도록 하겠습니다. 회사 위치를 보내주세요."

임 대표와의 전화를 끊는데 자꾸 안 좋은 쪽으로 생각이 기울었다. 그래도 일단 만나자는 전화를 받았으니 무슨 말을 하는지 들어볼 생각이었다. 그녀는 바쁘게 책상을 정리했다.

"성미 씨, 나 외출. 어쩌면 못 들어올지도 모르니까 시간 봐서 퇴근해."

"그렇게 할게요. 근데 갑자기 약속이 잡히신 거예요?"

"응. 그럼 수고."

사무실을 나와 차를 몰았다. 곧이어 임 기획 지하에 도착해선 차를 세웠다. 지하라고 하지만 반지하식으로 되어 있는 주차장이었다. 경비는 없지만 아무나 들이갈 수 없어 정문에서 벨을 눌렀다. 신호가 갔고 그녀가 임 대표를 찾은 한겨울이란 말을 듣고 자동문이 활짝 열렸다. 하지만 그 문 안으로 성큼 발을 내딛지 못했다. 문 안으로 들어가는 순간 그녀가 짐작한 안 좋은 일이라면 어떻게 대처해야 할지 몰라 긴장하며 들어섰다.

3. 바람이 분다

호랑이 굴인 줄 알았다. 그런데 기회의 굴이었다. 임 기획에서 나온 그녀의 손에는 하얀 봉투가 들려 있었다. 정문을 들어설 때의 무거웠던 걸음과는 달리 가벼웠다.

겨울은 지금 이 시간이 꿈만 같고 믿기지 않아 손에 들린 봉투를 재차 확인했다. 눈을 씻고 쳐다보아도 서강준의 소득을 담당한다는 합법적인 계약서가 든 봉투였다.

이게 꿈이야 생시야. 당장 내달부터 월세를 올려주지 못하면 사무실을 빼줘야 한다. 그런 중차대한 시점에서 톱스타 서강준의 소득신고를 맡게 되었다.

내충 임 대표에게서 그의 수입 금액을 들었다. 그의 수입이 그토록 많은지 몰랐기에 더욱 놀랐다. 1년 순수입이 몇백억이란다.

총수입은 어마어마했다. 그녀의 앞에 앉은 임 대표가 말했다.

"며칠 전에 강준이가 세무사를 바꿔달라고 하더군요. 그게 쉽게 바꿀 수 없어 불가하다고 말했는데 알아보니 다행히 계약기간이 다음 달까지였어요. 기존의 회계사한테 재계약 불가 요청을 해놨습니다. 그러니 회계사님께서 맡아주세요. 강준이가 회계사님이 맡길 원합니다. 전 강준이의 뜻을 따르는 것이구요."

그와의 거리를 두라는 질책을 들을지도 모른다고 긴장했다. 그런데 전혀 그런 내용이 아니었다. 생각도 못했던 일이라서 놀랐지만 선뜻 임 대표의 제의를 받을 순 없었다.

"제가 어떻게. 아무리 사무실 운영이 어려워도 덥석 받는 건 아닌 것 같아요. 대표님이 부르셔서 왔지만 뜻밖이라 놀랄 뿐이에요."

목구멍이 포도청이라서 넙죽 받아야 했다. 하지만 양심상 그럴 수가 없었다. 임 대표가 난색을 표하며 말했다.

"이러시면 제가 더 곤란해요. 강준인 우리 회사의 간판입니다. 그 녀석의 말을 들어주지 않으면 제가 더 곤란해집니다."

우스갯소리로 들렸다. 그녀가 망설이며 말했다.

"정말 제가 받아도 될까요? 주시면 감사하지만 경우가 아닌 것 같아서."

"경우가 아니라니요. 제가 무턱대고 강준이의 말을 들었겠습니까? 다 회계사님의 능력을 믿고 드리는 겁니다. 이름만 대면 아는 회계 법인에 다니셨고 지금은 독립을 하셨고. 그거면 강준이 소득을 맡길 충분한 명분이 됩니다. 그러니 사양치 마세요."

더는 뿌리칠 수 없었다.

"그렇게 말씀해 주시니 받겠습니다. 감사합니다. 이런 기쁜 소식을 들을 줄 몰랐기에 더 감사해요."

앉은 자세로 정중히 고개를 숙였다.

"그럼 염치 불구하고 맡겠습니다. 열심히 하겠습니다."

큰절이라도 하고 싶었다. 상상도 못한 클라이언트의 제의를 승낙하고 임 대표의 사무실을 나왔다. 차에 올라서도 계약서를 확인했다. 임 기획의 직인이 커다랗게 찍혀 있었다. 그것을 재확인하고서야 실감이 났다. 보물처럼 봉투 안에 서류를 넣는 순간 그에게 알려야 한다는 생각이 들어 전화를 걸었다. 신호가 길게 갔다. 아마도 촬영 중인가 보다. 나중에 걸자는 생각으로 끊으려는 그때 전화를 받았다.

"바빠요? 그럼 나중에 걸까요?"

[아니, 괜찮아. 무슨 일이야?]

그의 부드러운 음성이 촉촉하게 가슴을 적신다. 방금 일어난 일을 전했다.

"좀 전에 임 대표님을 만났어요. 강준 씨의 소득을 나보고 관리하라고 하셔서 너무 좋아 얼떨결에 계약했어요."

[아! 그거.]

"근데 잘한 건지 모르겠어요. 지금 워낙 사정이 안 좋아 덜컥 잡았는데 겁도 나고. 또…… 음……."

그녀가 떠듬거리자 수화기를 통해서 후! 하는 그의 웃음이 들려왔다.

[귀엽네. 뭐가 겁나는지도 알 것 같고.]

귀엽다는 말. 남자에게서 정말 오랜만에 들은 것 같았다. 겨울은 사춘기 소녀처럼 설레서 얼굴을 붉혔다. 그가 앞에 없어 발개진 얼굴을 보지 못해 다행이었다.

"저기, 혹시 며칠 전 차 안에서 다 들은 거예요? 그렇지 않으면 강준 씨가 그런 부탁을 할 리가 없는데. 그날 맞죠?"

[꼭 알아야 해? 난 비밀로 하고 싶은데. 그래야만 네가 나를 만나줄 것 같은데.]

"네?"

하하. 하는 그의 웃음소리가 들렸다.

[오늘 밥 사주면 말해주고.]

"시간 돼요?"

[어. 근데 자정 가까이 끝날 것 같은데. 괜찮겠어?]

"자정에 여는 식당이 있어요? 있으면 사드릴게요."

[물론 있지.]

"그럼 사드릴게요."

[정말이지? 그럼 자정쯤 너희 집 앞으로 가서 전화할게.]

그녀는 바로 네. 하고 대답을 해버렸다.

그와의 전화를 끊으며 퇴근을 서둘렀다. 아무래도 외출이 신경쓰였다. 그는 톱스타인데 그에 걸맞은 분위기를 완성시킬 필요가 있었다. 급하게 집으로 돌아온 그녀는 샤워부터 시작했다.

말끔히 씻은 다음 분위기 있는 머리 컬을 완성시키기 위해 고데기로 머리카락 끝을 웨이브 주었다. 생머리보단 웨이브진 머리 컬이 한층 분위기 있는 여자로 만들어줄 것이다. 그다음엔 신경을 써서 기본적인 화장만 했다. 마무리 단계로 향수를 뿌리면 유독 신경 쓴 것을 들킬 것 같아 향수는 뿌리지 않았다. 자연적인 바디 향과 샴푸 향으로 그녀의 향을 완성시켰다. 그러자 자정이 거의 가까워졌다. 그 시각부터 초침 흐르는 소리가 크게 들려왔다.

멀끔히 소파에 앉아선 초침이 도는 걸 보았다. 자정이 조금 넘어서자 은근 긴장되었다.

위이잉…….

"……."

침묵으로 정지된 듯한 거실에 진동이 느껴졌다. 얼른 휴대폰을 들어 받았다. 그가 아파트 밑에 와 있다고 내려오라고 했다. 그를 기다리던 옷차림 그대로 나갔다. 엘리베이터를 타고 내려 아파트 문을 나서자 그가 차 앞에 서 있었다. 그는 밴이 아니고 은색의 외제차를 타고 나타났다. 그를 닮아 차도 멋스러웠다. 그런데 촬영장에서 막 온 사람처럼 야상을 입고 있었다. 지친 듯 피곤한 얼굴임에도 그녀를 보자 희게 웃어주었다.

"많이 기다렸지? 이러지 않으면 네 얼굴을 못 볼 것 같아서. 늦었지? 미안해."

진지한 그의 눈빛이 뜨거웠다. 겨울은 그 눈빛을 피할 수 없었다. 피하고 싶어도 마음과는 달리 그 눈빛에 빠진 사람처럼 도망치지 못했다. 그가 옅은 미소를 지었다.

"친구가 하는 가게가 있어. 거기로 가자. 타."

그는 많이 변해 있었다. 세월이 흘러서일까? 그 시절에는 우유

부단했던 것도 같았다. 그녀가 하자는 대로 했던 것도 같고. 그런데 달라졌다. 그는 남자답게 그녀를 리드했다. 그의 변한 모습이 좋았다.

그가 열어주는 차에 얌전히 올랐다. 무릎이 보일세라 원피스 자락을 밑으로 당기며 다소곳이 앉았다.

그가 불빛으로 흘러넘치는 거리로 진입했다. 곧이어 세련된 건물 앞에서 차를 세웠다. 고개를 돌려 그녀에게 말했다.

"내려. 여기야."

그녀는 벨트를 풀며 차 밖을 내다보았다. 문에 걸린 클로즈라고 새긴 사인보드가 보였다. 문을 닫은 식당 같았다. 그런데 안에선 불빛이 새어 나오고 있었다.

"문이 닫혔는데도 영업해요?"

"어. 친구 가게야. 너는 모르는 친구."

그가 먼저 내려 문 앞에 섰다. 탁탁, 문을 두드리며 누군가를 불렀다.

"성현아, 나야 강준이."

잠시 후에 안에서 문을 따는 소리가 들렸고 한 남자가 얼굴을 내밀며 싱긋 웃었다. 허리에 앞치마를 질끈 두른 남자였다. 첫눈에도 주방장은 아니었고 이곳의 주인 같은 인상을 주었다. 잠시 음식을 만드느라 앞치마와 모자를 쓴 것 같은 인상의 남자가 말했다.

"들어와."

그들이 들어가기 좋게 틈을 내주는 성현의 어깨를 강준이 꾹 눌러주었다.

"나 때문에 귀찮지. 매일 야식 만들라고 해서."

"그걸 알면서 시키는 넌 나쁜 놈이야."

그가 하하 웃었다.

"네가 온다고 해서 특별히 만들어봤어. 근데 이분이 그분이야?"

성현이 그녀를 보며 물었다. 서로는 그녀에 대해서 대충 아는 듯했다.

"어. 인사해."

"어서 오세요, 겨울 씨."

"안녕하세요. 한겨울입니다."

"네. 잘 알아요. 저 녀석이 가끔 겨울 씨에 대해서."

친구가 뭐라고 말을 하려고 들자 그가 친구의 입을 틀어 막아버렸다.

"넌 가서 요리나 해."

그러곤 친구를 주방으로 보이는 곳으로 밀어버렸다. 성현은 그의 입장을 봐주는 척 굴며 씩 웃었다.

"이리 오세요. 저기가 제가 요리를 연구하는 곳이에요."

성현이 연구실로 들어갔고 뒤이어 두 사람은 나란히 성현의 연구실로 들어갔다. 그곳은 성현이 요리를 만드는 모습이 훤히 드러난 구조로 만들어진 주방이었다. 두 사람이 앉자 성현이 그들 앞에서 말했다.

"여기서 개발한 요리를 대부분 강준이가 맛봤어요. 어쩌다 보니 재가 합격이라고 한 요리가 낮에는 손님들 메뉴로 나가죠. 그래서 저 자식이 아주 우쭐대요. 우쭐대는 꼴을 봐주기 싫은데 그래도 재가 합격한 음식이 인기 있으니까 울며 겨자 먹기 식으로 팔아요.”

성현의 농담에 그가 피식 웃었다.

“그만하고 빨리 내와. 촬영하느라 제대로 못 먹어 배고프다. 오늘 메뉴는 뭐냐?”

“자식 급하긴. 좀 기다려.”

성현이 뚝딱거리며 그새 뭔가를 만들어 테이블에 놓아주었다.

“스파게티야. 근데 좀 전의 맛과는 차별된 색다른 소스 맛일 거야. 일단 먹어봐. 겨울 씨도 드세요.”

“감사합니다.”

겨울은 생소한 장소에서 낯선 사람이 만들어준 요리지만 친근하게 대해주어 편하게 맛을 봤다. 일종의 크림 파스타처럼 하얀 크림이었는데 풍부한 감칠맛에 고소함이 더했다. 느끼한 것이 없어 그녀의 입맛에 맞았다.

“맛있네요. 한 접시 더 먹어도 되나요?”

“물론이죠. 부족하면 말씀하세요.”

검지와 중지를 딱 치며 음식에 대한 열의를 보이는 성현에게 강준이 말했다.

“와인.”

“줄게. 근데 넌 가타부타 말이 없어?”

“꼭 내게 합격받아야 하나?”

“괜찮다는 말이야?”

결정을 기다리는 아이처럼 성현의 눈빛이 반짝였다. 친구의 눈빛을 보고 강준이 말했다.

"괜찮아."

오호! 성현은 합격 소식을 애타게 기다리다가 합격이란 말에 뛸 듯이 기뻐하는 수험생처럼 즐거워했다.

"내일 점심 메뉴는 바로 이거야. 좋았어. 와인 줄게."

성현이 몸을 돌려 몇 발짝 걷더니 와인 바에서 와인 하나를 꺼내선 그의 앞에 내주었다.

"내가 말 안 해도 알지? 다 먹으면 그대로 놔두고 가. 내일 와서 치울 거니까. 그리고 겨울 씨, 이름만큼이나 예쁘세요. 오늘 만나서 반가웠어요."

성현의 고급 멘트에 겨울이 수줍어하자 강준이 면박을 주었다.

"꺼져 줄래? 작업 그만 걸고."

강준의 면박에도 아랑곳하지 않았다.

"자주 놀러 오세요. 그럼 전 갑니다."

살짝 고개를 숙였다. 겨울은 음식만 만들어주곤 가는 성현에게 미안했다.

"같이 드세요."

성현이 정색했다.

"아뇨. 저 자식한테 눈치 보여 못 있어요. 야! 간다."

성현이 강준의 어깨를 툭 쳤다. 친구의 인사에 강준이 피식 웃었다.

"내일 보자."

성현이 두 사람만을 남겨두고 식당을 나갔다. 촛대가 너울거리는 앞에 강준과 마주 앉은 겨울은 분위기가 좀 전과는 달라 긴장했다. 그가 와인을 들어 그녀의 잔에 부어주었다.

식사를 마칠 즈음엔 두 사람은 조금씩 편하게 마음을 내려놓았다. 운명을 믿지 않는다던 강준도 약혼자에게 호되게 당해 다신 남자를 만나지 않겠다던 겨울도 마음의 벽을 허물고 있었다. 그는 가까이할수록 모피처럼 따뜻한 남자였다.

“우리 건배하자.”

“건배!”

두 사람은 눈빛의 신호만으로도 마음이 통했다. 동시에 허공을 향해 잔을 부딪쳤다. 쨍! 하는 크리스털의 청아한 음이 퍼졌다. 그 덕분에 핏빛처럼 붉은 와인이 둥그런 유리관 안에서 물결쳤다. 그녀의 마음도 그것처럼 흔들리고 있었다. 행여나 그를 향해 가는 마음을 겉으로 드러나지 않도록 표정에 각별히 신경 썼지만 그것이 잘 안 되었다. 그를 보는 제 눈빛이 흔들렸다. 이렇게 그에게 빠져들면 안 되는데 수렁에 빠지듯이 점점 깊숙이 빠져들고 있었다. 마음이 흔들리면 몸도 흔들린다는데. 그 흔들림은 곧 눈을 통해서 보인다고 했다.

그녀는 그의 마음을 모르기에 이 정도에서 선을 긋고 싶었다. 더는 그에게 의지하고 기대선 안 되었다. 자신이 그에게 짐이 되는 것을 원치 않았다. 그녀가 크게 심호흡을 했다.

“다음부터는 그러지 말아요.”

좋은 분위기였는데 갑자기 싸한 겨울의 표정에서 그녀를 보던 그의 짙은 눈빛이 흔들렸다.
"썰렁한 이 분위기 어떻게 할 거야?"
"농담 안 받아줄 거예요. 내가 무슨 말 하는지 아는 것 같으니까 할게요. 더는 나를 위해서 어떤 것도 하지 말아요."
그가 웃음기 가신 얼굴로 그녀를 보았다.
"왜지?"
"강준 씨한테만큼은 불쌍한 여자로 보이고 싶지 않으니까요."
"그러니까 왜냐고. 나한테 불쌍하게 보이면 안 되는 이유라도 있어?"
아름다운 그의 얼굴이 일그러져 있었다. 감정의 어그러짐이 복잡해 보였다. 그런 얼굴을 보자 실언을 했다는 생각이 들었다.
"미안해요. 사실은 강준 씨한테 너무 미안해서 그래요. 천주님도 아니고 자기가 싫다고 떠난 여자를 어떻게 도와요. 원망해야 당연한 건데 이렇게 잘해주니까. 강준 씨 얼굴을 똑바로 보기 창피해서 그래요. 차마 이런 말을 하지 않으려고 했어요. 강준 씨가 도와준 것이 확실해서 슬쩍 넘어가려고도 했어요. 그럼 덜 창피하니까."
제 감정에 솔직한 그녀의 다급하게 터져 나오는 목소리가 격앙되어 있었다.
"강준 씨가 자꾸 나를 쥐구멍이라도 찾아들어 가게 만들잖아요. 그래서 오기로 말한 거예요. 근데…… 그것도 미안해요."
동공엔 이미 습기로 가득 찼다. 그는 기가 막히고 도리어 죄인으로 내몰리는 기분일 것인데도 침묵을 고집했다. 그의 침묵은 결국 그녀의 속마음을 끌어냈다.

"나한테 이렇게 잘해주면 난 강준 씨를 상대로 이상한 상상을 한다구요. 그럼 강준 씨는 또 힘들어질지도 몰라요. 그런 내가 싫어요. 무섭다고요."

그제야 그가 그녀에게 다가갔다. 팔을 뻗어 그녀를 가슴에 안아주며 토닥였다.

"괜찮아. 나를 상대로 이상한 상상 해도 돼. 그건 내가 바라던 바야. 그러니까 너 하고 싶은 대로 해. 너를 향한 내 마음은 항상 오픈되어 있으니까."

마음이 열린 채로 그와 자리를 옮겼다. 이곳이 어딘지 모르겠지만 그가 따라준 와인을 겁 없이 마셨다. 장소가 어딘지 갈피를 잡지 못했지만 때로는 어떤 변화나 상황 없이 벌어지는 일이 맞을 때가 있었다. 아마도 지금이 그런 시간인지 모른다.

겨울은 미쳤다고 생각했다. 3년 만에 만난 그에게 이렇게 말도 안 되게 이끌리는 상황이.

백승주와 약혼하고 첫날밤을 치렀다. 그리고 약혼 1년간 몇 번 관계를 한 적이 있었다. 그래도 지금처럼 몸이 열렸던 적은 없었다.

붉은 와인을 좀 마셨다지만 그녀는 술이 센 편인데도 그에게로 마음이 열려서인지 술에 취한 것처럼 그에게 취해 저절로 몸이 열려 버렸다.

그녀는 전희만으로도 체력에 한계가 올 수 있다는 것을 강준에

의해서 알게 되었다. 온몸이 독감을 호되게 앓았을 때처럼 바들바들 떨렸다. 세상이 모조리 뒤집힌 것 같았다. 그의 손이 지나고 그가 입을 맞췄다. 그의 입술이, 손이, 다리가 어디에 있는지 저절로 느껴졌다. 숨소리가 형편없이 흐트러졌고 그의 손에 쥐어지고 입술에 쓸린 가슴이 아렸다. 예민해진 살갗은 공기의 입자까지 느낄 수 있었다.

그는 거침없이 그녀를 먹어치웠다. 허리 아래 속옷만 남아 있는 그녀의 몸을 간단하게 뒤집었다. 앞으로 손을 뻗어 가슴을 부여잡은 그는 등 뒤에서 그녀의 목에 붉은 낙인을 남겼다. 그녀는 침대에 얼굴을 묻고 숨을 몰아쉬었다. 반항 한번 못하고 등을 내어주고도 할 수 있는 일은 그것이 전부였다. 척추를 헤아리듯이 그의 입술이 움직였다. 날개 뼈 아래 연약한 살을 자극하는 것도 잊지 않았다.

"네가 얼마나 예쁜지 모르지."

그의 달콤한 속삭임에 죽을 것 같은 숨을 몰아쉬는 것이 전부였다.

"하아!"

"어떻게 이럴 수 있지? 지금 내 행동을 나도 모르겠어. 이런 적은 처음이라."

제게 독백하듯이 그가 허스키하게 말하며 허리 아래로 내려갔다. 그는 하나 남은 그녀의 팬티까지 모조리 벗겨냈다. 다시 뒤집힌 몸을 활짝 열어 들어갈 자리를 만들었다. 봄을 채운 물이 그의 자리를 적셨다. 너무도 활짝 열린 문 때문에 그녀는 파르르 몸을 떨었다. 그가 탐욕스럽게 핥았다. 아랫배로 열이 몰렸다. 그가 그녀의 앞에서 문을 두드렸다. 흩어졌던 이성이 들어온 건 그때였다.

"잠깐, 강준 씨."

그녀는 붉어진 눈으로 혀를 핥는 그의 어깨를 붙잡았다. 그가 흠칫 그녀를 보았다.

"피임……."

그가 실망스런 눈빛을 했다가 입꼬리를 길게 늘어트렸다. 아마도 여기서 멈춰달라는 요구를 받을 줄 알았던 것 같았다. 그가 즉각 서랍에서 콘돔을 꺼냈다. 지체할 시간도 아까웠는지 콘돔 커버를 찢어 벗겼다. 뜯어낸 커버 속에서 알맹이가 나오자 그것을 그의 분신에 맞춰 끼웠다.

그의 들썩이는 가슴과 열에 들뜬 거친 숨이 승주와의 약혼을 깬 후로 줄곧 닫혔던 문을 열고 안으로 들어왔다. 그녀는 다리를 벌리고 허리를 살짝 들어 호흡을 맞췄다. 꾹꾹 눌러 밀고 들어오는 힘에 소름이 끼쳤다. 섬뜩한 느낌을 참아내고 숨을 몰아쉬었다. 오랜만이라 몸은 한껏 움츠러들어 처음과 비슷한 고통을 자아냈다.

그의 몸에서 후두두 떨어진 땀이 오히려 차갑게 느껴졌다. 두 사람이 뿜어내는 열기가 지독히도 뜨거웠다. 그가 숨을 몰아쉴 때마다 조금씩 들썩이는 감각이 고스란히 전해졌다.

허리 아래로 힘이 들어가지 않았다. 참고 있는 건 그녀만이 아니었다. 눈을 뜨고 마주한 그는 몹시 고통스러운 사람 같았다. 그녀는 늘어져 있던 팔을 들어 그의 어깨를 잡아 끌어안았다. 신호였다. 그는 짐승의 그것처럼 낮게 목을 울리며 깨어났다. 그녀는 눈을 감고 어둠에 파묻혀 쾌락의 끝까지 내달렸다.

눈이 뒤집혀 흰자위만이 몰렸다.

인간의 한계는 어디까지일까?

그녀는 더는 그를 감당할 수 없다고 느낀 순간이 지나고도 무려 한 시간 이상을 버텼다. 휘몰아치던 태풍이 지나가고 고요만이 남았다.

지나온 자리가 훤하게 눈에 들어왔다. 차마 되짚을 용기가 나지 않아 시선을 외면했다.

어쩌면 이렇게 그에게 무너질 수가 있는지. 그에게 말하고 싶었다. 너는 한순간의 욕정으로 내게 흠집을 냈다고. 그런 나는 이런 관계를 상상해 본 적도 바라지도 않았다고. 그렇게 고상한 취향이 그녀를 나무랐다.

그럼에도 그녀는 그를 밀어내지 않았다. 눈이 반쯤 뒤집힌 그가 밀어낸다고 밀려날 리가 없었다. 강제적인 관계도 아니었고 어쩌면 그녀도 바랐던 허락으로 시작된 행위였다. 그녀한테도 절반의 책임이 있었다. 더욱이 그녀가 경악한 것은 그와 하는 이 행위가 싫지 않다는 것이다. 근육통으로 전신이 얼얼한 이런 관계가 전혀 나쁘지 않았다. 손가락 하나 까딱하기 힘듦에도 싫지가 않아 기가 막혔다.

잠이 올 것처럼 노곤했지만 욕실로 갔다. 대충 몸에 물을 끼얹고 방으로 돌아왔다. 이 낯선 곳이 어딘지 묻지 않았지만 그의 집이 아닐지 짐작하며 비적비적 침대로 걸어갔다. 그의 시선이 가운 속을 헤집고 들어올 것처럼 집요하게 따라왔다. 그녀는 힘없이 피식 웃었다.

"더는 못해요."

철통 수비를 하듯이 강하게 부인하며 눈앞이 깜깜해진 혼미한 정신을 침대에 눕혔다. 자고 일어나면 피곤이 풀리겠지.

"나 나오면 자. 늘 혼자 자서 누군가가 기다려 주는 것을 바랐는데 오늘 네가 있어 소원 풀었다."

그의 간절함이 담긴 멘트였지만 그녀는 대충 고개만 까딱거렸다. 그가 그녀의 젖은 머리카락을 쓸어 넘겨주는데도 가만히 있었다. 흐뭇하게 웃는 표정을 보니 기분이 좋은 것 같았다. 그는 오래도록 머리를 쓸어준 후에야 욕실로 들어갔다.

눈꺼풀 끝에 거대한 추를 매단 것 같았다. 반쯤 감겼던 눈을 떠 그가 나오길 기다렸다. 이불을 끌어다 덮는 것도 귀찮았다. 하지만 나신이어선지 선뜻 한기를 느껴 애써 반쯤 끌어 덮었다.

욕실에서 샤워하는 소리가 들렸다. 그가 원하니까 나올 때까지 졸음을 참고 기다려 줘야지. 그렇게 기다려 주다가 녹초가 되어 잠이 들어버렸다.

잠결에 이불을 덮어주는 손길을 느꼈다. 목까지 덮어주며 가끔 토닥여 주는 그의 손길이 다정했다. 가끔 그녀의 몸을 옥죄는 품에 갇혀 지분대는 손길도 느꼈지만 그녀는 떨쳐 낼 기운이 없어 그대로 곯아떨어졌다.

어깨가 흔들려 겨우 눈을 떴다. 그가 내려다보고 있었다.

"잠꾸러기구나?"

몇 시인지 아냐고 묻는 그에게 몇 시냐고 물으며 주위를 둘러보았다. 밖은 이미 훤하게 밝아 있었다. 이 정도면 9시는 넘었을 것 같았다. 순간 회사 생각에 몸을 움직여 상체를 일으키려는데 생각대로 말이 안 들었다. 그런 그녀와는 달리 그는 멀쩡한 듯이 보였다. 그녀는 어젯밤 그에게 온전히 피를 빨린 드라큘라의 애인처럼 핼쑥해 몸도 가누기 힘든데 그는 대조적으로 혈색이 좋았다. 그렇게 힘을 빼고도 저 정도면…….

생각만 해도 아찔했다.

잘생긴 얼굴이 처음으로 얄미웠다. 더군다나 그녀를 당혹스럽게 한 것은 그의 시선이었다. 관계를 맺기 전에는 정중한 시선이었다. 그런데 어느 순간부터 뜨겁고 짙은 시선으로 변했다. 말투도 예전같이 다정하게 들렸다. 물론 그것이 나쁘진 않았다. 그처럼 그녀 역시도 3년의 시간을 단번에 뛰어넘은 것이니까. 그래서일까? 왜 이렇게 삐뚤어지고 싶은 마음이 드는 것일까.

그는 말과 행동, 하다못해 시선에도 욕망이 선연했고 색이 줄줄 흘러넘쳤다. 그녀가 이십대 초반이었다면 종일토록 그의 품으로 뛰어들었을지도 모른다.

대체적으로 여자를 꽃으로 비유하는데 그녀는 아니라고 생각했다. 꽃은 그녀의 눈앞에 있는 이 남자, 서강준이었다. 독을 품지 않았어도 취하게 만드는 마약 같은 꽃, 양귀비처럼 사람을 현혹하게 만드는 꽃, 아마도 양귀비가 환생해서 남자로 태어났다면 서강준에 비할 수 없었을 것이다. 그의 준수하다 못해 폭발할 것 같은 미모는 색을 흘리는 여자보다도 더욱 색을 부추겼다.

"왜 그렇게 뚫어져라 봐? 그러다가 내 얼굴에 구멍 나면 어쩌려고."

"아, 흠."

노골적으로 그를 봤다가 뒤늦게 정신이 돌아왔다. 그토록 빤히 보았었는지 몰랐는데 민망했다. 이러다가 출근이 늦어질 것 같아 힘겹게 이불을 걷어치웠다.

"9시 넘었죠?"

"잘 아네."

짐작했지만 움직이던 몸을 정지했다.

"정말이에요?"

"어. 근데 뭘 그리 놀라. 늦어도 뭐라고 할 사람 없잖아."

"그렇긴 해도 요즘 일이 많아요."

울상을 지었다.

"어쩌다 늦잠을 잤는지."

웅얼거리며 바닥에 다리를 내리려는데 그것도 힘들었다. 어쩌다 한겨울이가 남자한테 푹 빠져 몸을 허락해선 이런 꼴이 되었는지 모르겠다. 해도 해도 너무 혹사를 시켰다. 아마도 그가 자꾸 깨우지만 않았다면 이 정도는 아니리라. 그가 원인 제공자라 얄미웠다. 힘겹게 몸을 움직이는데 그가 보내기 싫은 사람처럼 단단한 가슴에 그녀를 가두었다. 그러곤 끝내 짧은 입맞춤을 해주었다.

"혼잣말해도 예쁘니 큰일이야."

그녀가 피이 웃었다.

"그만 놔줘요. 출근해야 해."

"잠시만."

그가 그녀를 가둔 팔을 풀어주지 않아 겨울은 갇힌 채 얼굴을 그의 심장 부분에 묻었다. 그의 심장 소리가 쿵쾅 울렸다. 놀란 그녀가 얼굴을 떼자 그가 지긋한 시선으로 내려다보았다.

"들었구나. 내 심장 소리. 다신 안 뛸 줄 알았는데 너를 만나고부터 뛰네. 신기해."

"……."

그녀는 대답하지 못했다. 그가 고개를 갸웃거렸다.

"근데 궁금하지 않아? 여기가 어딘지 묻지도 않고."

그녀가 작은 소리를 내며 웃었다.

"얼굴이 알려진 강준 씨가 나를 데리고 호텔을 가진 않을 거고. 딱 봐도 여긴 강준 씨 집이잖아요."

그가 들켰다고 픽 웃었다. 그의 미소를 보며 손가락으로 그림을 가리켰다.

"저거 첫 작품 때 찍은 거죠? 봄의 향연."

"기특하네. 그걸 다 알고."

"그간 강준 씨 작품은 다 봤어요."

그녀가 수줍게 고개를 내렸다. 사랑스런 그녀를 그가 다시 품에 가뒀다.

"오늘 나랑 있자. 보내기 싫어."

"촬영 없어요?"

"어. 내일모레부터 있어."

그녀가 우웅…… 하며 안 된다고 울상을 지었다. 그런 그녀의 행동이 예뻤는지 그가 그녀를 옥죄어 안았다.

"그만 놔줘요."

"오늘 하루만 안 가면 안 돼? 부탁이야."

옥죄어 안은 팔을 느슨하게 풀고는 짧은 입맞춤을 해주었다. 그의 아쉬워하는 표정을 보고 그녀는 심각하게 고민하다가 말했다.

"나도 그러고 싶은데 성미 씨 혼자 힘들어요."

"그럼 밥은 먹고 가."

"밥이 있어요?"

"성현이가 해주고 갔어."

"성현 씨가요? 정말 좋은 친구를 뒀네요."

그러고 보니 그는 이미 외출할 준비를 한 사람처럼 말끔했다. 밤새 자라 푸른 수염도 어느새 깎았는지 얼굴이 깨끗하게 빛났다. 눈부신 흰 와이셔츠를 걸치지 않고 편한 실내복을 입었어도 그는 빛이 나는 피부를 가졌다. 함께하는 여배우들은 모두 다 예쁘다고 하는 여자들이다. 내로라는 여자들이 그와 작업하면 빠진다는 기사를 읽었다. 특별히 누구를 사귄다는 말을 듣지는 못했다. 가끔 C양이란 여자와의 스캔들 기사가 실리긴 했지만. 어쩌면 소속사에서 관리를 잘해서 스캔들이 묻혔는지도. 그가 너무도 잘나 은근 의심이 가는 눈빛으로 말했다.

"강준 씨한테 안 넘어온 여자 없죠? 나한테 하는 것 보면 선수야."

솔직히 아니길 바라는 마음에 떠보듯이 물었지만 실은 조마조마했다. 조마조마한 마음을 들키지 않으려고 살짝 눈도 내리깔고 샐쭉하게 굴었다. 그런 표정에 그는 귀엽다고 생각했는지 픽 웃었다. 그가 손을 내밀어 그녀의 볼을 부드럽게 쓸어주는데 빨려들 것 같은 짙은 눈빛이었다.

"선수란 소리 싫진 않은데? 그럼 어젯밤에 좋았단 말이 되니까. 근데 모든 여자들이 나한테 다 넘어왔다는 소린 하지 마. 난 너한테만 선수란 소리를 듣고 싶어."

몸이 녹아드는 것 같았다. 그녀는 진저리를 치며 그를 보았다. 그가 입술을 가까이 내려 그녀의 귓가에 속삭이듯이 말했다.

"의심하지 마. 내 눈빛을 보면 몰라? 바보같이."

그의 짙은 눈빛이 한차례 일렁였다. 아직 단정 짓기는 이르지만 짙은 그의 눈빛에서 진심이 묻어났다. 그는 몸짓 하나에도 말투 한마디에도 진중했고 진실했다. 그런 남자에게 투정 아닌 투정을 부린 그녀는 창피해 눈자위가 발갰다.

"그럼 취소. 솔직히 쪼금 겁이 났어요. 강준 씨가 나를 쉬운 여자로 볼 것 같아서. 미안해요."

그녀는 그의 허리에 두른 손을 더욱 세게 가슴 쪽으로 끌어당겨 안았다.

4. 오해

겨울은 강준과 맛있게 아침을 먹었다. 그가 손을 놓지 않아 뿌리치느라 애먹었다. 잠깐 회사에 다녀오겠다고 하고서야 풀려난 겨울은 촬영 없는 이틀간 함께 보내자는 그의 말을 들어주었다.

"약속 지켜. 금세 오는 거야."

그가 새끼손가락을 걸자고 내밀었다. 그의 길고 하얀 새끼손가락을 보며 작게 웃었다.

"일곱 살짜리들도 아니고."

"도장도 찍고. 자, 복사."

복사까지 해줘야만 보내줄 것 같아 해주었다.

"애 같아요. 옛날엔 안 그랬잖아. 그땐 말도 없었었는데."

그 시절 그의 모습을 떠올리던 그녀는 많이 변한 그도 그 나름대로 좋았다.

“그래서 싫어? 그럼 그때처럼 입 다물고 살까?”

“아니. 지금은 지금 그대로 좋아요.”

그때도 그 나름대로 좋았어요. 그 말은 차마 뱉지 못했다. 그랬으면서 왜 다른 남자에게 갔느냐고 묻는다면 할 말이 없었다. 그녀는 빨리 그의 손에서 벗어나고 싶었다.

“너무 늦었어요. 빨리 가야 한다고. 집에 가서 옷도 갈아입어야 하고.”

“아, 그렇지. 그 생각은 못했어. 나가자. 데려다줄게.”

“예에?”

“왜 그래? 너 차 없잖아. 생각 안 나?”

“아, 그렇지.”

그는 말이 떨어지기 무섭게 행동에 옮기는 사람이었다. 외투를 걸치더니 그녀의 손을 잡아끌고는 밖으로 나갔다. 그러곤 그녀의 집 앞에서 차를 세웠다. 그녀는 차에서 내리기 전에 말했다.

“내 차 가지고 갈게요. 그냥 가요.”

“왜? 내가 태워줄게.”

“번거롭고 강준 씨가 쉬지 못하잖아. 그냥 가요. 그게 나도 편고.”

“이거 아쉬운데. 알았어. 갈 테니까 어서 들어가.”

그가 차 안으로 들어가자 그녀는 주차장에 주차된 제 차에 올라 회사를 향해 출발했다. 회사에 도착한 겨울이 문을 열고 사무실로 들어서는데 성미가 걱정하는 소리를 들었다.

"아프신 줄 알고 걱정했어요. 전화도 안 되고."

배터리가 떨어져서 전화가 안 된 것이다.

"전화는 어제 충전을 못하고 자서. 미안해, 성미 씨. 내가 했어야 하는데. 회사에 별일은 없지?"

"네. 별다른 일은 없어요. 근데 무슨 일이 있으신 거예요?"

"아냐. 큰일은 아니니까 걱정 마. 결재 서류."

"잠시만요."

성미가 결재 서류를 챙기는 것을 보던 겨울은 어젯밤 일이 불현듯 생각나 볼을 감쌌다.

"여기. 이건 급한 거구요."

"알았어. 내가 알아서 할게. 우리 커피 마실까?"

"전 됐어요. 곧 점심이라서. 회계사님만 타드릴게요."

성미가 재게 걸어 커피머신에서 커피를 내렸다. 그녀는 성미의 뒷모습을 보다가 서류로 고개를 내렸다. 급한 결재 건을 우선으로 검토해 나가는데 성미가 커피 잔을 책상에 내려놓았다.

"고마워."

인사를 하며 급한 일을 서둘러 마무리하려고 바쁘게 손을 움직였다.

일하다 보니 그와 약속했던 시간이 가까웠다. 혹시 그에게서 메시지가 와 있나 휴대폰을 확인했지만 빨리 오라는 독촉의 메시지는 없었다. 그녀는 그의 배려가 고마워 업무를 마무리했다. 그러곤 곧 나갈 준비를 서둘렀다.

"성미 씨, 먼저 나갈게. 무슨 일이 있으면 전화하고. 아까 내가 말한 것 그 건 마무리하고."

"그럴게요. 제가 알아서 할게요. 걱정 마세요."

성미가 고마운 그녀의 눈가에 정이 넘친 미소가 번졌다.

"내일 봐."

"네. 차 조심하세요."

그녀의 안전을 걱정해 주는 성미를 뒤로하고는 바삐 차에 올랐다.

그녀는 그의 재촉이 더는 없었지만 마음이 급했다. 서둘러 차를 몰고 그의 빌라로 가던 중에 빵집을 발견했다. 오붓하게 달달한 케이크를 먹으며 즐거운 시간을 보내고 싶어 녹차 케이크 하나를 샀다.

요즘 그녀는 마치 처음 연애하던 그 시절만큼이나 들떠 있었다. 그 마음으로 그의 빌라 앞에 차를 세우곤 단번에 그의 집 현관 앞에 도착했다. 그런데 문이 저절로 열리는 것이 아닌가. 누군가가 왔다가 닫지 않았거나 무슨 일이 생긴 것이다. 순간 섬뜩한 생각이 들었다. 만약에 도둑이 들었다면 하는 생각이 들자 그의 얼굴이 떠올랐다.

강준 씨…….

그를 부르려 했지만 두려운 마음이 먼저여선지 입이 떨어지지 않았다. 하지만 용기를 내서 조심스럽게 안으로 들어갔다. 그런데 그녀가 생각했던 위급한 상황은 아니었다. 슈트를 입은 남자와 그가 나란히 창밖을 보고 서 있었다.

슈트를 입은 남자가 몸을 돌렸다. 임 대표였다. 순간 발이 떨어지지 않아 그대로 멈췄다. 임 대표가 무슨 일로 그의 집을 찾았을까? 하는 의문도 잠시였다.

“아직도 그 여자한테 미련이 남은 거야? 아니면 미련한 거야, 바보인 거야. 다신 상처받기 싫다며? 그래서 죽도록 연기만 할 거라며? 그때의 각오는 어디에 처박아두고 이래. 지금까지 쌓아온 탑 한순간에 무너트리고 싶어?”

“그건 아니야.”

“그럼 뭔데? 답답하게 굴지 말고 말을 해. 그래야 내가 알아듣지. 도대체 네 생각이 뭐냐. 무슨 생각이기에 그 여자를 집 안까지 끌어들였어.”

“복수하고 싶었어.”

“뭐?”

“걔한테 복수하고 싶었다고. 나를 떠난 걔한테 보여주고 싶었어. 나 이렇게 잘나가는 남자가 되었다. 이젠 네가 쳐다볼 수도 없는 높은 곳의 남자가 되었다고 보여주고 싶었어.”

그와 대표의 대화가 들려왔다. 순간 전신의 핏기가 사방에 뿌려진 것처럼 핏기조차 없었다. 미동도 못한 채로 들어선 안 될 그들의 대화를 듣고야 말았다.

“강준아…….”

“그다음엔 내 걸로 만들고 싶었어. 그러고 난 후에 버리려고. 그래야만 내가 버려질 때의 그 처절함을 걔도 느낄 테니까.”

겨울은 정신이 혼미해 더는 그곳에 있을 힘이 없었다. 곧 쓰러질 것만 같았다. 입술을 깨물고 있는 힘을 다해 그곳을 빠져나왔다. 무슨 정신으로 그곳을 빠져나왔는지 모르겠다. 밖으로 나왔을 때 그녀의 손에 들려 있던 케이크는 보이지 않았다.

혼미한 상태에서 차에 올랐다. 무작정 운전하는 차창 밖으로 빠르게 움직이는 풍경이 속절없이 지나쳤다.

얼마쯤 지났을까. 몸에 밴 습관처럼 차를 멈춰 신호 대기했다. 빨간 불이 깜박깜박거리며 초록불로 바뀌었다. 차를 출발시켰다. 어떤 생각도 할 수 없을 만큼 공황 상태가 된 그녀는 로봇처럼 운전을 하곤 가까스로 집으로 돌아왔다.

집이란 생각이 들자 힘겹게 버텼던 몸이 일순 무너졌다. 실신하듯이 침대 위로 떨어졌다.

고개를 흔들어 정신을 차리려 노력했다. 그의 말이 믿기지 않아 그간의 일들을 떠올렸다. 방금 전 들은 그의 말은 그래서 더욱 믿기지 않았다. 어떻게 그의 입에서 복수란 단어가 나올 수 있는지 모르겠다.

함께한 내내 떨어지기 싫어하는 아이처럼 굴던 그를 생각했다. 밤새도록 지분대는 그의 손길을 느꼈었다. 그것도 복수의 일환이었단 말인가.

믿을 수가 없다. 어젯밤 그의 눈빛은 따끔할 정도로 뜨거웠다. 맨 피부에 닿을 때마다 느껴지는 전율은 그녀를 얼마나 간절히 원하는지 알 수 있었다. 그런데 그것이 온전히 그녀에 대한 복수심으로 섬철되었다는 말은 믿을 수가 없었다. 하지만 그가 대표에게 낮게 으르렁대던 그 소리가 귓가에 생생해 괴로웠다.

"복수하고 싶었어. 나를 떠난 걔한테 보여주고 싶었어. 나 이렇게 잘나가는 남자가 되었다. 이젠 네가 쳐다볼 수도 없는 높은 곳의 남자가 되었다고 보여주고 싶었어. 그다음엔 내 걸로 만들고 싶었어. 그러고 난 후에 버리려고. 그래야만 내가 버려질 때의 그 처절함을 걔도 느낄 테니까."

"아니야!"

귀를 틀어막았다. 도저히 그의 말을 믿을 수가 없었다. 하지만 찬물을 끼얹은 것 같은 그의 얼굴이 마치 앞에 있는 듯 생생해 정신이 퍼뜩 들었다.

심장이 쪼그라들고 위가 따가울 지경이었다. 심한 통증이 밀려들었다. 그의 사랑은 진심이 아니었고 복수였다는 사실에 뺨을 타고 흐르는 눈물이 그녀의 얼굴을 온통 적셔 버렸다. 눈물은 훔쳐지지도 않았다.

얼마쯤 울었을까. 눈물을 흘린 탓에 눈으로 피로가 몰려들었다. 머리도 지끈거렸고 심장 부근에 바늘이 쿡쿡 찔러대는 듯한 통증이 느껴졌다. 쉬고 싶었다. 오늘 하루가 지나면 방금 전 있었던 일들을 잊을 수 있을 것만 같아 눈을 감았다.

❖

가끔 눈이 내리는 동산에 올라 하얀 솜뭉치 같은 눈덩이를 굴려

눈사람을 만드는 꿈을 꾼 적이 있었다. 온 천지가 하얀 눈밭인 그곳엔 그와 그녀만이 존재했다.

눈사람을 만들고 나면 어린 시절의 동심으로 돌아가 그녀와 함께 눈썰매를 타고 바람처럼 동산을 내려온다. 그러곤 나무로 만들어진 산장에 들어 따끈한 커피를 마신다.

너울너울 김을 따라 마주친 두 사람의 시선이 뜨거워지면 그는 그녀의 뒷목을 잡고 서서히 턱을 내린다.

어느새 두 사람의 입술은 퍼즐 조각처럼 맞물린 채 이미 한 몸이 되어 있었다.

그렇게 그녀와 행복하게 사는 꿈을 꾸었다. 그것이 오래가지 못했지만 만약 그런 꿈을 꾼다면 오로지 그녀여야만 된다고 생각했다. 그래서일까? 그에게 꿈같은 현실이 이루어졌다. 그가 간절히 원했듯이 그녀 역시도 그를 원했다. 그녀가 자신을 온전히 받아준 것이다.

아침에 눈을 뜨고 싶지 않았다. 어젯밤 그녀와의 꿈처럼 달콤했고 강렬했던 순간을 깨고 싶지 않았다. 하지만 그녀와의 달콤한 시간은 너무도 짧았다. 마치 좋은 작품을 만나 몰입했을 때의 그 기분이랄까.

순간처럼 지나간 시간이 아쉬워 그녀의 손을 놓기 싫었다. 촬영이 없는 이틀간 그녀와 살을 부딪치며 집 안에서 뒹굴고 싶었다. 태초에 하나님께서 아담과 이브를 만들었을 때처럼 실오라기 하나 걸치지 않은 원초적인 모습으로 보내고 싶었다.

어제 하루로는 성이 차지 않았다. 어린아이처럼 떼를 쓰자 그녀가 잠시 회사에 들렀다 온다고 했다. 자신의 말을 순순히 받아준 그녀가 사랑스러워 집 앞까지 따라갔다.

돌아서서 집으로 오는 도중 문뜩 성현의 얼굴이 떠올랐다. 아침을 해다 준 고마운 친구에게 저녁도 부탁할 생각이었다. 그가 전화를 들었다.

“나야. 아침은 고마웠다.”

[그거 말하려고 전화한 거야?]

“어. 안 돼?”

“너 오늘 좀 이상하다. 어제 무슨 일 있었지? 나한테 입발린 소리를 할 놈이 아닌데. 대체 뭐야?]

이미 감을 잡은 친구가 집요하게 물었다. 그는 눈치가 빠른 성현의 질문에 픽 웃어서 넘겼다.

“아무 일도 없었다. 됐냐?”

[아닌데. 아, 그러고 보니 현관에 여자 힐을 본 것도 같고.]

그거 겨울 씨 신발 아니냐고 우회적으로 묻는 친구를 보며 아침 식사를 가져온 친구에게 겨울이 자는 안방 근처는 못 가게 한 것이 얼마나 다행인지 모르겠어서 안심했다. 그는 나름대로 완벽하게 친구를 속였다고 생각했다. 그녀가 안방 침대 위에서 자고 있었지만 혼자 있는 것처럼 행동했다. 하지만 감이 빠른 녀석의 촉은 달랐다.

[둘이서 오붓하게 저녁까지 즐기시겠다? 어제 분위기 보니까 두 사람 뜨겁던데. 거짓말 마라.]

“아니라니까.”

[너 끝까지 속일 거야? 근데 아침밥은 왜 2인분을 하라고 했을까?]

이미 눈치챈 성현을 속이는 것은 무리였지만 그는 겨울이를 지켜주고 싶어 끝까지 부인했다.

“배고파서 그랬다. 됐냐?”

[야. 입술에 침이나 바르고 말해. 근데 왜 전화했어?]

“아. 저녁도 부탁하려고.”

[야! 내가 네 시다바리냐?]

“아니야?”

성현이 씩씩대는 소리가 수화기를 통해 들렸다. 그가 하하 웃었다.

“농담이고. 네 밥이 맛있어서야. 해줄 거지?”

그가 돌려 말하자 씩씩대던 성현이 돌연 음흉하게 웃었다.

[해주마. 너와 너의 여자를 위해서. 내가 그것도 못해주겠냐.]

“쓸데없는 소리 집어치우고 4시쯤 와.”

[오호! 저녁 일찍 먹고 겨울 씨하고 뭘 하려고 그리 바쁘실까?]

성현의 짓궂음에 이번엔 강준이 성질을 냈다.

“그게 아니라니까. 나 끊는다?”

[알았어. 4시쯤에 가져다줄게. 내가 알아서 만들어다 주면 되지?]

“어. 그럼 이따가 보자.”

집요한 추궁을 잘 넘긴 그의 입가에 미소가 머물다가 사라졌다. 친구의 전화를 끊을 때쯤은 이미 집 앞에 도착해 있었다. 가벼운 마음으로 주차하며 집으로 들어갔다.

집 안에는 아직도 그녀의 온기가 남아 있는 듯 따뜻했다. 그 온기를 느끼며 잠깐 눈을 붙였는데 깜박 잠이 들었나 보다. 현관 벨소리에 번쩍 눈을 떴다. 먼저 시각을 확인했다. 겨울이가 도착할 시간이었다. 깜박 잠들었다고 생각했는데 푹 잔 것이다. 뒷목을 쓸며 문을 열어주는데 짐작했던 겨울이 아니었다.

"형?"

느닷없는 임 대표의 등장에 약간 긴장했다. 때마침 혼자였기 망정이지 겨울이와 함께 있는 것을 들켰다면 난처했을 것이다.

"오늘 쉰다고 했는데 무슨 일이야?"

임 대표가 할 말이 있는 사람처럼 말했다.

"이렇게 세워둘 거냐?"

"아냐. 들어와."

임 대표가 거실로 들어서자 얼굴을 살폈다.

"뭐 마실래?"

"버번 있어?"

"어. 근데 대낮부터 무슨 술이야?"

"너한테 할 말이 있어. 그거라도 마셔야 할 것 같다."

임 대표가 짧은 한숨을 쉬었다.

"나한테 할 말이 있다고?"

심각한 대표의 표정을 살폈다. 술을 찾는 것을 보면 가벼운 얘기는 아니다. 그가 버번을 가지러 간 사이 임 대표는 걸친 버버리를 벗어 소파 팔걸이에 걸쳐 놓았다. 팔짱을 낀 채로 창밖을 보고 있었다.

버번을 손에 든 그가 임 대표에게 잔을 내주며 대표와 같은 자세를 취했다. 임 대표가 잔을 받아 들곤 한 모금 마셨다. 대표는 손에 든 갈색의 버번을 보며 낮게 말했다.

"아침에 여기서 너하고 그 여자가 나오는 거 봤다. 믿기지 않아 네 차를 추격했어."

뜨끔했다.

"내 눈을 의심했지. 네가 그럴 리가 없는데. 그래서 정신없이 네 차를 뒤쫓았어. 근데 내가 잘못 본 것이 아니었어."

굳은 표정의 임 대표는 심각했다. 대표가 고개를 돌려 그를 보았다.

"어떻게 된 거야?"

난감했다. 그가 촬영이 없는 날은 그 누구도 그의 집을 방문하지 않는다. 지금까지 그런 시스템으로 운영되어 왔다. 그런데 느닷없이 대표가 찾았다.

"이런 들켰네."

농담 식으로 받아치며 옅은 미소를 지었다.

"하필이면 그때라니. 딱 걸렸네. 형한테는 못 당하겠어."

"그걸 지금 농담이라고 하는 거야?"

화가 나지만 참고 있는 듯한 대표의 목소리에도 그는 물러서지 않았다.

"그 문제는 내가 알아서 할게. 그러니까 형은."

"참견하지 말라는 거야?"

임 대표가 쏘아보았다.

"이젠 나도 안중에 없을 정도로 컸다는 말이냐고?"

임 대표의 말이 그의 생각과는 달라 그가 바지 주머니에 손을 찔러 넣고는 짜증내듯이 말했다.

"형, 내 말은 그게 아니잖아. 알면서 왜 그런 식으로 말해."

"그럼 뭔데? 그 여자 다 잊었다며? 힘들어하는데 도와주었으면 싶다고 다른 일은 만들지 않을 거라고 말했지? 그 말 한 지 얼마나 되었다고 내 뒤통수를 쳐. 입이 있으면 말을 해."

임 대표의 말이 모두 다 사실이어서 대답하지 못했다. 임 대표의 입장에서 보면 그에게 뒤통수를 맞은 격이다. 그러니 임 대표의 상실감도 클 것이다.

그를 처음부터 지켜본 임 대표라면 그런 말을 할 자격이 충분했다. 신인 시절부터 함께했던 임 대표에게 대표님이란 호칭을 쓰지 않고 형이라고 부르는 것도 그것과 일맥상통했다. 그만큼 그에게 있어 임 대표는 친형과 같은 존재였다. 그가 어렵고 힘들 때 뒤에서 든든하게 받쳐 주던 큰 산이었다. 하지만 그런 형에게도 말 못 한 것이 겨울을 잊지 못했던 마음이었다. 그가 어떤 변명도 못하자 임 대표가 말했다.

"미련한 자식. 더는 상처받기 싫다며? 고작 혼자만의 짝사랑으로 끝낸 여자를 아직도 잊지 못해 이러는 거야!"

"짝사랑이 아니라고 내가 몇 번을 말해. 그때 우린 서로를 좋아했어. 단지……."

단지 그가 못나 그녀를 뺏겼다. 그렇게 생각했다.

"듣기 싫어! 너는 어땠을지 몰라도 그 여자는 아니었어. 너를 좋아했다면 널 선택했겠지 돈 많은 남자를 택했겠냐?"

"형!"

듣고 싶지 않았다. 설사 그렇더라도 그녀가 속물적인 여자란 사실을 임 대표의 입을 통해 듣고 싶지 않았다.

"너 이러면 약속 위반이야. 일전에 나한테 그랬지. 그 여자한테 소득신고만 맡겨주면 더는 가십거리를 만들지 않겠다고. 얼마 전이니까 기억 못한다고 발뺌 못하겠지?"

"미안해, 형."

"지금 이 상황이 미안하다는 말로 되는 거야? 나하고 약속했으면 지켜야지. 이런 식으로 나오면 곤란해."

"사정이 있었어."

"무슨 사정인데 이른 아침에 여기서 둘이 나오냐고? 너 설마……."

임 대표가 놀란 눈빛으로 그의 얼굴을 뚫어져라 보았다. 뭔가를 확인하는 듯한 시선에 그가 고개를 숙였다.

"강준아, 아니지. 여기서 함께 보낸 건 아니지?"

"……."

"왜 말을 못해. 그런 거야?"

임 대표가 버럭 고함을 질렀다.

"너 정말. 그렇게 안 봤는데 나하고의 약속은 약속이 아닌 거냐? 어떻게 나를 이렇게 실망시켜!"

"형?"

"너도 그렇지만 그 여자도 그래. 그땐 너를 그리 힘들게 만들더니 이제 와 성공한 너는 좋대? 그렇게 안 봤는데 보기와는 딴판이네. 그런 여자가 좋냐?"

"형, 그게 아니야."

"뭐가 그게 아닌데? 아니면 아니라고 속 시원히 말을 해. 네가 이럴 줄 알았다면 이번에도 기존 회계사와 계약했을 거다. 이럴 줄 알았다면 네 말을 안 들어줬을 거라고."

"형."

"아직도 그 여자한테 미련이 남은 거야? 아니면 미련한 거야, 바보인 거야. 다신 상처받기 싫다며? 그래서 죽도록 연기만 할 거라며? 그때의 각오는 어디에 처박아두고 이래. 지금까지 쌓아온 탑 한순간에 무너트리고 싶어?"

"그건 아니야."

"그럼 뭔데? 답답하게 굴지 말고 말을 해. 그래야 내가 알아듣지. 도대체 네 생각이 뭐냐. 무슨 생각이기에 그 여자를 집 안까지 끌어들였어."

임 대표의 질책에 고개를 숙였던 그가 천천히 고개를 들었다.

"복수하고 싶었어."

"뭐?"

"걔한테 복수하고 싶었다고. 나를 떠난 걔한테 보여주고 싶었어. 나 이렇게 잘나가는 남자가 되었다. 이젠 네가 쳐다볼 수도 없는 높은 곳의 남자가 되었다고 보여주고 싶었어."

"강준아……."

"그다음엔 내 걸로 만들고 싶었어. 그러고 난 후에 버리려고. 그래야만 내가 버려질 때의 그 처절함을 걔도 느낄 테니까."

임 대표가 번뜩 놀랐다.

"형도 알잖아. 이를 악물고 형이 하라는 대로 다 했어. 폭탄이 쏟아지는 곳을 뛰라면 뛰었고, 뜨거운 모래사장의 사열을 견디며 걸었어. 심장이 멎을 것만 같은 깊은 수심 밑에 들어가라면 내 몸을 내던졌어. 그렇게 어떤 악조건의 촬영도 마다치 않고 지독하게 굴었더니 서강준이란 스타가 되어 있었어. 형이 바라고 내가 바랐던 스타 말이야. 나와 싸우다 보니 세상은 이미 내 손안에 들어와 있었고 그 시간 동안 겨울이는 파혼을 했어. 마침 겨울이의 친구가 작가여서 내겐 기회였지. 기회를 잡자 일이 술술 풀리려는지 겨울이의 회사가 힘든 거야. 그래서 그걸 놓치지 않고 이용했어. 보란 듯이 겨울이에게 예전의 내가 아닌 강한 남자란 것을 보여줄 수 있었어."

"그런데?"

"그런 다음 처절하게 내가 당한 만큼 복수하려고 했어. 근데……."

"근데!"

"그랬는데……. 난 걔한테 그럴 수가 없는 못난 놈이야."

"그건 무슨 개 풀 뜯어 먹는 소리야?"

"난 죽어도 겨울이한테 복수 같은 것 따위 할 수가 없는 바보 같은 놈이라고."

임 대표가 기막히다고 들고 있던 버번을 들이켰다.

"다시 또 겨울이가 나를 떠난다 해도 난 그때처럼 굴 거야. 걔를 기다리는 것. 나한테 와주길 기도하며. 나는 태생이 겨울이를 거부할 수 없다는 것을 알았어. 그건 짝사랑도 아니고 집착도 아니야. 사랑이야, 형."

"무슨 바보 같은 궤변이야?"

"지금은 단 하나만을 바랄 뿐이야. 겨울이가 나한테 오길. 와주길 바라."

"이런 바보 같은 자식. 너 서강준이 맞아? 그 여자를 위해 결국엔 순정을 준 거야?"

"미안해, 형."

"강준아!"

"바보 같은 동생, 형만이라도 이해해 줘."

"뭘 이해하라는 소리야! 난 도저히 이해 못해!"

임 대표가 소리를 질렀지만 굽히지 않았다.

"형한테 이런 말 하는 날이 오질 않길 바랐어. 근데 어쩔 수 없다."

임 대표가 그의 말에 움찔거렸다.

"나 막지 마. 부탁이야. 내가 겨울이 만나는 것 방해만 하지 마."

그의 낯선 얼굴에 임 대표의 표정이 일순 일그러졌다.

"이젠 임 기획을 좌지우지할 정도로 컸으니 나는 안중에도 없다는 거냐?"

"그런 말이 아니야, 형. 내 말을 왜 그리 곡해해."

"듣기 싫어. 네 진심이 뭔지 알아도 그 여자는 안 돼. 너하고 그 여자는 절대로 어울릴 수 없어. 그건 내가 용납 못해."

"형!"

"강준아, 왜 이리 시끄럽냐?"

그가 소리치는 그때였다. 막 성현이 현관으로 들어섰다.

"어, 이건?"

발밑의 네모난 상자 때문에 성현이 우뚝 섰다. 그것을 의아하게 내려다보다가 상자를 손에 들었다. 자신이 들어서는 소리를 듣고 현관으로 나온 강준과 눈이 마주친 성현이 씨익 웃으며 말했다.

"너 오늘 단단히 이벤트 준비했구나? 근데 이건 왜 여기다 두었어?"

그가 네모난 상자에 눈길을 주었다. 그를 뒤따르던 임 대표가 강준의 뒤로 나타나자 성현이 임 대표에게 넙죽 인사했다.

"오셨어요?"

임 대표는 성현의 인사에 대답 대신 고개만 끄덕이며 나가 버렸다. 심각한 분위기에 눌린 성현이 의아한 눈길로 말했다.

"임 대표까지 어쩐 일이야? 찬바람이 쌩 돈다. 근데 겨울 씨는? 너, 혹시 벌써 들켰냐?"

눈치가 백단인 성현이 기웃거리며 거실을 살폈다. 그는 친구의 손에 들린 것이 케이크란 사실을 알았다. 그것을 묻는 것을 보니 친구가 가져온 것이 아니다. 그렇다면 누가 케이크를 떨어트리고 간 것일까? 순간 겨울이 들렀다가 떨어트리고 갔다는 것을 알았다. 그녀가 왔다가 그와 대표의 대화를 들은 것이다. 강준의 얼굴이 곧 죽을 사람처럼 희게 질려갔다. 그가 숨 쉬는 법을 잊은 것처럼 서 있자 성현이 그의 어깨를 흔들었다.

"너 안색이 왜 그래?"

그는 친구의 물음에 대답도 못한 채 밖으로 뛰쳐나갔다. 등 뒤로 성현이 부르는 소리가 들렸지만 그는 곧바로 차를 향해 뛰었다.

차에 올라 그녀에게 전화를 걸었다. 신호는 가는데 그녀가 받지 않았다. 급한 마음에 겨울의 아파트를 향해 질주했다.

그녀가 집으로 돌아올 때란 것도 잊은 채 대표와 설전을 벌였다. 못난 자신이 한심했다.

그는 겨울이 대표와의 대화를 들었을 것이라고 짐작했다. 그 충격에 되돌아간 것이다. 자신의 부주의로 인해 그녀가 받았을 상처가 고스란히 닿자 감정을 주체 못하고 핸들을 주먹으로 내려쳤다. 심호흡으로 마음을 가라앉히려 노력했다.

그녀의 집 앞이 가까워지자 본능적으로 은지에게 전화를 걸었다. 은지가 전화를 받았다.

"작가님, 서강준입니다."

[안녕하세요. 이거 어떻게 감사를 드려야 할지 모르겠어요. 설마 했는데 그 설마가 내게 행운을 가져다주다니. 다 강준 씨 덕분이에요. 언제쯤 시간이 나실까요. 식사를 대접하고 싶은데요. 물론 겨울이와 함께요.]

그의 사정을 전혀 모르는 은지의 들뜬 목소리가 들렸다. 하지만 은지의 마음을 받을 만한 여유가 없었다.

"작품이 좋아 선택한 것이니까 인사는 그만 받을게요. 제가 전화를 드린 건 다름이 아니고 겨울이가 전화를 안 받아서요. 혹시 겨울한테서 전화를 받으셨습니까?"

[아뇨. 오늘은 없었어요. 무슨 일 있으세요?]

겨울이 은지에게도 전화하지 않은 듯싶었다.

"자세한 것은 나중에 말씀드리겠습니다. 혹시 겨울이의 아파트 비밀번호를 알고 계신지요. 일전에 겨울이가 작가님한테는 우리의 얘기를 했다고 들었어요. 그래서 아시니까 편히 드리는 말씀입니다."

[아, 깜박했다. 강준 씨한테 겨울이를 부탁한다고 말하려고 했는데. 저야 당연히 강준 씨라면 쌍수를 들고 환영이죠. 우리 겨울이 잘 부탁할게요. 그때나 지금이나 전 강준 씨 편이에요. 팍팍 밀어드릴게요.]

"말씀만이라도 고맙습니다."

[근데 겨울이가 연락이 안 돼요?]

"네. 집에 있는데도 제 전화를 안 받는지 알아보려고요. 비밀번호를 알고 계십니까?"

[물론이죠. 사랑싸움은 빨리 끝내는 것이 좋아요. 알려 드릴게요.]

은지의 웃음기 띤 목소리가 다시 들렸다.

[108동 902호, #51409#예요. 어서 가보세요.]

인사를 남기고 마음이 급한 그는 은지와의 전화를 끊었다. 이미 몸은 차를 주차시키고 엘리베이터에 올라 있었다.

곧이어 그녀의 집 현관 앞에 섰다. 은지가 확인해 보라던 번호를 눌렀다. 삐리릭 소리와 함께 다행히 문이 열리자 긴장이 풀렸다. 열린 문 안으로 들어서다가 그녀의 구두를 확인했다. 그녀가 집에 있어 안심했다.

그녀의 걱정으로 초주검이 된 것 같은 얼굴로 거실을 지나친 그는 안방으로 추정되는 방문을 살며시 열었다. 그녀가 침대 위에 누워 자고 있었다. 그제야 다리에 힘이 풀렸다. 그녀에게 가까이 다가갔다. 얼마나 울었는지 눈이 퉁퉁 부은 채로 잠이 든 그녀가 보였다. 바닥에 무릎을 꿇고 너무 아파서 죽을 것 같은 얼굴로 그녀를 내려다보았다.

5. 갈등

야트막한 산등성이를 연상시키는 골프장이었다. 각각의 홀마다 곳곳엔 조명이 대낮처럼 환하게 켜졌다. 한눈에도 필드가 훤히 보이는 대표실에서 오락가락하던 승주가 책상으로 다가갔다. 그는 수화기를 들었다 놨다 하며 전화를 걸어야 할지 망설이다가 결심을 한 듯 수화기를 들어 전화를 걸었다. 상대의 휴대폰 전원이 꺼져 있었다. 이젠 그의 전화는 일부러 받지 않으려고 수작한다는 생각에 겨울의 회사로 걸었다. 이미 복구멍까지 화가 치밀었지만 예의를 갖춰 말했다.

"미스 김, 나 백승주입니다. 회계사님 계십니까?"

[안녕하세요? 회계사님은 퇴근하셨는데요.]

"아, 그래요. 그럼 집에 있겠군요."

집에 있으면서 전화를 꺼놨다는 생각에 짜증이 밀려들었다. 그의 핸드폰으로 전화를 하면 분명히 받지 않을 것이기에 회사 번호를 사용했다. 그럼에도 그녀는 전화를 받지 않았다. 그렇다고 이대로 물러설 백승주가 아니다. 비릿한 미소를 짓고는 인터폰을 눌렀다.

"10분 후에 나갈 거니까 차 대기해."

—김 기사에게 대기…….

비서의 말을 잘랐다.

"혼자 나가."

—곧 대기시키겠습니다.

차를 대기할 10분을 주며 잠시 필드가 보이는 창가를 서성거렸다. 겨울의 비밀번호를 바꾼 그날 이후론 그녀의 목소리도 듣지 못했다. 슬슬 그녀가 궁금해진 그는 팔짱을 끼고 어슬렁거리다가 시각을 확인했다. 9분이 흘렀다.

슈트를 걸치고 전신 거울에 얼굴을 비추고는 앞머리를 툭툭 털었다. 넥타이도 똑바로 잘 매어졌는지 확인한 승주는 사무실을 나가 대기해 있는 차에 올라 CC를 빠져나갔다.

목적지까지 40분쯤 걸릴 것을 예상하며 태연하게 운전했다. 한 달이란 시간은 그날의 일을 풀고도 남을 기간이었다. 슬슬 달래 저녁을 먹으며 다시 환심을 얻을 계획을 세웠다.

'근데 넘어올까?'

반신반의했다. 요즘 그녀에 대해서 알아본 바로는 회사 일만 했다. 이쯤에서 기분을 풀어준다면 그의 계획에 걸려들 것이다. 후후! 생각만 해도 기분이 좋았다.

만족의 미소를 날리다가 파혼당하기 전의 일이 떠올라 애꿎은 핸들을 내려쳤다. 만약 겨울에게 친한 친구들이 없었다면 그는 완벽한 알리바이를 만들 수 있었다. 들키지 않고 그녀와의 약혼을 지속했을 것이다.

"젠장."

그간 그녀 모르게 숱한 여자들을 만나왔다. 약혼 전부터 그의 주위엔 여자가 끊이지 않았다. 스펙 좋은 그를 여자들은 가만히 놔두지 않았다. 어쩌면 그런 상황을 적당히 즐기며 이용했는지도 모른다. 약혼을 했어도 비밀리에 즐겼는데 어쩌다가 들켜 버렸다. 방심이 지금의 그를 만들었다.

"제기랄."

겨울과의 파혼 뒤에도 여자들은 여전히 그의 주위에서 맴돌았다. 하지만 파혼을 당해선지 문뜩문뜩 겨울이의 잔상이 떠나지 않았다. 파혼 이후에 나타난 현상이었다. 그래서일까. 여자들을 만나도 흥미가 사라졌다. 겨울이 있을 때와 없을 때의 차이가 확연했다.

그녀와 파혼한 이후에 이상하게도 다른 여자들에게서 금세 실증을 느꼈다. 여자들과의 만남이 3개월을 넘기지 못하는 것은 겨울에 대한 미련 때문인 것 같았다. 그럴 바에야 다른 여자를 찾을 필요가 없었다. 차라리 결혼을 할 것이라면 겨울이가 낫다고 생각했다. 더욱이 외모도 괜찮았고 그의 옆에 세우기에는 회계사란 직업이 주는 커리어도 괜찮았다. 그의 옆자리는 겨울이가 가장 적합

하다고 생각했다.

그날만 넘어갔더라면. 아니, 파혼을 요구하는 그녀를 좀 더 설득했어야 했다. 그는 지금 후회하는 것이다. 이렇게 후회할 바에야 무슨 수를 써서라도 기필코 다시 제 것으로 만들리라 각오했다.

처음엔 자신을 버린 그녀에 대한 미움 때문에 시작했는데 날이 갈수록 아니었다. 무의식 속에서 그녀를 찾아야만 한다는 절실함이 조급증을 만들었다. 그가 갖지 못한다면 어떤 다른 놈한테도 내줄 수 없는 이기심이 존재했다.

차를 몰던 승주는 그녀를 처음 보았던 그때를 떠올렸다. 아버지의 친구분이 운영하시는 카페라 지나가던 길에 들렀었다. 그리고 그곳에서 일하던 그녀를 만났다. 나이가 좀 있어 보이는 아르바이트생이라서 눈여겨보았다. 아저씨께 물으니 회계사 시험을 준비 중이라고 했다. 보는 것과 같이 그런 느낌이 좋았다.

처음엔 단순한 호기심이었다. 그러나 가끔 그녀가 생각나 커피를 마시러 그곳에 들렀다. 그것이 시작이었다. 그녀에게 사귀는 남자가 있음을 알게 되었지만 그 문제는 제쳐 두고 제안했다. 거절당했지만 쉽게 놓지 않았다.

그가 해서 안 되는 일은 없었다. 그녀 역시도 마찬가지였다. 그녀가 남자 문제까지 해결하고 그의 뜻을 따라주었다.

'일사천리처럼 쉬웠는데…….'

결과적으론 그의 실수로 파혼했다. 그에게 있어선 치욕이었다. 치욕을 만회하기 위해서라도 기필코 그녀를 찾아야 했다.

어느새 차는 겨울의 아파트 앞에 도착해 있었다. 그는 차에서 내려 키를 검지에 끼고 휘리릭 돌리며 리드미컬하게 걸어 엘리베이터에 올랐고 곧 기계는 그녀의 집 앞에 내려주었다. 그녀가 번호를 바꾸지 않았다면 그가 바꿔놓은 번호가 맞을 것이다. 그러리라고 짐작하며 번호를 눌렀다.

"……."

번호를 정확히 눌렀는데도 문은 열리지 않았다. 그가 인상을 찡그렸다. 그새 새 번호로 바꿨다는 생각에 서서히 열이 뻗치기 시작했다. 그는 재차 삼차로 연거푸 벨을 눌렀다.

강준은 몇 시간째 움직이지도 않고 침대에 앉아 그녀를 바라보다가 그녀의 빨간 눈두덩을 가만히 엄지로 쓸어주었다. 얼마나 아팠을까. 얼마나 힘들었을까. 전날까지도 사랑한다며 질척이던 녀석에게 당했단 생각에 얼마나 죽고 싶었을까. 상상만 해도 그녀의 고통이 전해졌다.

자신 때문에 상처받고 아팠을 그녀 생각에 심장 부근이 시큰거렸다. 반쯤 이성이 나가 버린 흔들리는 시선으로 그녀를 내려다보았다. 불규칙한 숨을 들썩이는 그녀를 보자 깊은 눈동자가 촉촉해졌다.

"미안해, 겨울아. 네가 어디까지 들었을지 짐작해. 하지만 그게 다는 아니야."

그녀의 파리한 손등에 이마를 대며 눈을 감는 그때였다.

딩동…….

벨이 울렸다. 반사적으로 문 쪽을 향해 고개를 돌렸다. 이 밤중에 누굴까. 혹시 은지 씨? 그의 전화에 걱정되어 들른 것은 아닌가 짐작했다. 느릿한 걸음으로 현관까지 걷는 동안 할 말을 준비했다.

"누구……."

문을 열었다. 그런데 은지가 아닌 슈트를 걸친 남자였다. 그런데 이 남자가 볼수록 낯이 익었다. 그가 뚫어지게 보는 것처럼 상대 역시 그를 보더니 이내 험상궂게 얼굴이 일그러졌다.

"네가 왜 여기 있는 거지? 겨울이 어디 있어!"

상대가 단번에 그를 알아보았다. 순간 어떤 사람이 기억났다. 마치 집 나간 아내를 찾듯이 우리 겨울이라며 집 안을 기웃거리는 상대는 백승주였다.

"야! 우리 겨울이 어디 있냐고!"

급기야 얼굴을 붉히더니 그를 밀쳤다. 마치 제집에 든 낯선 이방인의 존재를 거부하듯이 굴었다. 승주의 행동이 불쾌했다. 그는 승주의 앞을 가로막았다. 승주가 기분 나쁘다는 투로 그의 위아래를 훑었다.

"이게. 내가 누군지 몰라?"

"아뇨. 댁이 누군지는 압니다. 백승주 씨, 그만 나가주세요."

그가 손가락으로 정확히 현관을 가리키자 승주가 우락부락거렸다.

"이게 지금 누구보고 나가라는 거야! 여긴 내 집이야."

"여긴 겨울이 집입니다."

그가 다시 승주의 앞을 가로막았다. 그러자 승주가 그의 멱살을 잡아챘다.

"너나 나가. 네가 뭔데 내 집에 있어. 여긴 내가 겨울이한테 사 준 집이라고. 모르면 입 닥쳐!"

승주의 말을 듣는 순간 강준의 미간이 꿈틀거렸다. 아아, 그래서 이렇게 무례하게 당당할 수 있구나.

"알았으면 꺼져! 겨울이 어딨어!"

"겨울이는 왜 찾는 겁니까? 무슨 권리로. 시끄럽게 굴지 말고 나가주세요. 안 그럼 가만 안 있겠습니다."

잡힌 멱살을 단번에 풀며 으르렁거렸다. 그의 행동이 기분 나빴는지 승주가 열을 올렸다.

"겨울이 어디 있냐고 묻잖아!"

승주는 다시 강준의 멱살을 잡아채려고 팔을 뻗었다. 하지만 두 번까지는 봐주지 않았다. 그가 승주의 팔을 뒤로 꺾어버렸다. 승주가 고통의 신음을 흘렸지만 봐주지 않았다.

"제가 경고했죠? 더는 당신의 무례를 묵인하지 않겠다고. 겨울이의 남친으로서 경고입니다. 다시 겨울이를 찾지 마세요."

그가 승주의 팔을 뒤로 꺾은 채로 현관으로 밀어붙였다.

"야! 서강준! 영화판에서 돈 좀 벌었다고 이젠 뵈는 게 없냐! 이 손 못 놔!"

펄펄 뛰던 승주는 그의 제압에도 기죽지 않았다. 끌려가면서도 힘을 쓰러 용을 썼다. 그가 점잖게 타이르듯이 말했다.

"네. 이젠 뵈는 게 없습니다. 겨울이를 보호해 줄 능력이 되니까 당신 때문에 물러설 이유도 없고. 잘 가세요, 백승주 씨."

현관문을 열고는 밖으로 승주를 밀쳤다. 그러곤 승주가 손을 뻗칠 시간도 주지 않고 문을 닫아 잠갔다. 밖에서 문을 열라며 두드리고 발광하는 승주의 목소리가 들려왔지만 그는 눈도 깜짝하지 않았다.

밖이 조금 잠잠해졌다 싶어 돌아서던 순간이었다.

"왜 이리 시끄럽죠?"

기운 없는 그녀의 목소리가 들려왔다. 그는 돌아서다가 눈두덩의 부기가 많이 가라앉은 그녀의 얼굴을 보았다.

"깼어? 미안해. 아무 일도 아니야."

이미 밖은 조용해졌기에 승주가 다녀갔다는 것을 알리기 싫었다.

그가 한 발짝을 떼었다. 아프게 해서 미안하다는 사과를 하고 싶었다.

그런데 그녀가 먼저 입을 떼었다.

"여긴 어떻게 들어왔어요?"

"은지 씨가 알려줬어."

그녀가 고개를 끄덕였다.

"좀 전에 누가 다녀간 것 같은데. 정말 아무도 안 왔어요?"

눈치를 챈 것 같아 더는 숨기지 못했다.

"백승주가 다녀갔어."

그녀가 입을 다물었다. 그는 이 집의 소유자가 백승주란 사실을 방금 전에 알았다. 말 나온 김에 확인하고 싶었다.

"이 집, 그 사람이 사준 거라던데 사실이야?"

"……네. 그렇잖아도 나갈 생각이었어요."

그녀가 머뭇거리며 대답했다. 그는 그녀가 이쯤에서 백승주와의 선을 확실히 그어주길 바랐다.

"갈 곳은 있어?"

그렇게 묻고는 갈 곳이 있었다면 지금껏 이렇게 살진 않았을 것이라고 생각했다.

"미안. 내가 먼저 앞섰다."

"아뇨. 괜찮아요."

"나 너한테 할 말이 있는데 저기 좀 앉을래?"

그녀의 양어깨에 두 손을 살포시 내리려는 순간이었다. 그녀가 움찔거리며 한 발짝 뒤로 물러서더니 미안한 듯 어색하게 미소를 지었다.

"내가 앉을게요."

"어."

그녀의 행동이 낯설었지만 이내 표현하지 않으며 그녀가 먼저 소파에 앉기를 기다렸다가 옆에 앉았다. 그녀가 작게 말했다.

"나 아까 강준 씨 집에 갔었어요. 근데 손님이 계신 것 같아서 돌아 나왔어요. 그분은 가셨어요?"

"어……. 저기, 겨울아. 실은 아까 말이야."

그는 좀 전의 일을 사실대로 말하고 싶었다.

"참, 현관 앞에다 케이크 놓고 왔는데 봤어요?"

그녀가 다시 화제를 바꿔 버렸다.

"봤어."

"그거 유기농 밀가루로 만든 케이크래요. 맛있게 보여서 샀어요."

그가 말하려고 하면 그녀는 자꾸 화제를 돌려 그의 입을 막았다. 그녀는 그때의 상황을 듣고 싶지 않은 것 같았다. 그의 얼굴 표정을 보며 애써 웃는 미소가 슬펐다.

강준은 사과할 틈을 주지 않는 그녀의 마음을 알겠어서 얼굴이 잿빛처럼 어둡게 변했다. 길게 한숨을 내쉰 그가 후회로 점철된 음성으로 말했다.

"냉장고에 넣어놨을 거야. 성현이도 왔었어. 그리고 네가 본 사람은 형이야. 형이 와 있었어. 일전에 너도 봤지? 임 대표."

그녀가 고개를 끄덕였다.

"잘 알죠. 어쩐지 무서운 사람하고 있을 것 같더라니. 내가 피해주길 잘했다."

애써 말하는 그녀를 보며 깊은 눈가가 촉촉했다. 강준은 다음부턴 형이 있어도 피하지 말라는 말을 해주고 싶었지만 하지 못했다.

겨울은 숨 쉬는 것도 잊은 사람처럼 뻣뻣하게 굳은 그를 느꼈다. 아마도 임 대표와의 대화를 들었을 것이라고 짐작하고 찾은 듯 보였다. 상처를 받은 것은 그녀인데 그가 더 아픈 것 같았다. 죄인처럼 고개를 숙였던 그가 고개를 들었다. 상처를 받은 여린 짐승의 눈빛이었다.

일순 그를 미워했던 마음이 사그라졌다. 어쩌면 상처의 깊이는 자신보다 그가 더 크리라. 사랑했던 여자의 배신이 그에게 어떤 상처를 주었을지 미루어 짐작했다. 아마도 그녀가 받은 상처의 몇 배는 되리라.

"늦었는데……. 난 괜찮으니까 집에 가요."

그가 당황한 음성으로 말했다.

"……혼자 괜찮겠어? 그러지 말고 우리 집에 갈래? 언제 또 백승주가 올지도 모르고."

"아뇨. 저렇게 가면 금세는 안 와요. 그러니까 걱정 마요."

그렇게 대답했지만 그가 직감적으로 저를 꺼려한다는 것을 느낀 얼굴을 했다. 그녀는 그의 표정을 보지 못한 것처럼 말했다.

"도착하면 전화 줘요."

"……그럴게."

그가 조용히 일어나더니 소파 팔걸이에 놓은 외투를 집어 들었다.

"내일 보자."

"……강준 씨."

그를 불렀다. 두 사람의 시선이 가까이 마주쳤다.

"나 당분간 바쁜데. 오늘도 일하다 말고 왔고 당분간 바쁠 거예요."

"그럼 언제 보는데?"

"내가 연락할게요."

그를 향해 애써 웃는데 가슴이 시렸다. 이런 느낌이 시린 마음인지 처음 느꼈다. 그가 희미하게 미소 지었다.

"오래 기다리게 하지 마."

그 말을 남기고 돌아서는 그에게서 깊은 한숨 소리가 들려왔다. 그리고 곧 보았다. 그의 어깨가 무겁게 처진 것을.

승주는 강준이 겨울의 집까지 드나드는 사이가 되었다는 사실에 충격을 받았다. 하필이면 강준이라니. 모든 신경세포가 그의 심장을 들쑤셨다.

'이대로 있을 순 없지.'

서강준을 다시 만나는 겨울을 보자 정신이 들었다. 승주는 강준에게 쫓겨난 생각에 주먹을 움켜쥐었다.

애송이에게 쫓겨났다는 것이 더욱 굴욕적이었다. 당장이라도 그가 부리는 애들을 시켜 겨울의 아파트에 쳐들어가고 싶었지만 참았다. 생각을 정리해야 했다.

싸움에 이기려면 먼저 상대를 알아야 한다. 지략가인 제갈량이라도 우선 그들의 관계가 어디까지 갔는지부터 알아냈을 것이다.

우선 애송이와 깜찍하게 자신을 속인 앙큼한 겨울이를 다시 떼어놓아야 한다. 어떤 방법이 좋을까.

집에 돌아와 술을 마셨다. 근데 생각할수록 그녀가 괘씸했다. 혹시 파혼하기 전부터 그렇고 그런 사이로 지냈던 것은 아니었는지 확인해 볼 필요가 생겼다. 그래서 단칼에 파혼을 결정했을지도 모른다.

그녀의 소극적인 남자 관계를 너무 얕잡아봤다. 호락호락한 여자가 아니란 것은 일찍이 알았다. 남자를 대함에 있어선 숙맥이었지만 결코 만만한 여자는 아니었다.

그렇게 정리하는데 자꾸 이상한 쪽으로 상상되어졌다. 그가 바람을 피웠을 때처럼 겨울과 강준이 호텔을 찾았다면. 아니, 호텔이 아니더라도 그가 사준 아파트에서 그가 상상도 못할 행각을 벌였다면.

“이런 벌레만도 못한 것들.”

인간도 아니라며 손에 쥔 컵에 힘을 주었다. 생각지 않으려는데 자꾸 이상한 상상이 뇌리를 떠나지 않았다. 열락에 들뜬 겨울이 강준의 몸 아래에서 흐느끼며 신음을 토했다. 뜨거운 열정으로 강준의 몸 아래서 간헐적으로 몸을 떠는 상상을 하다가 폭발했다. 손에 쥔 유리잔을 벽에 걸린 액자에 집어 던졌다.

쨍그랑!

액자에 부딪친 유리잔이 파편처럼 바닥에 떨어졌다. 그의 두 눈에서 짐승의 날 선 빛이 번득였다. 만약 둘이 거기까지 갔다면 용서치 않으리라. 자신이 당한 모욕만큼 두 사람에게 갚아주리라. 이를 부드득 갈았다.

“만약에 그랬다면 너희 둘은 내 손에 죽는다.”

짐승처럼 으르렁거리던 그는 다른 잔에 술을 따랐다. 단숨에 술을 넘기곤 잔을 놓았다. 나약한 무명 모델로 자신에게 애인을 뺏겼던 그때의 서강준이 아니어서 쉽지 않은 싸움이 될 것 같았다.

“하하하.”

기가 막혔다. 세상 돌아가는 것이 우스웠다. 기운 빠진 너털웃음이 자꾸 나왔다. 사람 팔자 시간문제라더니 그 애송이 이야기였다.

워낙 있는 집 자식으로 자란 그는 고양시에 있는 골프클럽을 대학 시절부터 부모님께 물려받았다. 이것 하나만 있어도 남들이 부러워할 위치에 있는 신분인데 서강준이란 애송이가 또다시 걸림돌이 될 줄은 몰랐다.

어떤 일이 있었어도 파혼하지 말았어야 했다. 그렇다면 지금쯤 겨울과 결혼했을 것이다. 파혼이 모든 것을 뒤바꿔 버렸다는 생각에 기분이 더러웠다.

퉤!

오늘 강준에게 당한 모욕을 생각하면 평생을 갚아도 모자랄 것이다. 두툼한 주먹을 바스러지도록 움켜쥐었다. 다른 남자도 아닌 서강준에 의해서 쫓겨났다. 자존심이 바닥에 곤두박질 쳐진 것이다.

정신을 차려야 했다. 두 사람이 어떻게 다시 재회했는지, 그가 아는 겨울인 막 나가는 행동을 할 여자가 아니라고 믿으며 어디까지 갔는지 그것을 알아내는 것이 우선이었다.

"박 비서, 지금 당장 내 집으로 와."

늦은 시각이었지만 비서에게 전화를 걸었다. 전화를 끊고는 마시던 술잔을 빙글빙글 돌리며 계획을 정리했다.

두 남자의 싸움으로 시끄럽던 공간이 차분하게 가라앉은 듯이 조용했다. 겨울은 승주와 약혼하기 전부터 들어와 살던 이곳을 황량한 눈빛으로 둘러보았다. 모든 것이 완벽하게 갖춰진 시스템 가구들이 한눈에 들어왔다.

가만히 둘러보던 그녀는 사는 게 아무리 힘들어도 이곳에 있는 것이 아니었다고 후회했다. 이미 이곳을 나갔어야 했지만 이제라도 결심을 하게 된 것이 다행이었다.

입주할 때 옷가지들을 담아온 가방을 꺼냈다. 들어올 때보다 짐이 많아졌다면 은지가 사온 커플 찻잔 같은 것들이 늘어서일 것이다.

우선 어디로 갈 것인지부터 알아봐야 했다. 강준의 회사와 계약한 계약금이 있지만 그것은 어떻게 될지 몰라 쓰지 않기로 했다. 어쩌면 계약을 파기해야 되는 상황이 올지도 모른다. 수중에 있는 돈으론 은지가 사는 옥탑방도 구하지 못한다. 아무래도 방법은 하나였다.

잠시 눈을 붙여선지 피곤하진 않았다. 그녀는 집을 나와 사무실로 향했다. 자정이 넘은 시각이었지만 키로 문을 따고 안으로 들어갔다. 들어서자마자 사무실을 꼼꼼히 둘러보다가 작은 공간의 회의실이 눈에 띄어 그곳에 침대를 넣기로 했다.

혼자는 힘들어 일단 성미가 출근하면 하려고 미뤘다. 그녀는 사무실 문을 닫고는 다시 집으로 돌아왔다.

거의 뜬눈으로 아침을 맞았다. 그런데 할 일이 많아선지 더욱 정신이 맑았다. 서둘러 사무실로 나와 성미가 나오기 전에 그녀 혼자 치울 수 있는 집기들부터 밖으로 옮겼다. 그렇게 청소를 하는데 성미가 들어왔다.

"회계사님, 일찍 나오…… 어어, 집기는 왜 다 내놓으셨어요?"

"왔어? 우리 얘기는 나중에 하고 책상부터 옮기자. 회의실 책상도 빼야 하고 일이 많아."

"회의실 책상을 내오게요?"

"응. 일단 옮겨. 가방은 거기에 두고."

그녀가 바쁘게 서두르자 일단 성미는 그녀의 말을 들었다. 성미가 도와주어 가구 배치는 생각보다 일찍 끝났다. 손을 털던 성미가 궁금한 얼굴로 말했다.

"이젠 말해주세요. 저 안에 뭘 넣으시려고 이것들을 다 뺀 거예요?"

겨울이 피, 웃었다.

"내 침대."

"예에? 회계사님 침대를요?"

성미는 아직 그녀의 생각을 이해 못했다.

"당분간 여기서 숙식을 해결해야 할 것 같아. 아파트에서 나오기로 했어."

"아…… 네. 아파트에서 나오신다니까 더는 묻지 않을게요."

"그럼 당분간 자기가 불편할지도 몰라."

"제가 불편할 게 뭐가 있어요? 근데 씻는 건 어떻게 하시려고요."

"이 근처에 목욕탕이 있던데? 거기서 해결하지. 한 달 선불 내면 할인도 해준다고 쓰여 있는 거 봤어."

"아아."

"당분간 불편하더라도 이해해 줘. 소득이 좋아지면 나갈 거야."

"저는 상관 마세요. 회계사님이 불편할 것 같아 그러죠. 근데 침대는 언제 들어와요?"

"가서 사와야지. 대충 회의실 청소 좀 해줄래? 침대 들여놓게."

"그러세요. 빨리 다녀오세요."

성미의 맑은 목소리가 피곤을 상쇄시켰다. 그녀는 이런 식으로나마 홀로서기를 해야 했다. 그간 이런 걸림돌 때문에 실행하지 못했다. 이젠 더는 지체할 수 없었다. 오늘 미련 없이 아파트를 나올 것이다.

겨울은 사무실을 나와 차에 올랐다. 가구 매장에서 가구를 구매하고 그것들이 들어오기 전에 먼저 사무실로 돌아왔다. 그녀를 보고 성미가 말했다.

"벌써 침대 샀어요?"

"응."

"언제 와요?"

"곧."

그녀의 말이 떨어지고 조금 후에 가구 점원들이 침대를 넣어주었다. 매트리스를 놓는 것을 끝으로 그녀가 잘 공간이 확보되었다.

"다 됐습니다. 그럼 가보겠습니다."

"수고하셨어요."

가구 점원들이 사무실을 나갔다. 작은 회의실에 떨렁 침대가 놓였다. 그것을 말없이 보는데 목이 말랐다. 한 일도 없는데 목은 왜 이리도 타는지 모르겠다. 무표정한 표정으로 물을 마시는데 성미가 말을 걸었다.

"회계사님, 짐 옮기셔야죠. 저도 따라갈까요?"

활기차 보이는 성미로 인해 다운되었던 기분이 약간 되살아났다.

"아냐. 짐이라고 트렁크 몇 개야. 혼자 가도 돼. 성미 씨는 일해. 다녀올게."

덜 정돈된 사무실이 보였지만 일단 아파트의 짐을 옮겨야 했다. 어제의 일로 승주가 언제 들이닥칠지도 모른다. 어쩌면 그와 마주칠지도 몰라 마음이 급했다.

집에 도착한 겨울은 어제 싸놓은 트렁크를 거실로 끌어냈다. 옷가지들밖에 옮길 것이 없다는 것이 이렇게 수월한지 몰랐다. 이렇게 간단한 이사를 그전엔 미처 생각 못했는지. 이제라도 결심을 한 것이 다행이었다. 트렁크를 끌고는 아파트를 나왔다. 차의 뒷좌석에 가방을 올리곤 차 문을 닫았다. 힐끗 경비실을 보았다. 저곳에다가 아파트 키를 맡겨야 할지 망설이다가 어차피 비밀번호로 열면 되기에 차를 출발하기 전에 승주에게 문자를 넣었다. 아주 간단하게.

「현관 비밀번호는 #51409#」

문자를 발송하고 침대보를 사기 위해 마트로 향했다.

이틀이 지났지만 먼저 연락을 하겠다던 겨울이에게선 한 통의 메시지는 물론 전화도 없었다. 강준은 그녀의 연락을 기다렸다.

촬영이 연일 밤새도록 지속되었어도 가끔 은 실장에게 맡긴 휴대폰을 받아선 확인했다. 여지없이 그녀에게선 어떤 연락도 없었다. 단단히 오해했고 그 오해로 그를 용서하지 못하는 것이다. 그럼에도 그의 앞에선 아닌 척 연기를 해주었다. 그녀의 마음을 이해하지만 차라리 소리치고 원망이라도 했다면 오해를 풀었을 것이다. 보이지 않게 거리를 둔 그녀와 그 사이에 보이지 않는 금이 생겼다. 표정이 어두운 그에게 은 실장이 차 문을 열어주었다.

"수고했어. 어서 타. 집에 가자. 삼 일 만이지?"

"어."

"거기 물하고 음료 있어. 배고프지 않아?"

"됐어."

요즘은 밥을 입으로 먹는지 코로 삼키는지 모르게 산다. 촬영할 때는 그나마 그녀의 생각을 조금은 떨칠 수 있었다. 하지만 잠시 쉬는 시간이면 그녀 생각에 뒤숭숭했다. 그는 차에 올라 휴대폰을 확인했다.

"……."

친구들과 스팸으로 추정되는 메시지가 전부였다. 귀찮은 듯이 휴대폰을 옆자리로 툭 던졌다. 팔짱을 끼고는 길게 눕듯이 소파에 등을 파묻으며 눈을 감았다. 그녀가 오해를 풀려들지 않으니 그가 풀어야 한다. 그의 미간이 좁혀졌다.

"은 실장, 내가 알아보라던 것은 알아봤어?"

운전을 하던 은 실장이 룸미러를 통해 그를 보았다. 눈을 감았던 그가 눈을 뜨며 은 실장을 보았다.

"말한다는 게 깜박했어. 실은 집이 빈 것 같아."

"집이 비다니?"

그가 상체를 은 실장 쪽으로 기울였다.

"경비한테 물어봤는데 며칠 전에 큰 가방을 들고 나가는 것을 봤대. 그리곤 안 들어오는 것 같다고."

"그걸 왜 이제야 말해? 그럼 회사는. 출근은 하는 거야?"

"내가 거기까지는……. 지금이라도 알아볼까?"

"지금 어떻게 알아봐. 너무 늦었어."

"미안해, 강준 씨."

안일하게 대처한 은 실장의 태도에 그가 화를 냈다.

"혹시 형이 알고는 말린 것 아니야?"

"아냐. 그건 몰라. 강준 씨도 아무도 모르게 알아보라고 해서 대표님한테도 보고 안 했어."

그가 미간을 찌푸렸다.

"나도 경황이 없었어. 이번 촬영에 위험한 신들이 많아서 회계사님을 신경 못 썼어. 추격 신에 낙하 신까지. 너무 위험했잖아."

이해했다. 그가 겨울이의 상황을 사실대로 알고 촬영에 들어갔다면 어쩌면 그녀를 염려하는 마음으로 제대로 찍지 못했을 것이다. 만약 사고라도 난다면. 은 실장도 사람이라서 한계가 있었을 것이다.

"미안해. 내가 요즘 예민해."

그가 얕은 한숨을 쉬었다. 그녀를 찾아야 한다. 대처를 강구해야 했다.

"이번 주 스케줄이 어떻게 돼?"

"내일 저녁에 화보하고……."

은 실장은 그의 스케줄을 외우고 있었다. 줄줄 그의 스케줄을 늘어놓는 은 실장에게 왠지 짜증이 밀려들었다. 아마도 임 대표가 바짝 스케줄을 당겨 잡았을 것 같았다. 그녀를 만날 시간을 주지 않기 위해 일부러 계획했을 것이다. 그가 좁혀진 미간을 풀며 말했다.

"내 스케줄 중에 딜레이 안 되는 것 뽑아줘. 그것부터 처리하게. 이따가 집에 가면 줘."

"어. 그럴게."

은 실장의 대답을 들으며 아무것도 바르지 않아 쓸어 올렸던 머리카락이 자연스럽게 흘러내리자 이마를 덮은 머리카락을 거칠게 뒤로 쓸어 올렸다.

성미가 퇴근한 지 시간이 좀 지났다. 사무실에 혼자 남아 있던 겨울은 슬슬 나갈 차비를 했다. 그간 서로의 일로 바빠 만나지 못했는데 은지와 저녁을 먹기로 약속했다.

가방을 정리하며 은지가 어디까지 왔는지 확인하려는데 마침 전화가 걸려왔다. 은지였다.

"출발했어?"

[아냐. 좀 늦을 것 같아서. 내가 전화하면 나와. 아직 회사지?]

"응. 지금 나가려던 참이야. 마침 전화 잘했어."

[다행이다. 기다려. 근처 가면 전화할 거니까 그때 나와.]

"그렇게 할게. 끊어."

은지에게 급작스럽게 일이 생겼다고 짐작한 그녀는 더는 친구에게 묻지 않았다.

그녀는 따끈한 생강차를 마시려고 전기 포트에 물을 데웠다. 늘 따뜻했던 아파트와는 달리 이곳은 추웠다. 난방이 꺼질 시간이라서 차를 마시며 체온을 유지할 생각이었다.

폭폭폭…….

증기기관차 소리를 내며 수증기가 사방으로 퍼져 올랐다. 물이 끓자 겨울은 생강차 몇 수저를 컵에 넣고는 물을 부었다. 티스푼으로 살살 저으며 창가로 다가갔다. 건너편 3층 건물이 보였다. 1층이 베이커리, 2층이 커피숍, 3층이 칵테일바인 그 건물이 제일 훤하게 불을 밝히고 있었다.

그녀는 3층 건물을 아무런 느낌이나 감정도 없이 보며 차를 마셨다. 두 모금 정도 남기곤 책상에 앉았다. 다시 컴퓨터를 켜려고 손을 뻗는데 휴대폰이 울렸다. 은지일 것이라고 짐작하고 전화를 받았다. 그녀의 짐작대로 친구였다.

"근처니?"

은지가 대답하지 않았다. 이상한 느낌이 들어 친구를 크게 불렀다.

"은지야! 무슨 일이야?"

[내가 니 친구가 맞기나 한 거야?]

목소리가 착 깔린 친구의 음성이 들렸다. 무슨 영문인지 모르겠지만 은지가 그녀에게 화를 낸 것이다. 조심스럽게 물었다.

"무슨 일인데 화가 났어?"

[끝까지 나한테도 속이려고 했어? 아파트에서 나온 지 며칠 됐다며? 그런데 나한테 말도 없이 태연히 저녁 먹자고? 내가 니 친구긴 한 거야?]

그녀는 은지가 화내는 이유를 곧 이해했다.

"그게 뭐가 큰일이라고. 성미 씨가 너한테 전화했구나?"

[그게 큰일이 아니야? 그게 큰일이 아니면 대체 뭐가 큰일인데. 넌 어쩌면 나한테 한마디도 없이 일을 저질러. 거긴 밤이면 난방도 안 들어온다며? 성미 씨가 걱정을 하더라. 내가 알고 있냐고 물어서 얼굴이 화끈거려 죽는 줄 알았어.]

겨울의 짐작이 맞아 피이 웃었다.

"오늘 만나면 말하려고 했어. 그러니까 화 풀어."

[내가 무섭긴 한 거니?]

"어. 지금처럼 말하면 무서워."

그녀가 농담을 했다. 어이없다는 듯이 은지가 받아쳤다.

[내가 무서웠으면 네 멋대로 거기서 그러진 않지.]

"그건 그만하자. 지금 오는 중이야?"

[말 돌리지 마. 지금 당장 짐 싸. 곧 갈 거야. 기다려.]

성질이 급한 은지의 씩씩대는 모습이 눈에 선했다. 친구라고 자신을 걱정해 주는 은지가 있어 따뜻했다.

"화 그만 내고. 운전 조심하고. 오기나 해."

[기지배. 근처에 도착하면 또 전화할게.]

그녀에게는 잘 쓰지 않는 욕을 하며 은지가 먼저 전화를 끊었다. 단단히 화가 났나 보다. 은지가 오면 어떻게 화를 풀어줘야 할지. 마시던 생강차는 이미 식어버렸다. 식은 차를 그대로 개수대에 버리고 컵을 닦으며 생각했다.

은지가 짐을 챙기라고 했지만 그럴 생각은 전혀 없었다. 뻔히 은지가 가는 곳이 제집이란 것을 알기에. 만약 그곳이 등을 비빌 곳이라고 생각했다면 사무실에 침대를 놓지 않았다. 어차피 며칠 못 있을 곳이다. 은지는 친구를 위하는 마음이 커서 그리 말했지만 친구의 따뜻한 마음만 받기로 했다.

옷걸이에 걸린 외투를 집어선 몸에 걸쳤다. 곧 돌아올 곳이지만 사무실 문이 잘 잠겼는지 다시 확인하며 건물을 나왔다.

그녀는 은지가 어느 쪽에서 올지 몰라 좌우를 살폈다. 사람의 인기척 대신 전조등을 밝힌 차 한 대가 스르륵 다가오는 것이 보였지만 은지의 차가 아니어서 주의 깊게 보지 않았다.

다시 앞차가 지나치자 뒤차를 유심히 보았다. 그것도 은지의 차가 아니었다. 더는 차들에게 시선을 주지 않고 건너편 3층 건물을 보았다. 늘 그녀가 창밖을 바라보면 보이는 건물이었다. 은지가 곧 온다고 했으니까 오겠지.

그렇게 건너편 건물을 보는데 순간 차의 전조등이 그녀의 눈을 부시게 했다. 몸을 돌려 빛을 등지고 서는데 차 문을 여는 소리가 가까웠다. 그러고 잠시 구두 소리가 가까웠다고 느낀 순간이었다. 누군가의 강한 손이 그녀의 손을 붙잡았다. 본능적으로 위험을 감지한 그녀가 방어 자세를 취했지만 워낙 상대가 빨라 방어하지 못했다. 그녀는 제 팔을 힘껏 끌어당기는 상대의 거침없는 반응에 놀라 상대를 보았다.

"강준 씨."

치한쯤으로 생각해 상대를 밀치려고 반응했다. 그런데 전혀 생각도 못한 그가 나타났다.

"여긴 어떻게."

"은지 작가 기다리지? 기다리지 마. 안 올 거야."

차를 타고 집으로 향하던 강준은 겨울의 행방이 불분명한 이상 오늘을 넘길 수 없었다. 그녀의 행방을 누구보다도 잘 알고 있을 은지에게 전화를 걸었다.

"작가님, 서강준입니다. 늦은 시간에 실례인지 알면서도 전화를 드렸어요. 전화 괜찮습니까?"

은지가 반갑게 받아주었다.

[물론이죠. 강준 씨의 전화는 24시간 오픈해 놨으니까 괜찮아요. 작품 때문에 전화하신 거예요?]

그게 아니어서 조금 미안했다.

"아뇨. 겨울이 때문에 전화했어요."

[어. 저 지금 겨울이 만날 건데요?]

"정말입니까? 겨울이 지금 어디 있습니까? 집을 나왔다고 하던데."

[겨울이가 집을 나오다니요? 회사에 잘 다니는데요.]

은지는 그녀가 집을 나온 것까지는 모르는 듯싶었다. 강준은 겨울을 만나야 한다는 급한 마음뿐이었다.

"겨울이가 회사에 있는 게 확실합니까? 그럼 지금 회사에 있습니까?"

[네. 일한다고 했어요. 그래서 출발하려는 중이에요. 겨울이 회사 근처에서 만나기로 했는걸요.]

그는 이 시점에서 겨울의 현재 상황을 은지가 알아야 한다고 생각했다.

"작가님, 겨울이가 집을 나왔어요. 작가님이 전혀 모르시는 것 같아 드리는 말씀입니다. 같이 안 있죠?"

[그게 무슨 말씀이세요? 겨울이가 집을 나오다니요?]

"트렁크를 들고 나왔대요. 그러면서 회사는 출근한다는 얘긴데. 당장 어디에 사는지 알아내야 하는데. 혹시 겨울이의 상황을 자세히 알 만한 친구가 또 있습니까?"

[아뇨. 제가 모르면 모르는…….]

은지가 생각하더니 급하게 말했다.

[성미 씨라면 알지도 모르겠네요. 겨울이가 회계사를 시작했을 때부터 함께하는 사람이라서 알지도 몰라요. 저한테도 알리지 않았다면 다른 애들도 모를 것이고. 지금 성미 씨한테 알아보고 전화드릴게요.]

"기다리겠습니다."

그는 은지와의 전화를 끊으며 겨울의 회사를 향해 차를 달렸다. 그녀의 사무실을 절반쯤 왔을 때 은지에게서 전화가 걸려왔다. 그녀의 목소리가 좀 전보다 더욱 차분하고 낮았다.

[제 짐작이 맞았네요. 성미 씨한테 알아봤더니 겨울이가 아파트

에서 나온 게 확실하네요. 며칠 됐다는데 사무실에 회의실이 있는데 거기다 침대를 놓았대요. 8시가 넘으면 난방이 안 된다는데 거기서 지낸다네요.]

대체 무슨 말인지 모르겠다.

[아마도 갈 곳이 없어 그런 선택을 한 것 같아요.]

은지의 말에 더욱 이해되지 않아 물었다.

"갈 곳이 없다니요?"

그는 겨울이가 외삼촌 댁에서 살았던 것을 알고 있었다. 그때는 어려운 시절이어서 그랬다지만 지금은 형편이 좋아졌다. 그와 계약한 계약금도 있다. 그 정도의 금액이라면 작은 옥탑방 정도는 들어갈 수 있었다. 그런데 갈 곳이 없다니. 순간 가슴이 답답했다. 이 아이는 대체 어디서 지낸단 말인지.

그는 은지에게 겨울이를 회사 밖으로 나오게 해달란 부탁을 하곤 그녀의 회사를 향해 달려 방금 도착했다. 자신이 다가서는 것도 모르고 은지를 기다리는 그녀를 돌려세웠다. 순간적인 그의 행동에 그녀가 몹시 당황한 것 같았다. 자신의 전화를 피하는 그녀는 괘씸했지만 그녀를 보자 가슴이 아팠다. 그리운 마음에 끌어안았다. 그런데 바로 밀쳐 내더니 품에서 빠져나갔다.

"어떻게 된 거예요? 은지가 오지 않는다니?"

그녀의 차가움에 당혹스러웠지만 그는 곧 차분하게 말했다.

"차에 타. 가면서 말해줄게."

그가 차 문을 열어주었다. 그녀가 차에 순순히 올랐다.

"너한테 하고 싶은 말이 있어. 들어줘."

그녀가 움찔거렸다.

"내가 고등학교 다닐 때 부모님이 한꺼번에 교통사고로 돌아가셨다고 했지?"

그녀가 숙였던 고개를 쳐들었다. 하지만 그를 봐주진 않았다.

"네. 기억해요."

"그다음은 내가 말하지 않아 모를 거야. 솔직히 꺼내기 싫었어."

"……."

"부모님이 돌아가시고 그 후부터 큰아버지 집에서 살았어. 근데 머리가 커지자 눈치가 보였어. 대학만 들어가면 큰아버지 집을 나가려고 아르바이트를 했어. 그러던 중에 지금의 임 기획 대표를 만난 거야. 나중에 들었지만 처음 기획사를 만들어 길거리 캐스팅이란 걸 했는데 그게 나였데. 그래서 나한테 모든 걸 쏟았다고 들었어. 우리는 그렇게 시작했고 지금의 임 기획이 되었어."

그가 지난 시절의 일들을 털어놓자 그녀는 가만히 들어주었다.

"모델 일을 처음 따던 날 형을 붙들고 펑펑 울었어. 너무 좋아서. 모델을 하면 곧 모든 사람들이 날 알아볼 줄 알았던 철없던 시절이었지. 그런데 그때 알았어. 런웨이에 선다고 다 유명해지는 건 아니란 것을. 그렇게 무명일 때 너를 만났어."

그녀가 고개를 돌려 정면을 응시한 채로 있는 그를 봐주었다. 그 시절에 그에게 모질게 군 것이 떠올랐기 때문이었다.

"미안해요. 그땐 내가."

"너한테 사과를 받으려고 꺼낸 것이 아니야. 들어. 아마도 그때

난 자격지심이 많았던 것 같아. 네가 돈 많은 남자를 선택하자 배신감을 느꼈어."

"……."

그녀가 고개를 숙였다.

"정말 미안해요."

"사과를 받으려고 꺼낸 것이 아니래두. 그때부터 이를 갈았던 것 같아. 사람들한테 보여주기 위한 연기가 아닌 나를 위한 연기를 했어. 난 빨리 성공하길 원했어. 성공해서 내가 어떤 남자인지 당당하게 보이고 싶었어. 물론 그런 나를 너도 봐주길 바라며."

"……."

"겨울아."

그녀를 애잔하게 불렀다. 이미 그를 보고 있던 그녀와 이제 막 그녀에게 고개를 돌린 두 사람의 시선이 가까운 거리에서 마주쳤다.

"그날 내 얘기 다 들었지? 내가 복수하겠다는 말에 넌 놀랐고 그러다가 케이크를 바닥에 떨어트린 거야."

그녀는 흐릿하게 보이는 그를 봐주었다.

"그날 네가 자는 얼굴을 보며 반성하고 또 반성했어. 미안해."

"……."

"근데 그게 다는 아니야. 변명이라고 해도 좋아. 하지만 난 처음부터 너한테 복수를 하려고 했었던 것이 아니야."

"……."

"미안해. 그런 생각조차 하지 말았어야 했는데. 내가 어리석었어. 그리고 너한테 오해하게 해서 미안했고. 그날 네가 날 밀어내도 오해를 풀어줬어야 했는데 못해서 미안해. 그날 형한테 말했어. 이제부턴 내가 하고 싶은 것 하고 살 거라고. 그러니까 형이 더는 우리를 간섭하지 않을 거야. 내가 다 막아줄게. 형이든 누구든. 그러니까 나를 믿고 나만 따라와. 네 퉁퉁 부은 눈을 보고 얼마나 마음 아팠는지 몰라."

그의 진심에서 우러나는 사과는 그녀를 그와 오랫동안 마주 보게 했다. 진지하고 깊은 눈동자에 풍부한 감정이 넘실거렸다.

임 대표와 마주 섰던 그날의 시리고 차가웠던 그 눈빛은 어디 가고 깊은 눈동자만이 남아 촉촉해 보였다. 그녀는 자신의 착각일지라도 그가 진심이라고 믿고 싶었다.

6. 세컨 하우스

강준은 오래전에 사놓은 세컨드 하우스로 그녀를 데려갔다. 이곳은 대표도 모르는 하우스였다. 사생활이 보장되는 공간으론 이곳이 적격이었다. 그녀의 거처로는 이곳만큼 안전한 곳은 없을 것이다.

그는 철저하게 개인의 신상을 비밀로 보호해 주는 주거공간으로 그녀를 데려왔다. 뭇사람들의 시선을 피해 온전히 그만의 생활을 즐길 수 있는 최상의 조건을 갖춘 주상복합 아파트였다.

어려운 시절에도 부모님의 유산을 쓰지 않고 모아 산 이곳을 이렇게 유용하게 써먹을 줄 몰랐다. 그는 겨울과 보낼 수 있는 공간이 있다는 사실에 흐뭇해 입술을 길게 늘어트렸다.

그가 집 안으로 들어서며 부드러운 시선으로 그녀를 보았다.

"넌 똑똑하니까 다른 말 안 할게. 여기서 오늘은 그냥 편히 쉬자. 간다고 고집부리지 말고."

진심을 담은 깊은 눈동자가 그녀의 마음을 뒤흔들었다. 만약 앞뒤 자르고 부연 설명 없이 그녀를 낯선 이곳으로 데려왔다면 고집을 부렸을 것이다. 그가 비밀처럼 간직했었던 부모님의 이야기까지 꺼낸 것은 그녀를 생각하는 마음이 남달라서일 것이다. 어쩌면 그녀를 믿어서일지도 모른다.

겨울은 그의 진실된 마음을 받아들였다. 그의 깊은 눈동자가 촉촉해 보이는 것이 착각일지라도 그녀가 아는 서강준을 믿었다.

그가 먼저 구두를 벗고 거실에 오르자 그녀도 뒤따라 올랐다. 그사이 그는 주방으로 갔다. 식탁 위에 음식이 차려져 있었다. 그가 이곳으로 오기 전에 이미 상현에게 부탁한 음식들이었다. 친구의 성의에 그의 입가에 만족의 미소가 걸쳤다. 그는 저녁때를 많이 놓쳐 배가 고팠다. 자신이 배고픈 만큼 그녀 역시도 그럴 것이다. 집 안 내부를 훑어보는 그녀에게 말했다.

"배고프지? 밥 먹자."

"밥이 있어요?"

"응. 이리 와."

그녀를 식탁으로 데려갔다. 식탁에 잘 차려진 음식을 보고 그녀가 놀라 말했다.

"이 음식들은 누가 해준 거예요?"

"우렁 각시."

그녀가 놀라자 그가 피식 웃었다.

"성현이지 누구겠어."

농담하는 그의 얼굴에선 좀 전의 죽을 것만 같이 희게 질린 그런 표정은 어디서도 찾아볼 수가 없었다. 그의 행복한 웃음을 보며 며칠째 그를 오해했던 것들을 이 시간만큼은 가볍게 내려놓으리라 마음먹었다. 솔직히 그가 달려와 주지 않았다면 이렇게 빨리 서로 마주하진 못했을 것이다. 꼭 그의 달라진 환경들을 보고 쉽게 용서를 해준 속물처럼 보여도 괜찮았다. 그가 자신을 그런 속물로 생각지 않으면 되었다.

"거기 앉아."

그가 자리를 내주었다. 그녀는 자리에 앉았다.

두 사람은 성현이 정성껏 차려준 음식을 먹었다. 하지만 그녀는 처음 성현의 식당에서 먹었던 파스타만큼 음식의 맛을 느끼지는 못했다. 아마도 그때만큼 마음이 편하지 않아서일 거다.

그녀는 음식을 먹으며 집 안을 살폈다. 그러며 언젠가 은지가 한 말을 떠올렸다.

"겨울아, 가끔 내가 속물은 아닌지 그런 생각이 들 때가 있어. 결혼 상대자를 찾는 데 조건을 따지니까."

"난 또 무슨 말이라고. 보통들 조건을 따지지 않나? 그렇다고 속물이라고 말할 순 없지. 내 인생이 달린 문제인데."

그리고 자신의 대답이 불현듯 생각났다. 그땐 은지에게 당연하듯이 말했다. 그런 생각이 밑바탕에 깔려 있어서일까, 문뜩 그가 지금의 서강준이 아닌 예전의 서강준의 모습으로 그녀에게 대시를 했다면 과연 지금의 관계까지 왔을까 하는 의문이 들었다. 그녀는 결코 그를 받아주지 않았을 것이라며 씁쓸하게 와인을 들이켰다.

어쩌면 그녀도 제 위상을 높여줄 누군가를 찾았는지 모른다. 그것이 허영심 많은 속물은 아닌데도 말이다. 어쩌면 그래서 잘못된 선택을 했는지도 모른다.

그 당시, 그녀가 보는 백승주는 모든 것을 갖춘 남자였다. 그녀에게도 그런 속물근성이 있었다. 결코 백승주를 좋아해서 택했던 것은 아니었다. 아버지가 돌아가시고 어머니와 단둘이 사는데 구질구질한 생활이 싫었던 그녀로서는 다신 그런 생활을 하고 싶지 않았다. 그 시절에 그녀가 할 수 있는 것은 공부밖에 없었다. 그녀의 선택의 폭은 좁았다. 공부만이 그녀의 살길이었고 공부로 성공해야만 비슷한 계급의 남자를 만날 기회가 생긴다는 착각을 했던 것 같았다.

그녀는 행복한 표정으로 맛있게 밥을 먹는 그를 보았다. 가끔 눈이 마주칠 때면 눈으로 웃어주었다. 그런데 왜 이리도 가슴이 시릴까. 그는 이런 자신의 속물근성을 알까. 그녀의 생각이 깊어졌다. 어쩌면 그는 이미 그때부터 그녀에게 속물근성이 있다는 사실을 알았을 것이다. 그것이 계기가 되어 그녀를 향한 복수의 칼날을 세운 것이다.

그녀는 살며시 식탁에 수저를 놓았다. 자신이 며칠간이라도 그를 오해했던 사실이 부끄러웠다. 그 원인은 자신에게 있었다. 그가 나쁜 마음을 먹게끔 한 것은 그녀였다. 누가 누구를 원망하며 거리를 두겠는가.

겨울은 뒤늦게 철이 든 듯이 그를 따뜻한 눈길로 봐주었다.

"성현 씨가 디저트까지 준비해 줬네요. 다 먹었으면 디저트 먹어요."

그녀가 디저트 접시를 그의 앞에 내주었다. 그가 비운 접시를 치우며 피식 웃었다.

"네가 있어 좋다. 이런 것도 챙겨주고."

"내가 했나요, 어디."

그렇게 말하다가 그만 부끄러워졌다. 그를 위해 어떠한 음식을 마련해 준 적이 없었다. 그가 대접해 준 음식을 먹고 맛있다는 평가를 내린 것 외엔 그녀가 노력한 것은 없어 창피했다. 시간이 난다면 기필코 조만간에 그를 위해 음식을 대접하리라.

그의 즐거운 얼굴을 마주한 그녀는 이곳에 오길 잘했다고 생각했다. 그를 따라나서기 전까지는 마음을 허락한 것은 아니었는데 오늘 또 다른 깨달음을 얻은 그녀는 어느 날보다도 그가 있어 행복했다.

막 샤워를 마치고 욕실을 나오는 그녀에게 그가 셔츠를 내주었다. 그는 이미 샤워를 마치고 실내복으로 갈아입은 상태였다.

"이거 내 셔츠인데 잠옷으로 입어. 마땅한 옷이 없다."

"그거면 됐어요. 워낙 강준 씨가 커서 내가 입으면 원피스 되겠다."

그녀는 강준이 내민 셔츠를 받아 펼쳤다. 접혔을 때보다 펼치자 생각보다 컸다. 그녀가 펼친 셔츠를 갈아입으려다가 나가지 않고 선 그 때문에 동작을 멈췄다.

그녀는 나가달라고 문 쪽으로 고개를 까닥거렸다. 하지만 그녀를 보고도 그대로 서 있었다. 눈치가 없는 것일까? 아니면 다른 뜻이 있는 것일까? 그녀가 야하게 웃었다.

"나가줘요. 옷 갈아입어야지."

"아, 깜박했어."

사춘기 소년처럼 귓불이 붉어진 그가 돌아서 방을 나갔다. 그런 모습을 보자 그 시절이 생각났다. 그 시절 그는 순수하고 숫기가 없는 남자였다. 아마도 말수가 지금보다 더 없었던 것 같았다. 그런 남자가 변해서 돌아왔다. 거침없고 남자다운 카리스마가 철철 흘러넘쳤다. 그런데 방금은 그 시절의 모습을 보여주었다. 마치 예전 모습 그대로.

겨울은 얼른 셔츠로 갈아입었다. 핑크빛 유두가 살짝 비치긴 했지만 곧 잘 것이라서 야하다고는 생각지 않았다. 만약 대낮에 이 차림으로 있다면 매우 야스러운 차림일 것이다.

거울에 모습을 비추곤 얼른 침대에 올랐다. 창가 쪽으로 누워선 그를 불렀다.

"다 갈아입었어요. 들어와도 돼요."

그녀의 말에 바로 들어왔다. 약간 실망스런 표정을 해선 이불까지 몸을 감싼 그녀를 보았다.

그가 침대에 올라 이불을 덮으며 말했다.

"셔츠 입은 것 좀 보려고 했더니 아쉽다."

"아아, 그래서 실망한 눈으로 본 거예요? 볼 것도 없는데 뭘."

새침하게 말하자 그가 소원하는 눈빛으로 말했다.

"일어서 봐. 너 셔츠 입은 모습 보고 자게. 안 그럼 잠이 안 올 것 같아."

"그냥 자요, 강준 씨."

아기를 달래듯이 그의 가슴을 토닥거려 주었다. 그가 픽 웃었다.

"그래. 오늘만 날이겠어? 내일도 있고 모레도 있고. 자자. 피곤해. 너만 아니었으면 벌써 곯아떨어졌을 거야."

"네. 강준 씨도 잘 자요. 셔츠가 편해서 잠이 금방 올 것 같아요."

인사를 해주며 그녀가 몸을 돌려 창가 쪽으로 얼굴을 두었다. 그러곤 그녀 역시도 잠이 들었다. 가끔 잠결에도 이마의 머리카락을 넘겨주는 그의 손길을 느꼈지만 바로 눈을 뜨지 못했다. 사무실에서 쪽잠 아닌 쪽잠을 자선지 이곳이 주는 평온함에 취했다.

그가 있어 든든한 마음에 잠이 편한 것 같았다. 소중한 사람의 따뜻한 체온을 간절히 원했던 것도 같았다.

그녀는 잠결에 가끔 지분거리는 손길을 느꼈다. 잠옷 대신 얇고 하얀 셔츠를 입어선지 그 느낌은 선명했다. 하지만 그녀는 무의식적인 행동인 그 손길을 거부하지 않았다.

겨울은 맑은 미소를 지으며 눈을 떴다. 포근함이 만들어주는 평온이었다. 고개를 좌우로 돌려 그를 확인했다. 옆자리는 텅 비어 있었다. 씻는 것일까? 욕실 쪽으로 귀를 기울였다. ……조용했다.

그녀가 이불을 젖히며 상체를 드는데 침대 테이블에 놓인 쪽지가 눈에 띄었다. 펼쳐 보자 생각보다 긴 메모였다.

—새벽에 화보 촬영이 있어 거기 가. 아침을 같이 못 먹어 미안. 너 혼자 있어 성현이한테 아침 부탁 안 했어. 그 자식이 나 없는 동안 너한테 반할까 봐.

그의 질투가 귀여웠다.

—겨울아. 내가 어제 말 못한 것이 있는데. 너 몰래 일을 저질렀어.

그녀의 눈망울이 점점 커졌다.

—어제 네가 샤워할 때 은지 씨와 전화 통화했어. 직원분과 은지 씨가 네 짐도 갖다줬고. 물론 내가 부탁했지.

그녀는 다음 글을 내려 읽기도 전에 글씨가 흐려지는 것을 느꼈다.

—가방은 옆방에 있어. 어제 말하면 네가 화를 낼 것 같아서 못했

어. 미안.

PS : 화보 찍을 땐 전화 못 받아. 끝나면 내가 할게.

힘찬 그의 글씨체와는 달리 그는 따뜻한 남자였다. 그의 따뜻한 마음이 전해져 가슴이 촉촉했다.

그녀는 오늘 저녁 음식을 만들어 그에게 대접할 계획이었다. 그에게 받기만 해서 뭔가를 주고 싶었다. 그런데 퇴근 시간이 가까울 무렵에 그에게서 전화가 걸려왔다. 이미 회사 앞이고 저녁을 먹기 위해 예약을 해놓았다는 것이었다.

식사 중에 마신 와인은 예전 그 와인을 생각나게 했다. 그리고 그의 키스는 식사 중에 마신 와인보다 더 독해 그녀를 취하게 만들었다.

현관문을 열고 들어서는 동시에 그가 맹렬하게 달려들었다. 목뒤를 받치고 입술을 여는 힘에 속수무책으로 끌려갔다. 그녀도 정신없이 그에게 매달렸다.

하이힐 한 짝은 현관 앞에서, 다른 한 짝은 거실로 들어와서야 내동댕이치듯 벗겨졌다. 그의 사랑에 그녀도 밀리지 않고 다가갔다. 그녀는 오늘만큼은 기세를 잡고 싶어 그를 소파에 밀어 앉히고 그 위에 다리를 벌린 채 걸터앉았다. 스커트가 말려 올라갔지만 끄집어 내릴 여유가 없었다.

그의 허벅지 위에 다리를 벌리고 앉은 자세로 두 팔을 들어 올려 그의 목에 감는 순간 정신이 퍼뜩 들었다. 이런 자세라면 그래도 몇 번은 사랑을 한 다음 취해야 할 자세였다. 그녀는 자신의 자세가 너무도 야스러워 당혹스러웠다. 감정에 충실한 나머지 이제 두 번째인 그와의 행위치곤 적나라한 자세를 취했다. 열에 들뜬 나머지 너무도 저돌적으로 달려들었다.

그녀는 창피해서 그의 가슴에 안겼다.

눈을 감고 기대감에 부풀어 있던 그의 입가에 가는 미소가 그려졌다. 솔직히 그는 당당한 그녀의 행동에 한껏 기대감에 부풀었다. 그런데 이렇게 진지한 자세를 취하게 한 다음 경직된 채로 오돌오돌 떠는 게 아닌가. 그녀가 사랑스러웠다. 겨울의 귓가에 고개를 내리곤 나긋하게 속삭였다.

"사랑할 땐 감정에 충실해도 돼."

고개를 살짝 숙여 그녀의 부드러운 입술에 키스했다. 그녀가 평생 경험하지 못한, 혀가 얼얼할 정도로 달콤한 쾌감을 맛보게 했다.

겨울은 그 형벌 속으로 빠져들었다. 한 번의 쾌감이 그녀의 몸을 관통했다. 목이 뒤로 넘어가며 숨이 한꺼번에 들이닥쳤다. 그런 그녀를 내려다보는 그의 시선에 열기가 더해졌다.

그녀는 키스 하나로도 혼절하기 직전이었지만 그는 아직 그녀의 몸을 열고 들어오지 않은 상태였다. 그야말로 달콤한 형벌이었다.

그가 그녀의 눈가에 입술을 맞췄다. 더없이 간절하고 애정 어린 몸짓이었다.

그녀는 힘겹게 손을 들어 그의 한쪽 얼굴을 감쌌다. 그가 가만히 그녀에게 얼굴을 내맡겼다. 그녀를 담은 눈빛이 흔들렸고 단정한 그의 입가에 미소가 걸렸다.

"오늘처럼 살자. 오늘만 같았으면 좋겠어."

고백과 같은 중얼거림을 하던 그가 그녀를 안고는 침실로 들어갔다. 침대에 살며시 내려놓고는 옷을 벗어 던졌다. 그러곤 그녀의 옷도 남김없이 벗겼다.

그가 침대로 올라와 그녀의 가운데에 앉더니 고개를 숙였다. 그의 입술이 그녀의 성감대에 닿았다. 그의 뜨겁고 습한 입김에 그녀가 읏! 하며 몸을 떨었다. 그의 혀가 상냥하게 그녀의 성감대를 열며 들어왔다. 그녀의 억눌린 신음이 입 사이로 새어 나왔다.

꽉 다물려 있던 공간으로 여유를 두고 비집고 들어온 그가 잠시 밭은 숨을 몰아쉬었다. 그러고는 남은 팔로 그녀의 목부터 가슴을 지나 복부와 그가 들어와 있는 아랫배까지 천천히 쓸어내렸다.

절로 몸에 힘이 들어갔다. 그녀의 변화를 누구보다 가까이서 느끼고 있을 그의 눈이 번뜩였다. 그녀와 닿아 있는 단단한 하체가 경직되는 것이 느껴지는 순간 그가 허리를 쳐올렸다. 턱이 들려 열린 입에서 신음이 터져 나왔다. 높이 떠올랐다가 떨어지는 감각에 어깨를 잡고 있는 그의 손에 매달렸다.

전신이 빨갛게 달아올랐다. 수축한 몸이 그를 옭아매듯이 죄었다. 거친 호흡과 욕망에 들뜬 그의 눈빛이 보였다. 무서운 속도로 허리를 치내기 시작한 그로 인해 그녀는 흔들리며 몰아치는 쾌락에 교성을 질렀다.

❖

해외 출장을 마치고 공항 게이트를 빠져나온 승주는 박 비서의 정중한 인사를 받았다.

"대표님, 밖에 차가 대기하고 있습니다."

"어떻게 됐어. 내가 지시한 것 말이야."

그는 박 비서를 보자 출장을 떠나기 전에 지시한 것부터 물었다. 그는 겨울의 집에서 강준에게 쫓겨났던 그다음 날, 오후 비행기로 태국 출장이 잡혀 있었다. 하필이면 그때라니. 겨울의 배신으로 인해 정신이 없어 이미 한 달 전부터 잡힌 출장을 생각지 못했다.

두 사람의 행각을 낱낱이 파헤쳐야 하는 시점에 한국을 떠난다는 것은 그만큼 부담이었다. 일로 출장을 가지만 손에 잡히지 않고 자꾸 그들에게 신경이 쓰이는 것도 강준이 겨울의 아파트를 드나든다는 사실을 알아서일 것이다.

대기한 차에 올랐다. 요즘 되는 일이 없는 그가 짜증나는 얼굴로 말했다.

"겨울이 만나봤어? 나한테 아파트 비밀번호를 순순히 보내다니 걔 속을 알 수가 없어."

이젠 그 자식하고의 관계를 들켜 버렸으니 대놓고 가르쳐 주겠다는 건지 그녀의 속셈을 알지 못해 짜증이 밀려들었다. 그렇다고 전 약혼녀의 현재 불륜 현장 증거를 잡으라고 박 비서에게 지시하기는 자존심이 상했다. 그래도 그녀는 파혼하기 전 그의 약혼녀였다. 그녀의 불륜은 곧 그의 흉이다. 그의 흉을 아랫사람에게 들키긴 싫었다.

그런 일은 다른 루트를 통해 알아볼 생각이었다. 일단 그녀가 왜 비밀번호를 보내왔는지 의도는 알아볼 필요가 있어 박 비서에게 지시했다.

"그게 대표님……."

박 비서가 무슨 말을 하려다가 망설였다.

"우물거리지 말고 말해. 알아낸 것은."

"사모님."

박 비서가 움찔하더니 정중하게 사과했다.

"죄송합니다. 습관이 돼서."

"아냐. 아직은 그렇게 불러. 파혼을 했다지만 내 마음이 정리되지 않은 이상 겨울이는 내 여자야. 다시 찾아올 텐데 그냥 사모님이라고 해."

"사모님 댁으로 갔는데 사모님은 이사를 가신 듯합니다."

"뭐라고?"

예상치 못한 사실에 몸이 들썩거렸다.

"이사를 가다니?"

"대표님께서 출장을 가시던 날 사모님은 짐을 빼선 사무실로 옮기셨습니다."

"사무실이라니? 거기 방이 어디 있다고?"

"제가 알아본 바에 따르면 사무실 안에 회의실이 있습니다. 거기에 침대를 들였답니다."

"확실해?"

"이미 확인했습니다."

그의 눈이 가늘어졌다. 그녀는 그의 아파트에서 살기 싫다는 것을 몸으로 말한 것이다. 남자가 생겼으니 더는 필요치 않다는 표현이었다. 그래서 당당히 비밀번호를 알려온 것이다.

그녀의 행동이 굉장히 수상하면서도 괘씸했다. 이젠 서강준이란 버팀목이 있으니 무시하는 것이다. 주위에 아무도 없을 땐 감히 나갈 생각도 못하던 소심쟁이가 서강준을 만나고 대담해졌다.

그녀가 어디까지 대담할 수 있는지 지켜보리라 주먹을 불끈 쥐는데 생각할수록 괘씸했다.

영악한 계집.

두툼한 입술이 무겁게 짓눌렸다.

그가 시각을 확인했다. 오후 4시였다. 전화를 걸어도 그의 전화를 피할 것이다. 그렇다면 불시에 그녀를 찾는 것 외엔 다른 방법이 없었다. 성질대로라면 사람을 시켜 그녀를 납치 감금하고 싶었다. 하지만 그것은 말을 안 들었을 때의 최후 수단이었다.

"겨울이 사무실로 가."

그의 지시에 박 비서가 차를 돌려 겨울의 사무실로 향했다.

영종대교를 지나고 3, 40분쯤 달리자 겨울의 사무실이 있는 건물이 보였다. 차에서 내려 그녀의 사무실이 있는 2층 계단을 올랐다.

사무실 문을 열고 들어선 승주는 곧바로 그녀가 앉아 있을 책상으로 시선을 주었다. 하지만 그녀의 모습은 보이지 않고 성미 혼자 있었다. 성큼성큼 사무실로 들어서는 승주를 본 성미가 깜짝 놀라 자리에서 벌떡 일어섰다.

"대표님! 말씀도 없이 여긴 어떻게?"

"이 사람 어디 갔습니까?"

"퇴근하셨는데요."

벌써 퇴근이라니. 그가 알기로 그녀는 작은 소일거리를 맡느라 일만 많았기에 퇴근 시간을 훨씬 넘기며 잔무를 한다고 보고를 받았었다. 이제는 서강준을 만나 배가 불렀나 보다. 그녀가 더욱 괘씸해 겨울의 책상 앞으로 다가갔다. 그러곤 책상 위의 서류들을 툭 건드려 심통을 부리다가 옆쪽으로 난 회의실을 힐끗 보았다. 창문은 블라인드로 가려져 안에 사람이 있는지 확인이 안 되었다. 승주는 회의실 문을 열어젖혔다. 회의실에는 덩그러니 침대 하나가 놓여 있었다. 박 비서의 말대로 이곳에서 자는 듯했다. 다행히 강준의 집으로 들어가지 않은 것 같아 안심했지만 무시당했다는 사실에 화는 남아 있었다.

그는 고개를 돌려 성미에게 퉁명스럽게 말했다.

"누구와 함께 나간 겁니까?"

"전 잘…… 전화를 받고 나가셨어요."

"혹시 여기 서강준이란 배우가 드나듭니까?"

"……전, 잘…… 모르는데요."

성미가 오들오들 떨었다. 떠는 꼴을 봐선 강준이 이곳을 드나들었는지 아닌지 확실치 않은 모호한 행동이었다. 하지만 스타란 녀석이 대놓고 얼굴을 드러낼 순 없을 것이다. 그러니까 그 녀석은 이곳에 나타나지 못했을 것이다.

"이 사람이 종종 이렇게 일찍 퇴근합니까?"

"아뇨. 오늘은…… 클라이언트를 만나러……."

여전히 그의 눈치를 살피며 말을 우물거리는 성미가 의심스러웠다. 직원의 말대로 클라이언트를 만나러 갔는지 그 자식을 보러 갔는지는 앙큼한 겨울이만 알 것이다. 슬슬 짜증이 밀려들어 인상을 구겼다.

"하나 더 묻고 가죠. 그 사람이 저기서 자는 게 확실합니까?"

그의 구겨진 인상을 보고 성미는 겁을 집어먹었는지 대답 대신 고개를 끄덕였다. 그는 성미에게선 듣고 싶은 어떤 것도 들을 수 없다고 결론을 짓고는 문 쪽으로 걸었다. 문을 열려다가 우뚝 서 선 고개만 돌려 성미를 보았다.

"그 사람한테 내가 다녀갔고 전화를 하라고 했다고 전하세요."

"……네."

두려움을 버리지 못하고 대하는 성미를 뒤로하고 그곳을 나왔다. 하지만 여전히 그녀에게 버림을 받았단 생각을 지울 순 없었다.

파혼을 당했을 당시에도 쉽게 생각했다. 그녀는 다시 돌아올 테니까.

그녀가 기댈 상대는 오직 이 세상에 자신뿐이라고 자부했다. 그래서 아파트도 매매하지 않고 그대로 놔두었다. 그의 생각대로 그녀는 그곳에서 살았다. 안심했다. 어차피 부메랑처럼 한겨울은 그에게 돌아올 것을 알기에.

그런데 이번엔 확신이 서지 않았다. 그녀가 당당히 그에게 비밀번호를 보냈고 아파트를 나갔다는 것은 그걸 의미했다. 결코 자신에게 돌아오지 않겠다는 그녀의 의지였다.

점점 자신이 없어졌다. 파혼 당시만 해도 그녀의 화가 풀리면 다시 재결합한 것으로 확신했다. 이혼한 사람이 재결합을 하듯이 쉽게 파혼을 해주었다. 물론 그의 문란한 여자관계가 들통나서 그녀의 뜻을 따라줘야 할 상황이었다. 어차피 그에게 돌아올 여자기에 잠시 화를 풀 시간을 준 것뿐이었다.

그는 2층 계단을 내려 건물을 빠져나갔다. 박 비서가 차 밖에서 대기하다가 그가 앉을 뒷좌석의 문을 열어주었다. 열린 문 사이로 차에 올랐다. 곧 박 비서가 운전석에 올랐다. 그가 좁혀진 미간을 풀지 않자 슬쩍 룸미러를 통해 눈치를 살피던 박 비서가 말했다.

"사모님은 만나셨습니까?"

"……."

"대표님?"

"못 만났어. 벌써 퇴근을 했더군."

"아…… 네……. 그럼 출발할까요? 회사로 모시겠습니다."

"아니. 집으로 가. 피곤해."

"잠시 눈을 붙이십시오. 일정을 앞당겨 오시느라 더욱 피곤하신 겁니다."

"그러지."

그가 박 비서의 말대로 팔짱을 끼고는 눈을 감았다. 시트에 상체를 깊숙이 눕히려다가 눈을 떴다. 낮고 신중하게 말했다.

"아무래도 애들한테 일을 맡겨야 할 것 같은데. 입 무거운 자한테 일을 맡겨."

박 비서는 애들이란 말에 긴장했다.

"어떤?"

"서강준이라고 알지?"

"서강준이라면 영화배우 말씀이십니까?"

승주는 박 비서에게 시키지 않고 직접 나서려고 했지만 생각을 바꿨다. 그는 해외 출장이나 국내 출장이 잡혀 있어 직접 나서기엔 무리였다. 그가 맡아서 하기에는 신경 쓸 일이 많아 박 비서에게 조사를 맡기고 과정을 보고 받는 것을 택했다.

"자네가 알고 있는 그 영화배우의 뒤를 캐. 당장."

"알겠습니다."

"철저히 그쪽에서 눈치 못 채게 미행해. 그리고 그 자식이 연예인을 하게 된 과정도 조사를 해봐. 아무래도 뭔가가 나올 것 같아. 털어서 먼지 안 나는 옷, 봤어? 설사 캘 게 없어도 만들어."

그래야만이 겨울이 녀석에게서 떨이질 것이다. 녀석이 있어 요즘 겨울이 오만방자해졌다고 생각한 그의 눈빛이 번질거렸다.

"당분간 자네는 그 일에만 전념해. 그 자식의 주변부터 철저히 조사해. 그 자식이 몇 시에 나가고 들어오는지. 동행은 누구와 하는지. 증거를 남기는 건 필수고. 그 자식의 스케줄까지 알아내."

"알겠습니다."

"아아. 조사하는 김에 그 자식의 재산도 조사를 해봐. 개새끼가 얼마나 가졌기에 그렇게 거만한지 내가 알아야겠어."

또다시 강준에게 쫓겨나던 그날이 생각났다. 순간 혈압이 올랐다. 분을 삭이려는데 잘 안 되자 뒷목을 감싸 주물렀다. 그러다 보니 녀석에게 꺾인 팔도 시큰거리는 것 같았다. 생각할수록 열불이 나는 그는 복수할 날을 꿈꾸며 어금니를 깨물었다.

자정이 넘도록 혹사당한 몸은 아침이 오기를 거부했다. 그녀는 눈을 뜨기 싫었지만 옆자리가 비워진 듯한 느낌에 손을 뻗어 그의 자리를 확인했다. 그의 자리는 어김없이 비어 있었다. 욕실도 조용한 것을 보면 그녀가 잠든 사이 나간 모양이었다. 그녀는 혹사당해 삐걱거리는 몸을 일으켜 앉았다. 오늘도 새벽에 화보촬영을 나간 것일까? 혹시 어제처럼 메모지를 놓고 나갔을지 몰라 침대 테이블부터 확인했지만 메모지는 없었다.

시각을 확인했다. 7시를 넘고 있었다. 아무리 그녀가 주인인 회사라지만 요즘 성미에게만 일을 맡긴 것 같아 미안한 마음에 삐걱거리는 몸을 움직여 침대를 내려갔다. 그런데 어제 분명히 씻고 자지 못했다. 현관을 들어서면서부터 그와 잠이 들 때까지도 샴쌍둥이처럼 붙어 있었다. 그는 그간의 못했던 사랑을 모조리 풀기라도 하듯이 그녀를 못살게 굴었다. 너무도 지친 나머지 잠에 취했는데 이상하게 몸이 깨끗했다. 피부에 붉게 찍힌 낙인이 없었더라면 착각이라고 생각했을 것이다.

삐걱거리는 몸과는 달리 몸은 개운했다. 마치 샤워를 하고 잠이 든 듯한 기분이었다. 이상한 생각에 고개를 갸웃거리며 욕실로 들어갔다. 양치를 하고는 성미보다 먼저 출근해야겠다는 생각에 평소보다 일찍 집을 나섰다.

차도 회사에 있어 그녀는 택시를 이용했다. 택시를 타고 거의 회사와 가까웠을 때 전화가 걸려왔다. 그였다. 그란 사실 하나만으로도 그녀의 얼굴은 환해졌다.

[일어났어? 피곤하지 않아?]

“왜 아니겠어요.”

그의 손길이 끊이질 않았던 것이 생각나자 얼굴이 발개졌다. 그녀가 수줍어 들릴 듯 말 듯 모기 소리로 말했다.

“어제는 강준 씨 덕분에 잘 잤어요. 근데 어디예요?”

[인터뷰하다가 잠시 쉬는 중. 은지 씨 작품 홍보 겸. 이거 마치고 하나만 끝내면 오늘 스케줄은 없어. 2시쯤이면 끝나는데. 회사로 갈게.]

“안 돼요. 요즘 너무 일을 못했어요. 성미 씨한테만 시켜서 미안해요.”

[이런 갑을 봤나. 갑이 뭐 그래. 갑은 말이야. 을한테 시키는 거야.]

“치이! 농담인 거 다 알아요. 내가 5시엔 갈게요. 그리고 오늘 저녁은 집에서 먹어요. 내일은 주말이니까 성현 씨도 초대해요. 매일 얻어만 먹어서 대접하고 싶어요.”

[아마 걔는 싫어할걸. 걔는 태생이 지가 만든 음식을 먹어주는 사람을 좋아해.]

“그런 법이 어디 있어요. 아무튼 2시는 안 돼.”

[그럼 3시. 황금 같은 시간을 내기 위해 내가 매일 새벽에 나온 것 모르지? 다 너하고 같이 있어주려고 스케줄을 뺀 거야. 다음 주부턴 또 바빠. 그러니까 나 좀 봐줘라.]

그의 애교 섞인 애원에 그녀가 피이! 웃었다.

"알았어요. 이번만 특별히 봐줄게요. 다음부턴 날 위해 지옥의 스케줄 잡지 말아요. 그러다 건강 해쳐요."

[그럴게. 이따가 보자.]

전화를 끊는 그녀의 얼굴엔 행복이란 두 글자가 쓰였다. 그녀는 요즘만 같으면 더할 나위 없을 것 같았다. 소중한 사람의 사랑은 무한했다. 그녀의 회사가 경영난에 힘들지 않게 도와 수입을 올려주었다. 한기 나는 잠자리에서 따뜻하고 포근한 잠자리로 바꿔주었다. 값을 따질 수 없을 정도의 그의 사랑이 꿈이 아니길 기도했다.

"다 왔습니다."

기사 아저씨의 목소리에 잠에서 깨듯 그의 생각에서 빠져나왔다. 그녀는 차비를 내고 택시에서 내렸다. 그녀가 사무실 건물을 향해 걸을 때였다.

"한겨울."

느닷없이 백승주가 길을 막아섰다. 그녀는 귀신을 본 것처럼 놀라 그를 보았다.

"이 시간에 여길 어떻게?"

"왜 내가 못 올 곳을 왔나?"

빈정대지만 성난 듯한 그의 음성에 긴장되었다.

"그건 내가 물을 소린데? 너야말로 왜 이 시간에 택시에서 내리지? 사무실이 집인 사람이."

그가 의심의 눈길로 그녀를 보았다. 그녀는 그가 이미 이곳에서 지낸다는 사실을 알고 찾았다고 짐작했다. 어쩐지 그간 잠잠하다 싶었다. 그녀가 비밀번호를 남겼음에도 너무도 조용했다.

"외박했나? 어제 어디서 잔 거야? 혹시 그 자식하고 같이 있었던 거야?"

무서웠다. 그의 성격을 알아 두려움에 그녀는 옴짝달싹하지 못했다. 그에게서 흘러나오는 냉랭함이 사람을 도망치지도 못하게 만들었다.

"말해! 그 새끼하고 잤어?"

그의 시선이 그녀의 가방을 응시했다. 순간적으로 그녀의 가방을 낚아채선 그 안에서 그녀의 휴대폰을 꺼내 들었다.

"왜 이래요!"

"가만있어!"

그녀가 반항했지만 그의 강압적인 손놀림에 그녀는 곧 숨이 넘어갈 것처럼 하얗게 질려갔다.

그녀의 휴대폰을 뒤지던 그가 짜증을 부렸다.

"암호가 뭐야? 잠겼잖아."

순간 그의 손에 들린 휴대폰을 뺏어버렸다. 그가 무시무시한 눈빛으로 그녀를 노려보았다.

"내가 너희들을 그냥 두고만 볼 것 같아?"

그녀에게 묻는 말이 아니었다. 그는 지금 그녀와 강준을 어떻게 처리해야 좋을지에 대해서 고민하는 것이었다.

그가 그녀의 입술을 엄지손가락으로 쓸었다. 힘든 일을 하지 않았음에도 못이 박인 피부의 거친 살결이 그녀의 부드러운 입술을 쓰라리게 했다. 그녀는 쌀쌀맞게 그의 손을 쳐냈다. 그가 의미 모를 미소를 지었다.

"왜 내 집에서 나왔지? 그 새끼가 나오라고 시켰나? 같이 살자고?"

그는 입술의 움직임을 느끼지 못할 정도로 낮게 으르렁거렸다.

"아니에요. 그 사람하고는 관계없어요. 언젠가는 나와야 하니까. 그게 지금이었을 뿐이에요."

"하필이면 이때라. 우습군."

차가운 시선, 낮은 음성이 그녀를 숨 막히게 했다.

"비켜…… 줘요."

그녀가 떠듬떠듬 입술을 움직였다. 순간 비릿하게 웃는 그의 목소리에 한층 노여움이 더해졌다.

"말해. 어제 어디서 잤어. 네 집은 저긴데."

정확히 사무실 건물을 검지로 콕 집어 가리켰다.

"저기 있어야 할 시간에 왜 택시에서 내리지? 혹시 내 짐작이 맞은 거야? 그 자식하고 잤냐고!"

네가 무슨 상관이냐고 대들고 싶었다. 이제는 남남인데 네가 무슨 자격으로 협박하냐고 소리치고 싶었다. 하지만 그러지 못하고 거짓말을 하고야 말았다. 마치 죄지은 사람처럼.

"……은지네 집에서 잤어요. 사무실이 너무 추워서."

"그걸 말이라고 해! 이젠 거짓말까지."

승주가 그녀를 환멸에 찬 얼굴로 보았다.

"정말 거기서 잔 게 확실해?"

죄인처럼 추궁했다. 더는 물러설 자리도 없어 쉽사리 움직이지 못한 채 자리를 지키고 있었다. 잘못한 것도 없는데 주눅이 들어 하지 않아도 될 거짓말을 했다. 구차한 자신이 한심했다. 이런 삶을 살려고 어려운 환경에서도 열심히 산 것이 아니다. 더는 참지 못하고 시선을 들었다.

그 순간 그가 다가왔다. 자리를 좁히는 그의 기세가 두려웠지만 안간힘을 다해 버텼다. 더는 눌리고 싶지 않았다.

"내가 왜 그런 걸 일일이 승주 씨한테 모두 다 보고해야 되죠? 우린 아무 사이도 아니에요. 잊었나 본데 날 죄인 취급 말아요."

소리를 지르며 길을 막아선 그의 가슴팍을 힘껏 밀쳤다. 그는 끄떡도 하지 않았지만 좀 전과는 달리 두렵지 않았다. 아무리 생각해도 이렇게 끌려 다니는 것은 아니란 생각이었다.

"지금 뭔가 착각하는 것 같은데 우린 이미 1년 전에 파혼했어요. 승주 씨가 나한테 한 짓을 생각하면 자다가도 피가 거꾸로 솟아 미칠 것 같은 사람은 나예요. 내가 조용히 끝내준 것을 고맙게 생각해야 할 사람이 바로 당신이라고요. 그러니까 더는 내 일에 간섭하지 말아요. 그간 승주 씨 집에서 나왔어야 했는데 늦어진 건 사실이에요. 이제라도 바로잡았으니 내 인생에서 꺼져 줘요."

"꺼.져.줘?"

사라져도 아니고 꺼지라니. 이 여자가 이제 미치기까지 했다.

승주는 어이없어 실소를 터트렸다. 서강준이란 존재가 이토록 그녀에게 용기를 준 인물인지 몰랐다. 눈을 붉힌 그가 그녀의 한 팔을 잡았다.

"지금 뭐 하는 짓이에요!"

그녀가 있는 힘껏 뿌리치며 앙칼지게 대들었다. 고양이 앞의 쥐처럼 굴던 겨울이 고양이를 물을 것처럼 덤볐다. 승주는 또다시 어이가 없었다.

그녀가 그를 무섭게 쏘아보았다.

"뒤가 구린 승주 씨를 용서한 것은 아니에요. 그래서 승주 씨 얼굴을 이리 보고 사는 게 아니라고요. 똥이 무서워 피하는 줄 아는 당신한테 똑똑히 말해줄게요. 똥은! 더러워서 피하는 거라고요."

하고 싶은 말의 핵심을 강조하며 좀 전보다는 힘껏 그의 가슴을 밀쳤다. 그가 뒤로 밀려났다. 그녀는 당당히 그의 앞을 지나쳐 사무실로 들어갔다. 그가 뒤따라 들어와선 우락부락 성질을 부렸다.

"한겨울! 너 진짜 막 나가겠다는 거지?"

"그만 나가주시죠, 백승주 대표님."

이젠 목소리까지 깔았다. 승주는 겨울이 어제의 그녀가 아님을 새삼 느꼈다. 그것이 다 그놈의 서강준이란 애송이의 영향이란 것을 알았다. 그가 그녀를 향해 성큼성큼 다가가는 그때 그녀가 책상의 수화기를 들어 눈을 내리깔더니 보란 듯이 말했다.

"여기 건물에도 사설경비원이 항상 상주한다는 거 확인당해 볼래요?"

"뭐?"

기가 차다 못해 미치고 팔짝 뛸 노릇이었다. 경비원들을 불러 그를 죄인처럼 질질 끌어내겠다는 말이었다. 이젠 간이 배 밖으로 나온 그녀의 행동에 그는 재차 기가 찰 뿐이었다.

그가 한 발짝 다가갔다. 그녀가 경비실과 통하는 직통 번호를 가리켰다.

"지금 당장 끌려 나가고 싶어요!"

기차 화통을 삶아먹은 여자처럼 소리를 질렀다. 과연 든든한 백이 사람을 저렇게도 변하게 만드나 보다. 하지만 그는 주저하지 않고 맹수처럼 달려들어 그녀의 손에서 수화기를 뺏어 내려놓았다.

"그만하지, 한겨울."

으르렁거리며 그녀를 노려보았다.

"오늘은 이만 물러가지. 그리고 그 새끼한테도 전해. 언제까지 니들 노는 꼴을 두고 볼 수 있을지 모르겠다고. 몸조심하라고."

잡아먹을 것처럼 으르렁거리던 그가 사무실을 나가 버렸다. 그제야 힘을 주고 간신히 버텼던 다리가 풀렸다. 그녀는 풀썩 소파에 주저앉았다.

사나운 짐승이 사라진 자리를 보며 더는 당하지 않겠다고 결심했다. 온갖 못된 짓은 저가 했는데 왜 자신이 두려워 피해야 하는지. 그간 끌려 다닌 시간이 한심스러웠다.

잠시 풀린 다리를 정상으로 되돌리는데 성미가 들어왔다.

"회계사님, 일찍 일어나셨네요?"

성미는 그녀가 사무실로 돌아와 이곳에서 아침을 맞았는지 알고 있었다. 겨울은 성미의 인사에 어색하게 웃어주었다.

"참, 어제 백 대표님이 여기 오셨는데 출근하면 전하려고 안 했어요."

"좀 전에 봤어."

그녀가 아무 일도 없었던 것처럼 말했다.

"우리 커피 할까?"

❖

강준의 집에서 나온 후부터 임 대표는 가슴이 답답해 일이 손에 잡히지 않았다. 대표실에서 오락가락 서성이던 그는 강준이 한겨울을 만났을 때의 일을 떠올렸다. 그가 볼 때 강준이 가장 힘들어하던 시기는 그때라고 생각했다. 모델을 시작했을 때도 아니었고 그녀와 헤어졌을 때 가장 힘들어했다. 그럼에도 마음을 잡고 제 길을 가자 대견했다. 그토록 힘들게 견뎌 이겨냈는데 그녀를 다시 만났다. 또다시 힘든 일을 겪겠다는 그를 말려야 할 의무가 대표인 자신에게 있다고 생각해 마음이 천근처럼 무거웠다.

그는 강준의 성격을 너무도 잘 안다. 마음에 두지 않은 여자를 쉽사리 사귀는 성격이 아니다. 하지만 강준이 어떤 마음인지 아는데 무조건적으로 반대만 할 수 없는 입장이었다. 그렇지만 무작정 두고 볼 수만도 없는 것이 대표란 자리였다.

그는 이 바닥의 생리를 너무도 잘 안다. 조금의 실수도 용납되지 않는 연예계에서 강준의 스캔들이 터졌을 때 어떻게 막아야 할지 마음이 무겁게 내려앉았다.

그는 날이 밝을 때까지 고심하다가 그다음 날을 맞았다. 그런데 그가 예상했던 일이 벌어졌다. 강준이 기존의 스케줄을 전부 바꿔버렸다. 이건 지옥의 스케줄이었다. 삼 일간 밤샘 촬영을 끝내면 다음날은 쉬어야 함에도 새벽부터 화보를 찍었다. 이러다가 강준의 건강을 해칠 수 있어 그냥 둘 수 없었다. 강준은 임 기획을 대표하는 배우다. 그런 배우를 키우기 위해 갖은 역경을 헤치고 이만큼 성장했다. 한 여자 때문에 임 기획이 흔들릴 순 없어 은 실장을 불러들였다.

"강준이 어떻게 된 거야. 새벽에 화보 촬영을 했다는데 사실이야?"

"그렇습니다."

"그렇습니다?"

임 대표의 화가 머리끝까지 치솟았다.

"자네가 그러고도 배우의 신변을 보호한다는 매니저 실장인가. 자격 있어! 강준이가 쓰러지면 누가 책임질 거야!"

"그것이."

은 실장은 어렵게 입을 열었다.

"강준 씨가 그리 스케줄을 조정했습니다. 저도 말렸지만 아무래도 한겨울 씨와 보낼 시간 때문에 무리하게 조정한 것 같습니다."

"그러니까 묻는 거 아니야? 자네가 옆에서 하는 일이 뭐야. 배우의 컨디션을 늘 체크하는 게 자네 일이야. 저러다 걔 쓰러지면 어쩔 거야. 그런 일이 있으면 나한테 즉각 보고를 했었어야지. 왜 내게 보고하지 않은 거야."

"그 문제라면 죄송합니다. 다만 대표님께서 화내시는 이유를 누구보다도 잘 알고 있지만 강준 씨의 입장도 생각을 했어야 했습니다."

"걔의 입장이라니?"

"강준 씨가 임 기획에 들어온 첫날부터 같이 일했습니다. 대표님과 마찬가지로 저도 똑같이 정이 들었단 말입니다."

"그래서 말을 하지 못하겠다는 거야? 자네가 기획사 실장이 맞아? 공과 사는 구분을 해야지."

"압니다. 저라고 왜 말리고 싶지 않았겠습니까. 하지만 전 못하겠습니다."

고개를 조아렸지만 은 실장은 은근히 세게 나왔다. 임 대표는 은 실장의 입장을 충분히 이해했다. 하지만 회사를 위해선 확실하게 그의 의사를 말해야 했다.

"그래서 자네가 하고 싶은 말이 대체 뭐야. 그냥 이대로 강준이를 두고 볼 생각이야? 걔가 잘못되도록 나 몰라라 할 생각이냐고."

"죄송합니다. 강준 씨를 위해서라면 지금처럼 일하겠지만 일거수일투족을 좇아 보고하라고 지시하시면 저는 못하겠습니다."

"지금 나한테 대드는 것인가?"

"왜 이렇게 어깃장을 놓으십니까? 그게 아니란 것을 아시면서요. 전 강준 씨를 케어할 뿐입니다. 강준 씨의 사랑까지 제가 왈가왈부 대표님께 보고를 드릴 의무는 없다고 생각합니다. 그런 일을 시키시려면 다른 사람에게 맡기십시오."

"은 실장!"

꾹꾹 화를 눌러 참던 임 대표가 버럭 고함을 질렀다.

"자네의 위치는 그런 걸 해야 하는 거야. 그걸 모르겠나? 그 자리에 왜 내가 자네를 앉혔겠어."

"대표님, 이제껏 강준 씨가 어긋나게 한 적이 있었습니까? 있으면 말씀을 해보세요."

임 대표는 말을 하지 못했다.

"지금처럼 누굴 소중하게 생각했던 적이 있었습니까? 한 번도 없었습니다. 한겨울 씨를 만난 이후로 누구도 만나지 않았습니다. 그런 사람한테 제가 뭐라 조언을 하겠습니까."

"강준이를 변론하라고 자네를 앉힌 게 아니야."

임 대표의 날카로운 지적에 은 실장이 입을 다물더니 어렵게 열었다.

"강준 씨 나이 32입니다. 19살에 이 바닥에 뛰어들어 할 만큼 했다고 생각합니다. 그러니까 이젠 강준 씨가 알아서 하게 내버려 두시는 것도 대표님이 하실 일이라고 생각합니다."

"지금 나를 훈계하는 것인가? 나도 그걸 몰라서 이러는 게 아니잖아."

"압니다. 한겨울 씨와의 관계가 스캔들로 번지면 강준 씨가 받을 타격이 크다는 것을요. 그건 임 기획의 손실로 직결됩니다. 임 기획

수입의 삼 분의 이를 강준 씨가 책임지고 있습니다. 어쩌면 강준 씨의 독자적인 기획사라고 해도 될 만큼 강준 씨는 임 기획에선 없어선 안 될 간판 스타입니다. 제가 그걸 모를 리가 있겠습니까?"

"그걸 아는 사람이 내가 신경 쓰게 만드나?"

"무슨 말씀을 하셔도 전 강준 씨를 배신할 순 없습니다."

"이건 배신이 아니지 않은가."

"저는 배신이라고 생각합니다."

바늘도 안 들어갈 은 실장의 대답에 임 대표가 긴 한숨을 내쉬었다.

"강준 씨는 열정적으로 한겨울 씨를 사랑합니다. 그전엔 볼 수 없었던 일입니다. 가련할 정도로 여자를 기피했었죠. 그게 첫사랑을 못 잊어 그랬다는 걸 이제야 알았습니다. 그래서 전 강준 씨를 믿고 싶습니다. 섣불리 행동할 사람이 아니란 걸 믿습니다. 그리고 지금은 배우의 사생활을 무조건적으로 나쁘게 보지 않는 세상입니다. 강준 씨가 불륜을 저지른 것도 아니니 팬들도 아름다운 사랑이라고 받아줄 겁니다."

"나 참."

"하실 말씀이 없으시면 이만 나가보겠습니다."

은 실장이 정중하게 인사를 하고 나갔다. 임 대표는 은 실장이 문을 닫고 나가는 것을 바라보았다. 답이 안 나왔다. 그렇다고 맥 놓고 강준을 두고만 볼 수는 없었다. 그는 은 실장 밑의 로드매니저를 불렀다.

7. 공개 연애

강준이 스케줄을 모두 마쳤을 때는 겨울과 약속했던 오후 세 시가 훨씬 넘어서였다. 그녀와 세 시 약속을 했기에 미안한 마음을 담고 전화를 했다.

"나야. 많이 기다렸지?"

[아니에요. 일하느라 시간 가는지 몰랐어요.]

"다행이다."

[강준 씨, 바쁘면.]

그녀의 말을 중간에서 잘랐다.

"일 다 끝났어. 지금 출발했고. 20분 후면 도착할 거 같아. 전화할 테니까 나와."

그녀가 더는 뒷이야기를 못하게 끊고는 차를 달리는데 오늘따라 유난히 오후의 햇살이 따스했다. 아마도 요즘처럼 행복한 날이 없어서일 것이다.

강준은 요즘만 같았으면 하고 생각했다. 사랑하는 여자와의 행복한 미래를 꿈꾸는 것은 곧 즐거움이었고 활력이었다.

그의 차가 겨울의 사무실 앞에 도착했고 그녀가 환한 미소로 차에 올랐다. 그는 옆에 앉는 그녀를 잠시 기다려 주며 야릇한 미소를 지었다. 그런 그를 보며 그녀가 말했다.

"좋은 일 있어요? 기분이 좋아 보여요."

"너한테 부탁할 게 있어 그런가?"

"부탁이요?"

"응. 당장 키스해 줘."

"네?"

다짜고짜 키스해 달라는 그에게 화들짝 놀란 그녀는 눈망울을 굴렸다. 그녀의 놀란 모습이 예뻤다.

"그게 그렇게 무리야? 열심히 일한 대가로 너한테 키스란 보너스를 받고 싶은데."

"강준 씨도."

우물쭈물 수줍어하는 그녀가 사랑스러웠다. 솔직히 그녀가 저빈처럼 번저 다가와 주길 바랐다. 그를 만나면 반갑다고 안기고 먼저 키스하는 것을 기다렸지만 그녀는 역시 소극적이었다. 어쩌다 그날만 열망에 들떠 그의 허벅지에 올랐는지 모르겠지만 말이다. 이젠 그녀가 제 감정을 숨기지 않고 표현해 주었으면 싶었다.

"무리 아니면 해줘. 받고 싶어."

그가 어린아이처럼 굴자 그녀는 당황해서 상체를 뒤로 물렸다.

"해주긴 뭘 해줘요."

부끄러웠다. 아마도 이것이 사랑인가 보다. 그의 말 한마디 숨소리조차도 그녀의 심장은 데인 것처럼 뜨거웠다. 그녀는 제 얼굴이 화롯불에 타오르는 숯덩이처럼 붉어도 붉은지 몰랐다.

붉다 못해 터질 것 같은 겨울의 볼을 향해 그가 한 손을 뻗었다. 생각 같아선 차 안이라도 덮치고 싶지만 애써 욕망을 눌렀다. 신사적으로 점잖게 행동한다는 것이 손가락으로 그녀의 입술을 더듬고 매만지는 것이었다. 그녀의 입술에 촉촉이 발린 립글로스의 느낌이 좋았다.

"그간 어떻게 살았는지 모르겠다. 이렇게 좋은데 말이야."

그녀의 말랑말랑한 입술을 어루만지던 그가 손을 뗐다. 겨울은 심장이 지끈거렸다. 그가 입술만을 매만졌을 뿐인데 그가 심장을 만지고 있는 착각이 들었다. 이제는 그가 입술을 보는 것만으로도 심장이 반응했다.

그를 향해 뛰는 심장을 제어하지 못한 그녀가 대화를 돌렸다.

"그만 장난치고 시장에 가요. 저녁 해줄게요."

지긋한 시선으로 내려다보던 그의 손끝이 그녀의 입술을 다시 더듬는가 싶더니 그의 두 손이 그녀의 양 볼을 움켜잡았다. 그러곤 순식간에 입술을 맞췄다. 그녀는 저절로 두 눈을 감고 그의 입술과 그녀의 입술이 맞닿는 순간 살짝 입을 벌려주었다.

입술과 입술이 맞닿았고 그의 단단한 혀가 그녀의 부드러운 혀를 농락했다. 그렇게 시간이 조금 지났을 때야 그녀는 정신이 퍼뜩 들었다. 이곳이 그녀의 회사 앞이란 것을 망각했다. 그의 열정에 눈먼장님이 된 자신이 부끄러웠다. 그녀가 다급하게 그의 등짝을 때리며 입술을 뗐다.

"여기 회사 앞이에요. 사람들 지나가잖아요."

겨울이 홍조 띤 얼굴로 앙탈을 부렸지만 그는 싱그럽게 웃었다.

"사랑은 시간과 장소를 가리지 않는 거야. 그래야 스릴도 있고."

그는 농담처럼 대답하곤 손등으로 입술에서 번질거리는 두 사람의 침을 닦았다. 그러곤 서서히 차를 출발시키더니 진지하게 말했다.

"그간 생각한 건데. 혹시 가고 싶은 데 있어? 있으면 말해. 여행도 좋고. 일주일 정도 뽑아놓게."

"바쁜데 괜찮아요?"

"어. 차기작은 내년 6월쯤 시작할 거고. 은지 씨 작품은 다음 달이야. 그것 때문에 6월로 잡았어. 그 기간 동안 일주일 정도 시간이 돼. 물론 너하고 저녁을 먹는 시간은 지금처럼 만들면 되고. 그러니까 어디 가고 싶은 곳 있으면 말해. 계획 세우게."

"여행 좋긴 한데……."

잠시 생각하던 그녀는 아침에 만났던 승주가 생각났다. 그녀는 잠시 망설이다가 아침의 일을 강준에게 사실대로 말할지 고민했다. 아무래도 그는 알고 있어야 할 것 같았다.

"실은 승주 씨가 회사에 찾아왔어요."

"언제."

"오늘 아침에요."

"와서 뭐래? 무슨 말 했어?"

"중요한 건 없구요. 내가 사무실에서 사는 것을 알고 왔어요. 마침 출근하는데 회사 앞에서 만났어요. 왜 택시에서 내리냐고 추궁하더라고요."

그가 걱정하는 눈빛으로 그녀의 전신을 살폈다.

"어디 다친 데는 없고?"

"난 괜찮아요. 언성을 좀 높이긴 했는데 내가 그리 호락호락한가요. 그러니까 난 걱정 말아요. 근데 이러다가 우리 강준 씨 아파트에서 사는 걸 들킬지도 몰라요. 그 사람이 부리는 사람 중에 박비서라고 있는데 그런 방면으론 빨라요. 지금도 우리 차를 쫓는지 잘 살펴요. 강준 씨도 몸조심하고. 혹시 모르니까. 난 내 걱정보단 강준 씨가 걱정돼요. 그 사람 욱하는 성질 때문에."

그는 겨울의 말을 듣고 룸미러와 사이드 미러를 번갈아가며 주시했다. 처음 그녀의 회사에서 출발할 때부터 주의 깊게 살폈다면 알 수 있겠지만 지금은 모르겠다.

주위를 둘러보던 그는 승주가 그녀의 사무실을 찾았다는 사실에 짐짓 생각이 깊어졌다. 운전을 하면서도 침묵하던 그는 결심을 했다. 아무래도 많은 사람들에게 그녀의 존재를 알려야 할 것 같았다.

그렇다면 어떤 방법이 필요할까? 어디서부터 시작해야 하나. 자연스럽게 알리려면 사람들이 많은 장소가 적절할 것 같았다. 그는 아침 겸 점심을 먹었던 차에 배가 고팠다. 성현의 가게로 가려던 차를 돌려 고급 레스토랑에서 세웠다.

"저녁 좀 일찍 먹자. 괜찮지?"

"괜찮아요."

"내려."

그가 안전벨트를 푸는 것을 보고 밖을 보았다. 그녀의 시선에 격조 있는 분위기가 물씬 풍기는 레스토랑이 보였다. 그녀는 전혀 생각지 못한 장소라서 놀랐다.

"여기서 저녁을 먹자고요?"

사람들이 많은 오픈된 장소라는 생각에 아직은 그의 옆에 서는 것은 이르단 생각을 했다. 임 대표가 가만 안 있을 것이고 승주도 만만치 않다. 그는 스타기에 행동이 낱낱이 사람들에게 알려진다. 오늘의 일이 어떤 기사로 실릴지 몰라 위험하다고 생각한 그녀는 안전벨트를 풀지 않았다.

"성현 씨한테 가요. 거기 음식이 맛있어요."

"자주 먹어서 질리지 않아? 그냥 들어가자."

그가 차에서 내려선 프런트 보닛을 지나더니 그녀의 차 문을 열어주었다. 사람들 시선은 그때부터 두 사람을 주시했다.

어쩔 수 없이 그에게 손을 잡혀선 식당으로 들어갔다. 밖에서와 마찬가지로 그와 들어선 순간 사람들의 따가운 시선이 느껴졌다. 격식과 분위기에 압도될 정도로 근사한 레스토랑 안은 결코 만만치 않았다.

그가 매너 있게 의자를 빼주었다. 주위에서 수군수군거리는 소리가 들렸다. 질린 얼굴로 일단 그가 내준 의자에 앉았다. 그가 자리로 돌아가 앉으며 그녀의 얼굴을 살폈다.

"얼굴 좀 펴. 누가 보면 내가 납치해 온 줄 알겠어."

너무도 태연한 그 때문에 오히려 더 긴장했다. 그럴 것이 이곳에 들어서는 순간부터 테이블 곳곳에 앉은 사람들이 힐끔거리며 그들을 옆 눈으로 보았다. 어떤 이는 상대의 귀에 대고 소곤거렸고 어떤 이들은 대놓고 그들을 쳐다보았다. 어떤 이들은 눈만 껌벅거렸다. 아마도 그런 사람들은 서강준이 지금 여자랑 함께 온 거야? 서강준이 맞지? 그렇게 설마란 단서를 내세운 표정들이었다.

그가 자신을 배려해서 사람들 있는 곳으로 데려왔다고 생각했다. 하지만 편하게 음식의 맛을 느낄 수 있는 곳은 성현의 식당뿐이었다. 만약 그가 보통의 남자처럼 평범했다면 자유롭게 이런 곳을 드나들었을 것이다. 하지만 상대가 상대니만큼 그의 과감한 행동은 전혀 도움이 안 되었다. 음식이 나오기도 전에 음식 맛을 잃은 것 같았다.

"우린 아직 사람들이 많은 곳은 일러요."

"왜? 우리가 죄졌나? 나 때문이라면 겁먹지 마."

"그래도."

"자연스럽게 굴어. 얼굴 좀 펴고. 너무 창백해. 그럼 내가 널 데려온 보람이 없잖아."

다 자기를 위해서 그런 건데. 그녀가 입술을 삐죽였다. 그녀의 씰룩이는 입술을 보며 그가 빙긋 웃었다.

"여긴 스테이크가 괜찮은데. 정통 아메리칸 스타일로 먹을래?"

"아무거나 줘요."

아무리 맛있는 것을 시켜줘도 음식의 맛을 느끼진 못할 것 같아 쉽게 대답했다. 그가 옆에서 주문을 받으려고 대기한 종업원에게 말했다.

"이걸로."

공손히 주문을 받은 종업원이 사라지자 그가 나직하게 말했다.

"나 이런 거 무척 하고 싶었어. 그 상대가 너라서 더 좋고."

"……나랑 와서 좋아요?"

"어."

짧은 그의 대답에는 모든 것이 함축되었다. 순간 심장이 지끈거렸다. 하지만 애써 표정을 바꿔 말했다.

"나도 좋아요. 근데 다음부턴 먼저 말해줘요. 그래야 내가 덜 당황하지."

"그럴게. 그럼 긴장 풀고 맛있게 식사하는 거다?"

웃음기 있는 말로 물어서 대답 대신 고개를 끄덕였다. 그사이 식사가 나왔는데 그가 접시의 스테이크를 잘게 잘라선 그녀에게 주었다. 그것도 하고 싶었다고 하면서.

또 한 번 가슴이 시큰거렸다. 이런 사소한 것을 하고 싶었다니.

사람들이 많은 곳에 말도 없이 데려와 처음엔 긴장해서 음식 맛을 못 느낄 줄 알았다. 그런데 이번엔 감동을 받아 음식 맛을 느낄 새가 없었다.

식사를 마치고 레스토랑 근처에 있는 극장을 향해 조금 걸었다. 그의 손을 잡고 바짝 붙어 인파 속을 뚫고 영화관 안으로 들어갔다.

그를 만나 잠시 이런 상상을 했던 적이 있었다. 하지만 곧 상상은 깨졌다. 그와는 사람들 속을 걸을 수 없을 것이라고 지레 생각했다. 그런데 그 예상을 과감히 깨주었다. 기쁘기도 했고 행복해서 벅찼지만 약간의 긴장은 여지없이 자리했다.

그가 워낙 대스타라선지 펜을 들고 사인해 달라는 말은 감히 하지 못하는 것 같았다. 여자들 서넛이 모여 웅성거리며 그가 정말 서강준인지 확인하더니 그의 옆에 선 그녀를 죽일 듯이 노려보았다. 그 시선이 너무도 살벌해서 따끔거렸다.

군데군데 연인들과 함께 온 여자들은 조금은 넉넉한 인심을 풍겼다. 서강준이 맞는다며 화면에서보다 더 잘생겼다. 자기야, 사인받을까? 하며 애인의 눈치를 봤다. 그럴 때면 남자들은 시기에 찬 얼굴로 인상을 구겼다. 그러곤 빛이 나는 미모의 그에게서 시선을 못 떼는 애인을 끌고 관람석 안으로 들어갔다. 그런 팀들이 거의 다였다. 남자들도 시샘하는 서강준의 미모는 더욱 빛을 발했다. 겨울은 은근 어깨가 으쓱했다. 처음엔 긴장했는데 그가 제 가슴 가까이로 끌어안고 보호해 주자 용기가 생겼다. 나, 이 남자의 여자야. 내가 서강준의 여자라고. 마치 자랑하듯이 턱을 빳빳이 쳐들고는 살벌하게 쏘아보는 여자들을 향해 여유로운 미소를 지어주었다.

조금 걷는데 매점이 보였다. 그녀는 어린아이처럼 흥분해선 말했다.

"강준 씨, 우리도 음료수하고 팝콘 사요."

앞을 보며 걷던 그가 멈추자 손을 잡아끌었다.

영화를 보고 집으로 돌아오는 차 안에서 잠깐 영화 이야기를 했다. 그런데 그가 그녀의 손을 잡고 운전하면서부터는 침묵했다.

그의 왼손은 핸들을, 오른손으론 그녀의 손을 잡고 운전했다. 어느 순간 말하지 않아도 두 사람은 통하는 무엇이 있었다. 마주 잡은 손과 서로를 향한 눈빛만으로도 그들은 많은 이야기를 나눴다.

집에 도착했다. 차를 세우고 엘리베이터를 향해 걸으며 그의 어깨에 머리를 기댔다. 그도 그녀에게로 몸을 기울이더니 그녀의 어깨를 감싸 안았다.

곧 멈춘 엘리베이터 안에 올랐다. 그가 쓰윽 발을 움직이더니 그녀의 뒤로 다가갔다. 그녀가 몸을 돌리려 하자 못하게 막았다.

"쉬이! 괜찮아."

아기를 어르듯이 달래던 그의 손이 점점 그녀의 엉덩이께로 내려갔다. 순간 그녀는 볼이 발개지는 동시에 엘리베이터 천장에 걸린 CCTV를 쳐다보았다.

"CCTV 돌아가요."

"알아. 근데 네 몸이 내 손을 가려서 지금은 사각지대야. 그러니까 안심해."

자신감 있는 그의 미소가 야릇했다.

엘리베이터가 멈추는 동안에도 그는 그녀의 엉덩이 부근을 소름 끼치도록 쓸었다. 그녀의 얼굴은 이미 홍시처럼 붉었다. 땡! 하는 엘리베이터 소리에 기다렸다는 듯이 그가 그녀의 손을 잡아끌고 밖으로 나갔다. 곧 현관문을 열고 들어가는 동시에 그녀에게 키스했다.

입안 구석구석 침투한 그의 혀는 음탕했다. 도망치며 다니는 그녀의 혀를 단단히 붙잡고 놓아주지 않았다. 여유를 두지 않고 달려드는 그에게 온 힘을 다해 매달렸다.

그는 그녀를 안아 들고 침실로 옮길 때에도 입술은 떨어지지 않았다. 죽을 것 같은 욕망에 숨이 할딱할딱 넘어갔다.

열린 침실 안으로 들어서면서부터 그녀의 블라우스 단추를 급하게 풀었다. 블라우스 단추가 하나씩 풀려 나가는 것을 참지 못한 그는 어깨에 걸쳐 있던 블라우스를 밑으로 내렸다. 그러곤 그녀를 돌려세웠다.

그녀는 제 살결에 살짝 닿았다가 떼어지는 그의 손길에 어깨를 움찔하며 경련을 일으켰다. 풀지 않은 소매 단추가 빨래처럼 밑으로 축 늘어졌다.

그는 그녀의 어깨 밑 길이의 머리카락을 한데 모아 한쪽 어깨에 걸치게 했다. 그녀는 고개를 살짝 모로 기울였다.

그가 목뼈를 시작으로 아래로 매끄럽게 쓸어내렸다. 간지러움과는 전혀 다른 감각에 몸이 바짝 긴장했다. 절로 허리가 곧게 세워졌다.

그녀의 어깨에 입술을 맞추며 그가 매혹적인 음성으로 말했다.

"아까 엘리베이터 안에서 키스하고 싶은 걸 참느라 미칠 것 같았어."

목덜미에 닿은 입술이 움직일 때마다 몸이 들썩였다. 어깨를 움츠리는 그녀를 그가 품에 안았다. 목과 어깨에 쏟아지는 키스를 받으며 그녀는 그녀의 몸을 감싼 그의 팔을 어루만졌다.

그가 침대 바깥에 그녀를 앉혔다. 그의 손이 그녀의 턱을 끌어올려 시선을 맞췄다. 익숙하면서도 낯선 열기가 그곳에 있었다. 그에게 전염된 강렬한 흥분이 등줄기를 할퀴고 지나갔다.

"태어나서 너를 만난 요즘이 가장 행복한 것 같아."

격렬한 욕망이 선명한 그의 음성이 떨렸다. 그만큼 그에게 있어 소중하다고 말하는 것이다.

"나도 강준 씨를 만난 요즘이 가장 행복해요."

"겨울아."

그녀의 이름을 부르던 그가 그녀의 어깨에 걸쳐져 있던 블라우스를 완전히 벗겼다. 그러곤 브래지어 끈도 완전히 벗겨냈다. 브래지어가 벗겨지는 순간 그가 그녀의 뺨을 매만졌다. 건조해진 입술을 혀로 적신 순간 그를 묶어두었던 고삐가 완전히 풀렸다.

잠시 후, 침대에 눕혀졌고 무릎에 있던 치마가 허리 끝까지 말려 올라갔다. 치마를 끄집어 내릴 틈도 없었다.

그는 그녀의 다리 사이로 자리를 잡으며 셔츠를 벗어 던졌다. 환한 전등 아래 드러난 관능적인 근육들이 물결쳤다. 거칠게 숨을 몰아쉬는 그를 따라 그녀 역시 받은 숨을 토해냈다.

그가 고개를 내려 키스를 했다. 날카롭게 시작된 입맞춤은 혓바닥이 아리도록 격렬했다. 그의 손에 붙들린 가슴 끝이 뾰족하게 일어났다. 부드러운 손가락에 쓸릴 때마다 가슴 전체가 고통과 닮은 쾌감에 신음을 흘렸다.

비명을 지르던 그녀의 몸이 갑자기 허공에 들렸다. 감았던 눈을 뜨자 그의 사타구니 위에 앉아 있었다. 그를 내려다보는 위치가 낯설어 몸을 뒤척였다. 그가 허리를 단단히 부여잡았다. 은밀하게 맞닿은 부위로 후끈한 열기가 끼쳤다. 얇은 팬티를 입었음에도 열기를 느낄 수 있었다. 순간 얼굴이 달아올라 화끈거렸다. 목소리가 형편없이 떨렸다.

"지금…… 이대로 하라구요?"

그가 말없이 고개를 끄덕였다. 아마도 저번에 이 자세로 하려다가 그만두자 생각난 듯싶었다. 그래도 이건 좀 아니었다.

그녀는 그의 몸에서 내려오기 위해 허리를 붙잡은 손을 떼었다. 하지만 옴짝달싹도 못했다. 괜히 몸을 움직였다간 가랑이 사이에 느껴지는 단단한 열기만이 더할 것 같았다.

그가 게슴츠레한 눈빛으로 허스키하게 말했다.

"네가 움직이니까 더 자극돼."

"미안해요."

"미안하다고만 하지 말고 해봐. 어서."

"……."

그녀가 우물거리자 더는 참지 못한 그가 상체를 일으켜 그녀의 뒷목을 붙잡고 입을 겹쳤다. 그녀를 허벅지에 앉히고 상체를 완전히 일으킨 그는 혀끝으로 성감을 깨우고는 목덜미를 세게 깨물었다. 아프기보단 오싹한 전율에 더 가까운 통증이 몸에 불을 질렀다.

강준은 제 목을 감고 있는 그녀의 팔을 끄집어 내렸다. 그리곤 그의 바지 버클 위로 이끌었다.

잠시 입술이 떨어진 순간 그녀는 뜨거운 숨을 뱉어냈다. 그녀는 힘이 들어가지 않아 부들부들 떨리는 손으로 그의 바지를 풀었다. 벌어진 사이로 두툼한 분신이 얼핏 보였다. 그녀는 마른침을 삼키고 황급히 시선을 돌렸다. 그런 그녀의 턱을 잡은 그가 마주 보도록 고정시켰다. 원래도 아름다운 사람이지만 욕망을 드러낸 그는 그 어느 때보다 치명적이었다.

그녀는 붉은 혀로 입술을 축이는 그를 밀치곤 덤벼들었다. 입술을 맞대고 있는 것으로는 부족해 그녀가 아는 테크닉을 사용했다. 질척이는 소리가 침실을 가득 채웠다.

옆구리의 연약한 살을 쓸어 올린 그는 그녀의 몸을 단숨에 뒤집고는 하나 남은 속옷까지 모두 벗겨 버렸다. 반짝반짝 빛나는 눈에 이성은 남아 있지 않은 것 같았다. 그는 스탠드를 등진 채 그녀를 구속하듯이 내려다보았다. 이 세상에 존재치 않을 것처럼 아름다웠다. 세계적으로 유명한 배우들이 있다지만 그녀에게는 가장 아름다운 배우이자 그녀의 남자였다.

데일 것처럼 뜨거운 열기를 뿜어내는 분신이 사타구니에 스쳤다. 곧 다가올 쾌락을 아는 몸이 진저리 쳤다.

그는 가슴과 복부, 허벅지 안쪽의 예민한 살점까지 모두 맛보았다. 그녀는 저릿저릿한 다리 사이를 열고 들어올 준비를 했다. 온몸이 타액과 땀으로 젖었다. 신음인지 교성인지 구분도 안 될 비명을 몇 번이나 터뜨렸다. 요사스런 혓바닥이 그를 받아들일 수 있도록 길을 적셨다. 껍질을 벗기 위해 몸을 비트는 뱀처럼 온몸이 흐느적거렸다. 열에 들떠 그가 그녀의 몸을 그 위에 앉히는 것도 몰랐다. 딱딱한 사타구니 위에 앉은 후에야 깨달았다. 서로 마주 앉은 자세가 되었다. 그녀의 가슴이 그와 맞닿아 짓눌린 만큼 가깝게 마주 앉았다. 그녀는 두 손으로 그의 어깨를 붙잡았다. 결코 힘이 들어가지는 않았다.

그가 그녀의 허리를 붙잡고 몸을 아래로 내렸다. 이미 반쯤 몸을 들이민 상태였다. 꾸역꾸역 밀고 들어오는 그를 밀어낼 자신이 없었다. 입술을 깨물고 이마를 그의 어깨에 기대고는 벅찬 숨을 골랐다. 허리를 계속 들고 있을 힘이 없었다. 그의 손에 겨우 의지하고 있던 터라 사지가 후들후들 떨렸다. 앉아 있는 자세 탓에 평소보다 준비하는 시간이 더디게 걸렸다.

그가 그녀의 어깨와 목덜미에 입맞춤을 남기며 기다려 주었다. 긴장을 풀어주기 위해 몸을 부드럽게 쓰는 손길이 다정했다. 낯선 체위가 버겁기는 해도 아프지는 않았다. 그녀는 여전히 이마를 그의 어깨에 댄 채로 고개를 주억거렸다.

깊이 파묻힌 자세에서 그가 허리를 치켜세웠다. 그녀는 아예 그의 목을 감싸 안고 매달렸다. 그녀의 안에 있는 그의 무자비한 분신이 간헐적인 인내로 그녀를 기다려 주었다. 그 또한 그녀의 안에 있기에 그녀만큼 그녀의 몸의 변화를 적나라하게 느끼고 있을 것이다. 빠듯하게 굳어 있던 내부가 침입자를 끌어안았다. 그는 그 순간을 놓치지 않았다. 느릿하던 동작에 서서히 속도를 더했다. 입술은 달콤했고 손길은 부드러웠다. 서서히 속도가 붙는가 싶더니 결국에는 신음을 흘리지 못할 만큼 격렬했다. 휘몰아치는 쾌감에 온몸이 경련하듯 떨렸다.

그녀는 누워 있는 그의 위에 엎어지듯 기대어서는 흔들리고 또 흔들렸다. 더는 그를 붙잡고 있을 힘도 없었다. 흔들릴 때마다 단단한 몸에 부딪혔다. 허리에 힘이 들어가지 않았다. 그런데도 어김없이 찾아오는 희열에 몸을 떨었다. 절정에 이르러 숨이 턱턱 넘어가는 와중에도 기절은 하지 않았다. 무섭게 몰아치다가도 정신을 놓을라 치면 그는 속도를 늦추고 숨 고를 여유를 주었다.

이제 그만하자고 매달릴 때까지 그는 몰아치다 멈추기를 반복했다. 이러다가 미칠 것 같았다. 그러나 그때마다 그는 더욱 강하게 허리를 놀렸다. 마치 그는 그녀에게서 교성을 끌어내기라도 하듯이 허리를 세게 놀렸다. 그럴 때마다 울음이 터질 것만 같아 입술을 깨물었다. 섹스를 하다가 너무 좋으면 울음이 난다고 했던 선배의 말이 불현듯 떠올랐다.

그녀는 맞부딪히는 허벅지와 엉덩이가 얼얼했다. 그러기를 수십 번 반복했다. 그녀를 쾌락 속에서 허우적거리게 해놓고 그는 곧 있을 절정을 미루고 또 미루었다. 그녀는 그의 인내심에 박수를 쳐주고 싶었다.

마지막 피치를 올리고 나서야 기절하겠다 싶은 순간에 그는 파정을 했다. 잘게 요동치는 감촉만으로 예민할 대로 예민해진 몸은 몸서리쳤다.

지친 그녀가 그의 몸 위로 엎어졌다. 긴장이 풀린 탓인지 무섭게 잠이 쏟아졌다. 그녀는 힘겹게 몸을 움직여 그의 몸에서 내려

옆으로 누웠다. 그녀를 보듬는 그의 손길을 느끼며 잠에 취했다. 의식이 거의 남아 있지 않은 순간에 그의 목소리를 들었다.

"겨울아, 사랑해."

"으음…… 나도."

웅얼거리면서도 대답을 해주었다. 그녀의 대답에 그가 무척 흡족해하며 그 역시도 잠에 빠져들었다.

8. 결심

아무리 피곤해도 6시면 일어나던 그가 눈을 떴을 땐 7시를 훨씬 넘겼다. 모델 일과 아르바이트를 병행하던 시절부터 습관이 되어 굳었는데 그것이 깨졌다. 아마도 요즘 그녀와의 시간을 갖기 위해 지옥의 스케줄을 소화해 낸 탓도 있으리라.

그의 피로 회복제인 겨울이 옆에서 새근새근 자고 있어 전혀 피곤함을 느끼지 못했다. 얼마나 피곤했으면 그녀의 곳곳을 지분거려도 꿈쩍도 안 했다. 잠꾸러기 이마에 뽀뽀를 해주곤 일어나선 휴대폰의 메시지를 확인했다. 어제 영화를 보고 나오던 길에 잠시 화장실을 다녀왔다. 늦었지만 그때 메시지를 남겼는데 아직까지 답장이 없었다. 그는 메시지를 잘못 보낸 것은 아닌지 확인했다.

「서강준입니다. 내일 오전 10시경 대표님 회사로 찾아뵐 생각인데 시간이 되시겠습니까? 늦은 밤, 갑작스럽게 메시지를 남겨 죄송하지만 꼭 만나뵙고 드릴 말씀이 있습니다. 연락 주십시오.」

상대가 메시지를 읽고 답장을 하지 않았다. 다시 전화를 걸까. 시각을 확인하는데 좀 이른 아침이라서 꺼려졌다. 그는 어제 보낸 메시지를 다시 재전송했다. 전송을 확인하고 기다리기로 했다.

무슨 일이든지 마음을 먹으면 빨리 해치워야 하는 버릇이 생겼다. 아마도 부모님을 잃고 미래가 불안해서 성격이 급해졌는지 모른다.

잠시 휴대폰을 든 손으로 창밖을 내다보았다. 하늘이 꾸물대는 모양이 비나 눈이 내릴 품새였다. 날씨가 차가워졌으니 첫눈이 내릴지도.

11월에도 눈이 내린 적이 있었는지 생각하지만 날씨에 대해서 예민하지 않아 잘 모르겠다. 아마도 11월에 눈은 좀 이르단 생각을 하며 샤워를 하기 위해 욕실로 들어갔다.

샤워부스 밑에서 샴푸하고 단단하고 굴곡진 몸을 닦았다. 깨끗하게 몸을 닦고 나오자 상쾌했다. 엉덩이 부근을 긴 타월로 가린 채 덜 마른 머릿결을 툭툭 털었다. 분주한 손을 멈추며 바로 휴대폰을 확인했다. 이번엔 답장이 와 있었다.

「난 너를 만날 생각이 없어. 그러니까 이런 불쾌한 메시지 보내지 마. 애송이.」

거절이었다. 거절을 당하자 웃음이 터졌다. 그리고 자신을 애송이라고 지칭해 웃겼다. 그는 승주에게 묻고 싶었다. 넌 얼마나 나이를 처먹었기에 나한테 애송이라고 하는가 하고. 세 살 차이밖에 안 나는, 어쩌면 사회에선 친구로 지내는 경우가 다반사인 차이라 실소를 터트렸다. 휴대폰을 들고는 메시지를 보냈다.

「어려우신 줄 알지만 전 대표님을 만나야 합니다. CC에 계실 것 같으니 10시경에 그리로 찾아뵙겠습니다. 그럼 거기서 뵙겠습니다.」

결심한 이상 오늘 끝내고 싶었다. 승주에게 메시지를 전송을 하고 자는 겨울이를 보기 위해 침실로 들어갔다. 반듯하게 자던 그녀가 모로 자고 있었다. 두 손을 곱게 모아 한쪽 볼을 받치고 자는 모습이 마치 천사 같았다. 자는 것도 왜 이리 예쁜 건데? 입안으로 읊조리며 고개를 내려 바짝 그녀의 입술에 붙이곤 뽀뽀를 했다. 그녀가 으응…… 하며 몸을 뒤척였다. 하지만 그의 뽀뽀에도 그녀는 눈을 뜨지 않았다.

피식 웃음이 걸쳐졌다. 섹스 없이 자는 날은 몰라도 한 번 불붙으면 날이 새도록 그녀를 못살게 굴었다. 어제는 너무 피곤해 한 번으로 끝냈지만 문뜩 깰 때면 그녀의 가슴과 허리, 엉덩이를 애무하다가 잠이 들었다. 그녀의 보드라운 살결의 맛을 알아버렸으니 이젠 혼자선 도저히 잠을 잘 수가 없을 것 같았다.

이것도 병이라며 못 말리는 자신에게 고개를 흔들다가 순간 약속 시간이 생각났다. 그녀만 보면 어떤 생각도 하지 못하는 바보 서강준이 되었다. 자는 그녀를 뒤로하곤 간단한 죽이라도 먹고 나가려고 성현이 냉동실에 넣어준 죽을 렌지에 데웠다.

5분 돌아가던 죽이 데일 것처럼 뜨거워지자 그것을 단번에 먹어치웠다. 양치를 다시 하며 외출 준비를 마친 그는 바쁘게 집을 나와 외곽도로를 달렸다.

승주는 과음으로 좀 늦게 일어났다. 출근하기 위해 준비를 하던 중에 강준의 메시지를 받아 확인했다. 어젯밤 자정이 가까울 무렵에도 받았지만 답장을 하지 않았는데 귀찮게 또 왔다. 신경질적으로 메시지를 넣는데 막무가내로 이자가 회사로 찾아오겠단다. 오든지 말든지 신경을 끄며 박 비서에게 전화를 걸었다.

"나야."

[이제 일어나셨습니까? 어젠 과음하셨는데 건강은…….]

박 비서의 말을 중간에서 똑 잘랐다.

"서강준의 뒤를 캐라고 했는데 왜 아무런 답이 없는 거야? 어떻게 됐어?"

[아직 이렇다 할 것이 없습니다. 아무래도 시간이 더 걸릴 것 같습니다.]

"무슨 말이 그래. 미행은 했어? 걔들이 몰래 만나는 증거를 확보했냐고."

[걔들이라니요? 지금 무슨 말씀을 하시는지 모르겠습니다. 서강준을 미행하는 것 아니었습니까?]

아, 내가 말을 안 했나. 그럴 테지. 겨울이 흉이 내 흉이니까. 그러나 박 비서에게 두 사람의 관계를 말하지 않고는 일이 진행되지 않을 것이다. 더는 늦추지 말고 사실대로 말했다.

"내가 이런 말은 안 하려고 했어."

약간 호흡을 길게 갔다.

"겨울이가 그 애송이를 만나고 있어."

[애송이는 서강준을 지칭하시는 겁니까?]

"그럼 여기서 누구겠어? 그 새끼가 겨울이의 집에 있더라고. 내가 그 새끼한테 내 집에서 쫓겨났었어. 그 일이 있고 앙큼한 그것이 집을 나간 거라고. 지금 그것들이 무슨 짓을 하는지 생각만 해도 기가 차."

[아…… 그런 사실이 있었군요. 그럼 사모님 뒤도 함께 미행해야 일이 빨라질 것 같습니다. 전 서강준만 미행을 시켰습니다. 근데 별다른 것이 없었습니다. 집에도 안 들어가고.]

"집에 안 들어가다니?"

[네. 서강준의 빌라에서 잠복을 시켰는데 들어오지 않았답니다. 그래서 지내는 곳이 또 있는지 서강준의 친구들을 파악하는 중입니다. 동료들도 포함했습니다.]

박 비서가 어련히 알아서 하겠지만 애송이가 집에 안 들어갔다는 말에 은근 신경이 거슬렸다. 분명히 겨울이는 택시를 타고 회사에 출근했고 서강준은 제집에 들어가지 않았다. 결론은 둘이 함께 보냈다는 것이다. 생각만 해도 혈압이 후욱 올랐다. 붙어먹은 이것들을 어떻게 요리를 해줄까. 만나기 싫다고 했음에도 오겠다는 애송이를 못 이기는 척 만나는 것도 한 방편이다 싶어 출근을 서둘렀다.

"지금 당장 집으로 와."

전화를 끊었다. 강준이 집까지 드나든 것을 봤을 때 두 사람이 보통 사이가 아니란 예감이 들었었다. 이젠 그것이 현실로 되자 심경이 복잡했다. 그는 집 안을 오락가락하다가 박 비서가 도착하자 회사로 향했다.

주말이라서 외곽도로에 차량이 증가했다. 매일 다니는 길인데도 멀다는 느낌이 들었다. 찡그려진 인상은 펴지질 않았다.

회사에 도착한 승주가 대표실로 들어가서 비서가 내준 차를 마시는데 박 비서가 황급히 들어왔다.

"대표님, 컴퓨터를 켜보세요. 서강준의 스캔들 기사가 났습니다. 실시간 검색어 1위입니다."

"스캔들. 상대가 누구야?"

"모자이크 처리가 돼서 잘 모르겠지만 제가 보기에…… 사모님과 인상착의가 비슷합니다."

"뭐야!"

머릿속이 노래지는 것 같았다. 이럴 때 하늘이 무너진다고 하는 것 같았다. 서둘러 컴퓨터를 켰다. 실시간 검색으로 '서강준의 그녀는 과연 누구인가', '드디어 우리들의 스타 서강준이 웨딩마치를 올릴 것인가', '만인의 연인 서강준, 그를 한 여자에게 보낼 시간이 가까웠는가?' 란 유치하고도 이색적인 기사들을 쏟아냈다.

승주의 표정이 점점 시커멓게 죽어갔다. 이렇게 스캔들이 터지는 것을 원하지 않았다. 그저 두 사람의 관계를 누구도 모르게 살짝, 조용히 떼어놓고 그녀를 데려오는 것만을 원했다.

기사를 읽어 내려갔다. 데이트를 한 듯싶었다. 고급 레스토랑과 영화관에서 찍힌 사진들이 올라와 있었다.

땅이 꺼지는 것 같았다. 이 기사를 부모님이 보신다면 겨울이를 다시 찾아도 난관에 부딪힐 것이다. 이미 다른 남자와의 염문설이 오른 여자를 부모님께서 받아줄 리가 없다. 처음에 그녀와 결혼한다고 했을 때도 어머니는 반대했었다. 하지만 음전하고 성격도 좋으며 어른에 대한 예의가 바른 겨울이라 요즘 여자 같지 않다는 아버지 말씀에 어머니도 조금씩 그녀를 받아주었다.

약혼하기까지도 어려움이 있었다. 그녀가 회계사 시험에서 낙방하는 동안 부모님께선 회계사에 합격하면 결혼 승낙을 해주겠다고 했다. 만약 회계사가 못 되었더라면 그녀와는 약혼조차도 못했다. 궁극엔 그의 여자관계로 파혼까지 이르게 되었지만 그도 쉽게 약혼을 한 것은 아니었다. 그 나름대로 외조를 하며 기다려 준 것이다.

막판에 여자관계만 들키지 않았다면 지금쯤 결혼했을 것이다. 지난 시간이 불현듯 떠오르던 그는 정신이 퍼뜩 들었다. 지금 지나간 과거를 논할 때가 아니다. 어떡하든 서강준의 스캔들을 내려야 했다. 기획사는 무엇을 하기에 이딴 사진들을 내리지 못하는지 모르겠다.

승주는 강준의 스캔들이라면 환영할 만한 이슈라고 생각했다. 그런데 옆의 여자가 문제였다. 겨울이라서 안 되는 것이다.

"이 새끼가 제정신이야? 서강준이 소속사 어디야. 거기 대표 연결해."

"네? ……네."

허겁지겁 박 비서가 임 기획의 전화번호를 알아내 연결했다. 하지만 그곳도 통화가 마비될 정도로 연결이 쉽지 않았다.

"안 되면 대표 전화번호를 알아내란 말이야!"

우여곡절 끝에 임 대표와 전화가 연결되었다. 승주는 남의 일이 아니어서 급했다.

"서강준이 어떻게 된 겁니까. 옆의 여자 말이에요. 모자이크 처리가 되었지만 아는 사람은 누군지 단번에 알아볼 겁니다. 이렇게 손 놓고 있어서 되겠어요."

다짜고짜로 몰아붙이는 승주의 전화에 임 대표가 어리둥절했다.

[SHB 컨트리클럽 대표님이라고 전해 들었는데 맞습니까?]

"네. 제가 백승주라고 합니다. 언젠가 인사를 한번 나눈 적이 있습니다. 대표님의 명함을 받은 적이 있어 그걸 찾아 전화를 한 겁니다."

[아, 어렴풋이 생각납니다. 그런데 무슨 일이십니까?]

"지금 서강준이 스캔들이 터졌어요. 근데 왜 막지 않는 겁니까?"

상대가 긴 한숨을 쉬고 침묵했다.

[저라고 왜 막고 싶지 않겠습니까. 근데 SNS로 빠르게 퍼져 막아도 끝이 없습니다. 애로가 있어요.]

"거긴 배우를 어떻게 관리하기에 그렇게 되도록 내버려 두는 겁니까? 아무리 서강준이 탑이라고 하나 이거 너무 관리가 소홀한 것 아닙니까?"

[죄송합니다. 근데 백 대표님께서 무슨 연유로 저와 같은 생각이신지요. 저야 제 소속사 배우니까 당연하지만 SHB와 강준이는 어떤 연고도 없는데요. CF를 찍은 것도 아니고.]

"서강준이가 만나는 여자가 내 여자입니다. 그러니까 이러지요."

[그게 무슨 말씀이신지요.]

"한겨울이가 내 약혼녀라구요. 그게 알려지면 나한테도 타격이 있어 그러는 것 아닙니까?"

[무슨. 백승주 대표님이 맞는다면 파혼하신 것 아닙니까? 제가 알기론 그런데요.]

"파혼을 했어도 제가 다시 찾아올 거니까 제 여자입니다. 그러니 이러고 있지 말고 어서 기사나 막으세요!"

엄한 곳에 화풀이를 해댄 승주는 일방적으로 전화를 끊었다. 요즘 그의 입맛대로 이뤄지는 것이 하나도 없었다. 특히 겨울이 그의 속을 썩였다. 그녀를 원망하는데 저절로 강준의 얼굴이 떠올라 이를 부드득 갈았다. 만나기 싫다고 했지만 굳이 온다면 만나주마. 오기만 해라. 일을 이 지경으로 만든 널 가만두지 않겠다.

저절로 눈이 떠졌다. 간만에 실컷 잔 것도 같았다. 옆에 그의 체온이 느껴지지 않아 옆자리로 손을 옮겼다.

"……."

이미 오래전에 일어난 것처럼 차가웠다. 스케줄 때문에 새벽부터 나간 것일까? 마음이 짠한 그녀가 고개를 쳐들었을 때 메모지를 발견했다. 은근 가슴이 설레었다. 자고 일어나면 그의 메모지가 항상 있을 것만 같아 은근 기나려지는 하루하루였다. 살며시 메모지를 손에 들었다.

—개인적인 일로 잠시 다녀올게. 많이 늦지는 않아. 이틀 정도 갈 아입을 옷 좀 챙겨. 난 캐주얼한 스타일로. 그럼 좀 있다가 보자.

그의 메모를 읽고는 가만히 그 자리에 내려놓았다. 잠시 어딘가를 다녀올 테니 짐을 싸놓으란 말이었다. 일을 하러 나간 것은 아니어서 안심되었다. 그녀는 어제 지나가는 소리로 그가 말한 여행을 떠올렸다. 그게 빈말이 아니었다.

그녀의 입가에 환한 미소가 번졌다. 이미 들뜬 마음은 여행지에 도착했다.

몸이 부산해졌다. 무슨 옷을 입을까? 그는 캐주얼한 걸로 준비하라고 했으니 면바지 또는 청바지에 티셔츠. 점퍼, 사파리 그런 것들로 준비해야 할 것 같았다.

아, 운동화도 챙겨야지. 아마도 그는 편한 로퍼를 신을 것이다. 그러니 더 편한 운동화도 넣어가야겠다는 생각에 침대에서 내렸다. 얼른 그의 옷들과 그녀의 옷들이 걸린 드레스 룸으로 갔다. 그의 옷들만 늘어져 있던 한 켠에 그녀의 옷들이 나란히 걸려 있었다. 그중에서 캐주얼한 그녀의 옷부터 챙겼다. 그러곤 그녀와 어울릴 만한 그의 옷을 챙겼다.

서랍을 열어선 가지런히 개어진 그의 속옷을 챙겼다. 어? 그러고 보니 그의 러닝셔츠는 없었다. 아, 이제야 알 것도 같았다. 그는 와이셔츠 안에 어떤 것도 걸치지 않았다.

팬티만 챙기다가 그는 양말도 안 신었던 걸로 기억했다. 그녀를 만날 때면 양말을 신은 것을 본 적이 없었다. 날씨가 쌀쌀한데도 그는 양말을 신지 않았다.

양말은 사야겠다고 생각했다. 지금은 없으니 양말은 가방에 넣지 못했지만 꼭 양말을 사줘야겠다고 생각했다. 이것저것들은 챙겨선 큰 캐리어에 옷들을 넣었다. 아무래도 모자라서 작은 캐리어에는 속옷 위주로 넣었다.

짐을 챙기고 가방을 닫았다. 그러곤 시각을 보는데 9시 30분이나 되었다. 아무리 짐을 쌌다고 해도 30분도 미처 안 걸렸다. 그렇다면 9시가 넘도록 잠이 들었던 것이다. 이러다 잠꾸러기 소리 듣겠다. 요즘 너무도 잠이 많아졌다. 그럼에도 그녀가 깨지 않게 조용히 외출하는 그의 자상함이 엿보였다. 자신을 얼마나 아끼고 사랑하는지 그런 것으로도 그의 배려가 느껴졌다. 고맙고 소중했다. 몇 시쯤 들어오려나. 전화를 걸려고 침실로 들어갔다. 휴대폰을 들어 행여 전화를 받을 수 없는 난처한 경우에 있을지도 몰라 메시지를 남겼다.

「겨울이에요. 방금 일어났고 가방 챙겼어요. 근데 아침은 먹고 다니는 거예요? 외출할 거면 날 깨우죠. 죽이라도 데워줄걸. 언제 들어와요. 한 11시쯤? 메시지 줘요.」

메시지를 전송하고 보니 배터리가 방전되었다. 그것을 충전시키곤 이중 삼중으로 된 창문을 열고는 테라스에 나갔다. 테라스 밖은 너무도 깨끗했다. 남자 혼자 사는 곳이어선지 테라스를 사용한 흔적조차 없었다. 이젠 그녀가 사니까 봄이면 색색의 꽃 화분을 놓고 싶었다.

빨리 봄이 왔으면 좋겠다며 하늘을 올려다보았다. 꾸물꾸물한 하늘은 눈이 내릴 것만 같았다. 이런 날 동해 쪽을 간다면 가다가 첫눈이 내리면 좋겠다는 생각을 했다. 그것도 한계령 휴게소를 넘기 전에 내렸으면 좋겠다. 혼자 그곳을 넘다가 한계령 휴게소에서 잠시 차를 세우고 비경에 발을 멈춘 적이 있었다. 눈이 내려 있었는데 운치가 너무 좋았다. 비경에 빠져 한동안 자리를 뜨지 못했었다.

그때 문뜩 사랑하는 사람과 그곳에 다시 들러보고 싶다는 생각을 했었다. 늘 힘든 일이 있을 때면 넘던 그곳을 사랑하는 사람과 행복한 순간에 넘고 싶었다. 한적한 성당에도 그의 손을 잡고 들르고 싶었다.

쌀쌀한 날씨 탓에 추웠다. 오솔오솔 소름이 끼친 팔뚝을 비비며 거실로 들어갔다.

주말을 이처럼 한가하게 보낸 적이 없어 심심했다. 사무실을 오픈하고 주말에도 늘 클라이언트를 찾아다니곤 했었다. 그러던 것이 엊그제 같았는데 그의 수입을 관리하고부터는 물질적, 심적으로 여유가 생겼다. 한 사람의 존재 가치가 이처럼 그녀의 삶에 여유를 줄 수 있다는 것에 그저 감사할 따름이었다.

그간 여유가 없어 한 가지 운동도 제대로 배운 적이 없었다. 그나마 요가를 좀 길게 배운 적이 있는데 그 자세가 생각났다. 널찍한 거실을 둘러보다가 거실의 카펫 위에서 요가 자세를 잡았다. 눈을 감고 심호흡을 하는데 충전해 놓은 휴대폰이 요란스럽게 진동했다. 반사적으로 일어나 휴대폰을 집어 들었다. 짐작에 그일 것이라고 설레는 마음으로 전화를 받았는데 은지였다.

"요즘 네 얼굴 보기가 영화배우 보는 것보다 어렵네. 바쁘니?"

강준을 염두에 두고 농담했다. 그런데 은지의 목소리가 심상치 않았다.

[지금 천하태평할 새 없어. 너 뉴스 안 봤구나. 강준 씨는?]

"없어. 왜?"

[저런! 그럼 회사 갔나 보다. 너 어제 강준 씨하고 극장 갔었니?]

"어떻게 알아?"

[넌 아직도 아날로그 시대에 사니? 지금 강준 씨 스캔들이 뉴스를 도배했어.]

"정말이야?"

어제 식당이나 극장에서 강준을 보고 쑥덕대는 사람들을 보긴 했다. 하지만 휴대폰으로 촬영하는 것은 못 봤다. 아무래도 그녀가 보지 못하는 사각지대에서 도촬을 한 듯싶었다.

"어떡하지? 예상은 했었어. 상황이 어때? 강준 씨 욕먹어?"

[그래서 걱정돼서 전화한 거야. 다음 달에 강준 씨 작품 들어가는데 스캔들이 타격을 줄 것 같아서. 근데 예상외로 반응들이 나쁘진 않아 가슴을 쓸어내리는 중이야.]

"다행이다."

[이번에 게이란 소리는 쏙 들어가겠어. 그 소린 너도 들었지?]

"응. 근데 그건 말이 안 돼."

[강준 씨를 아는 사람들이야 안 믿지. 그것 때문인지 게이가 아

니라 다행이라는 평이 다수야. 반응이 나쁘진 않아.]

은지의 전화에 안도의 한숨을 길게 내쉬었다.

[네 얼굴이 모자이크 처리가 되어서 과연 누구냐는 여론이 있어. 탤런트 A양과 비슷하다고 뜨네. 이 문제는 강준 씨의 해명이 필요할 것 같다. 동료가 오해를 받으니까. 그거야 강준 씨 소속사에서 발 빠르게 움직이겠지.]

"그 문제 때문에 회사에 갔나 봐. 금세 다녀온다고 하고 나갔어."

[소속사도 비상이겠어. 난 이번에 강준 씨 다시 봤다. 이렇게 신속하게 널 드러낸 걸 보면 이유가 있을 거야. 백승주는 펄펄 날뛰겠지만 그러므로 너를 보호할 수 있잖아. 소속사와 백승주한테서.]

겨울은 거기까지는 생각을 못했다. 만약 자신을 보호하기 위해 그랬더라면 자신이야 그의 보호 아래서 무탈하겠지만 그는 신경 써야 할 것이 많을 것이다.

[우리 팀도 비상이야. 톱스타의 스캔들이 작품에 미칠 영향을 분석해야 돼. 겨울아, 나중에 보자.]

은지가 전화를 끊었다. 그녀의 기분은 급다운되었다. 아침 일찍 나간 것을 보면 회사에 간 것이다. 순간 임 대표의 얼굴이 떠올랐다. 마치 그녀가 죄지은 사람처럼 가슴이 두근거렸다.

방금 전 승주와의 전화를 끊은 임 대표는 이런 것을 이미 예상했었다. 그가 지끈거리는 이마를 한 손으로 짚었다. 어쩌면 강준의 고도의 전략인지도 모른다는 생각을 했다. 강준이 겨울의 손을 놓지 않기 위해 과감히 공개 연애를 한 것이다. 그래야만 제 여자를 보호할 수 있다는 생각을 했을 것이다.

"강준이 녀석이 머리 좀 굴렸군. 거기에 내가 한 대 맞았고."

"그게 무슨?"

소파를 사이에 두고 은 실장이 죄지은 사람처럼 고개를 숙였다가 쳐들고는 임 대표를 보았다. 임 대표는 더는 대꾸를 하지 않았다. 그만큼 생각이 깊었다. 강준으로선 제 여자를 보호할 명분을 만들었지만 임 기획으로선 타격을 입을 수도 있었다.

현재 강준은 곧 들어갈 TV 드라마가 있다. 그것이 끝나면 두 달간의 휴식기를 거쳐 몸을 만들 것이다. 그런 다음 영화 촬영에 들어간다.

다수의 CF도 문제다. 그의 스캔들이 미치는 영향으로 재계약은 물론 진행 중인 작품의 위약금까지 예상해야 한다. 그의 스캔들이 미치는 이미지가 좋지 않게 돌아갈 경우엔 당연히 제작자 측에서 손해배상을 청구할 것이다. 그가 우려했던 것이 그것이었다. 강준의 몸값에 해당되는 몇 배의 손해배상을 생각했었다.

그러나 천만다행인 것은 스캔들로 미치는 영향에 대한 손해배상에 대해선 당연히 청구할 수 없다는 조항을 넣었다. 물론 그가 스캔들을 일으킬 사람이 아니라서 제작자 측에선 흔쾌히 승낙했다. 녀석은 그런 조항을 알고 제 스캔들로 인해 미칠 손해가 크지 않다는 것까지 고려했을 것이다.

"똑똑한 자식. 배짱 하나는 두둑해. 근데 앤 왜 안 오는데?"

그가 대꾸해 주지 않자 입을 닫았던 은 실장이 조심스럽게 열었다.

"강준 씨 전화가 꺼져 있습니다."

"뭐야? 이런 급한 상황에 연락이 안 된다니?"

임 대표는 가끔 강준의 전화가 안 될 때가 있는 것을 안다. 스케줄에 쫓겨 충전하는 걸 깜박할 때가 있어 은 실장에게 강준의 휴대폰 충전을 잊지 말라고 했었다.

"걔 휴대폰은 자네보고 충전하라고 했잖아. 그걸 또 잊은 거야?"

"그게……."

"또 뭐야? 충전을 못할 사정이 있었던 거야?"

"……네."

"이건 또 무슨 말이야. 사람 숨넘어가겠어. 빨리 말해."

"집 앞까지는 갔는데 집 안에는 못 들어가는 바람에 그만 충전을 못했습니다."

"지금 그걸 말이라고 해? 전화가 안 되면…… 로드 보냈어?"

"네. 지금쯤 도착했을 겁니다."

"로드한테 전화해 봐."

"네."

은 실장이 바삐 로드매니저에게 전화를 걸었다.

"난데. 도착했어?"

[네. 방금 했는데 강준 씨가 없습니다.]

"뭐라고? 어디 나간 거야? 혹시 모르니까 주위에 찾아봐."

[그렇잖아도 강준 씨가 운동을 갔을 것 같아 경비한테 물었는데요 며칠 집에 안 들어왔답니다.]

"안 들어오다니? 내가 분명히 집 앞까지 데려다줬는데 무슨 소리야? 자네도 함께 있었잖아."

[네. 그래서 저도 어떻게 된 건지 모르겠습니다. 실장님께서 강준 씨가 들어가는 것까지 확인하시는 걸 봤으니까요.]

"다시 확인해 봐. 경비원이 잘못 알고 있을 수도 있잖아."

[네. 그렇게 하겠습니다.]

은 실장은 로드매니저의 말을 듣고도 믿기지 않았다. 하지만 사실 그대로를 임 대표에게 전했다. 은 실장의 말을 전해 들은 임 대표는 노발대발했다.

"대체 뭣들 하느라 개 하나를 지키지 못하는 거야!"

강준은 휴대폰 배터리가 거의 다 떨어졌음을 알았다. 얼른 갓길에 차를 세우고 휴대폰을 충전시켰다.

승주의 클럽에 거의 도착할 무렵에 전화와 메시지가 와 있어 그것들을 확인하는데 로드매니저의 전화가 많이 와 있었다. 그가 쉴 때면 누구도 전화를 하거나 집을 찾지 않는다. 그럼에도 많은 전화는 긴급을 요하는 것이어서 매니저에게 전화를 걸었다.

"난데 전화했었어?"

[형, 왜 이렇게 전화를 안 받아요.]

"배터리 충전하느라. 왜?"

[큰일 났어요. 근데 어디 계세요? 지금 대표님이 찾으세요.]

"형이? 무슨 일인데?"

[뉴스 못 보셨어요? 형 열애설 났어요.]

"아…… 그거."

그럴 테지. 조용히 넘어간다면 서강준이 아니리라. 그가 미소인 듯 아닌 듯한 표정으로 말했다.

"큰일 아니니까 걱정 말고 지금 형한테 전화할게. 끊자."

그는 매니저와의 전화를 끊고 바로 임 대표에게 전화를 넣었다. 임 대표의 상태가 어떨지는 안 봐도 알 것 같았다. 호흡을 길게 하고 형의 말을 다 들어보자는 마음을 먹었다.

"나야, 형. 내 열애설이 났다고? 그래서 황당했겠어. 미안."

수화기를 통해 임 대표의 긴 한숨 소리가 들려왔다.

[지금 네 농담 받아줄 여유 없다. 너 어디야? 집에도 요 며칠 안 들어갔다는데 사실이야? 어디를 헤매는 건데? 혹시 그날 이후로 집에 안 들어간 거지? 한겨울 씨랑 있다가 나한테 또 들킬까 봐. 대체 너 뭐 하는 녀석이야!]

욕먹을 각오를 하고 들어선지 오히려 성질을 내는 형이 안쓰러웠다. 다 자신을 걱정하는 마음에서 나온 충고이기에 들었다.

"너무 기운 빼지 마. 건강에 해로워. 이미 벌어진 일. 근데 여론은 어때? 내가 인터넷을 못 봤어. 나빠?"

[여론이고 나발이고 빨리 들어와. 대책을 세워야 할 것 아니야.]

"나빠?"

[나도 몰라. 지금 내가 나쁜지 좋은지 알게 뭐야.]

"형, 섭섭하네. 아무리 내가 일을 저질렀어도 동생한테 그게 뭐야.”

[야! 서강준!]

“알았어. 갈게. 한 세 시간쯤 후에 봐. 여기 서울 아니야.”

[서울이 아니야? 혹시 너 그 여자랑 있냐?]

“아냐. 겨울이는 같이 안 있어. 백승주 대표 좀 만나려고 고양시에 와 있어. 다 왔으니까 그 사람 만나고 바로 갈게.”

[네가 백 대표는 왜 만나. 그렇잖아도 백 대표가 나한테 전화해서 기사 내리라고 노발대발했어. 불난 집에 부채질하려고 거길 가? 당장 돌아와. 그 사람 제정신이 아닌 것 같아. 너 혼자 거길 왜 가.]

“형이 무슨 걱정을 하는지 아는데 만나야 할 사람이야. 겨울이와 파혼했는데도 제 여자처럼 구는데 내가 가만있을 순 없지.”

[그래서 공개 연애를 시작한 거 알아. 하지만 그 사람은 네가 상대할 사람이 못 돼. 상대를 하더라도 지금은 아니고. 그러니까 돌아와. 형 말 좀 들어라, 자식아.]

“다 왔으니까 일단 만나고 갈게. 너무 걱정 말고.”

[강준아!]

임 대표의 다급한 음성을 들으며 그는 전화를 끊었다. 통화하다 보니 어느새 승주의 골프클럽 주차장에 도착했다. 그를 만나려면 어디로 가야 할지 주위를 두리번거리다가 전화를 걸었다. 승주가 받았다.

“서강준입니다. 찾지 말라고 하셨지만 어기고 방금 A주차장에 도착했습니다. 대표님을 뵈려면 어디로 가야 합니까?”

[여길 왔다고? 너도 참 대책이 안 서는 인간이다. 아니면 너 자신을 너무 과대평가했던지. 이왕 호랑이 굴에 제 발로 기어들어 왔으니 내 비서를 보내지. 거기서 기다려.]

승주의 비아냥거림이 들려왔다. 하긴 파혼한 여자를 다시 찾겠다고 길길이 날뛰었는데 그것이 힘들게 되었으니 속이 오죽하랴 싶어 이죽거림을 담담하게 받아주었다.

"그럼 차 안에 있겠습니다. 은색 페라리입니다."

그에게 대답도 않고 승주가 전화를 끊어버렸다. 그는 휴대폰을 보고는 픽 웃었다. 아마도 폭발을 했거나 폭발하기 직전인 것 같았다. 그래도 더는 물러서지 않을 생각으로 승주의 비서가 오길 기다리며 차 안에서 인터넷 검색을 했다.

심장이 두근거렸다. 과연 여론은 그에게 어떤 잣대를 들이댈까. 그런데 나쁘지만은 않았다.

휴우! 내심 안도의 한숨을 내쉬었다. 일단 이것만으로도 만족했다.

더한 모진 소리를 들어도 겨울의 손을 놓지 않을 생각이었다. 그런데 그의 기도를 들었는지 하늘은 무심치 않았다. 다 부모님께서 지켜보신 덕이라고 마음속으로 기도를 올렸다.

이제부턴 겨울이와의 본격적인 공개 연애의 서막이 올랐다. 그녀를 제 우리에 넣는 것은 성공했다. 활동이 문제인데 여론이 나쁜 쪽으론 흘러가지 않았다. 오히려 그의 게이설이 사실이 아니란 것을 환영하는 입장들이었다.

몇 년 전에 게이설이 기사를 통해서 흘러나왔다. 그 기사를 읽은 순간 어이가 없었다. 자신이 게이라니? 그는 동성의 친구들도 많다. 그래서 그런 오해를 받은 것 같았다. 그럴 것이 겨울이와의 사랑이 끝나고부터는 이성을 여자로 보지 않았다. 같은 작업을 하는 아름다운 여배우들이 이성으로 끌리지 않았다.

그런 사정을 알 리 없는 사람들의 입방아가 게이설을 낳은 것이다. 그때 얼토당토아니한 기사를 읽고 은근 신경이 쓰인 건 사실이었다.

이번 기회로 게이가 아니란 것을 대중들이 알았으니 결코 열애설이 나쁜 것만은 아니란 사실에 옅은 미소가 번졌다. 다만 백승주란 걸림돌만이 문제였다. 결코 말도 안 되는 억지를 부릴 텐데…….

생각이 깊어질 무렵 핸들에 올린 손가락이 저절로 리드미컬하게 건반을 두드리듯이 움직였다.

'가만 안 있을 텐데. 멱살을 잡는 건 기본이겠지.'

멱살을 잡혀도 참아주자. 그것이 겨울이를 위한 것이라면……. 문뜩 전화를 걸기 전에 메시지를 보았던 것이 떠올랐다. 로드매니저의 전화가 급한 것 같아 뒤로 미뤘던 메시지를 확인했다. 그녀의 메시지였다. 그녀도 이 사실을 알고 있을 것이다. 걱정할 것이라서 전화를 걸었다.

"나야. 전화 기다렸지? 배터리가 없어서 늦었어. 미안."

예상대로 그녀가 걱정했다.

[난 그런 줄도 모르고. 아까 은지한테서 전화가 왔었어요. 인터넷을 봤는데 우리 기사가 실렸어요. 어떡해요. 그 일로 임 대표님

이 찾은 거죠? 회사예요?]

“아니. 딴 곳이야. 네가 걱정할 줄 알았어. 그 문제는 걱정하지 마. 그건 내가 알아서 해.”

[어떻게 걱정을 안 해요. 나 때문인데.]

“어떻게 너 때문이야. 내가 배우가 아니었다면 열애설이 났겠어? 다 나 때문이야. 본의 아니게 네가 피해본다. 그래도 잠시니까 참아.”

[난 괜찮아요. 근데 거기 회사 아니에요?]

“어. 다른 볼일로 나왔어. 그래서 말인데 여기서 회사로 곧장 가봐야 할 것 같아. 어쩌면 좀 늦을지도 몰라. 그러니까 나만 기다리지 말고 네 볼일 봐. 그래도 나가면 어디 간다고 나한테 메시지 보내고. 내가 찾지 않게. 늦게라도 여행은 갈 거니까. 걱정 말고. 혼자 있기 그러면 은지 씨 만나던지.”

[난 알아서 할게요. 내 걱정은 말고 일 잘되는 쪽으로 마무리 지어요. 임 대표님 말씀 듣고요. 나를 위한다고 무리하지 말고요. 나는 어떤 결과가 나와도 아무렇지 않으니까. 알았죠?]

“……그럴게.”

그녀의 걱정에 마음이 가라앉았다. 결코 그녀를 아프게 하는 일은 하지 않을 것이라고 마음을 다잡는데 밖에서 똑똑 노크를 해왔다. 고개를 돌린 곳에 한 남자가 서 있었다. 아마도 백승주가 보낸 비서 같았다.

“전화 끊어. 이따 봐.”

전화를 끊고는 차 문을 열고 밖으로 나갔다. 남자가 정중히 인사했다.

"백 대표님을 모시고 있는 박 실장입니다. 대표님께서 모시고 오라 하셨습니다. 모시겠습니다. 이쪽으로."

그는 박 비서가 정중하게 안내하자 박 비서의 뒤를 따라 승주의 사무실을 향해 걸었다. 승주의 사무실은 이층에 자리했다. 로비에서 이층 계단이 있었는데 그곳으로 올라가고서도 조금 더 걷자 대표실이었다. 박 비서가 열어주는 문 안으로 들어갔다.

"대표님, 서강준 씨를 모시고 왔습니다."

박 비서의 음성에 창가에서 팔짱을 끼고 섰던 승주가 천천히 돌아섰다. 승주의 이마에 짙은 주름이 잡혔다. 보기 싫다고 했는데도 굳이 찾다니.

맹수처럼 달려들어 녀석의 사지를 갈기갈기 찢어 죽이고 싶었다. 그렇게 만들어도 시원치 않을 것이지만. 만약 물어뜯는다면 어디부터 물어뜯을 것인가. 남자인 그가 봐도 미치도록 부러운 예쁜 미모의 낯짝을 시작으로 여자들의 마음을 빼앗은 복근을 물어뜯고 싶었다. 그러곤 피를 철철 흘리며 살려달라 애원하는 녀석의 탄탄한 팔 근육과 허벅지의 힘줄을 물어 미친 하이에나처럼 뱉어버리리라.

잔뜩 독이 오른 승주는 이를 악물고 천천히 그에게로 걸어갔다. 중간에서 두 사람은 두 발짝 정도를 사이에 두고 마주 섰다. 녀석이 담담하게 보았다. 아귀가 불룩 튀어나올 정도로 이를 물었다. 녀석이 눈치챈 듯 눈빛이 반짝 일렁였다. 깊은 눈빛이 고요하게 그를 응시했다.

"불청객에게 시간을 내주셔서 감사합니다."

가시가 돋친 듯한 화해의 제스처로 악수를 청했다. 이를 악물고 늘어트린 주먹에 불끈 힘이 쥐어졌다.

녀석의 섬섬옥수 같은 아름다운 손을 쳐내고 싶은 마음이 간절했다. 다짜고짜 주먹부터 먹이고 싶은 충동이 순간순간 살의를 불러일으켰다. 돌려차기로 녀석의 몸뚱이를 쓰러트려 기선을 잡고도 싶었다.

승주는 별의별 생각을 다 했다. 녀석이 사무실을 들어서기 전에 그가 선 창밖을 스치는 걸 보았다. 박 비서의 뒤에서 호랑이 굴로 유유히 다가오는 녀석을 번득이며 노려보았다. 자신의 굴로 들어오는 즉시 처단하리라.

하지만 그는 마음껏 녀석을 심판할 수 없었다. 오늘 그의 골프 클럽에선 KLPGA(여자 프로골프) 15회를 유치했다. 밖에는 선수들의 라운딩이 열리고 있어 오늘따라 인산인해였다. 하필이면 이렇게 중요한 행사가 있는 날에 녀석이 나타날 게 뭔지. 스포츠 방송사들의 카메라가 라운드 곳곳을 찍고 있는 시점에서 톱스타라고 불리는 서강준을 응징해 소란을 일으킬 수는 없었다. 그는 이 골프장의 대표였다.

악문 아귀를 힘겹게 풀며 말했다.

"너 더럽게 재수가 좋은 놈인 건 아냐? 아니면 일부러 오늘을 택했던지."

강준이 악수하려던 손을 접었다.

"무슨 말씀이신지."

"밖에 수백 명의 갤러리들이 선수들의 라운딩을 지켜보고 있잖아. 그러니 내가 널 잡아 족칠 수가 없다는 말이다."

아아. 강준이 씁쓸하게 입꼬리를 흐렸다. 가히 저런 미소라면 남자들조차 홀리겠다. 그러니 게이란 말을 들었겠지. 그렇게 여자를 가까이하지 않던 몹쓸 녀석이 파혼한 자신의 여자를 넘보다니. 그게 더욱 미치고 팔짝 뛸 노릇이었다. 하필이면 한겨울이란 말인가. 가만 내버려 두면 제풀에 꺾여 그의 발아래 들어올 여자였다. 그는 그렇게 한겨울을 과소평가했다. 녀석이라면 파혼당한 흠 있는 여자가 아닌 당대의 재벌가에서도 눈독을 들였을 법했다.

모든 여자들을 마다하던 녀석이 첫사랑의 그녀여서 겨울이를 택한 것일까? 녀석의 위치라면 겨울이보다 아름답고 배경 좋은 집안의 여자들이 수두룩할 것이다. 그런 좋은 조건의 여자들을 마다한 녀석의 순정도 마음에 안 들었다. 그로선 할 수 없는 그런 사랑을 녀석이 했다. 죽이고 싶도록 미워 녀석을 노려보았다.

"어쩐지 주차장에 차를 세울 데가 없더군요. 전 몰랐습니다. 알았다면 정장 차림으로 오지 않았겠죠."

"시건방 떨지 말고 나를 찾은 용건이나 말해."

"그러죠. 오늘은 대표님과 허심탄회한 대화를 나누고자 찾았습니다. 반겨주지 않을 거라고 예상했었습니다. 그래도 이건 좀 너무하신 것 아닙니까? 여기 SHB CC는 손님을 이런 식으로 대합니까?"

그가 직설적으로 말하자 승주의 인상이 험악하게 구겨졌다. 그 사이를 비집고 박 비서가 나섰다.

"죄송합니다. 제가 미처 빨리 말씀을 못 드렸습니다. 여기 소파에 앉으십시오. 차는 뭐로 드릴까요."

그가 희미한 미소를 걸치며 박 비서를 봐주었다.

"차는 필요 없고 직원들을 멀찌감치 물려주시겠습니까? 상황이 상황인만큼 언성이 높아질 수도 있을 것 같습니다."

"네?"

박 비서가 오히려 놀란 눈빛으로 승주와 강준을 번갈아 보았다. 승주가 눈을 내리깔며 말했다.

"그렇게 해. 아무래도 재하고 있으면 제대로 말이 되겠어? 애들 멀리 물려. 무슨 일이 있어도 이 근처엔 얼씬 못하게 하고."

"대표님, 그래도."

"말 들어!"

승주가 버럭 고함을 질렀다. 박 비서가 슬금슬금 뒷걸음질 치며 밖으로 나갔다. 슈트의 단추를 풀고 강준이 소파에 앉았다. 승주도 중앙에 앉아 다리를 꼬며 말했다.

"나를 보자고 한 목적은?"

"이미 짐작하셨으리라 생각합니다."

"내가 짐작하다니?"

"이젠 겨울이를 놔주십시오."

"뭐?"

"겨울이를 놔달라고 했습니다."

"네가 뭔데 이래라저래라야?"

"겨울이의 남자로서 정중히 말씀드립니다. 물론 제가 백 대표님을 찾을 이유는 없습니다. 두 분은 이미 파혼한 상태고."

"야! 그 파혼이란 말은 좀 빼지. 형식적으론 그렇지만 난 아니야. 내가 걔의 손을 놔야 실질적인 파혼인 거야. 걔가 내 집에서 산 것을 보면 몰라? 그러니까 너나 꺼져."

"말이 정말 안 통하는 분이란 걸 미루어 짐작은 했습니다."

"뭐야!"

그간 참았던 것이 기적이었다. 승주가 벌떡 일어섰다. 하지만 강준은 침착했다.

"제 말을 들으세요. 여기서 큰소리 나봤자 대표님한테 좋을 건 없습니다."

"이 자식이."

"백승주 씨!"

강준의 음성엔 힘이 들었고 단호했다. 침착하게 승주를 따라 일어서며 예리한 눈초리로 보았다.

"진정하고 제 말을 들으세요."

승주가 움찔 몸을 움직였다.

"3년 전에 나하고 약속한 것 잊었습니까? 겨울이를 아껴주고 사랑해 주셌다고 분명히 약속했어요. 근데 결과가 이게 뭐죠? 겨울이를 아프게 만든 사람이 당신입니다. 그래 놓고 아직도 미련을 못 버리다니. 정상적인 상식으론 이해할 수가 없어 찾았습니다. 내가 당신을 찾을 이유가 없지만 그래도 겨울이의 전 약혼자로서 예의를 지켜 드리고 싶었어요. 근데 당신은 아직도 자신이 무엇을 잘못했는지 겨울이에게 어떤 상처를 주었는지조차도 모르고 있어요."

"네가 뭔데 우리 일에 감 놔라 대추 놔라야."

"그 네가가 백승주 당신인 걸 아직도 모르겠어요?"

"이 자식이."

승주의 주먹이 불끈거렸지만 그는 눈도 끔쩍하지 않았다.

"겨울이가 더는 상처받는 걸 원치 않습니다. 이제부턴 내 여자란 것을 잊지 마세요. 그 말을 전하려고 온 겁니다. 더는 겨울이한테 상처주는 일 따위 만들지 마세요. 그나마 겨울이의 전 약혼자로서의 이름값은 하시란 말입니다. 당신의 지위가 함부로 할 위치는 아니라고 생각합니다. 나 또한 함부로 할 위치도 아니고요. 더는 겨울이에게 상처주지 마세요. 이제라도 당신이 못 준 행복을 빌어줘야 하는 것이 전 약혼자로서의 도리라고 생각합니다."

"네가 뭔데 내 생각까지 간섭하는 건데?"

"제 말을 알아들었으리라 믿고 말씀드리죠. 올해를 넘기지 않고 겨울이와 결혼할 겁니다."

"뭐라고? 올해라고 해봐야 이제 겨우 한 달 남았어."

"나한테 한 달은 너무 깁니다. 예쁜 겨울이를 빨리 데려오고 싶어요."

"이 자식이 누구 염장 지르려고 왔냐. 너 정말 죽고 싶어!"

승주가 부르르 떨었다.

"누구 마음대로 너희들이 결혼을 해. 네가 이러는 것 보니까 걔한테 내가 첫 남자가 맞긴 한 거냐? 그때 이미 너희들, 선을 넘은 사이였지?”

승주의 말도 안 되는 억지에 강준이 씁쓸하게 입술을 비틀었다. 이런 남자에게 그녀를 양보하며 멀리서 잘살기를 바라는 것이 아니었다. 상황이 힘겨웠어도 끝까지 그녀의 손을 놓지 말아야 했다.

“당신은 그래서 안 되는 거야. 네 이기심이 여자를 고독하게 만든다는 걸 왜 모르나, 백승주.”

“이 자식이 그래도.”

주먹이 그의 얼굴 가까이까지 다가왔지만 강준은 눈도 꿈쩍 안 했다. 너무도 초연한 일련의 동작은 미려하고 기품이 넘쳤다. 승주는 제풀에 기가 꺾이고야 말았다.

“이 시간 이후로 내 여자를 찾지 마세요. 정중하게 부탁드립니다. 오늘 이후로 전화도 안 됩니다. 그것을 전하려고 오늘 온 겁니다. 만약 지켜지지 않는다면 나도 더는 당신을 용서하지 않을 겁니다. 나란 놈, 애송이가 어떤 애송인지 확인하려 들지 마세요. 그럼 내 얘기는 다 전한 걸로 알고 갑니다. 안녕히 계세요, 백승주 대표님.”

그가 뒤돌아서서 문을 열고 나갔다. 승주는 애송이에게 된통 맞은 듯한 충격을 받았다. 그 자리에서 풀썩 주저앉았다. 녀석은 마치 영화의 한 장면을 찍는 것처럼 멋졌다. 녀석의 당당한 모습 주위로 아우라가 비치는데 눈이 부실 지경이었다.

그는 초라했다. 이토록 초라했던 적이 있었는지 모르겠다. 침울하게 고개를 숙인 그에게 박 비서가 허겁지겁 들어와 괜찮냐고 말을 걸었지만 대답하지 않았다. 올해 안에 겨울이와 결혼하겠다는 강준의 목소리만이 귓가에서 맴돌아 정신이 혼란스러워 손을 휘휘 저었다.

"나 물 좀."

생각보다 승주의 반응이 약했다. 길길이 날뛸 것을 예상했었는데 오늘 행사 때문에 성질을 죽인 것 같았다. 하지만 언제 그 성미가 불쑥 튀어나올지 모르는 상황이었다.

승주의 사무실을 나온 강준은 사람들이 알아봐서 한 손을 들어 인사를 해주곤 얼른 차에 올랐지만 여전히 겨울이 안심되지 않았다. 아무래도 서둘러 결혼을 올려야 승주의 집착도 끝이 날 것이다. 처음 생각했던 것을 좀 더 빨리 진행해야 할 것 같았다.

외곽도로를 40분쯤 타자 그의 사무실 건물이 보였다. 급한 마음에 차를 주차시키지 않고 키를 관리인에게 맡기고 사무실에 올랐다.

"형?"

대표실에서 은 실장과 임 대표가 그를 향해 고개를 쳐들었다. 전화도 없이 그가 나타나자 반가워하는 표정들이었다.

"몸은 괜찮냐?"

임 대표가 소파에 앉는 그의 전신을 살폈다. 그가 피식 웃었다.

"내가 잡아먹혔을까 봐?"

"그럼 걱정이 안 돼? 근데 백 대표는 뭐 하려고 만난 거야. 야,

그건 그거고 빨리 해결할 문제가 있어. 그것 때문에 너 오길 기다렸다."

"뭔데?"

"영화배우 A양 말이야. 지금 그 A양하고 네가 열애설이 났어."

"그건 무슨 말이야?"

"한겨울 씨를 모자이크했으니 사람들은 비슷한 이미지를 배우 쪽에서 찾았던 것 같아. 스타일이 A양하고 비슷하단 기사가 끊이질 않으니 해명을 해야지."

"당장 하지 그랬어."

"너한테 말도 없이 내 임의로 할 수 없어서 기다렸다. 해명 기사 낼까?"

"어. 빨리해."

"알았다. 은 실장."

"알겠습니다."

이미 임 대표와 은 실장은 해명 기사에 대한 타이틀을 잡아놓았다. 발 빠르게 은 실장이 나가자 임 대표가 말했다.

"스캔들이 터졌지만 연예부 기자들이 나쁘게 기사를 안 써서 일단 안심했어. 그러니 이제부터 어떡할 거야. 공개 연애를 할 거냐?"

"그보다도 형. 형한테 할 말이 있어."

"뭔데?"

"겨울이와 올해를 넘기지 않고 결혼했으면 해서."

"뭐?"

하나를 터트려 해결하면 또 하나를 터트렸다. 임 대표는 뒤로 자빠지기 직전이었다. 산 너머 산처럼 강준의 요구는 끝이 없었다. 마치 임 대표를 혼란스럽게 해서 제 욕심을 달성하자는 것 같아 정신을 차릴 수 없었다.

"이왕 터트린 것 더는 다른 잡음 안 생기게 결혼해야겠어."

"너한테 할 말이 없다. 너 혼자 결정하고 통보할 거면 뭐 하려고 나한테 의논하자는 건데. 그냥 네가 하고 싶은 대로 해."

의논도 없이 그 혼자 결정한 것이 임 대표로서는 힘이 빠졌다. 피는 섞이지 않은 남남일지언정 피를 섞은 형제처럼 지냈다. 그렇게 믿고 살았다. 그런데 일련의 일들을 보면 강준의 행동이 매우 섭섭했다. 하긴 그가 겨울과의 사이를 반대한 것은 사실이었다. 하지만 그것은 강준이 너무도 아깝고 기대되는 배우라서 반대했다. 그것이 그의 마음을 임 대표에게서 멀어지게 한 것은 아닌지 강준의 얼굴을 살폈다.

"넌 내가 한겨울 씨와 만나지 말라고 해서 서운했냐? 그래서 이래?"

"아냐, 형. 오해 마. 지금 형하고 상의하는 거야. 결혼하고 싶다고. 형이 허락해 주면 좋겠어. 가정적으로 안정되면 더 열심히 일할 거고. 내 나이도 있고. 겨울이도 더는 상처받는 게 싫고. 맘 같아선 내일이라도 식을 올리고 싶은데. 형한테 허락을 구하는 거야."

배우라서 말발이 좋은 것일까? 아니면 영리한 자식이라서 중독성이 짙은 이해심을 구하는 것일까. 임 대표가 서운한 표정을 풀며 말했다.

"올해는 너무 빠른 것 아니냐? 은지 작가 작품 곧 들어가야 하고 네가 시간이 어디 있어. 내년 6월이면 또 작품 들어가야 하고. 내년 스케줄이 그것뿐이 아니잖아."

"내 스케줄을 맞춰 결혼하려면 후년에도 힘들 거야. 그래서 올해를 넘기지 않으려고. 겨울이나 나나 어른들이 안 계시니까 조촐하게 치를게. 허락해 줘, 형. 기분 좋게."

"둘이 상의한 거야?"

"아직. 형이 허락하면 겨울이한테 말하려고."

처음이었다. 녀석이 이렇게 어린아이처럼 떼쓰는 것은. 19살에 커피 체인점에서 처음 녀석을 보았다. 두꺼운 유리창 너머로 새하얀 피부에 가느다란 눈이 매력적인 한 청년에게 꽂혔다. 그곳에서 일하는지 허리에 앞치마를 매고 있었다. 갈색의 앞치마와 보타이는 하얀 셔츠와도 잘 어울렸다. 훤칠한 키에 수려한 마스크는 얼핏 봐도 배우의 모습이었다.

그때 그는 막 연예 기획사를 차리고 연습생들을 길거리 캐스팅하기 위해 발바닥에 땀날 정도로 뛰어다닐 무렵이었다. 그 순간 녀석의 얼굴에서 후광이 비치는 것을 보았다. 그는 마침내 찾고자 했던 배우의 모습을 한 청년에게서 발견하고 희열을 느꼈다.

그런 녀석이 한 여자를 사랑하고 아파했다. 그 아픔은 고스란히 상처가 되었지만 그 상처를 딛고 결실을 맺으려 그에게 청하고 있었다.

"형한테는 많이 미안해. 근데 백승주가 단념을 안 할 것 같아.

겨울이가 더는 상처를 받아선 안 돼. 내가 그 아이를 지켜줘야 해. 나만이 할 수 있다고 생각해. 형, 부탁해."

깊고 깊은 눈빛 속에 간절함이 담겨 있었다. 임 대표는 지난 세월이 짧다면 짧고 길다면 긴 세월을 그와 함께 보냈다. 그래서 강준이 어떤 아이인지 속속들이 너무도 잘 알기에 진실을 말한다는 것을 느꼈다. 더는 동생같이 생각하는 아이의 청을 거절하지 못했다.

"네가 그렇게 원하니 더는 반대 안 할게. 네 생각대로 해. 둘이서 잘 상의해서 날 잡고."

"정말이야?"

"그럼 정말이지, 이 시점에서 너하고 농담하게 생겼니?"

"형!"

"이미 네가 결론을 낸 걸 내가 뒤집는다고 번복할 거 아니잖아. 그럼 네 뜻에 따라주는 것도 이 형이 할 몫이라고 생각해. 둘이서 정하면 나한테 말해줘."

이렇게 쉽게 그의 뜻을 밀어줄 것이면서 그날은 그토록 반대할 것처럼 굴었는지 야속했다. 강준은 이제라도 그의 생각을 받아들인 임 대표에게 진심으로 고마웠다.

"쉽게 이해해 줄 줄 알았다면 먼저 상의할 걸 그랬어. 미안해. 일부터 저질러서."

"됐다. 그건 이미 끝난 얘기야."

임 대표가 강준의 어깨를 깊게 눌러 신임을 표시했다.

"먼저 너를 이해하지 못한 것, 나도 많이 미안하다. 그거 이해하고 대신 지금부터 더 조심해야 해. 그것 명심해."

임 대표도 더는 그의 결정을 반대만 할 수 없는 처지였다. 자신이 강준을 반대할수록 확고한 그와의 사이만 멀어질 뿐이었다. 그렇게 된다면 임 기획의 앞날을 장담할 수가 없었다. 회사를 책임지고 있는 사람으로서의 큰 결정이었다.

"가서 한겨울 씨와 의논해. 근데 내가 결혼해 봐서 아는데 여자들은 우리 남자들이 전혀 생각도 못한 것들을 준비하더라. 그러니까 상대의 입장도 생각해. 이건 내 생각이니까 참고해. 결혼 일이 결정나면 알려주고. 만약 네 생각처럼 한겨울 씨가 흔쾌히 승낙하면 기자회견 해야지. 그 문제도 의논하고."

"아, 그 문제도 있구나. 난 생각을 못했어."

임 대표가 그를 믿어주었다는 생각만으로도 기뻐 정신을 차릴 수 없었다. 그와는 달리 침착한 임 대표가 옅은 미소를 지었다.

"아까도 말했지만 이제부터가 너희들한테 중요한 시기야. 잡음 안 나게 조심하고 또 조심해."

"물론이지. 그럼 허락한 것으로 알고 갈게. 무슨 일 있으면 전화해 줘."

"알았어. 전화 항상 켜놔라."

"어. 다음 주에 봐."

강준은 무엇보다도 반대하던 임 대표가 마음을 돌려주었다는 사실이 고마웠다. 기쁜 소식을 겨울이에게 전해야겠다는 생각에 사무실을 나가며 전화를 걸었다.

"나야. 많이 기다렸지?"

[네. 어디예요?]

"회사인데 방금 사무실에서 나왔어. 지금 가는 중."

[기사 난 건 어떻게 됐어요?]

"잘됐어."

[아, 다행이다. 놀라서 아무것도 못했어요.]

"미안해. 네가 놀라기 전에 해결했어야 했는데."

[아니에요.]

"가방 챙겼지? 곧 갈 거니까 편한 옷으로 갈아입고 기다려."

[정말 여행 갈 거예요? 그래도 돼요?]

"어. 가서 할 얘기도 있고. 끊자."

기쁜 소식을 전하려는 그의 마음은 바빴다. 전화를 끊고 곧장 집으로 달려간 그는 현관을 들어서면서부터 안에 있을 그녀를 불렀다.

"겨울아!"

"……."

"겨울아, 어디."

"방에 있어요. 잠시만요."

그녀의 목소리가 드레스 룸 쪽에서 들려왔다. 그녀가 나오길 기다리는 것도 참지 못하고 성큼성큼 걸어 들어갔다. 그녀가 쪼그리고 앉아서 뭔가를 하고 있었다. 뭐 하냐고 물으며 보는데 그녀가 남자 양말을 예쁘게 접어선 가지런히 넣고 있었다. 순간 코끝이 찡했다. 벌써부터 그의 물건을 소중하게 챙기고 있었다. 먹먹한 심정에 말하지 못하고 선 그에게 그녀가 왔어요? 하며 굽혔던 허리를 폈다. 일이 잘 해결됐다는 그의 말을 들어선지 얼굴이 밝았다. 목소리도 전화 때와 달리 확연히 밝은 것 같았다.

"내 양말 샀어?"

"네. 가방을 챙기려고 강준 씨 속옷을 챙기는데 양말이 없어서요. 왜 양말을 안 신어요?"

아내처럼 챙겨준다는 것이 좋아서 미소가 그려졌다.

"여기엔 미처 못 가져왔어."

"그동안 발 안 시렸어요?"

"아직은 괜찮아. 내가 열이 많은 편이라서."

고마운 마음을 표현하고 싶었지만 쑥스러운 그가 서둘러 대화를 돌렸다.

"가방은? 빨리 나가자. 고속도로 막혀. 오늘 주말이잖아."

"정말 갈 거예요? 혹시 동해 가는 건 아니죠?"

그에게 잡힌 손을 보던 그녀가 총명하고 또렷한 눈빛으로 말했다. 그녀의 말에 그가 놀랐다.

"너 혹시 내가 호텔 예약하는 소리 들은 거야?"

"어? 이 분위기 뭐지? 혹시 동해예요?"

"어. 거기 호텔 예약했어."

"와! 우리 둘이 텔레파시가 통한 거네요."

기뻐하는 그녀의 시선과 따뜻하게 마주했다. 그가 입술 끝을 살짝 올려 미소 지었다. 이렇게 서로의 마음이 잘 통하는데 그간 왜 다른 상대를 찾았을지 모르겠다. 이제라도 제자리를 찾았으니 되었다.

"이러고 있을 시간 없어. 가방은?"

"방에 있어요."

"나갈 준비해. 난 가방 챙길 거니까."

"그러고 그냥 갈 거예요?"

그녀의 손가락 끝에 걸린 제 옷차림을 보며 픽 웃었다.

"정신이 하나도 없다. 나가 있어. 옷 갈아입고 나갈게."

9. 사랑 만들기

캐주얼한 옷차림으로 차에 오른 그녀는 차가 고속도로를 진입하자 이미 마음은 동해에 가 있었다. 그의 일도 무사히 해결되었고 둘만의 편한 시간을 가질 수 있다는 생각에 들떴다.

그녀는 창밖으로 낙엽이 진 나뭇가지를 보았다. 찬바람에 흔들리는 가지들은 황량했다. 하지만 그 모습을 보고 황량하다고 느끼지 않았다. 사랑하는 사람과 함께여선지 서늘한 초겨울의 바람마저도 따뜻했다. 곧 첫눈이 내려서 그 가지 위에 사뿐히 내려앉는 것을 보았으면 싶은 생각뿐이었다.

바깥 구경을 다 한 그녀는 고개를 돌렸다. 운전하느라 정면을 응시한 그의 옆모습이 보였다. 하얀 얼굴은 반짝반짝 빛났다. 예쁘다, 멋지다를 떠나 아름다운 조각 같았다. 빼어나게 잘난 그의 얼굴을 뚫어져라 쳐다보는데 육중하게 다물렸던 그의 입술이 열렸다.

"그렇게 몰래 훔쳐보면 내 얼굴 빵꾸 난다고 했지?"

그러며 고개를 돌린 그의 입술이 야릇하게 휘어졌다. 그녀는 마치 그의 알몸을 몰래 엿보다가 들킨 사람처럼 말을 더듬었다.

"여, 옆에 눈이 달렸는지 몰랐어요."

그가 하하 웃었다.

"아까 덜 말한 것이 있는데 지금 말할게."

"뭐가 또 있어요?"

놀란 토끼 눈으로 묻자 그가 안심시켰다.

"좋은 소식이니까 편히 들어. 실은 형이 너하고 사귀는 걸 반대하지 않겠데."

"정말이에요?"

전혀 예상치 못한 그녀는 기쁜 나머지 엉덩이를 들썩거렸다. 그가 큰 반응에 미소를 걸쳤다.

"그렇게 좋아?"

"네. 완강하게 반대할 것 같은 임 대표를 어떻게 설득시켰어요?"

"공개 연애를 해버렸으니 형도 어쩔 수가 없다고 생각한 거겠지. 내가 노력한 건 없어. 그냥 형이 나를 이해해 준 것뿐이야. 그래서…… 미안하고 고마워."

그는 문뜩 자신이 평범한 남자였다면 이런 고민은 하지 않았을 것이라고 생각했다. 그러면 지금처럼 그녀가 웹에 쏟아지는 그의 기사들로 인해 마음을 졸이진 않아도 되었을 것이다. 그 평범이란 것이 얼마나 값진 것인지 평범한 삶을 사는 사람들은 모를 것이다.

그가 그랬다. 모델을 시작해서 한 편의 드라마로 스타가 되기 전까지는 눈에 띄지 않는 평범한 대학생이었다. 부모님을 일찍 여의게 되자 그 또래보다 세상 물정을 일찍 깨우친 것은 있지만 보통의 평범한 청년이었다.

교육공무원이셨던 부모님의 넘치지도 부족하지도 않은 환경에서 자랐다. 아버지가 고등학교 수학 선생님이셨고 어머니도 아버지와 같은 고등학교 미술 선생님이었다. 두 분은 그렇게 교내 커플이 되었고 사랑했다. 그 사랑의 결실이 서강준이란 스타를 만들었다. 부모님이 살아 계실 때만 해도 운동 조금 하며 피아노 조금 칠 줄 아는 평범한 청년이었다.

한순간에 부모님을 잃고 큰아버지 댁에서 자라기 전까지 말이다.

그가 정면을 보다가 다시 고개를 돌렸을 때는 그녀와 시선이 마주쳤다. 그가 입술 끝을 살짝 올려 미소 지었다.

"왜 말이 없어?"

"아니. 그냥…… 다 미안해서요. 강준 씨나 임 대표님한테도."

솔직히 그녀는 은지와의 전화를 끊은 이후론 가만히 앉아 있지도 못할 정도로 극도로 불안했다. 다행인 것은 그의 스캔들이 그의 팬심에 영향을 미치지 않는다는 것이었다. 얼마나 다행인지 내심 크게 안도했다.

"아까까지는 나 때문에 강준 씨까지 힘들어지는 건 아닌지 솔직히 불안했어요."

"그건 너 때문이 아니야. 다 나 때문이지. 요즘 들어 편하게 거리를 활보하는 사람들이 부러울 때가 있어. 그럼 스캔들 같은 건 모르고 살 거 아니겠어."

"……."

"어쩌면 그게 행복한 삶인지도 몰라. 처음엔 날 알아봐 주는 사람들이 많아 좋았어. 근데 지금은 부담스러울 때가 있어."

"혹시 다시 연예인이 되기 전으로 돌아가고 싶어요?"

그가 고개를 저었다.

"그건 아니야. 그렇다면 내 나이에 지금의 위치에 있을 수 없겠지. 언감생심 무슨 능력으로 지금처럼 살 수 있겠어. 그건 아닌데 가끔 평범하게 사는 것이 부러울 때가 있어서 그냥 하는 소리야. 그것이 욕심인지 알면서."

뜻을 내포한 듯한 그의 말에 그녀가 알겠다고 고개를 끄덕이던 그때였다. 어느새 차는 바닷가 도로를 달리고 있었다.

얼굴이 시릴 것 같아 참았지만 바다가 보이자 바람이 쐬고 싶었다. 창문을 내리려고 손을 움직이는 찰나였다. 그가 스르륵 유리창을 내려주었다. 그녀의 움직임 하나까지도 항상 주시하는 남자였다. 다정하고 자상한 남자였다. 무엇 하나 버릴 것이 없는 완벽 그 자체였다. 웃음을 머금은 눈으로 그녀가 말했다.

"그때 왜 그걸 몰랐을까요. 무신경한 것 같으면서도 언제나 나를 향한 시선이 있었다는 걸. 그걸 알았다면 더 성숙한 여자가 됐을지도 모르는데."

자신의 선택을 후회하는 그녀를 보며 그가 말했다.

"지금 나 칭찬하는 거지? 듣기 좋은데?"

"강준 씨 정말 좋은 남잔데 내가 남자를 잘 몰랐어요. 근데 이제라도 알아 좋아요."

그녀가 차 안으로 들어오는 바람을 맞으며 살며시 그의 어깨에 머리를 기댔다. 그는 밝은 미소로 그녀가 제 어깨에 편히 기댈 수 있게 슬쩍 그녀 쪽으로 몸을 기울여 주었다.

"하늘을 봐. 노을이 멋지지 않아?"

그가 하늘을 향해 턱짓했다. 그녀가 그의 턱짓을 따라 붉은 노을이 지는 수평선을 바라보았다.

"물감으로도 저렇게 표현 못할 거예요. 너무 아름다워요."

그녀의 말에 그가 고개를 끄덕였다. 노을은 그녀의 말처럼 세상에 없는 색감으로 수평선을 물들였다. 그는 말없이 노을을 보며 설악산을 뒤로한 호텔 앞에서 차를 멈췄다. 단풍잎이 이미 다 떨어진 계절이어선지 사람들은 별로 눈에 띄지 않았다. 시선을 받아야 하는 그에게는 여유로운 곳이어서 마음이 편했다. 그는 겨울과 함께 이미 예약해 놓은 룸으로 들어갔다.

호텔 라운지로 가는 것보단 조용히 그녀와 의논할 것이 있어 강준은 룸서비스를 시켰다. 둥근 테이블을 사이에 두고 마주 앉았다. 그들이 호텔에 들어설 때까지도 붉었던 노을은 이미 사라졌다. 호텔의 외등들이 하나둘씩 불을 밝히는 시각이 되었다.

그가 입안에 든 음식물을 씹어 삼키곤 식기를 내려놓으며 진지하게 그녀를 보았다.

"너와 상의할 것이 있어."

"뭔데요?"

그녀 역시도 그와 같은 자세로 식기를 내려놓았다.

"형한테는 이미 말했는데 나 혼자 결정할 일이 아니라. 내일이면 12월인데 올해를 넘기지 말고 결혼했으면 싶은데 어때?"

"네에?"

예상치 못한 그의 청혼에 놀란 그녀의 눈망울이 점점 커졌다. 그것이 그리 놀랄 일인지 모르겠는 강준이 물었다.

"그럼 나하고 결혼 안 할 거야?"

"아뇨. 그건 아니지만 너무 갑작스러워서. 이제 한 달 남았는데 어떻게 결혼을 해요."

그가 피식 웃었다.

"아, 그거였어? 난 또. 결혼 준비는 한 달이면 충분해. 형이 너하고 상의하래. 너만 결심하면 난 연말이라도 괜찮아."

연말이면 시상식이 많다. 톱스타라서 방송사 여기저기서 부를 것이다. 그래도 하루쯤은 빼놓을 수 있었다. 그의 일생이 걸린 결혼식이었기에 여유롭게 하고 싶었지만 상황이 상황인만큼 그는 올해를 넘기기 싫었다.

안정된 자세로 연기를 임해야 열정적인 연기 혼을 불사를 것이다. 그의 마음은 그랬다. 하지만 그녀의 얼굴은 수심으로 가득 찼다. 조심스럽게 입술을 달싹거렸다.

"강준 씨한테 청혼을 받아 기뻐요. 눈물이 나올 만큼. 근데."

"근데?"

"천천히 하면 안 돼요?"

"천천히 언제?"

"나 이제 사무실 자리 잡았어요. 솔직히 그간 빠듯한 수임료로 제대로 사무실 운영을 했다고 보기 힘들 정도로 허덕였어요. 그나마 강준 씨 덕택으로 한숨을 돌렸어요. 근데 결혼을 하면 내 일을 제대로 못할지도 몰라요. 언제까지 강준 씨 덕으로 살 순 없고."

"내 도움 받는 게 싫어?"

"아뇨. 그건 아니에요."

살짝 서운했던 강준은 그녀가 손사래를 치자 섭섭함을 풀었다.

"결혼해서도 네 일 해. 나도 바빠서 지금처럼 널 챙기지는 못해. 하지만 내가 결혼을 서두르는 건."

"알아요."

그녀가 말을 가로채서 그는 입을 다물었다.

"백승주 때문이란 걸. 그 사람이 사사건건 참견하니까 날 보호해 주고 싶은 강준 씨 마음 이해해요. 그래서 눈물겹도록 고맙고, 또 고마운데 고맙다는 말도 못했어요."

"알면서 왜 늦추고 싶은데. 혹시 아직도 나에 대한 오해 때문이야? 아니면 내가 널 사랑하는 만큼 넌 날 사랑하지 않아?"

"아뇨. 그것도 아니에요. 난 단지 올해는 너무 이른 것 같아서요. 나한테 몇 개월이라도 시간을 주면 내년 4, 5월이든."

"4, 5월?"

그는 제 생각처럼 그런 이유로 그녀가 결혼을 미루는 것이 아니라서 찜찜했던 마음이 사라졌다.

"가만있자. 4, 5월이라면."

곰곰이 머릿속에서 스케줄을 나열하다가 자신 생각만 했다는 생각이 들었다. 그녀도 자기 일을 하는 사람인데 하고자 하는 계획이 있을 것이다. 자신의 입장만 생각했다.

"난 6월이면 영화 촬영 들어가."

"그럼 4월에 해요. 결혼하긴 5월이 좋긴 한데 3월에 법인 결산을 끝내면 조금 시간이 있어요. 5월엔 종소 신고가 있으니까 4월이 좋을 것 같아요."

"그럼 4월에 하기로 하자."

결정을 지은 강준은 가만히 목 뒤로 손을 뻗었다. 목에 걸고 다녔던 목걸이를 풀어선 테이블 위에 놓았다. 반짝이는 금빛 체인에 두 개의 반지가 걸려 있었다. 체인에서 반지 두 개를 풀어 그녀에게 보여주었다.

"이게 뭔지 알지?"

"……커플 반지 같아요."

"맞아. 그간 주려고 기회를 보던 중이었어. 그날이 오늘이야. 손."

그가 지긋한 시선으로 말했다. 겨울은 살며시 손을 내밀었다. 내민 그녀의 약지에 그가 반지를 끼워주었다. 그녀는 격한 감동을 받았다.

"언제 이걸 샀어요?"

"너 만나고 얼마 안 돼서."

감동한 그녀는 곧 울 것처럼 울먹였다.

"그럼 이 반지를 목에 걸고 다닌 거예요?"

"어. 이걸 케이스째로 가지고 다니긴 번거로워서 목에 걸었어. 반지는 마음에 들어?"

로맨틱한 그의 선물에 그녀의 동공은 이미 촉촉했다. 글썽한 눈망울로 그녀가 대답 대신 고개를 끄덕였다.

"늘 나를 감동시키는 것 같아요. 이렇게 갑자기 받을 줄 전혀 생각도 못했는데…… 고마워요, 강준 씨."

"뭘 그것 갖고."

"너무 예뻐요."

울먹이던 그녀가 벌떡 일어나서 그에게 달려가 와락 안겨들었다. 무방비로 앉았던 그는 하마터면 뒤로 넘어질 뻔했지만 잘 버텼다. 그녀가 울먹울먹 말했다.

"사랑해요, 강준 씨."

청혼을 하면서 그녀에게 사랑한다는 고백을 하려던 참이었다. 그런데 그녀가 먼저 해버렸다. 그녀에게서 순서를 뺏겼지만 그의 심장은 어느 때보다도 심하게 뛰었다.

"이거 내가 한 수 밀렸다. 고백하려고 했더니 먼저 받았어."

"누가 먼저면 어때요."

그녀의 울먹이는 목소리가 그의 귓가를 간지럽혔다. 그가 촉촉하게 낮은 음성으로 말했다.

"사랑해, 겨울아. 내 여자가 너라서 좋아."

그의 얼굴이 가까워졌다. 부드러운 입술은 뜨거웠고 저돌적이었다. 허리가 점점 뒤로 꺾였다. 그의 팔과 손이 허리를 받쳐 주지 않았다면 버티지 못했을 것이다. 혀를 감아 빨아들이는 힘이 어마어마했다. 잡아먹히는 기분이 들었지만 그래서 어쩌면 더욱더 자극적이었다. 그는 혀 아래로 침이 고일 틈도 주지 않았다. 다급하게 파고드는 혓바닥이 입안 구석구석을 정복했고 그녀는 무참히 함락당했다.

그와의 키스는 매번 처음과 같이 새로웠다. 그의 어깨를 잡은 그녀의 손에 천천히 힘이 풀렸다. 무례하게 입안을 헤집던 혀가 물러나고서야 침대 바로 앞에까지 자리를 이동했다는 걸 알았다.

그의 의도는 명확했다. 사타구니에서 느껴지는 그의 열기가 선명했다. 그는 정염으로 가득한 눈빛으로 그녀를 유혹했다. 그의 깊은 눈빛에 치솟는 열망을 참을 수 없었다. 그녀는 로맨틱한 그의 키스와 뜨거운 정열에 정신이 혼미해져 스스로 옷을 벗어 던졌다.

잠에서 깨어 처음으로 느낀 것은 그녀를 그가 안고 있다는 느낌이었다. 등 뒤를 감싼 그의 체취가 이젠 익숙했다.

그녀는 고개만 살짝 들어 그를 돌아보았다. 굳게 닫힌 눈꺼풀과 고르게 내쉬는 숨이 그가 잠들었다는 것을 말해주었다.

"나보다 늦게 일어날 때도 있네."

그것이 신기했다. 언제나 그녀보다 훨씬 일찍 깨어 일을 해낸 그가 잠에 곯아떨어진 것 같았다. 잠에 취한 그를 물끄러미 보다가 깜박 반지가 생각나 약지를 확인했다. 반지가 그녀의 약지에 끼어져 있었다.

반지가 끼어진 손을 들어 확인하고 또 확인했다. 반짝이는 반지가 끼어져 있었다. 꿈일지도 모른단 생각에 숨을 참았는데 아니었다. 졸인 마음을 놓으며 반지를 확인하고 고개를 돌렸다. 가슴을 들썩이며 자는 강준의 손가락도 확인했다. 그의 섬섬옥수 같은 약지에 그녀와 같은 반지가 끼어 있었다. 무슨 남자가 여자 손보다 예쁘냐며 입안으로 중얼거리곤 나란히 두 손가락을 비교했다. 쌍둥이처럼 닮은 반지 한쪽은 그의 손가락에, 다른 하나는 그녀의 손가락에 끼어져 있었다. 두 손가락을 비교하며 방긋 웃었다.

이젠 그와 커플이 되었다. 한 달 남은 올해를 보내고 본격적으로 결혼 준비를 해야 한다. 새해에도 바쁘겠다는 생각을 하며 고개를 돌려 창밖을 보았다. 이미 날은 밝았는데도 하늘은 꾸물꾸물 잔뜩 흐렸다.

눈이 올 것 같았다. 만약에 눈이 온다면 올해 들어 첫눈이었다. 첫눈이 내려주었으면 싶었다. 그럼 그와 한계령으로 돌아갈 것이다. 한계령 휴게소에 그와 나란히 서고 싶었다. 눈이 내린 한계령이 보고 싶었는데 어쩌면 오늘 소원이 이루어질지도.

모든 것이 그가 있어 가능한 일이었다는 생각에 들썩이는 그의 심장 부근으로 얼굴을 올렸다. 그의 가슴에 탈싹 안기고 싶었지만 자는 그가 깰지도 몰라 살짝 얼굴을 올렸다.

그의 가슴이 들썩거렸다. 그녀가 얼굴을 댔는데도 모르는 것으로 보아 그간 피곤했나 보다. 빡빡한 스케줄에도 새벽이면 일어나던 사람이 8시가 넘었는데도 깨지 않았다. 그간 그녀의 문제를 고민하느라 피곤했을 것이다. 고맙고 고마운데 정작 고맙다는 말을 못했다. 대신 자는 그의 입술에 가볍게 뽀뽀를 해주곤 침대를 내려갈 생각이었다.

그녀는 조용히 고개를 들었다. 그런데 언제 눈을 떴는지 그가 보고 있었다. 전혀 예상을 못한 그녀는 눈만 깜짝거렸다. 이거 혹시 그녀가 깨기 전부터 깨어 있었던 것은 아닐까? 문뜩 그런 생각에 커플 반지를 비교하고 좋아라 했던 제 모습에 창피했다. 창피하면 단번에 얼굴에 표시가 나는 그녀는 민망했다.

"지금 일어난 거죠? 아까 깨어 있었던 것 아니죠?"

"좀 전에 깼어."

아, 다행이었다.

"가위에 눌려 깼어. 가슴에 무거운 것이 누르는 바람에 죽는 줄 알고 눈 떴더니 너라서 다행이야."

그러며 휴! 매우 힘들었다는 듯이 짓궂게 놀리는 그의 입가에 얄미운 미소가 걸쳤다. 겨울은 그에게 놀림당했다는 생각에 눈을 흘겼다.

"치. 설마."

"정말이야. 얼마나 무거운지 자다가 가위에 눌려 깼다니까 왜 내 말을 안 믿어."

"거짓말. 살짝 얼굴만 기댔는데 뭐가 무거워요. 말도 안 돼."

가벼운 농담이었지만 살짝 삐졌다. 그가 느물느물하게 웃었다. 그 모습이 얄궂어 주먹으로 콩콩 가슴을 때렸다.

"이래야 가위에 눌리는 거라구요."

"아야! 그러다 죽어."

데굴데굴 구르듯이 배를 움켜쥐고 엄살을 피웠다. 그 행동이 얄미워 그녀는 그의 가슴팍으로 올라가 엄살 부리는 그를 응징했다.

"가위 눌리는 게 어떤 건지 맛 좀 봐요."

그녀는 일부러 엄살 부리며 자신을 밀치는 그의 복부를 눌렀다. 방어만 하던 그가 순간적으로 그녀를 번쩍 안더니 제 밑에다 두었다. 상황이 완전히 역전된 그녀가 놀란 나머지 그의 가슴을 밀쳤다. 하지만 그는 뒤로 밀려나지 않았다. 그녀를 밑에 둔 그가 밀지 말라고 눈으로 말하며 고개를 흔들었다.

"쉬이! 그만."

뜨겁다 못해 데일 것 같았다. 욕망이 서린 그의 눈빛에 덜컥 겁이 났다. 화염 속에 활활 타오르는 불길 같은 그의 눈빛을 보지 못하고 질끈 눈을 감아버렸다.

꼭 감은 그녀의 두 눈을 보며 그의 입가에 옅은 미소가 그려졌다. 그는 천천히 턱을 내려선 그녀의 입술에 짧게 입 맞춰주었다.

쪽! 하는 경쾌한 음률이 퍼졌다. 그녀가 눈을 꼭 감으려 움츠렸던 어깨를 폈다. 그가 그녀의 귓가에 속삭이듯이 말했다.

"내가 잡아먹나?"

제 밑에 둔 그녀의 콧등을 톡 건드렸다.

"먼저 씻을게."

정염에 불타던 눈빛은 어느새 장난기 가득한 눈으로 변했다. 그가 제 밑에 가둔 그녀를 풀어주었다. 그제야 겨울은 상체를 조금 움직일 수 있었다.

그가 몸을 일으키며 침대에서 발을 내렸다. 자다가 일어났는데도 어느 곳 한군데도 부족함 없이 완벽 그 자체였다. 옷걸이가 좋아서일까? 아무거나 걸쳐도 태가 났다. 신체적으로 키가 컸고 팔다리가 길었다. 직각에 가까운 어깨는 수영 선수처럼 잘빠졌다.

그녀는 그가 욕실에 들어가는 것을 보고서야 시선이 떨어졌다. 거짓말 안 보태고 침만 안 흘렸지 거의 흘릴 뻔했다. 정신을 차리려고 손으로 얼굴을 타닥 때렸다. 홀리면 안 된다고 기를 넣었다. 어제도 그에게 홀려 껍질만 안 벗겨졌지 나신의 상태로 잠이 들었다.

"겨울아, 우리 같이 씻을까?"

미끈한 얼굴을 내밀고 물었다. 그녀는 절대로 싫다고 도리질 쳤다.

"빨리 씻고 나와요."

"난 같이 씻고 싶은데."

"절대로 안 돼."

두 팔로 X자를 만들어 가슴을 가렸다. 그녀의 행동에 그가 피식 웃으며 문을 닫았다. 그녀는 혹시라도 그가 성큼성큼 다가와서 반짝 안고 들어가면 어쩌나 조바심쳤는데 아니어서 다행이었다.

그가 들어간 욕실을 보던 그녀는 입을 옷을 찾아 주위를 둘러보았다. 눈에 그의 티가 보였다. 어제 잠옷도 꺼내지 못한 상태기에 그거라도 걸치려고 시트를 내리고 나신에 그의 셔츠를 걸쳤다. 그거 하나면 다른 옷을 걸치지 않아도 엉덩이까지 가려졌다.

간편한 차림에 웃음이 나왔다. 그가 씻고 나오면 이대로 들어가서 씻으면 편할 것이다. 어차피 씻으려면 옷을 벗어야 하니까.

밤새도록 피를 빨린 흡혈귀의 애인처럼 목이 말랐다. 갈증을 해소하려고 냉장고에서 찬물을 잔에 따랐다. 고개를 젖히고 물을 마시는데 인기척이 들렸다. 젖혀진 고개를 정상으로 되돌리지 못한 채 돌아서는데 엉덩이 부근만 살짝 타월로 가린 그가 서 있었다.

"……벌써 다 씻었어요?"

그의 가슴께에선 촉촉한 물기가 서렸다. 그녀의 시선이 빠르게 그의 발끝에서 가슴을 타고 목 위로 올라갔다.

"……어."

그녀의 시선이 닿았던 피부가 그도 모르는 사이 민감하게 반응해 느리게 대답했다. 그는 그녀에게서 시선을 떼지 못했다. 그가 재킷 안에 걸쳤던 셔츠를 걸쳤는데 예뻤다. 엉덩이를 살짝 가린 옷은 속이 훤히 비치진 않았지만 만약 비쳤다면 무척이나 섹시했을 것이다. 그의 시선이 그녀의 정수리에서 가슴을 타고 다리로 내려갔다.

"그거 내 옷이지?"

"아, 이거요? 마침 침대 밑에 있기에. 입어야 해요?"

"아니. 갈아입으려던 참이었어. 근데 잘 맞는다?"

"편할 것 같아서 입었는데 정말 편해요."

그는 제 여자를 독점하고 싶은 눈으로 그녀를 보며 한 발짝 다가갔다. 한 손으로 그녀의 어깨에 걸쳐진 머리카락을 뒤로 넘겨주었다. 그러곤 손끝으로 입술을 더듬었다. 굳은살이 단단한 손바닥에 점막이 얇은 입술이 닿았다. 상대적이었기에 더욱 자극적으로 느껴졌다.

"일전에 하얀 셔츠도 잘 어울렸어."

그의 음성이 허스키하게 들렸다. 겨울은 아무래도 한차례의 폭풍이 칠 것만 같았다. 여전히 그의 눈빛은 그녀를 독점하고 싶어 했다. 그가 미안하지 않게 웃음 띤 얼굴로 품에서 빠져나갔다.

"나 빨리 씻고 나올게요. 배고픈데 씻고 나면 맛있는 거 사줘야 해요."

먹이를 앞에 둔 허기진 짐승처럼 그녀를 보던 눈이 빛났다.

"10분 준다."

"20분."

그에게 더는 길들여지기 싫은 그녀가 뒤도 안 돌아보고는 대답했다. 그녀의 대답에 심술궂은 표정이었지만 대답은 전혀 달랐다.

"30분 줄게. 천천히 하고 나와."

레스토랑에서 아침을 먹고 호텔 앞에 펼쳐진 해변을 걸었다. 어제까지는 11월이었지만 오늘은 12월이었다. 그래선지 바닷바람은 두 사람의 체온을 파고들 만큼 매섭게 찼다. 그가 그녀의 손을 잡은 것으론 해결되지 않아 그녀의 어깨를 제 가슴에 바짝 붙여 안았다.

"춥지?"

"네. 날씨가 어제하고 완전히 달라졌어요."

"너 볼이 발개. 이러다가 감기 들겠어."

"그럼 우리 뭐 해요?"

"드라이브."

"나도 그러고 싶었는데."

그녀와 마음이 잘 맞았다.

"우린 궁합이 잘 맞는 것 같아."

"그런 것 같아요."

두 사람은 크게 웃었다.

호텔 주차장까지는 해변에서 멀지 않았다. 두 사람은 차에 올랐다. 그가 시동을 거는데 불현듯 그곳이 떠올랐다. 그녀가 말했다.

"이 근처에 작은 성당이 있는데 거기 갈래요?"

"성당?"

"네. 여기서 우측으로 가면 나와요."

"가고 싶어?"

"네. 그곳을 지나다가 우연히 봤어요."

"그럼 가보자."

그는 우측으로 회전해 차를 몰았다. 직선도로가 나오자 그녀가 말했다.

"그 성당은 언덕 위에 있어 고즈넉한 분위기의 느낌이 좋았어요."

승주 때문에 화가 치밀어 무작정 차를 몰았다가 도착한 곳이었다. 그런 그녀의 재잘거림을 듣던 그의 입가에 알 수 없는 미소가 피어올랐다.

"10월 중순인지 말인지 잘 모르겠지만 들꽃들이 피어 있었어요. 근데 지금은 다 졌을 거예요. 추워서."

그녀의 말을 들으며 그는 묵묵히 차를 몰았다. 그는 말하지 않아도 성당으로 가는 도로를 정확히 알고 운전했다.

"강준 씨는 촬영을 다녀서 촬영지 웬만한 곳은 다 알죠? 배우들은 촬영하면서 곳곳을 다녀 좋을 것 같아요."

"그렇지 않아. 촬영하느라 정작 구경은 못해. 일정이 빠듯해서."

"아, 그래요?"

몰랐던 사실을 알게 되었다고 고개를 끄덕였다. 어느새 차는 그녀가 말했던 성당을 향해 언덕을 사뿐히 오르고 있었다.

"어! 한 번만 말했는데 금세 찾았네요."

그의 운전 실력을 칭찬하던 그녀가 유리창을 내리다가 짐작대로 시들어 말라 버린 들꽃을 가리켰다.

"그땐 정말 예뻤는데."

그녀가 안타까워하는 사이에 차가 성당 앞에서 멈췄다. 그가 벨트를 풀며 말했다.

"여기가 맞아?"

"네. 맞아요. 어때요. 성당 예쁘죠?"

"어."

짧게 대답한 그가 먼저 차에서 내렸다. 그녀가 뒤따라 그의 옆에 서자 그가 말했다.

"아까부터 궁금했는데 참았어. 여긴 무슨 일로 온 거야?"

"무슨 일이 있어서 찾은 건 아니에요. 그냥……."

그녀는 말을 끊었다. 승주 때문에 화가 나서 무작정 운전했고 달리다 보니 여기까지 오게 되었다는 말을 못했다. 하지만 눈치가 빠른 그의 얼굴이 심각하게 변했다.

"혹시 백승주 때문이야? 그래서 나한테 말 못하는 거고."

"그게…… 다 지난 일이에요. 그냥 그런 일이 있었어요."

"그러니까 말해. 혹시 그 인간이 괴롭혔어?"

말은 못하고 고개만 끄덕였다. 그의 눈빛이 가늘어졌다.

"내가 그래서 빨리 결혼하자는 거야. 그 인간을 만나보니 그러고도 남을 인간이었어. 이기적이고 자기만 아는 인간."

그간 얼마나 힘들었을까. 부모님이 안 계시면 든든한 형제라도 있었다면 덜 외로웠을 것이다. 그녀가 당했을 괴롭힘에 자신의 일처럼 분노했다.

"이젠 내 뒤로 숨어. 내가 알아서 그 인간 막아줄 거니까."

그의 진심을 들은 겨울은 가슴이 시큰했다. 이런 남자를 두고 엄한 곳에서 헤맸다. 어쩌면 그간의 벌을 받은 것일지도 모른다는 생각에 과거가 후회스러웠다. 그러자 동공이 촉촉해졌다. 이제라도 가슴이 따뜻한 남자를 만났으니 된 거다.

"큰일은 없었으니까 화내지 말아요. 안에 들어가요."

얼렁뚱땅 말을 바꿨다. 그녀는 용감한 것처럼 그의 팔을 잡아당겼다. 그는 못 이기는 척 그녀에게 끌려갔다. 하지만 생각할수록 그녀를 괴롭힌 승주를 이해할 수 없었다.

백승주란 인간의 끝은 대체 어디까지인지 모르겠다. 성당 문 앞에 섰다. 둥근 고리의 손잡이를 잡아선 문을 열었다.

"먼저 들어가."

그가 들어갈 자리를 비켜주어 그녀가 한 발짝씩 앞서 걸었다. 주위를 둘러보는데 사람들의 인기척이 느껴지지 않았다. 이제 두 번째인데 이곳은 들어설 때마다 마음을 편하게 해주는 곳 같았다. 그래서 다시 와보고 싶었는지도 모른다. 그녀가 의자가 길게 늘어진 중앙을 지나다가 말했다.

"그날도 이쯤에서 앉았는데."

성당의 중간쯤이었다. 그녀의 말을 듣던 그의 입가에 알 수 없는 미소가 그려졌다.

"우리 여기 앉아서 기도해요."

그녀가 앉자 그도 따라 앉았다.

"난 하나님께 지금처럼 살게 해달라는 기도할 건데 강준 씨는 무슨 기도 올릴 거예요?"

"그냥. 아무거나."

"에이. 시시해. 난 강준 씨 옆에 껌처럼 찰싹 붙어서 살게 해달라고 빌 거예요."

그녀가 수줍어 고개를 숙였다. 그녀의 수줍음이 예뻐서 해풍에 흐트러진 그녀의 머리를 뒤로 넘겨주며 그러라고 허락했다. 그의 고갯짓을 보던 그녀는 두 눈을 감고는 기도를 올렸다.

돌아가신 부모님의 생전 얼굴을 떠올리며 이젠 딸자식 걱정 그만하라는 기도를 올렸다.

"……."

기도를 올린 그녀가 눈을 떴다. 옆자리에 있어야 할 그가 없었다. 기도를 올리느라 그가 자리를 비운 사실도 몰랐다. 그가 어디쯤에 있을지 주위를 두리번거리다가 창가에 선 그를 보았다. 그런데 뒷모습이 무척이나 낯이 익었다.

"강준 씨?"

그가 돌아섰다. 돌아서는 그의 모습에서 마치 슬로비디오처럼 어떤 한 남자가 설핏 보였다. 순간 소름이 끼쳤다. 새하얀 피부에 수염이 덥수룩했던 남자, 그 남자가 그 같았다. 이곳의 지리를 너무도 잘 알고 있었고 성당을 금세 찾았기에 이상하긴 했다. 흠칫 놀라 물었다.

"강준 씨도 여기 왔었죠. 그날도 그 자리에서 어떤 남자가 서 있었어요. 근데 이제 보니까 강준 씨를 닮았어요. 그 남자, 강준 씨죠?"

그가 웃음을 머금은 미소로 말했다.

"이제야 나를 알아본 거야?"

"정말이에요?"

그가 고개를 끄덕였다. 미안했다. 한눈에 알아봤어야 했다. 그날은 카키색 야상을 입었고 수염이 덥수룩했었다. 그녀는 벌어진 입을 다물지 못하고 그대로 서 있었다. 무척이나 낯이 익었던 얼굴이라고 생각했는데 그였다니. 그에게서 시선을 떼지 못했다.

"맞아. 짙은 눈썹하며 날카로운 콧날이 똑같아."

오늘은 날씨가 흐려 빛이 없지만 그날은 노을을 등지고 섰었다. 같은 공간이지만 너무도 확연히 다른데도 이젠 분명했다.

가슴이 뭉클했다. 만날 사람은 어디서든 다시 만난다더니 그와 그녀를 두고 한 말 같았다.

"지금까지 왜 말 안 했어요."

무겁게 닫혔던 그의 입술이 작게 열렸다.

"나도 당황했어. 설마 여기서 너를 만날 줄은 생각도 못했고 당황해서 도망쳤어. 내 차림을 보고 네가 못 알아봐서 서운했지만 그럴 수도 있다고 생각했어. 너를 다시 만났을 때 꺼낼까 하다가 말이 나오면 하자고 뒤로 미뤘어."

"그랬구나."

그의 앞으로 가까이 다가갔다.

"이젠 알아봤으니까 서운한 맘 풀어요. 이제부턴 눈 감고도 강준 씨 맞힐 수 있어요."

충분히 그럴 수 있다고 믿었다. 그만큼 그녀의 뇌리 속에 그에 대한 모든 것들이 입력되었다. 그가 그녀의 나신을 쓸던 손길과 부드럽게 입 맞춰주던 느낌, 가끔 거칠어진 호흡으로 그녀를 불러줄 때면 갈라지던 그 음성까지도 그녀의 뇌리에 생생했다.

"근데 강준 씬 여길 알고 온 거예요?"

"아냐. 이 근처에서 촬영이 있어서 잠시 들렀어."

"아아."

궁금증이 풀렸다고 웃는 그녀의 모습이 예뻤다. 두 손으로 그녀의 양 볼을 잡았다. 입가에, 눈에 웃음의 여파가 남은 그가 그녀의 입술로 턱을 내렸다. 기습 키스였다. 어젯밤의 뜨겁고 저돌적인 키스는 아니었지만 그의 사랑만큼이나 깊고 깊은 키스를 퍼부었다.

10. 불씨

한국 여자프로 골프대회를 성황리에 마쳤다. 사업적으론 여전히 잘나갔다. 하지만 승주는 강준을 만난 이후로 성질을 참지 못해 죽을 맛이었다. 겨울이가 신경에 거슬렸다. 그의 인생에서 그녀만 옆에다 데려다 놓으면 완벽했다. 그 하나를 놓쳐서 자존심이 상했고 은근 그의 신경세포까지 자극했다.

아침에 부모님과 식탁에 마주 앉았다가 어머니 말씀에 잦아들었던 성질이 불끈서렸다. 아직도 어머니는 그 자식이 그의 골프장 회원인 줄 아셨다. 그것도 VVVIP로.

그렇잖아도 그 자식과 그 계집 때문에 신경이 곤두선 그는 어머니께 버럭 성질을 부렸다. 다행인 것은 어머니는 서강준의 스캔들 대상이 겨울이란 사실을 아직은 모르셨다. 그래도 안심할 수 없었다. 그것을 아시는 시간은 그리 오래 걸리지 않을 테니까.

무엇보다 화가 나는 건 그 자식이 결혼 발표 기자회견을 한다는 소식이 기자들 사이에서 알음알음 퍼진다는 것이다. 이 새끼가 염장을 들쑤셔도 유분수지. 가뜩이나 그 자식한테 당한 것을 생각하면 잠도 못 이룬다.

며칠 전에 제 발로 호랑이 굴로 기어들어 오기에 옳다구나 했는데 어이없게도 아무것도 못했다. 생각하면 할수록 그 새끼가 다 알고 온 것 같았다. 그날이 적격이었는데. 그 자식에게 협박을 하든 무슨 짓을 하든 혼자 있던 그 자식을 대면했을 때가 기회였는데 하필이면 그때 큰 대회가 있었다.

그 새끼가 은근 사람 염장을 지른다고 구시렁대며 사무실을 오락가락거렸다. 그래도 포기할 수는 없었다. 다시 기회를 잡아야 한다는 생각은 변함이 없었다. 만약 그 자식이 말을 듣지 않는다면 최후의 방법을 쓸 수밖에.

깊은 고민에 빠진 그의 사무실에 박 비서가 들어왔다. 번개처럼 몸을 돌려 소파 중앙으로 나앉았다. 그가 앉는 것을 보고는 한 발짝 뒤에서 박 비서가 보고했다.

“대표님께서 지시하신 것을 알아냈습니다.”

“브리핑해.”

“그날 서강준은 이곳에서 나가 회사로 갔습니다. 거기서 3시간쯤 머물다가 나왔습니다.”

“그리고.”

“근데 새로운 사실 하나를 알아냈습니다. 서강준이 집으로 가지 않고 아파트로 들어갔습니다."

"아파트?"

"네. 그곳은 배우들의 사생활을 철통같이 보호해 주기로 유명합니다. 그래서 톱스타들과 재벌 3세들이 많이 거주하는 고급 주상복합형 아파트입니다. 말하면 대표님도 아실 만한 곳입니다."

"대체 걔가 그곳은 왜 들어갔는지 알아냈어?"

"아직 거기까지는."

"알아내지 못한 건 머리 아프게 보고하지 마. 그래서 어제까지 그 자식이 무엇을 했다는 건데?"

"아파트에서 얼마나 머물었는지는 확인을 못했습니다. 그 아파트는 보안이 철저하기로 유명해서요. 서강준의 차는 들어간 후론 나오지 않았습니다. 근데 이상한 것은 들어갔던 차가 아닌 다른 차로 설악산 호텔에 나타난 것을 확인했습니다."

"무슨 말이야? 걔가 홍길동이라도 된데?"

"실은 차가 두 대였나 봅니다. 들어갈 때 탔던 차가 아니라서 저희가 몰랐습니다. 죄송합니다."

승주가 신경질적으로 말했다.

"그런 건 먼저 파악하고 있었어야지. 근데 그 자식이 거기 간 걸 어떻게 알아냈어?"

"SNS에."

승주가 어이없는 눈빛으로 박 비서를 보았다.

"SNS가 사네보다 낫군. 계속 말해."

"……그게."

박 비서가 말을 못하고 승주의 눈치를 살폈다. 승주는 설마 하는 표정으로 다그치듯이 말했다.

"설마 그 자식이 겨울이하고 간 거야?"

"……그렇습니다."

아니길 바랐다. 순간적인 분노가 폭발했다. 그가 테이블을 내려쳤다. 순간 테이블 위의 서류철들이 바닥으로 떨어졌다. 박 비서가 부랴부랴 서류를 집으며 말했다.

"손은 괜찮으십니까?"

박 비서의 걱정도 들리지 않았다. 통판으로 된 테이블을 내려쳤으니 주먹이 바스라지지 않은 것이 다행일 정도로 강력했다. 하지만 그는 아픈 통증보단 이미 겨울과 강준은 그의 손에서 벗어났다는 것을 예감했기에 심장이 폭발하기 일보 직전이었다.

"이런 개새끼가."

그녀를 꼬신 것도 분해 죽겠는데 버젓이 공개 연애를 했다. 보란 듯이 구는 것을 대중들은 응원해 주었다. 어떻게 이럴 수가 있는지 모르겠다. 당연히 스캔들이 터지면 배우는 몇 년간 가슴 졸이며 쉬거나 자숙해야 한다.

그것을 바랐는데 녀석의 사랑을 응원해 주다니. 대중들도 미쳤다고 생각했다. 혈압이 오르자 짜증났다.

"물."

속이 쓰리고 아팠다. 위산이 역류하는 듯이 쓰렸다. 쓰디쓴 위산 때문에 승주는 괴로워 인상을 찡그렸다.

"여기 있습니다."

박 비서가 미리 준비한 물 잔을 내주었다. 그가 들이마셨다. 하지만 쓰린 복통은 잦아들지 않았다. 잔뜩 찌푸린 표정으로 말했다.

"그럼 거기서 자고 일요일 늦게나 서울에 올라왔겠군."

"……그런 것으로 압니다."

이것들이 불난 집에 부채질을 했다. 그들의 염장질에 그의 눈에는 뵈는 것이 없었다.

승주는 겨울이 강준과 호텔까지 드나들 정도라면 볼장 다 봤다고 짐작했다.

그는 사내란 수컷들은 누구나 다 똑같다고 생각했다. 생겨먹은 것이 본능적으로 제 씨를 퍼트리려는 생존 짓거리를 한다. 그가 그랬기에 강준도 똑같다는 생각을 했다.

그는 더는 겨울이를 찾아오겠다는 생각을 포기했다. 다시 찾는다 해도 다른 새끼의 여자로 지낸 계집을 자신의 집 안에 들여놓을 순 없는 일이다. 그렇다고 앉아서 당하기엔 지금까지 강준에게 당한 분이 풀리지 않았다. 애송이를 밟아서라도 무너트려야 속이 시원할 것 같았다. 강준을 짓밟으면 저절로 겨울이도 무너질 것이다. 강준이 없는 겨울은 끈 떨어진 연 신세다.

그는 두 사람을 무너트려 발기발기 찢어놓는 쪽을 택했다.

"그 새끼 뒷조사는 어떻게 됐어. 구린 것이 있는지 찾았어?"

"찾고 있으니 조만간 나올 것도 같습니다. 조금만 기다려 주십시오. 사방팔방으로 애들을 풀어놨습니다."

"그 흔한 스캔들이라도 만들어 그 새끼를 나락으로 떨어트리란 말이야. 여자 문제 같은 것 말이야."

"그 문제도 찾고 있는데 아직……."

"어떻게 생겨먹은 새끼가 그 얼굴에, 그 나이에 여자 문제가 없을 수 있어. 찾다 보면 한 명이라도 걸릴 거야."

"그게 사모님이십니다."

"뭐야? 너 지금 나하고 농담해!"

"죄송합니다."

그만큼 문제점을 찾기 힘들다는 박 비서의 대답이어서 승주는 열이 뻗칠 만큼 뻗쳤다.

32살 나이에 완벽한 복근을 가진 녀석이었다. 키도 훤칠하게 길쭉한데다가 외모는 배우를 해야 할 상이었다. 계집애처럼 피부도 하얗고 어디 하나 흠잡을 곳이 없었다.

그런 녀석이 일편단심 한겨울일 리가 없을 것이다. 그것은 어불성설이었다. 녀석이 그런 존재라면 자신은 또 뭐가 되는가. 외모도 평범한 그가 사귄 여자는 열 명도 넘을 것이다. 은근 비교되던 승주는 속이 타서 물을 찾았다.

"물 더 가져와."

그의 지시에 박 비서가 인터폰을 눌러 여비서에게 물을 가져오라고 지시했다. 잠시 후에 쟁반에 물 잔을 든 여비서가 잔을 놓고 나갔다. 승주는 그것을 받아 꿀꺽꿀꺽 들이마셨다. 나이아가라 폭포수를 다 마셔 버려도 갈증은 가라앉지 못할 것 같았다.

"그 새끼 재산은 알아봤어? 얼마나 되기에 나한테 그리 기고만장인데?"

박 비서가 강준의 소득이 신고된 자료를 비밀리에 입수해서 브리핑했다.

“시가 350억짜리 상가 건물이 있습니다. 청담동에 있어 부르는 게 값이라고.”

브리핑을 듣는데 짜증이 났다. 잔뜩 찡그린 얼굴로 이마를 툭툭 쳐댔다.

“그리고 현재 사는 빌라 한 채가 35억. 자동차가 3대. 물론 전부 수입 차종으로 1대에 6, 7억 합니다.”

“개새끼가 할 건 다 하고 사네. 그리고 또.”

“D사의 주식을 다량 보유하고 있습니다.”

“주식까지 있어?”

“네.”

“별걸 다 가지고 있네. 그래서?”

“그걸 현 시세대로 환산해서 예금과 합하면 대략 천억가량 됩니다.”

“천억?”

“네.”

전혀 예상도 못한 강준의 재산에 혀를 찼다.

“다량의 고가 미술품 7점도 있습니다.”

“미술품까지?”

“그렇습니다. 그건 계산을 할 수가 없어 못했습니다.”

“개자식이 많이도 갖고 있네.”

“제가 찾은 서강준의 소득신고서상에 나온 전부를 보고드린 것입니다."

"잠깐."

승주가 박 비서의 말을 잘랐다.

"혹시 말이야. 그 자식이 전 재산을 신고하지 않을 수도 있잖아. 그 자식이 탈세를 했을지 누가 알겠어. 안 그래?"

"뭐 그럴 수도 있겠죠."

"그런 것을 더 알아봐. 그 자식이 탈세를 했는지. 어린 나이에 탈세를 하지 않고는 그렇게 많은 돈을 모을 수가 있겠어?"

"근데 그쪽에서 빈틈이 있을 것 같아 면밀히 조사를 하다가 새로운 사실을 알아냈습니다."

"뭔데?"

"서강준이 이번에 새 회계사와 계약을 했는데 그분이 사모님이셨습니다."

"뭐야?"

이런 괘씸한 것들. 승주는 어이가 없었다. 그는 박 비서의 말을 듣자 짚이는 것이 있었다. 그는 겨울이 사무실에서 손을 놓고 항복하길 바라며 그녀를 힘들게 만들었다. 그런데 지금까지 버티고 있어 이상하다고 생각을 했었다. 그 자식이 도와줘서 버티고 있다는 생각이 들었다.

겨울이 입주한 건물주의 아들이 그의 골프클럽 회원이었다. 은근슬쩍 아들을 이용해 세를 높이란 말을 넌지시 흘렸다. 가뜩이나 사무실 운영도 힘든 그녀가 문을 닫을 줄 알았다. 그런데 세를 올려주었다는 것이다. 다 그 원흉 때문에 그녀가 버틴다는 생각에 이를 갈았다.

"내가 어쩐지 이상하다고 했어."

이 자식을 기어코 작살을 내야 할 상황까지 온 것이다.

"탈세 쪽으로 더 깊이 알아봐."

"대표님, 그쪽으론 건드려 봤자 별 소득이 없을 것 같습니다. 전년도까지 깨끗하게 신고를 했는지 대통령상을 받았습니다. 거기에 국세청 홍보대사랍니다."

승주는 박 비서의 말을 듣고 기가 막혀서 신음을 흘렸다.

"그럼 그쪽으론 약발도 안 먹힌단 소리야?"

"네."

박 비서의 대답에 기운이 빠졌다. 마치 땅이 꺼지는 느낌을 받았다. 치졸하고 치사하더라도 그가 받은 모욕을 꼭 갚으려고 강준의 뒷조사를 시켰다. 그런데 탈탈 털어도 없다는 말이어서 허탈했다.

"그럼 다른 쪽으로 뒤져. 탈세가 아니면 그 나이 처먹도록 여자관계가 깨끗할 순 없잖아."

"그럼 그쪽으로 방향을 틀까요?"

신경질적으로 대답했다.

"그건 자네가 알아서 해야지."

"알겠습니다. 서강준의 모델 시절부터 하나하나 찬찬히 찾겠습니다. 혹시 압니까? 스폰서가 있어 그의 뒤를 봐주었을지."

"……스폰?"

전혀 생각도 못했던 곳에서 희망의 빛이 보인 승주의 눈이 번뜩였다.

"그거 좋아."

톱스타에게 스폰서가 있다는 사실만으로도 치명타가 될 것이다.

"역시 박 비서야. 그쪽으론 생각을 못했는데 어쩌면 그런 쪽이 빠를지도 모르겠어. 가만 생각해 보니 그 자식이 신인 때는 빵도 사먹지 못할 정도로 궁핍했어. 그런데 어떻게 드라마를 찍을 수가 있냐 말이야. 큰손이 뒤를 봐주지 않는 이상 그렇게 빨리 크기는 힘들어."

"그럼 그쪽으로 깊게 파라 이르겠습니다."

"그렇게 해. 빨리 서두르라고."

이미 결론이 난 승주는 이젠 시간 문제 같았다. 스폰서 쪽으로 가닥을 잡자 치명타를 찾은 것 같아 그간 내내 답답하게 막혔던 속이 뻥 뚫린 느낌이 들었다.

속초에서 집으로 돌아온 지 일주일째 되는 날이다. 겨울은 은지와 은지의 남자친구 성수와 레스토랑에 나와 있었다. 강준이 은지에게 밥을 한 끼 사겠다고 해서 오늘 시간을 잡았다. 세 사람은 테이블을 사이에 두고 앉았지만 정작 당사자인 강준은 스케줄로 늦어져 자리에 없었다.

겨울이 앞에 나란히 앉은 친구와 친구의 남자친구에게 미안해 눈치를 보았다.

"애피타이저라도 먹을까? 성수 씨, 배고프면 우리 먼저 시키죠.

아무래도 강준 씨가 너무 늦는 것 같아요."

"아니에요. 초면인데 먼저 식사를 하는 건 예의가 아니에요. 난 괜찮으니까 신경 쓰지 마세요."

성수의 배려에 고마워하는 그녀에게 은지도 말했다.

"나도 괜찮아. 그러니까 속 끓이지 말고 편히 기다려."

"미안해서 그러지."

"괜찮대두. 강준 씨가 일부러 늦는 것도 아니고 어디 보통 사람이니? 이해해."

은지와 성수의 이해 속에서 잠시 침묵이 흐르던 그때 밖에서 웅성거리는 소리가 들렸다. 그녀는 소리를 따라 고개를 돌렸다가 강준이 은 실장과 함께 들어서는 것을 보았다.

"강준 씨 왔다."

그녀는 안심한 얼굴로 은 실장과 함께 들어서던 강준을 보았다. 강준이 겨울과 눈이 마주치자 손을 번쩍 들어주었다. 강준이 들어서는 것을 보고 일어선 성수는 그대로 서서 강준을 기다렸고 강준은 은 실장과 작게 무엇인가를 의논했다. 은 실장이 노트를 펼치며 뭐라고 말했다. 그가 알았다고 고개를 끄덕이며 은 실장을 보내곤 그녀가 있는 곳으로 가까이 다가왔다. 그러곤 성수와 은지에게 인사했다.

"제가 오시라고 하고선 늦었습니다. 많이 기다리시게 해서 죄송합니다."

"아뇨. 괜찮습니다. 지희도 좀 전에 왔어요. 전 은지 남자친구 김성수입니다. 이렇게 저까지 초대해 주셔서 감사합니다."

"겨울이를 통해서 말씀을 들었습니다. 서강준입니다."

그가 악수를 청했고 성수는 받아주었다.

"영광입니다. 톱스타를 이렇게 가까이 보는 것이 처음이라서 얼떨떨합니다."

"오늘부터는 겨울이 남자니까 편히 대해주세요. 앉으시죠."

성수의 반가운 인사를 받은 강준이 악수한 손을 놓으며 겨울의 옆에 앉았다. 그는 자신을 별에서 온 사람처럼 보는 성수의 시선을 느껴 부드러운 시선으로 수더분하게 생긴 성수에게 옅은 미소를 지어주었다. 그러자 성수가 할 말이 있는 사람처럼 머뭇거리다가 말했다.

"저…… 은지한테서 4월에 결혼하신다고 들었습니다."

"네."

"축하드려요. 겨울 씨도."

"고마워요."

겨울이 수줍게 인사를 했다. 강준이 들어서자 식당 안에서 식사를 하던 사람들 시선이 모두들 강준에게 꽂혀 떨어질 줄 몰랐다. 강준은 늘 그런 시선을 받아 아무렇지 않은 것 같았지만 겨울은 익숙지 않았다. 이런 자리에 익숙해져야 할 텐데 계속 어색하면 어쩌나 은근 신경을 쓰며 강준이 왔기에 음식을 시켰다.

식사는 애피타이저부터 나왔고 곧이어 메인요리까지 즐겁게 식사를 마쳤다. 여자들은 디저트로 아이스크림을 남자들은 차를 마셨다. 그렇게 즐거운 식사를 끝낸 그들은 자주 만나자는 인사를 나누곤 각자 자신들 차에 올랐다.

강준은 운전석에 앉아선 팔을 길게 빼고는 뒷좌석에서 책을 하나 꺼냈다. 그것을 옆에 앉은 겨울에게 주었다.

"은지 씨 대본이야. 며칠 전에 사무실에 도착했어. 집에 가서 좀 더 보려고 가져왔어. 이따가 갖고 내려."

"그럴게요."

대본의 겉표지를 넘기던 그녀가 은지의 이름을 발견했다.

"제 이름이 나온 것처럼 기분이 묘해요."

"친구라서 그렇겠지. 다음 주부터 촬영 들어가. 방송은 1월 초부터고."

"작품은 괜찮을 거예요. 은지가 기대하던 것이라서."

"좋아."

"무슨 내용이에요?"

차를 유턴하느라 대답 못하던 그가 직선거리에서 말했다.

"고구려 주몽에게 세 아들이 있는데 그 시대부터 내려오는 비서(秘書:남에게 보이지 않도록 소중히 간직하여 둔 책) 때문에 벌어지는 사건을 다룬 작품이라 재밌어. 지루하지 않아 좋고. 남자 주인공인 내가 비서(秘書)를 찾게 되면서 벌어지는 스토리라서 기대돼."

"강준 씨가 좋다니까 성발 잘됐으면 좋겠어요. 강준 씨가 대본 보는 눈이 있는 것 같아 안심도 되고요. 보면 강준 씨가 한 작품은 거의 잘됐잖아요."

"다 잘된 건 아니지만 시청률이 좋았지."

"강준 씨가 연기를 잘해서 더 돋보여 그런 거예요. 이번에도 대박이 났으면 좋겠어요."

그녀의 응원에 그의 어깨에 힘이 들어갔다.

"네가 응원해 주니까 벌써부터 힘 난다. 나, 그 작품 끝나면 결혼 준비하는 것 도울게. 미안하지만 그때까지 힘들더라도 이해해 줘."

"결혼 준비는 신경 쓰지 말고 이 작품에만 올인해요. 다음 주에 촬영 들어가는데 연습은 했어요?"

"물론이지. 이미 훑어봤어. 거기 내가 표시해 놓은 것 안 보여?"

그가 운전을 하느라 턱짓을 했다. 그녀는 그가 턱짓한 곳을 보다가 피이 웃었다.

"과연 스타는 스타네요. 그러니 연기 잘한다는 평을 듣나 봐요. 나도 인정."

바쁜 스케줄에도 언제 대본을 샅샅이 훑었는지 처음부터 끝까지 새까만 연필로 표시를 해놓았다. 그의 열정에 그녀는 과연 서강준이라고 응원해 주었다. 그녀의 응원에 그의 입가에 환한 미소가 그려졌다.

명품 같은 강준의 아파트에서 사는 하루하루는 그야말로 달콤한 꿀맛 같았다. 그녀는 누군가가 자신을 사랑해 주며 함께한다는 생각에 회사 일도 힘들지 않았다.

회사로 출근한 겨울은 성미와 테이블을 사이에 두고 앉았다.

"성미 씨한테 고마워."

"무슨 말씀이세요?"

"은지한테 내가 여기서 잔다고 말해줘서. 벌써 했어야 했는데 그간 일들이 많았어."

"별말씀을요."

"덕분에 따뜻한 곳으로 옮겼어."

"친구분 댁으로 들어가신 거예요? 어쩐지. 아침에 오면 회계사님이 안 계시더라."

"아니, 그건 아닌데……. 사정은 내가 차차 말해줄게. 실은 내가 할 말이 있어."

"뭔데요?"

"나, 내년 4월쯤 결혼해."

"네에?"

믿을 수 없다는 얼굴로 성미가 그녀를 보았다.

"설마 백 대표님하고 합치기로 하신 거예요? 그럼 절대로 안 되는데."

"그건 아니니까 걱정 마."

"다행이다."

성미가 그녀를 걱정하자 자신에게 편이 한 사람 더 있다는 것에 이렇게 가슴이 찡하도록 고마운지 몰랐다.

"늘 성미 씨한테 미안했어. 그전 직장에서보다 월급도 올려주지도 못하고. 사무실 운영한다고 허덕이는 꼴만 보였어."

"아니에요. 그래도 제 월급은 꼬박꼬박 챙겨주셔서 얼마나 감사했는데요."

성미는 겨울의 그런 면이 좋아 일은 고돼도 버틸 수 있었다.

"근데 백 대표님이 아니면 누구와 결혼을 하시는 거예요? 제가 알기론 사귀는 남자가 없으셨는데."

"만난 지는 얼마 안 되지만 예전부터 알던 사람이야. 그 사람이 배우라서 조심스러워 그간 성미 씨한테도 숨겼어. 미안해."

"아, 좋은 소식이네요. 근데 배우라면 어떤 분이세요? 전 회계사님이 배우를 알 거라곤 생각도 못해서 믿기지가 않아요."

"서강준이라고 알지?"

"알다마다요. 톱스타 서강준을 모르면 간첩이죠."

대수롭지 않게 말하던 성미가 놀라며 입을 다물지 못했다.

"설마……. 결혼하실 분이 서강준 씨예요?"

겨울은 상황이 바뀌어 성미가 서강준과 결혼하겠다고 말한다면 그녀 역시도 성미 같은 반응을 보였을 것이다. 입가에 작은 미소를 지었다.

"응. 바로 그 사람이야. 이번에 그 사람 집에 들어갔어. 성미 씨가 은지한테 말한 그날부터."

"어머나! 잘됐네요."

제 일처럼 기뻐해 주었다.

"솔직히 여긴 저녁엔 난방이 안 돼서 추워요. 잘하셨어요."

"그간 성미 씨한테 숨겨서 미안."

"아니에요. 결혼할 분을 위해서 그러신 거니까 이해해요."

"이해해 줘서 이젠 마음이 편하다. 그래서 내가 결혼 준비하려면 지금보다 성미 씨가 더 바쁠 거야. 그것 좀 이해해 달라고. 힘들면 직원 쓰는 것 생각해 볼게."

"정 힘들면 말씀드릴게요. 그 문제는 차차 상의해요. 그리고 정말 결혼 축하드려요."

성미에게 축하를 받은 겨울은 모든 것이 순리대로 돌아가자 어느 때보다도 마음이 편했다. 가벼운 마음으로 일을 하며 퇴근해서 집으로 가는데 마침 청담 패션거리를 지나는 중이었다. 화려한 상점의 불빛들이 마치 그녀를 유혹하듯이 물결쳤다.

불빛에 홀려 차를 댄 곳이 마침 주얼리 샵이었다. 문뜩 커플 반지와 어울릴 가드링이 끼고 싶었다. 그가 사준 커플링에 가드링을 낀다면 더욱 괜찮을 것 같아 앞에 있는 가게로 들어갔다. 탁 트인 공간은 넓었고 가게 중간에 놓인 직사각의 쇼 케이스를 중심으로 가장자리 전부가 쇼 케이스로 진열되었다.

그녀가 안으로 들어가자 단정하면서도 매장의 분위기와 어울리는 화사한 차림의 직원이 그녀에게 정중히 인사했다. 상냥하게 웃는 여자의 립스틱이 유난히도 붉었다. 그녀가 작게 미소를 지었다.

"반지를 보러 왔어요."

"이리로 오세요."

그녀는 직원의 안내를 받은 쇼 케이스 앞에 섰다. 화려한 금빛, 은빛의 액세서리들이 반짝거리며 진열되어 있어 시선을 떼지 못했다.

"너무 많아서 고르기가 힘드네요. 미안하지만 이 반지와 어울릴 만한 가드링 좀 골라주세요."

그녀는 강준이 끼워준 커플링을 살며시 보여주었다. 직원이 그녀의 반지를 보고는 설핏 놀란 듯했다.

"손님이 끼신 상품은 한정판이라서 어울릴 만한 가드링을 찾기가 쉽지 않네요. 가드링은 끼고 계신 반지와 잘 어울려야 하는데……."

난색을 표했다.

"이 반지와 어울릴 만한 것이 없나요?"

"시간이 걸릴 것 같은데 괜찮으시겠어요?"

"괜찮으니까 좀 찾아주세요."

"그럼 거기 좀 앉아 계세요."

직원이 의자를 가리켰다. 그녀는 의자에 살짝 엉덩이를 걸쳤다. 그러면서도 좀 전에 직원이 한 말을 생각하며 반지를 들여다보았다. 그가 선물한 반지여서 행복했고 소중했다. 그런데 한정판이라는 직원의 말에 하늘의 별처럼 반짝이는 다이아몬드 반지를 더욱더 소중하게 보았다.

"손님, 이건 어떠세요?"

약간 시간이 흘렀을 때 직원이 고심한 눈빛으로 그녀의 앞에 세 종류의 반지를 보여주었다.

"손님이 끼고 계신 반지와 어떤 것이 어울릴지 직접 보세요. 전 가운데 것이 마음에 들어요."

그녀는 첫 번째 것부터 천천히 보았지만 끼고 있는 반지와 라인선이 잘 어울릴 것 같은 중간 반지를 가리켰다.

"이거 껴봐도 되죠?"

"제가 도와드리겠습니다."

직원이 반지를 빼선 그녀에게 주었다. 그녀는 커플링과 어울리길 바라며 약지에 반지를 끼었다. 나름 괜찮았다. 흐뭇해진 그녀가 말했다.

"이걸로 주세요."

반지값을 계산한 다음 방금 산 가드링이 끼어진 약지를 활짝 펼쳐 보았다. 커플링과 잘 어울렸다. 만족의 미소가 그녀의 입가에 퍼졌다. 가게를 나가 주차해 놓은 차에 올랐다. 운전석에 앉아서도 시동을 켤 생각은 않고 반지를 들여다보는데 전화가 울려 받았다. 승주였다.

"네."

[나야.]

"알아요."

[오늘은 웬일로 내 전화를 다 받지? 이젠 받아도 된다고 생각했나?]

"전화를 건 용건을 말해요. 시비 걸지 말고."

[하! 많이 컸군. 한겨울이. 뒤에 애송이가 버텨서 그런가?]

"자꾸 시비 걸 거면 전화 끊어요."

[잠깐! 이젠 내 말도 씹나?]

겨울은 저절로 나오는 한숨을 내쉬었다.

"할 말이 뭐예요?"

[만나지. 너도 나한테 할 말이 있을 테고 나도 너한테 듣고 싶은 말도 있고.]

그녀가 차 안의 시계를 보았다. 만나도 괜찮은 시각이었다.

"어디서 보죠?"

[나 지금 우리가 살던 아파트에 있어. 조용히 말하긴 여기가 좋을 것 같은데.]

"그 집 안 팔았어요?"

[아직 안 내놨어.]

"집은 좀 그래요. 나 지금 청담 패션거리 근처에 있어요. 이 근처에."

두리번거리다 보니 방금 나왔던 가게 근처에 커피숍이 보였다.

"여기 나트랑이라고 커피숍이 있네요. 거기서 만나요."

[거기라면 한 20분 걸릴 거야. 기다릴 수 있어?]

"그러죠."

승주에게 대답은 했지만 막상 불안했다. 아무래도 강준에게는 전화를 걸어 누구를 만난다는 것은 말해야 할 것 같았다. 전화를 걸었는데 신호는 갔지만 받지 않았다. 그가 받을 수 없는 상황인 것이다. 아무래도 메시지를 남겨야 할 것 같았다.

「전화를 안 받아 메시지 남겨요. 오늘도 많이 늦죠? 난 지금 청담 패션거리 근처에 있는데 곧 나트랑이란 커피숍에서 승주 씨를 만날 거예요. 전화가 와서 한번은 만나야 할 사람이라 만나고 집에 들어갈게요. 그럼 집에서 봐요.」

메시지를 전송하고는 차 안에서 승주를 기다렸다. 기다리는 것이 심심해 라디오를 켰다. 요즘 아이돌의 노래가 나오는데 무슨 노래인지 모르겠다. 차라리 CD를 켰다. 그녀는 올드 팝이 듣기 좋아 항상 클래식과 함께 CD를 넣고 다녔다. 올드 팝을 들으며 잠시 눈을 감았다. 매혹적인 싱어송라이터의 노래는 감미로웠다. 시트에 등을 깊숙이 파묻고 노래에 도취되어 있기를 잠시, 어느새 승주와의 약속 시간이 되었다.

가방을 들고 차에서 내려 커피숍 안으로 들어갔다. 주위를 둘러보니 승주는 아직 도착하지 않았다. 밖에서 잘 보이는 창가에 앉았다. 점원이 물을 가져다주었다.

“블랙 주세요.”

커피를 시키고 잠시 후에 차가 나와 마셨다. 세 모금쯤 마셨을 때 전화가 울렸다. 받아보니 승주였다. 들어오지 않고 왜 전화를 걸었을지 일단 받았다.

“안에 있어요. 어디예요?”

[생각보다 빨리 왔군. 나와. 바로 도로 앞에 차 세워놨어.]

그녀가 창밖을 두리번거렸다. 도로에 비상등을 켠 차가 보였다.

“안 들어와요?”

그녀는 사람들 많은 곳에서 얘기하는 것이 안심되었다. 무슨 수작을 부리려는지 짜증이 밀린 목소리로 물었더니 그도 짜증스럽게 말했다.

[나오라면 나와. 거기서 어떻게 조용히 얘기를 하나.]

“여기 사람 없어서 조용해요.”

[너 혹시 내가 너를 납치라도 할 것 같아 그러는 거야? 이 백승주를 어떻게 보는 거야?]

대뜸 그녀의 속까지 들여다본 승주 때문에 어쩔 수 없었다.

“알았어요. 나갈게요.”

자리에서 일어나 카운터로 갔다. 가방을 열어 지갑을 꺼냈다. 카드를 꺼내 찻값을 계산하고 영수증을 받아 가방 안에 넣고는 가게를 나갔다. 승주가 문밖으로 나오더니 그녀에게 다가왔다.

"오랜만에 보는군. 타."

그녀가 탈 조수석 문을 열어주었다. 좀 전에 화를 내던 행동과는 백팔십도 달라진 정중함에 주춤했다. 이 남자가 왜 이리도 정중한 것일까? 마치 강준을 보는 것 같아 눈을 깜박였다.

"왜 그러고 서 있어. 타."

"……네."

강준을 처음 만났을 때 이런 대접을 받았다. 승주와는 딴판이어서 멈칫했던 적이 있었다. 물론 지금은 당연한 것처럼 강준의 배려를 받는다. 그는 침대에선 좀 더 거칠고 야성적이다. 난폭하게 몰아붙일 때도 있고 거칠다고 생각하다 보면 더없이 부드러웠다.

그녀가 강준의 모습을 지우며 차에 올랐다. 승주가 쓱 고개를 돌리더니 그녀를 보았다.

"예뻐진 것 같다. 좀 더 세련된 것도 같고. 애송이의 사랑을 받아서인가?"

"……."

만나자마자 시비인 그의 삐딱한 태도에 대꾸할 일말의 가치가 없어 말하지 않았다.

"내가 사랑해 줄 땐 지금 같지 않았던 것 같은데."

느물느물하게 비웃은 승주의 말에 넌 구속했잖아! 라고 소리치고 싶었지만 목구멍에서 튀어나오는 반항을 꾹 참았다. 이제 끝나는 마당에 언성을 높이며 싸우고 싶진 않았다. 좋은 게 좋은 것이라고 승주와 좋게는 아니지만 나쁘게 끝내고 싶지 않았다.

"꿀 먹은 벙어리가 됐나?"

"용건만 말해요."

연이어 시비를 거는 그에게 말을 삼가며 가방을 허벅지 위에 올렸다. 별안간 승주가 그녀의 손을 낚아챘다. 그녀의 약지에 끼인 반지를 공중으로 치켜들더니 느리게 말했다. 하지만 눈빛은 맹수처럼 번득였다.

"이거 커플 반지지?"

그녀가 당황하자 입술을 비스하게 올렸다.

"커플 반지까지 끼고 볼만하다 너희들?"

그녀가 승주에게 잡힌 손을 억지로 빼냈다. 그리곤 침착하게 말했다.

"할 말이 있다면서요? 집에 가야 해요. 빨리 할 말 끝내요."

"나보다 네가 나한테 할 말이 있을 텐데?"

승주는 강준이 회사로 찾아와 겨울이를 놔달라고 했던 말을 떠올렸다. 그날을 생각하면 치가 떨렸다. 제깟 것이 뭔데 누구를 놔달라니. 더욱 어이가 없었던 것은 그녀의 남자로서 정중히 부탁한다는 말에 마치 강준이 앞에 있는 것처럼 짜증이 밀려들었다.

"애송이가 회사에 왔었어. 알아?"

겨울이 놀라 물었다.

"아뇨. 언제요?"

"한 열흘쯤 전."

열흘 전이라면 동해에 갔던 즈음 같았다. 그즈음에 어디를 간다고 했는데 승주를 찾았었나 보다.

"……무슨 말 했어요?"

승주의 표정을 살폈다.

"앙큼하게 알면서 뭘 물어. 그 새끼가 나한테 할 말이 너하고 결혼하겠다는 말밖에 또 있어!"

갑자기 버럭 고함을 질렀다. 겨울은 전혀 예상을 못해 놀랐다.

"그래서 그 자식하고 결혼할 거야? 그 증표가 그 반지인가? 그래!"

그녀의 왼손을 덥석 잡고 흔들어댔다.

"결혼할 거냐고!"

"놔요!"

잡힌 손을 억지로 빼려고 힘을 썼지만 허사였다. 그 바람에 그녀의 양어깨를 잡혀 꼼짝달싹도 못하게 되었다.

"왜 이래요! 할 말이 있다면서요?"

"내가 할 말이 뭐가 있겠어. 그 자식하고 결혼을 할 건지 그거나 대답해!"

"할 거예요! 됐어요!"

그녀의 고함에 승주의 눈빛이 돌변했다. 마치 먹이를 찾아 들판을 헤매는 승냥이처럼 으르렁거리며 그녀의 양어깨를 마구 흔들어댔다.

"내가 모를 줄 알아? 너 저번 주에 그 자식하고 설악산 호텔에 갔었지. 그 자식하고 이미 그렇고 그런 사이였어. 아마 네 아파트 쳐들어가기 전부터였을 거야. 그러면서도 앙큼하게 아닌 척하는 게 너란 애야. 발칙한 년."

승주에게서 욕을 들었다. 가끔 술을 마시고 와선 파혼을 물러달라고 횡설수설하는 것도 봐주기 힘들었는데 욕까지 들었다. 그녀는 참던 화가 터졌다.

"이제 와 그게 무슨 상관인데! 당신하고 나하곤 아무런 상관이 없어! 왜 이렇게 질척대? 당신, 다른 여자들한테도 이랬어?"

"뭐야?"

승주의 눈빛이 희번덕거리는 것을 본 순간이었다. 무엇인가가 그녀의 얼굴을 강하게 스치고 지났다. 찰싹! 하는 소리가 크게 들렸고 그녀의 얼굴이 반대편으로 돌아갔다. 고개를 돌릴 틈도 주지 않고 그녀는 멱살을 잡히고 말았다. 그 순간 저승사자의 무시무시한 눈빛을 닮은 승주가 가래 끓는 소리를 내며 질겅질겅 그녀를 씹어댔다.

"아까 한 말 다시 말해봐. 뭐? 내가 질척댄다고? 질척대는 게 어떤 건지 너 보고 싶어 환장했지?"

무서웠다. 맹수의 눈처럼 붉게 충혈된 눈빛을 차마 마주 보지 못해 고개를 돌렸다. 하지만 그녀의 얼굴은 반듯하게 그를 향해 돌려졌다. 무시무시한 이빨로 잡아먹을 듯이 으르렁대는 하이에나 한 마리가 얼굴이 닿을 곳에서 죽일 듯이 노려보았다. 침을 질질 흘리며 언제든지 날카로운 이빨을 드러낼 것처럼 그녀를 응시했다.

겨울은 그에게서 빠져나가야 한다는 생각에 잡힌 멱살째로 문고리를 향해 손을 뻗었다. 하지만 그녀의 손에 문고리는 닿지 않았다.

"이게 어딜 도망치려고."

멱살이 잡혀 있어 승주의 강한 손아귀를 벗어날 수 없었다. 어쩔 수 없이 잡힌 멱살을 떼어내려고 버둥댔다.

"놔! 끝까지 추태 좀 그만 부려. 그만큼 사람을 가지고 놀았으면 양심이 있다면 놔줘!"

그녀의 고함에 희번덕 눈을 까던 그의 주먹이 천천히 그녀를 향해 뻗치던 순간이었다. 밖에서 남자들의 구두 발자국 소리가 가까워지더니 덜컥 문이 열렸다. 동시에 승주의 뒤에서 검은 그림자가 나타나 승주를 밖으로 끌어내 패대기질 쳤다. 순식간에 일어난 상황이라 그녀는 놀랐다. 가까스로 정신을 차리며 몸을 돌려 차에서 내리려는데 조수석 차 문이 열렸다.

"어디 다치신 데는 없으십니까?"

정복 차림의 남자가 두 팔을 뻗어선 그녀를 끌어내 주었다. 그녀는 급박한 상황이라 대답도 못하고 차에서 내렸다. 하지만 여전히 안심이 안 되었다. 승주도 마음을 못 놓는 상대지만 그런 사람을 제압해 주었다고 해서 낯선 사람에게 마음을 놓을 순 없었다. 불안한 눈빛으로 말했다.

"누구시죠? 대체 어떻게 알고 절 도와주신 거죠?"

재계약한 CF를 찍고 차로 돌아온 강준이 제일 처음 한 일은 겨울의 전화를 확인하는 것이었다. 그녀를 만나고 부쩍 휴대폰을 보는 시간이 늘었다. 두고 간 휴대폰을 들어 확인하는데 겨울의 전화와 함께 메시지가 남겨져 있었다. 강준은 그것을 읽다가 깜짝 놀랐다. 그녀가 승주를 만난다는 것이었다. 장소는 청담 패션거리 근처 나트랑이란 커피숍이었다. 한번은 만나야 할 사람이라 만난다는 메시지를 보낸 시각을 확인했다. 지금쯤이면 만날 시각이었다. 그는 안심할 수 없었다. 만나더라도 자신과 함께여야만 한다는 생각이었다.

그는 승주를 믿지 못했다. 무슨 생각으로 사는 사람인지도 모르는 상대를 겁 없이 만나다니. 그녀에게 전화를 걸었다.

"겨울아, 나야."

[……죄송한데 이 핸드폰의 주인을 아세요?]

"네. 그런데 누구십니까?"

혹시 그녀에게 무슨 사고가 생긴 것은 아닌지 불길한 생각이 그의 전신을 휘감았다.

"무슨 일 있습니까? 핸드폰 주인은 어디 갔습니까? 거기 나트랑 아닙니까?"

[맞고요. 잠시만 제 말 좀 들어주세요.]

솔직히 상대의 말을 들을 시간이 없었다. 하지만 타는 속을 애써 눌렀다.

"하십시오."

[이 핸드폰 주인이 계산하시다가 놓고 가셨어요. 그래서 돌려드리려고 손님을 따라 나가다가 다른 손님이 오시는 바람에 못 드

렸어요.]

"그럼 그 여자는 어디 갔습니까?"

[다행히도 저희 가게 앞 도로에 세워진 차를 타셨어요. 아직 그 차가 서 있어 지금 나가려구요.]

출발하지 않았다니 다행이었다. 하지만 안심할 수는 없었다. 그 차가 언제 출발할지도 모르고 어떤 사태가 벌어질지도 모른다.

"죄송하지만 당장 그 차 번호 좀 저한테 불러주시겠습니까?"

[아, 잠시만이요. 나가서 알려 드릴게요. 여기서는 잘 안 보이네요.]

점원이 가게를 나가는지 문소리가 들렸다. 그리곤 도로의 차 달리는 소리가 작게 들려왔다. 그는 집중해서 전화에 귀 기울였다.

[여보세요?]

"네. 말씀하세요."

[차 번호 불러 드릴게요. 13나 2956이에요.]

그는 점원이 불러준 차 넘버를 머릿속으로 외웠다.

"고맙습니다. 죄송하지만 한 가지 더 부탁드리겠습니다. 제가 곧 그리로 갈 테니 휴대폰은 꼭 갖고 계셔주십시오. 그러다가 그 차가 떠나면 저한테 전화를 주십시오."

[무슨…… 아, 네. 그럴게요.]

겨울이에게 휴대폰을 가져다주라고 할지를 순간적으로 생각했지만 그만두었다. 어차피 위급 상황에서 그녀가 전화를 걸 수 있는 상황은 못 될 것이다. 승주가 그녀에게 전화를 걸 시간을 주지 않을 테니까. 일단 그녀가 안전한 것 같아 직원을 믿을 수밖에 없었다.

그는 직원에게 고맙다는 인사를 하며 전화를 끊었다. 그곳까지 달려가기엔 시간이 촉박했다. 시간적으로 그곳에 빨리 도착할 수 있는 상대를 찾았다. 생각 끝에 그를 경호하는 경호팀이 그곳으로 가는 것이 제일 빠르단 생각을 했다. 마침 그의 회사는 청담동에 있었다. 그가 외국에 나갈 때나 필요에 의할 때 그를 경호하는 팀이었다. 청담 패션사거리와 회사의 거리는 가까웠다. 차로 간다면 5분 정도, 성인 남자가 뛴다면 15분 정도 걸릴 것이다. 그는 급하게 경호실장에게 전화를 걸었다.

"나예요. 묻지 말고 지금 당장 청담 패션거리에 있는 나트랑이란 커피숍으로 가세요."

[무슨?]

"상황이 급해서 그러니까 묻지 말고 나트랑이란 커피숍 도로 앞에 13나 2956이란 차가 정차해 있을 겁니다. 그 차에 겨울이가 탔는데 아무래도 안심이 안 돼요. 그 차를 보이콧하세요. 그리고 겨울이 휴대폰은 커피숍 직원이 가지고 있으니까 찾고요. 당장 출발하세요. 나도 지금 출발할 거니까."

그의 전화에 경호팀에서 즉시 출발한다는 말을 전했다. 그도 그곳에서 청담 패션거리를 향해 차를 달렸다. 어떤 상황이 그녀 앞에 놓일지 몰라 우선 대비하자는 생각이었다.

그는 겨울의 아파트를 찾아 행패를 부리던 승주가 마음에 걸렸다. 생각 끝에 승주의 회사로 찾아가 겨울이를 놔달라고 부탁도

했지만 승주의 눈빛은 포기를 모르는 것 같았다. 무슨 일이든지 저지를 것 같은 시한폭탄 같았다. 늘 그것이 마음에 걸렸는데 오늘 겨울이를 불렀다는 말에 심장이 떨어지는 것 같았다.

속력을 다해 차를 몰았다. 경호원과 전화를 끊은 지 20분이 넘고 있었다. 아직 이렇다 할 전화가 없었다. 어쩌면 다행이었다. 전화가 와도 무슨 일이 발생한 것은 아닌지 걱정할 것이다.

눈앞에 경호팀의 차가 보였다. 그 뒤로 급정차하곤 차에서 내렸다. 급정차한 소리를 들은 겨울이 그에게 달려들었다.

"강준 씨."

그녀의 머리끝에서 발끝까지 훑었다. 다행히 다친 곳은 없어 보였는데 추운지 몸을 떨며 뺨을 가렸다.

"다친 데는?"

괜찮아요, 하면서도 한쪽 뺨을 가린 손을 내리지 않았다. 이상하게 생각된 그는 뺨을 가린 그녀의 손을 치웠다. 뺨에 붉은 손바닥 자국이 남았다.

"맞았어?"

"아니에요."

그녀가 부인했지만 승주에게 맞은 것이 분명했다. 그가 경호원에게 붙잡힌 승주를 노려보며 옆의 경호실장에게 말했다.

"시간이 늦지는 않았나요?"

"네. 한발 늦었으면 큰일 날 뻔했습니다."

"그런 것 같네요."

"강준 씨 전화를 받고 도착했는데 안에서 실랑이하는 소리가 들렸습니다. 확인한 즉시 한겨울 님을 구했습니다. 자칫 늦었으면 큰일 날 뻔한 상황이었습니다."

경호실장이 손에 쥐고 있던 그녀의 휴대폰을 내주었다.

"방금 커피숍에서 찾아왔습니다."

"수고했어요."

그가 겨울의 휴대폰을 받아선 그녀를 차에 태웠다.

"잠시 있어. 히터 틀어놨으니까 안 추울 거야."

차 뒤의 모포를 꺼내서 그녀에게 덮어주곤 차 문을 닫았다. 승주는 여전히 경호원에게 두 팔이 꺾인 채로 고함을 질러댔다.

"너 이 새끼. 이번엔 또 어떻게 알고 온 거야!"

승주를 바라보는 그의 얼굴은 차가웠다. 곧 결혼할 여자를 전 약혼자가 납치하기 일보 직전까지 갔으니 날벼락을 맞은 기분일 것이다. 하지만 그럼에도 그는 담담한 표정을 지었지만 목소리는 으스스할 정도여서 상대가 듣기엔 서늘했다.

"그날 내가 분명히 말했을 텐데요, 백승주 씨. 내 여자 건드리지 말라고."

"이 새끼가 지금 뭐라고 씨부리는 거야?"

승주는 끝까지 현실을 인정하지 않고 발악했다. 끝까지 저가 지은 실수를 인정하지 못하는 승주를 보자 그의 입술도 눈빛과 같이 서늘하게 휘어졌다. 그의 냉소적인 음성은 마치 쩍쩍 갈라지는 것처럼 들렸다.

"꼭 경고를 해야만 사람의 말을 듣는다면 지금 하지요. 경고합니다. 겨울이한테 전화도 안 되고 처음부터 만날 생각을 하지 마세요. 이젠 포기하란 말입니다. 그간 겨울이 힘들게 했으면, 남자라면 지키세요. 이 이후에도 자꾸 이런 식으로 나를 건드리면 그땐."

그가 숨을 끊고 말했다.

"각오하셔야 할 겁니다. 당신이 말하는 애송이의 맛이 어떤 것인지 알려 드리겠습니다."

발악하던 승주는 정신이 번쩍 들어 입을 다물었다. 이건 마치 괴기영화의 공포스런 한 장면을 보듯 소름이 끼쳤다. 칼만 안 들었지 자신의 목줄기를 향해 칼을 그어댈 것 같은 두려움이 끼쳤다. 순간 승주는 현실의 서강준과 스크린 속의 서강준을 혼동할 정도였다. 이를 드러내지 않고도 으르렁대는 강준의 또 다른 모습에 경호원에게 잡힌 손을 빼려고 버둥거리지도 못했다.

"오늘 이것으로 다신 얼굴을 마주하지 않길 바랍니다. 안녕히 가세요, 백승주 씨."

그가 정중하게 말하고 돌아섰다. 잠시 후에야 정신을 차린 승주는 능욕을 당했다고 생각했다. 마지막 발악처럼 아귀에 힘주어 말했다.

"야! 서강준! 네가 언제까지 잘나가나 내가 두 눈 시퍼렇게 뜨고 두고 볼 거다. 그때 나를 건드린 대가를 충분히 맛보게 하겠다. 이 손 풀라고 말해. 어서!"

끝까지 큰소리치며 협박하는 승주가 한심했다. 그가 경호원에게 눈짓으로 풀어주라고 말했다.

그의 눈짓에 경호원은 뒤로 꺾은 승주의 손을 놓아주었다. 승주가 버티던 힘에 의한 반동으로 비틀거렸다. 그러면서도 그를 향해 가소롭다는 웃음을 흘렸다.

그는 경호원에게 수고했다는 말을 하고는 차에 올랐다. 차에 오르지 않고 끝까지 그를 노려보며 건들대는 승주와는 더는 시선을 마주치기 싫었다. 시동을 켜고는 도로가에서 그를 노려보는 승주를 지나쳤다.

차가 도로를 달릴 때쯤에야 모포를 덮고 말이 없던 겨울을 보았다.

"괜찮아? 어떻게 된 건지 말해줄 수 있지?"

겨울은 잠시 전의 바깥 상황을 지켜보았다. 강준의 신사적인 행동에 비하면 승주는 양아치 같았다. 그런 남자가 좋다고 약혼까지 했었다. 돌이켜 보니 너무도 창피했고 시간만 낭비했다. 이제라도 바로잡은 인생을 살아 다행이었다.

"말할게요. 대신 내가 여기에 있는 건 어떻게 알고 온 건지 그것부터 말해줘요. 혹시 나 미행했어요?"

그가 피식 웃었다.

"이제부터 미행할 거야. 그런 줄 알아."

"그 말은 미행하지 않았다는 거네? 그럼 어떻게 알고 와준 거예요? 고마워서 그래요."

그가 손에 쥐고 있던 그녀의 휴대폰을 보여주었다.

"이것 때문에 네가 어디 있는지 알았어."

"내 핸드폰!"

그녀가 깜짝 놀라 가방을 뒤졌다. 물론 휴대폰은 없었다.

"네가 커피숍에 떨구고 간 거야. 직원이 가지고 있어 나하고 통화가 됐어. 그걸 떨어트려 내가 여기에 올 수 있었던 거야."

"다행이다. 실수로 핸드폰을 놓고 나온 바람에 강준 씨와 연락이 닿은 거군요."

이제야 알겠다고 수긍하던 그녀는 강준이 보자 미안해 고개를 숙였다.

"잘못했어요. 다음부턴 절대로 백승주 만나지 않을게요. 이젠 만날 일이 없겠지만."

"그렇게 해. 내가 말하려다가 그런 것까지 참견한다는 오해를 받을까 안 했는데 그 사람 조심해. 절대로 안심해선 안 될 사람이야."

"네. 이젠 절대로 바보 짓 안 할게요."

그의 따뜻한 배려가 고마웠다. 그가 있어 이렇게 버틸 수 있다는 것을 재차 느꼈다. 그녀는 그의 어깨에 머리를 기댔다.

"강준 씨는 아빠, 엄마가 내게 준 선물 같아요. 이 세상에 단 하나밖에 없는 신의 선물."

그녀의 극찬에 그의 입꼬리가 길게 늘어졌다.

세상에 태어나 이런 치욕은 처음이었다. 자존심이고 나발이고 무너진 존재감을 느낀 순간 쪽이 팔려 자리를 뜰 수가 없었다. 당당히 제 여자라고 데려가는 애송이 앞에서 승주는 아무것도 할 수가 없었다.

<u>ㅇㅇㅇ</u>……

올백으로 빗어 넘긴 머리카락을 움켜잡고 쥐어뜯었다. 비겁하게 전 약혼자를 다시 찾아오려고 그간 잔꾀를 부린 건 사실이었다. 자신의 실수로 파혼당했지만 파혼을 요구한 것이 상대 쪽이라서 인정키 싫었다. 그래서 어쩌면 솔직해지고 싶지 않았는지도 모른다.

겨울이 앞에서 솔직히 잘못을 인정하는 것이 죽기보다 싫었다. 그녀의 시선을 흐트러트려 놓은 후에 교묘하게 다시 찾아오려고도 시도했었다. 하지만 이젠 모든 것이 물 건너가 버렸다. 어떤 수단과 방법을 동원한다 해도 그녀를 찾기는 힘든 상황이 되어버렸다.

그녀에게 이젠 힘없는 친구들만 있는 것이 아니었다. 하늘 높을 줄 모르고 치솟는 톱스타 서강준이 든든하게 버티고 있었다. 언제 경호원까지 그녀 곁에 붙였는지 모르겠다. 애송이라고 생각해서 그쪽으로는 전혀 상상도 못했다.

그녀도 제 옆에 그림자처럼 붙은 경호원의 존재를 알고 시건방을 떨었을까? 지금껏 큰소리 한번 못 내던 한겨울이 서강준을 만나고 그보고 질척거린다고 질책했다.

하! 처음엔 잘못 들었는 줄 알았다. 감히 한겨울이 그에게 그럴 순 없었다. 그가 누구인가. 배경 좋은 가문에서 태어났다. 허우대 멀쩡하고 비상하지는 않지만 사업 수완이 좋다는 평판을 듣고 있다. 할아버지 때부터 물려받은 땅으로 골프장을 운영하고 있었다. 고양시뿐이 아니고 제주도, 무주, 양평, 동남아에도 알 만한 골프장을 소유했다. 그런 그는 남부럽지 않은 가정환경 속에서 자랐고 그 가업을 이어받았다.

여자들에게 그의 존재는 대단했다. 특히 부모도 없는 보잘것없는 한겨울에게는 좋은 배경과 좋은 가정을 선사할 사람이었다. 그녀에게 있어 그런 존재감 있는 남편감이었다. 그러나 어느 순간 둘 사이에 금이 갔고 지금까지 왔다. 그럼에도 승주는 인정하지 못했다. 아니, 할 수가 없었다.

차에 올랐다. 휴대폰을 들어 박 비서에게 전화를 걸었다.

"아직도 그 자식에 대해서 알아낸 것이 없어!"

대뜸 고함을 질렀다. 박 비서가 침착하게 말했다.

[아닙니다. 그렇잖아도 내일 보고를 드리려던 참이었습니다. 근데 무슨 일이 있으십니까? 음성이 매우 불안정하게 들립니다.]

"지금 내 목소리를 논할 때가 아니야. 보고하려던 것 그 자식 일이라면 당장 와서 보고해."

[지금 사모님과 함께 계시는 것 아닙니까?]

"개똥 같은 소리. 누가 사모님이야? 이 시간 이후론 사모님은 죽었다."

[네?]

잠시의 침묵이 흐른 뒤에 이성을 잃은 듯한 승주가 소리쳤다.

"이젠 사모님이란 소리 때려치워! 더는 그 계집한테 사모님이라고 부르지도 마."

[알겠습니다. 회계사님과는 얘기가 잘 안 되신 것입니까?]

"잘됐으면 내가 이러겠어? 내일 보고하려던 것이 뭐야. 당장 달려와. 아파트에서 기다릴게."

그는 겨울이 살던 아파트로 차를 몰았다. 현관 키를 열고 들어가는데 허전했다. 그래도 집 안에 들어서면 그녀의 체온이 느껴졌었는데…… 이제는 냉기만이 흐르는 이곳에서 승주는 박 비서를 기다렸다.

물끄러미 창밖을 바라보았다. 시가지들에서 뿜어 나오는 네온사인이 물결쳤다. 예전엔 그것들을 눈여겨본 적이 없었다. 이곳에 오면 그저 한겨울과 싸우다가 물러났던 것이 전부였다. 계집이 자고 갈까 암고양이처럼 앞발을 드러내고 할퀴었다. 그래도 그때는 그것이 얼마나 재미있었던지……. 이젠 기억 속에 묻어야 할 때가 온 것 같았다.

딩동. 벨이 울렸다. 저절로 고개가 현관으로 돌려졌다. 일어서선 슬리퍼를 끌고 문을 열었다. 박 비서였다.

"들어와."

"여기에 혼자 계신 것입니까?"

"그럼 혼자 있지 또 누가 있겠어?"

"……."

종로에서 뺨 맞고 한강에서 화풀이한다고 지금 그는 엄한 박 비서에게 화풀이했다.

박 비서가 아무런 말 없이 구두를 벗고는 그를 따라 소파로 걸었다. 그가 먼저 앉았다. 서 있는 박 비서를 보고 말했다.

"앉아. 목 아파."

"네."

박 비서가 끝자리에 앉았다.

“내게 하려던 말이 뭐야. 뭣 좀 알아냈어?”

“네.”

그가 상체를 벌떡 일으키며 박 비서 가까이로 얼굴을 들이밀었다.

“뭐야? 시시한 거면 보고할 생각도 하지 마. 한 방에 그 자식을 칠 것이 필요해.”

박 비서가 신중하게 말했다.

“대표님의 짐작이 맞는 것 같습니다.”

“내 짐작이라니?”

“서강준이 몰래 드나들던 그 아파트 말입니다. 그곳에 D그룹의 딸이 살고 있습니다.”

“그거하고 그 자식하고 무슨 상관인데?”

승주의 반응을 충분히 짐작한 듯 박 비서가 침착하게 말했다.

“저도 이번에 알아내고 놀라던 중입니다. D그룹의 C양이 서강준이 처음 모델을 할 때부터 뒤를 봐주던 스폰서란 소문, 아십니까?”

“그거 아주 오래전 소문 아니야?”

“그렇습니다. 이미 오래전부터 찌라시로 심심찮게 흘러나왔던 소문입니다.”

“근데 그게 지금 나하고 무슨 상관인데?”

“서강준이 C양이 거주하는 아파트에 왜 갔겠습니까. 요즘은 매일 그곳을 드나든다 합니다. 회계사님과는 공개 연애를 공식적으로 알리는 이유가 그것 아니겠습니까? 찌라시를 덮자는. 아마 조만간 찌라시가 잠잠해지면 회계사님과의 공개 연애를 그만둘지도 모릅니다. 다만 회계사님이 희생양이 되는 것이 마음이 좀."

아픕니다. 그 말은 다 끝내지 못하고 박 비서가 입을 닫았다.

승주가 꿀꺽 침을 삼키며 박 비서 말에 주시했다.

"자네 말대로라면 아직도 C양이 서강준의 스폰을 한다는 말인데. 확실해? 증거 있어?"

"확실한 증거는 없지만 서강준이 D그룹의 주식을 다량 보유한 것이 그 증거가 아니겠습니까? 스폰한 대가로 주식을 받은 것은 아닐까요? 편법으로 받았을 가능성도 있습니다."

박 비서의 말이 매우 신빙성 있다고 생각해 솔깃했다.

"그래서, 계속 말해봐."

"편법으로 증자를 받았다는 증거는 없습니다. 하지만 가능성은 여전히 존재합니다. 그리고……."

박 비서가 침을 튀기며 설명했다. 승주는 숨죽이며 듣다가 박 비서의 설명 쪽으로 가닥을 잡았다. 강준은 C양이 부르면 달려가 그 여자의 욕구를 해결해 주었다. 그 나이 먹도록 여자를 가까이 하지 않는 것이 이상했었다.

그런데 스폰서가 있다면 그 설이 뒷받침되었다. 한창인 젊은 남자라면 어딘가에는 욕구를 분출해야 한다. 운동으로 해소하는 것도 한두 번이다. 게이가 아니란 사실이 밝혀진 이상 C양이 있어 여자를 가까이하지 않아도 욕구를 풀 수 있었던 것이다. 욕구도 풀고 주식도 받고. 그야말로 꿩 먹고 알을 먹은 것이다. 그럼에도 풀리지 않는 것이 있었다.

"박 비서 말이 맞는다고 치자. 그래도 이상하지 않아? 공개 연애를 하면 C양 쪽에서 가만있지 않을 텐데. 그쪽에서 이리 조용한 것이 이상하단 말이지."

"그거야 암묵적인 계약이 있을 수도 있습니다. 강준이 연애를 하든 결혼을 하든 스폰 관계는 계속 유지한다는 계약을 했을 수도 있지 않겠습니까?"

승주가 무릎을 탁 쳤다.

"그렇군. 그렇다면 C양으로선 꿩 먹고 알 먹는 격이니까 손해 보는 장사는 아니겠지."

고개를 끄덕거렸다.

"그 자식이 C양이 사는 아파트에 요즘도 가나?"

"요즘은 대놓고 거기를 찾는 걸 확인했습니다."

"그래?"

듣기에 기분 좋은 소리였다.

"지금껏 차가 3대란 것을 몰라 들어가면 안 나오는 줄 알았는데 그동안 다른 차로 갈아탔던 겁니다. 이제는 확실히 알았으니까 놓치지 않을 겁니다. 사진까지 확보했으니 증거도 웬만큼 됐고 확실한 한 방이 필요합니다."

박 비서의 말은 강준과 C양이 만나는 직접적인 증거를 말하는 것이었다. 그래야만 결정적으로 강준을 끌어내릴 수 있었다.

"두 사람이 만나는 증거를 잡지 못하면 다 헛수고야. 어떡하든 증거를 잡아."

"워낙 치밀해서 쉽지는 않겠지만 사람이 하는 일이 어디 뜻대로 되는 것 봤습니까? 조만간 그들의 허점이 드러날 겁니다. 그때 단번에 잡으면 됩니다."

"그 둘을 밖으로 끌어내야 하잖아."

"그렇죠."

"그 둘을 어떻게 밖으로 끌어내? 그 집에서 만나면 어쩔 수 없잖아. 그걸론 기삿감도 안 돼. 그러니까 어떡하든 밖으로 끌어내야 해."

"그래서 방법을 찾는 중입니다. 그래도 안 되면 C양을 미행해서 그 여자의 동선을 파악하다 보면 뭔가가 나올 겁니다."

용의주도한 박 비서였다. 하긴 그런 것에는 잔머리를 꽤나 잘 굴리는 편이다. 오호! 하며 감탄했다.

"자네만 믿지. 빠른 시일 내에 두 사람이 만나게 자리를 만들어 봐."

"그러겠습니다."

"늦었으니까 가봐."

박 비서가 아파트를 나가자 승주는 소파에서 일어나 팔짱을 끼곤 창밖을 보며 생각에 잠겼다. 방금 박 비서가 말한 것처럼만 이뤄진다면 그의 계획은 성공이었다. 순간 그의 입가에 미소가 번졌다.

"조만간 그 자식이 바닥 치는 꼴을 보게 되겠군."

강준을 끌어내릴 수 있는 희망이 생기자 겨울의 얼굴이 떠올랐다. 그녀도 애송이와 함께 나락으로 떨어트려야 그의 복수가 완성될 것이다. 대나무보다 뻣뻣한 그녀를 단숨에 꺾는 일만 남았다. 기회를 잡은 승주는 설욕의 날이 가까워졌음을 알고 있었다.

집으로 돌아와 안방에 딸린 욕실에서 샤워를 하는 겨울과는 달리 강준은 거실 소파에서 전화를 하고 있었다. 늦은 시각이었지만 내일 일정을 다시 확인하던 그가 말했다.

"마지막으로 부탁할 것이 있어."

[나도 네 일정 살피느라 잠시 뒤로 미뤘는데 신 실장을 불렀다며? 무슨 일이냐? 나한테 부탁할게 그거와 상관있냐?]

"오너는 뭐가 달라도 달라. 맞아. 그 문제야. 당분간 신 실장과 김훈 씨한테 겨울이를 경호하라고 해야겠어. 형한테 먼저 말해야 할 것 같아서."

[제수씨를 경호하다니? 문제 있었냐?]

그와 겨울의 연애를 허락한 이후로 임 대표는 겨울이를 제수씨라고 불렀다. 자연스런 임 대표의 호칭에 강준의 입가에 옅은 미소가 그려졌다.

"제수씨 듣기 좋다."

[너랑 결혼하면 제수씨지 그럼 형수씨야? 당연한 것을.]

그가 하하 웃었다.

"다른 게 아니고 겨울이가 결혼 전까지는 위험할 것 같아. 그래서 경호를 해야 할 것 같아."

[혹시 백 대표 때문이야? 그간 찜찜하더니 무슨 일 있었구나?]

"일어날 뻔했는데 다행히 막았어. 근데 언제 또 터질지 모르니까. 그 사람이 포기를 몰라 걱정이야. 그렇게 말해도 못 알아들어."

[내가 관상을 좀 보지. 집착이 심할 상이야. 그래서 사업은 성공할 가능성이 있겠다 싶더라. 하지만 여자한테 집착하면 상대를 힘들게 할 상이라고 보긴 했다.]

"형이 관상을 봐? 금시초문인데. 사실이라면 관상을 좀 보는 거네? 그 인간이 그러니까."

[야, 내가 너도 관상을 보고 너한테 올인한 거야. 이제야 얘기지만.]

"정말이야?"

[내가 농담할까. 네 관상에 재복이 넘치더라. 명예운도 있고.]

그가 씩 웃었다.

"사실이야?"

[그렇다니까.]

"여복은? 아내 복이나 자식 복은?"

[어? 아, 그건 안 봤지. 재복 있으면 자연히 그런 것도 있겠지.]

"형이 관상을 잘 보는지는 모르겠지만 일단 기분은 좋다."

[삼천포로 빠졌는데 그러니까 결혼 전까지는 제수씨한테 경호원을 붙이겠다는 말이잖아. 나한테 허락해 달라고?]

"어."

[네 사람이니까 네가 알아서 해. 근데 막상 네 옆에 있어야 할 땐 어쩌려고. 두 명이나 빠지면 위험하지 않겠냐? 특히 해외에선.]

"그땐 충원을 하던지. 근데 솔직히 나한테 경호원은 필요 없잖아. 형도 알다시피 나 고수야."

임 대표가 호탕하게 웃었다.

[영화판에서 지독하게 연습하더니 고수가 될 줄 누가 알았겠냐. 나도 네가 유단자가 될 줄은 몰랐다. 무술감독이 극찬할 정도니 아무튼 지독한 녀석이야. 너란 놈은.]

임 대표의 칭찬을 듣자 오래전의 일이 떠올랐다. 하나를 가르쳐 주면 두 개를 하는 난놈이라고. 그래서 어려운 여건 속에서도 그를 키웠다고 했던 임 대표의 말이 생각났다. 어쩌면 그의 인생에 있어서 임 대표란 인물이 인생의 한 획을 긋는 데 필요했던 사람인지 모른다. 환경이 사람을 만들 듯 임 대표란 사람 밑에 있어 어쩌면 지금의 서강준이 탄생했을지도. 속이지 않고 형제처럼 그를 아껴주었기에 서강준이 있었다.

만약 임 대표가 나쁜 마음을 먹고 그를 이용했더라면 지금의 서강준이 되지 못했을 것이다. 이용만 당하다가 무너진 연기자들을 많이 봐온 그로선 임 대표 같은 사람과 함께해서 가능할 수 있었다. 늘 고마운 마음이 있었지만 정작 고맙다는 말을 표현한 적이 없었던 것 같았다.

"내가 형을 못 만나고 다른 기획사에 들어갔다면 지금쯤 어떻게 됐을까? 형은 궁금하지 않아?"

[너는 어디 가든 잘했을 거야.]

"아냐. 난 그렇게 생각 안 해. 형을 만났으니 잘된 거야. 소속 배우를 등쳐 먹는 대표들이 어디 한둘이야?"

[야! 넌 꼭 비유를 해도.]

"그렇다는 말이야. 그래서 형을 존경해. 고맙고."

잠시의 침묵이 길어졌다. 두 사람 사이엔 말하지 않아도 느낄 수 있는 끈끈한 정이 있었다.

[낯간지럽다. 내일 스케줄 잘해. 그리고 늦었어. 피곤하니까 일찍 자고.]

"그럴게. 형도 잘 자."

전화를 끊었는데 좀 전의 따뜻한 여운은 가시지 않았다. 휴대폰을 들고는 물끄러미 내려다보는데 자박자박 슬리퍼 소리가 났다. 고개를 쳐들어 보니 그녀였다.

"통화가 기네요?"

"아냐. 끝났어."

"그럼 씻어요."

"그래야지. 근데 왜 나왔어?"

"목이 말아서요."

방긋 웃는 그녀의 입술이 유난히도 촉촉했다. 그의 시선이 좀 더 아래로 내려갔다. 그녀의 목덜미에서 이슬 같은 물방울이 군데군데 맺힌 채로 반짝였다. 아침 이슬처럼 싱그러워 보이는 물방울을 보자 갈증이 났다. 그것들을 한 점도 남김없이 빨아대고 싶었다. 그는 갈증을 해소하기 위해 그녀를 향해 맹렬하게 달려들었다. 목 뒤를 받치고 입술을 열었다.

"흐읍……."

요상한 신음이 흐르는 가운데 겨울은 그의 입술을 여는 힘에 속수무책으로 끌려갔다. 백승주에게 호되게 당해 지치고 피곤해서 짜증날 법도 한데 정신없이 그에게 매달렸다. 슬리퍼 한 짝은 이미 멀리 떨어졌고 한 짝만이 대롱대롱 매달려 있다가 뒤늦게 떨어져 나갔다.

이젠 그에게 밀리지 않고 그녀도 밀어붙였다. 그를 여유롭게 소파에 밀어 앉히고 그 위에 다리를 벌린 채 걸터앉았다. 이런 포즈를 취했다가 도중에 그만둔 기억이 있었지만 다시 시도했다. 샤워 가운이라 말려 올라갈 것도 없었다. 이미 알몸이라 샤워 가운만 걸친 상태였다.

그녀는 그의 입술을 탐하며 잠시 그런 생각을 했다. 자신은 그에게 줄 것이 아무것도 없는데, 그저 몸뚱이 하나 있는데 그거라도 그가 원한다면 내줄 수 있다고. 그녀도 그를 간절히 원하기에 그녀의 모든 것을 던져 불살라도 아깝지 않을 그이기에 모든 것을 다 주고 싶었다.

마음이 급해 서둘렀다. 그래서 서툴렀다. 지독한 갈증을 그에게서 풀고 싶었는데 잘 안 되었다. 왜 이리도 그와의 행위는 매번 처음처럼 설레는지 그에게 중독된 것 같았다. 어설플 바에야 솔직히 고백하고 싶었다. 차라리 그에게 리드해 달라고 말하고 싶었다. 살짝 뗀 입술로 그의 귓가에 속삭이듯이 불어주었다.

“아무래도 내가 강준 씨를 더 원해서 서툴러요. 강준 씨가 해줘요.”

“듣기 좋은 소린데?”

그녀의 솔직함이 좋았다. 그가 생각하기에 그녀가 서두르는 것 같았다. 하지만 그런 어설픈 행동 자체도 사랑스러워 내버려 두었다. 솔직하게 말했으니 반겨주었다. 그가 입술을 물리고 그녀의 얼굴을 뚫어지게 들여다보았다. 승주에게 맞은 볼이 발갛게 부었다. 안쓰러워 그 볼을 어루만졌다. 그의 가볍게 쓸어주는 손길이 다정했다. 그의 눈길에 그녀가 궁금한 눈빛으로 말했다.

“혹시 강준 씨는 내가 이러는 거 어때요? 좋아요. 싫어요?”

“좋아. 네가 어설퍼도 그 나름대로 매력이 있어. 적극적인 것은 나를 그만큼 원하는 거니까 더 좋고.”

아, 그렇구나. 듣고 싶었던 답이어서 한층 기분이 좋아졌다. 허리를 잡은 그의 손이 샤워 가운 아래로 들어왔다.

“그만하라고 애원해도 안 멈춘다?”

“멈추라고 말하지 않을 거예요.”

“해볼 테면 해봐라?”

그녀가 대답 대신 피이 웃었다.

“내일 출근 못해도 난 책임 안 져.”

그가 세게 나왔다. 마치 두 사람은 자존심 싸움을 걸 듯이 말했다.

“그러니까 해봐요. 내가 출근을 하는지 못하는지.”

“경고다. 쓰러질 것 같다고 애원해도 안 멈출 거야.”

피이! 그녀가 콧방귀를 뀌었다.

“후회할걸, 아마?”

더는 그에게 대답하지 못했다. 그에게 키스함으로써 그의 말을 끊었다. 그의 허벅지 위에 다리를 벌리고 앉은 자세로 두 팔을 들어 올려 그의 목을 감았다. 그 상태로 눈을 떴다. 눈을 감고 그녀에게 몸을 맡긴 그는 무방비 상태였다. 그가 이럴 때마다 그녀는 정말 미칠 것 같았다. 이 남자의 무방비 상태는 더한 갈증을 불러

왔다. 순간 그의 목을 끌어당겨 입을 맞추었다. 쪽! 하는 짧은 음이 거실에 퍼졌다. 그가 피식 웃었다. 그는 아무래도 깊은 키스를 예상했나 보다. 다시 입술을 막고 키스했다. 입술을 막았는데도 그의 미소는 사라지지 않았다. 진한 미소가 그녀에게로 흘러들어 왔다. 순간 그처럼 자신을 사랑해 줄 이가 이 세상에 몇이나 될까 생각하다가 가슴이 먹먹해져 그의 가슴에 안겨 버렸다.

"아무래도 강준 씨가 해줘야 할 것 같아요. 아까 큰소리친 거 미안."

그가 부드럽게 보았다.

"씻고 올게. 자지 말고 기다려."

미안해서 고개만 대충 까닥거렸다. 그가 그녀의 젖은 머리카락을 쓸어 넘겨주었다. 그녀는 가만히 있었다. 흐뭇하게 웃는 표정을 보았다. 기분이 좋은 모양이었다. 그녀도 기분이 좋았다. 마치 어렸을 적에 엄마가 자장가를 불러주기 전처럼 마음이 편했다. 씻고 온다던 그가 그녀를 번쩍 안아 들었다.

"방에서 기다려."

그의 목에 매달려 침실로 옮겨졌다. 그가 살짝 내려주고는 팔베개를 해주었다. 오래도록 그녀의 머리를 쓸어준 후에야 욕실로 들어갔다. 그제야 나른한 몸을 한번 뒤척였다. 그의 손길이 부드러워서일까? 슬슬 눈꺼풀 끝에 추를 매단 것처럼 눈이 감기려고 했다. 애써 부릅뜨듯이 눈에 힘을 주었다. 그와의 약속을 지키고 싶었다. 그가 씻고 나올 때까지 잠이 들지 말자고. 하지만 욕실에서 작게 들리는 그의 샤워 소리를 마치 자장가처럼 듣다가 깜박 잠이 들어버렸다.

샤워를 마치고 욕실 문을 열면서 강준의 시선이 향한 곳은 겨울이 누워 있던 침대였다. 침대 위에서 그를 맞아줄 그녀 생각에 빠르게 샤워를 마쳤다. 그녀가 기다리는 시간을 짧게 해주려는 배려였는데 그녀는 잠이 들어버린 듯했다.

침대 가까이로 다가갔다. 이불을 반쯤 올린 상태로 자고 있었다. 좀 아쉬웠지만 워낙 자는 모습이 예뻤다. 그를 기다려 주었더라면 좋았을 테지만 이렇게 곤히 자는 모습도 사랑스러웠다. 잠시 내려다보다가 그녀의 목 부분까지 이불을 덮어주었다.

고개를 돌려 시계를 보았다. 10시였다. 잠이 들 시간이 아닌데도 잠에 빠진 것은 아마도 회사 일과 백승주 때문에 힘들어서 그랬을 것이었다. 안쓰러운 손길로 그녀의 붉은 뺨을 쓸어주다가 고개를 내려 그 뺨에 살며시 뽀뽀를 해주었다.

"내가 뽀뽀했으니까 금세 나을 거야."

속삭이던 그는 방을 나갔다. 거실을 지나 주방으로 가려던 그의 시선에 탁상 달력이 보였다. 가던 걸음을 멈추곤 탁상 달력을 집어 들었다. 크리스마스 일주일 전이었다.

달력을 유심히 들여다보던 그가 잠시 생각을 하다가 전화를 들었다.

"나야."

[넌지 안다.]

"왜 이리 무뚝뚝한데?"

[너 하는 짓이 얄미워 그런다. 겨울 씨 만나고부터 정말 이럴래? 대놓고 공개 연애한다고 인터넷을 뜨겁게 달구더니 코빼기도 안 비치고. 나쁜 새끼.]

친구의 욕에 그가 피식 웃었다. 그는 성현의 마음이 이해갔다. 그럴 것이 겨울을 만나기 전에는 이틀에 한 번꼴로는 전화를 했었다. 그런데 겨울이를 만나고 뜸하긴 했다.

"미안. 알잖아. 지금 내 상태가 어떤지."

[너만 연애하냐? 왕년엔 나도 했어. 근데 왜?]

"혹시 생고기 남은 것 있냐? 스테이크 할 건데."

[고기야 있지. 여기가 음식점인데. 근데 왜?]

"잘됐다. 지금 당장 갈게. 스테이크 배우러."

[네가 요리를 한다고?]

자다가 봉창 두드리는 소리라며 성현이 코웃음을 쳤다. 그럼에도 강준은 물러서지 않았다.

"준비나 해놔. 지금 갈 거야."

[갑자기 왜 배우려는 건데?]

"가면서 말해줄게."

그는 친구와의 전화를 끊고는 편한 트레이닝을 걸쳤다. 모자를 쓴 다음 운동화를 신었다. 집을 나와 곧장 친구의 가게로 차를 몰았다.

성현의 가게에 도착했다. 친구에게 가면서 이미 전화 통화를 마쳤다. 그가 크리스마스이브 날에 요리를 할 거라고 설명했다. 성현이 겨울을 위한 그의 노력이 가상하다면서도 부러워했다.

그는 후문 쪽으로 들어갔다. 사람들 눈에 띄지 않으려는 생각이었다. 이미 그와 통화를 한 성현이 나와주었다.

"갑자기 와서 황당한 줄 안다. 미안해. 많이 바쁘냐?"

"그걸 아는 녀석이 이래?"

"야, 그래서 미안하다고. 부탁 좀 하자."

"자식이. 지 여자한테 요리 만들어주려고 얼굴 보여주네. 들어가자."

부러워하는 성현의 어깨를 그가 꾹 눌러 풀어주었다.

"자주 올게. 내가 네 여친도 아니고 뭘 그렇게 삐져."

"난 네가 내 여자라고 믿었는데."

성현이 혀를 쏙 내밀고 놀렸다. 어이없어 그가 하하 웃었다.

"이리 와. 좀 있으면 영업 끝나. 잘 왔어. 환영한다."

"고마워. 재료는?"

"아까 네 전화 받고 준비해 놨다. 근데 요리라곤 요 자도 모르는 녀석이 갑자기 무슨 스테이크를 만든다는 거야?"

"모르니까 배운다는 거지."

"오늘 소스까지 만들 거다? 할 수 있겠어?"

"네가 순서를 알려주는데 그것 못하겠냐? 너도 하는데."

"너 나 지금 무시하는 거지?"

성현이 발끈하자 그가 피식 웃었다.

"그냥 하는 소리다. 성질내긴."

"네 농담이라 받긴 하겠지만 넌 자세가 글렀어. 어디 세프한테 거들먹이야. 자세부터 정중히 예의를 표해야지."

성현이 거드름을 피웠다.

"셰프님, 그만 거만 떠시고 요리 초보한테 제발 요리 좀 가르쳐 주세요."

그의 장난에 성현이 기분 좋게 웃었다.

"처음부터 그렇게 자세를 낮출 것이지. 그럼 이제부터 내가 하는 것 그대로 따라 해."

"알겠습니다, 사부."

두 사람의 진한 우정이 요리실 안에 가득했다. 그가 성현의 옆에 섰다. 성현이 그의 옷차림을 훑더니 고개를 문 쪽으로 돌렸다.

"창민아!"

성현이 직원을 불렀고 조금 후에 성현이 부른 직원이 들어왔다.

"부르셨어요?"

직원은 성현에게 인사를 하다가 옆의 강준을 보고는 안면이 있는 듯 인사했다.

"안녕하세요. 오랜만에 오신 것 같아요."

"네. 잘 있었어요?"

강준이 인사를 받자 성현이 말했다.

"앞치마 가져와. 새 걸로."

"네."

창민이 나가고 잠시 후에 깨끗한 앞치마를 들고 나타났다. 그것을 성현에게 내밀었다. 성현은 그것을 받아선 강준에게 내주었다.

"이거 걸치고 시작하자."

성현이 내준 앞치마를 강준이 허리에 두르는데도 창민이 나가지 않고 멈칫대자 성현이 말했다.

"넌 나가서 일해. 필요한 것 있으면 부를 테니까."

"……."

"나한테 할 말 있냐? 있으면 말해."

"저기……."

창민은 성현의 나가란 말에도 무슨 할 말이 있는 사람처럼 굴었다. 성현이 그의 말을 기다려 주었다. 하지만 창민은 고개만 숙인 채 말을 하지 못했다. 창민의 쭈뼛대는 모습에 답답한 성현이 말했다.

"뭔데? 혹시 돈 문제냐?"

성현의 말에 창민이 정색을 하더니 꾸벅 인사했다.

"아닙니다, 사장님."

급하게 요리실을 나가는 창민을 보던 성현이 싱겁다고 말했다.

"저 녀석 뭐야? 할 말이 있는 것 같던데."

직원이 나간 문을 힐끗 쳐다보며 중얼거렸다.

"할 말이 있으면 다시 오겠지. 시작하려면 손부터 씻자."

성현이 물을 틀어 손을 씻자 그도 옆에서 손을 씻었다. 그 상태로 가스 불을 켜고는 거기에 팬을 올렸다. 그러면서도 성현은 직원이 나간 문 쪽으로 자꾸 시선을 주었다.

'재가 할 말이 있는 것 같은데…….'

미간을 좁히다가 강준에게 말했다.

"내가 한 것처럼 거기서 해. 그 팬으로."

"알았어."

그가 팬을 꺼내 성현이 한 것처럼 팬에 열을 높였다. 그의 어깨 너머로 성현이 순서를 말해주었다.

"올리브유로 팬을 두르고 가열된 팬에 고기를 올려."

강준이 팬에 기름을 두르는 사이 성현은 레드와인에 버터 두 조각을 띄워선 불을 붙였다. 팬에 시뻘건 불이 일순간 위로 치솟았다. 마치 불 쇼를 보는 것 같았다. 불이 잦아들었고 스테이크를 누룽지처럼 구웠다. 그는 성현이 고기 굽는 것을 똑같이 따라 했다. 그렇게 소스까지 만드는 연습을 하고서야 스테이크 요리가 끝났다.

"그럼 맛을 봐야지."

그가 한 요리를 성현이 맛보았다. 그는 결과를 기다리는 학생처럼 초조했다. 조마조마한 마음을 애써 누르며 다시 포크로 조각을 떼서 시식하는 성현을 기다리는데 참을 수 없이 궁금했다.

"어때. 괜찮아?"

성현이 고개를 갸웃거렸다.

"너 소스에 양념을 덜 넣었어. 그리고 고기도 너무 태웠고. 네가 한 거니까 먹어봐."

그는 자신이 만든 고기를 먹었다. 먹고 싶다는 생각이 전혀 들지 않았다.

"어설퍼."

그는 성현이 만들어놓은 고기를 먹었다. 고기는 소스와 어우러져 담백했다. 그런데 좀 전에 그가 만들었던 스테이크는 태워서 소스와 어울리지 못했다. 소스도 적당한 배합을 하지 못했고 졸일 때의 온도가 셌던 것 같았다.

"오늘 뭐가 잘못되었는지 감 잡았어. 내일 하면 잘될 것 같아."

친구가 웃으며 말했다.

"그러게 요리는 아무나 하는 게 아니야. 그래도 많이 먹어봐선지 흉내는 냈어. 며칠 배우면 괜찮아질 거야."

"아마 네가 하는 걸 어깨너머로 봐서 그런 것 같아. 오늘은 그만하자. 내일도 이 시간쯤 시간 되는데 괜찮냐?"

"늦어도 되니까 아무 때나 와. 가자. 애들도 갔고 나도 가야지."

친구의 배려에 그가 성현의 팔뚝을 친근하게 툭 쳤다.

"나한테 너밖에 없다, 친구."

성현이 피식 웃었다. 두 사람은 자정이 가까워졌을 즈음에 레스토랑을 나섰다.

11. 안개 속을 걷다

크리스마스가 3일 후로 다가왔다. 그에게 모든 것을 받기만 한 겨울은 크리스마스를 기다렸다. 올해의 크리스마스는 그와 보내는 첫 번째다. 뜻깊은 크리스마스를 보내기 위해 나름 계획했다.

가끔 새벽에 운동하러 나갈 때를 대비해서 이미 커플 운동화를 사두었다. 그 몰래 신발장 안에 감춰두었다. 운동하러 나갈 때 짠! 하고 보여줄 것이다. 그가 좋아하는 모습을 상상하자 그녀의 입가에 미소가 번졌다.

귀엽고 사랑스런 무늬의 커플 잠옷도 샀는데 그것은 크리스마스이브에 입을 것이다. 달콤한 케이크도 집 근처 빵집에 주문해두었다. 와인은 이미 주방 와인바에 넣어두었다.

그날은 그를 위한 크리스마스를 만들어주고 싶었다. 벌써부터 그날을 상상하면 저절로 미소가 지어졌다.

점심을 먹고 바쁘게 업무를 처리하던 그녀의 휴대폰이 울렸다. 휴대폰을 드는 그녀의 얼굴에 미소가 사라졌다. 받을지를 잠시 망설였다.

'어쩌지.'

승주의 어머니 전화였다. 파혼을 하고는 처음으로 통화하는 것이다. 잠시 고민하던 그녀는 결심한 듯 전화를 받았다.

"그간 안녕하셨어요?"

[오랜만이구나. 너도 잘 있었니?]

승주의 어머니 최 여사가 그녀의 사무실이 있는 근처로 나오겠다는 전화였다. 거절을 못하고 약속을 잡았지만 예전 같은 반가움은 덜했다. 승주와 파혼을 한 뒤로는 그의 어머니와도 연락을 끊었다. 솔직히 그녀는 승주 어머니께는 반감이 없었다. 처음에는 그녀를 완강히 반대하셨지만 막상 마음을 연 이후론 살갑게 잘해주었다. 그런 최 여사가 만나자는데 박절히 거절할 수 없어 최 여사를 만나기 위해 차를 몰았다.

그런데 최 여사를 만나기 위해 나서긴 했지만 대체 무슨 일로 보자는 것일지 궁금했다. 그간의 정을 생각해 얼굴이나 한번 보자는 것일지. 전화 목소리만으론 상대의 표정을 읽지 못해 마음이 편치는 못했다.

어른이 기다리시는 것보단 어린 그녀가 먼저 가서 기다릴 생각으로 약속 시간보다 일찍 출발했다. 그래서 도착해도 10분 이상 기다릴 생각이었는데 이미 최 여사가 커피숍에 있었다. 그녀는 얼른 정중히 인사했다.

"일찍 나오셨네요."

그녀의 인사에 최 여사가 그녀를 세세히 살폈다.

"오랜만이구나. 거기 앉아."

그녀는 최 여사가 가리킨 앞자리에 앉았다.

"제가 먼저 와서 기다리려고 했는데요."

"집에서 하는 일도 없이 먹고 노는 사람이 먼저 기다려야지. 요즘은 어떠냐? 사무실 운영은 잘되는 거야?"

실은 어머니 아들 때문에 무척 힘들었어요. 그렇게 대답하고 싶었지만 전혀 내색하지 않았다.

"네. 걱정해 주셔서 요즘은 형편이 나아졌어요."

"그런가 보구나. 얼굴이 밝고 혈색도 좋아 보여."

"감사합니다."

"우리가 만난 지 꽤 되었지?"

"네. 그 뒤로 처음이니까요. 죄송해요. 제가 먼저 찾아뵈었어야 했는데."

"말이라도 고맙다. 차는 뭐로 할래?"

"같은 걸로 주세요."

최 여사는 점원을 불러 커피를 시켰다. 잠시 후에 커피가 나오자 그녀에게 잔을 권했다.

"마셔라."

"네."

예전에는 어머니 소리가 잘 나왔지만 이제는 최 여사에게 어떤 호칭을 써야 좋을지 몰라 말이 짧아져서 최 여사의 얼굴을 보는 것이 예전처럼 자연스럽지 못하고 거북했다. 하지만 어른께는 그런 내색을 보이지 않으려고 애썼다.

그녀를 뚫어지게 보던 최 여사가 좀 전과는 다소 정색한 듯이 말했다.

"승주한테 들었다. 너한테 남자가 생겼다는데 사실이니?"

그녀는 들어 마시던 잔을 천천히 내려놓았다. 쉽게 대답하지 못하고 조금 머뭇거렸다.

"……네."

그녀에게서 대답을 들은 최 여사의 표정이 일순 차갑게 굳었다. 목소리도 좀 전과는 확연히 달랐다.

"네 상대가 서강준이란 배우라던데. 그것도 사실이니?"

"……네."

그녀에게서 재차 확인을 한 최 여사는 커피를 들어 마셨다. 그 몇 초 안 되는 시간이 길게 느껴졌다.

"승주가 말해도 믿지 못했어. 근데 사실이라니. 네게 확인을 받았으니 사실이겠지."

자신에게 말하는 것처럼 들렸다.

"죄송해요."

그녀가 고개 숙이는 것을 보던 최 여사는 그런 겨울을 부담스러울 정도로 뚫어져라 보았다. 최 여사는 며칠 전에 아들에게서 겨울에게 남자가 있고 그 남자가 배우란 사실을 들었다. 그녀는 아들의 말을 믿을 수가 없었다. 신문에서 떠드는 톱스타의 여자가 며느리가 될 겨울이었다. 그것을 직접 확인하고 싶어 겨울을 만났는데 모든 게 아들이 말한 대로였다.

순간 심장이 쪼그라들며 아팠다. 아들도 이런 마음이었을까? 자신이 배 아파 난 딸이 톱스타와 결혼을 한다면 집안의 경사일 것이다. 그것도 평판이 좋은 남자 배우로 알고 있는 서강준이라면. 하지만 그 경우가 반대라선지 축하해 주고 싶은 마음이 전혀 들지 않았다.

최 여사는 테이블 밑에 놓인 손을 떨었다. 아들은 제 잘못을 알기에 뉘우쳤다고 말했다. 그래서 다시 제자리로 돌려놓을 것이라고 파혼을 당했음에도 늘 큰소리쳤다. 그런 아들의 얼굴이 요즘은 예전만 못했다. 물으니 어렵게 꺼낸 것이 겨울에게 남자가 있다는 사실이었다. 이젠 다시 찾고 싶어도 찾을 수 없다며 고개를 떨어뜨리던 아들을 보자 심장이 찢어지는 것 같았다. 아무리 제 자식이 잘못했다고 해도 이 세상의 어미는 다 똑같을 것이다. 내 자식이 아파하는 꼴은 보기 싫은 마음. 아들을 위해서라면 목숨까지 내놓을 심정이 되는 것이 어미란 것을.

승주를 생각하면 겨울이가 괘씸했다. 저가 뭐가 잘나 귀한 아들의 눈에 눈물을 쏟게 한단 말인가. 그녀가 겨울을 무섭게 쏘아보았다.

"그래서 내 아들이 사준 아파트에서 나왔니?"

최 여사의 목소리는 뚝뚝 끊기듯이 들렸다.

"그간 승주가 너를 놓기 싫어 애쓴 것을 안다. 그럼에도 우리 아들을 받아들이지 않은 것이 그 배우 때문이었니? 대체 언제부터 그 배우를 만나고 다닌 거니?"

"뭔가 오해를 하시는 것 같아요. 사실은 그게."

"내 말부터 들어. 어디서 배우지 못한 티를 내는 거야!"

"……."

처음 최 여사를 만났을 때 같았다. 첫 대면에서 가진 것 없고 고아나 다름없는 겨울을 최 여사는 부족해 못마땅하다고 지금처럼 대했다. 그때가 생각나자 겨울은 차마 벌린 입도 다물지 못했다.

"그래도 난 너를 믿었다. 파혼은 했지만 승주가 그리 원하고 아파트도 사줬고 네가 거기서 살기에 그러다가 합치겠지 막연히 기다렸어. 근데 네가 어떻게 이럴 수가 있어."

"그건 사실이 아니에요. 실은 승주 씨가."

"또또. 어른 말씀 들어라. 내가 널 처음부터 좋게 반긴 건 아니었다. 너도 알 거야. 승주가 너를 원해서 우리 집 양반도 너 하나만 보자고 하셔서 받아들였어. 내 아들이라서가 아니라 승주 같은 아이는 흔치 않아. 돈이 없니 학벌이 짧니. 외모가 못났니. 그렇다고 우리가 너를 힘들게 한 것도 아니야. 처음에만 좀 힘들었겠지만 우리도 나름 너를 위해 애썼다."

최 여사의 말을 듣던 겨울은 그제야 입을 꾹 닫았다. 생각해 보니 최 여사의 말이 다 틀린 것은 아니었다. 최 여사의 말대로 승주가 외도만 하지 않았다면 그녀에 대한 집착의 깊이가 덜했더라면 이렇게까지는 되지 않았을 것이다.

승주는 사랑이라고 나름 표현했지만 그녀가 생각하기엔 집착이었다. 처음엔 그것을 사랑의 한 표현이라고 생각했다. 하지만 시간이 지날수록 집착은 결코 사랑이 될 수 없다는 것을 깨달았다.

그것이 그녀가 결심을 하게 된 이유와도 결코 무관하지 않았다. 그의 외도도 한몫을 했지만 무섭도록 그녀를 향한 집착이 두려웠다.

"이제 말을 해봐. 우리 집 양반이나 나나 너희들만 잘사면 바랄 것이 없다고 말했어. 그리고 너희들한테 피해가지 않도록 신경 썼어. 아니니?"

겨울은 조용히 말했다.

"맞습니다. 두 분께선 그러셨어요. 처음엔 무조건 저를 반대하시는…… 어머니가 무서웠어요. 근데 지낼수록 아버님도 좋으신 분이어서 어쩌면 승주 씨보다도 더 좋았어요."

"그런데?"

"어머니도 승주 씨한테 한두 여자가 아니었다는 것을 아시잖아요. 그게 파혼의 결정적인 원인이었는데 이제 와 그건 아무렇지도 않은 것처럼 말씀하시네요."

"너한테 들킨 건 한 애밖에 없었어."

최 여사가 무조건적으로 아들만 두둔하자 말문이 막혔다. 아무리 당신 자식이라도 너무 편파적인 것 같았다.

그녀는 이럴 때면 불현듯 돌아가신 아빠 생각이 났다. 엄마는 살아 계시지만 이미 재가를 하셔서 만난 적이 없다. 돌아가신 아빠가 살아 계셨다면 이런 경우에 그녀 대신 대변해 줄 것이다. 부모님의 존재가 얼마나 소중한지 절실히 깨달으며 서러운 마음에 울먹였다.

"그렇게 말씀하시면 안 되죠. 이미 전 오래전부터 친구들한테 승주 씨의 외도를 들었어요. 그래도 믿지 않았어요. 왜냐면 그래야 숨을 쉴 수 있으니까요. 제 편이라고 믿었던 사람의 외도는 저를 두 번 죽이는 거니까. 그래서 친구들의 말을 외면했어요. 하지만 계속되는 친구들의 말을 끝까지 무시할 순 없었어요. 그날이 처음이자 마지막 심정으로 확인차 갔던 거예요. 그리고 제 눈으로 똑똑히 확인했고요. 저도 참았다면 많이 참았습니다. 왠 줄 아세요? 두 분의 얼굴을 보기 위해서였어요. 좋으신 분들 모습을 끝까지 보고 싶은 마음 때문이었어요. 어머니도 잘 아시잖아요. 제가 얼마나 힘들어했는지. 그게 한번의 결심이 아니었다는 것을 잘 아시잖아요."

그녀가 고개를 숙이고 어깨를 들썩였다. 그녀의 슬픔을 느낀 최 여사가 너무했다 싶었는지 겨울을 달랬다.

"알지. 여자로서 그것도 곧 결혼할 사내의 그런 짓을 보고 참을 사람이 몇이나 있겠니. 나도 여자라서 너한테 참고 살라고 말 못 했다. 그래서 파혼한다는 말을 들었을 때 우리 부부는 네 말을 따라주었어. 정말로 너를 사랑한다면 더는 아프게 하지 말라고 승주를 타일렀다."

"늘 두 분께 감사함을 느끼고 있어요. 이건 진심이에요. 두 분 덕분에 승주 씨가 파혼을 결심해 준 것 잊지 않아요."

겨울이 마음을 푼 것 같아 다시 최 여사는 본론으로 들어갔다.

"내가 너를 괘씸하게 생각하는 건 딴 게 아니다. 내 아들은 여전히 널 바라보는데 넌 이미 다른 남자를 봤다는 것이야. 승주가 그러던데 너희는 오래전부터 알던 사이라는데 그것도 사실이니?"

"……죄송해요."

"네가 어떻게 우리한테 이럴 수가 있니?"

"……죄송합니다."

"그래서 승주가 사준 아파트에서 나온 거니? 곧 결혼한다던데? 그것도 사실이야?"

"……네. 사실이에요."

최 여사가 화를 참는 듯이 생수를 들이켰다. 그것을 내려놓으며 차갑게 말했다.

"난 지금까지 내 아들만 나쁜 놈이라고 야단쳤다. 내 아들 잘못 때문에 네가 힘들어하는 걸 보며 미안했어. 근데 미안해할 이유가 없어졌구나. 지금 돌아가는 상황을 보니 네가 파혼한 것이 우연은 아닌 것 같아. 아니니?"

최 여사가 뭔가 크게 오해를 했다.

"아니에요, 사실은 그게 아니에요."

"뭐가 아니란 것이야. 내 아들의 말을 빌리지 않고도 상식적으로 납득이 안 된다. 예전에 알던 사이라지만 다시 이어지기는 쉽지 않아. 그건 계속적인 만남이 있어야 가능한 것이다. 그것도 톱스타를 네가 무슨 수로 만났겠어. 혹시 파혼 전부터 그 사람을 만나왔던 것 아니니? 계획적인 것 아니었어?"

전혀 예상치도 못했던 최 여사 때문에 겨울의 얼굴은 새카맣게 타들어갔다.

"그게 아니에요. 믿어주세요. 결코 속인 것도 계획도 없었어요."

"근데 어떻게 벌써 결혼한다는 거냐."

"승주 씨가 제 사무실을 문 닫게 하려고 훼방을 놓았어요. 현재까지 진행 중이구요."

그 말을 하지 않으려고 했었다. 하지만 더는 그 사실을 숨기곤 대화가 안 될 것 같았다.

"먼저 직장을 옮기게 된 것도 제가 회사를 설립하게 된 것도 승주 씨의 방해 때문이었어요. 설립한 사무실 운영이 힘들어서 당장 직원 월급에 사무실 임대료를 마련하는 것도 벅찰 정도였어요. 정신이 없었죠. 그런 상태에선 어떤 사람도 만날 수 없었어요. 그러니 파혼 즉시 그 사람을 만났을 거란 오해는 하지 말아주세요."

최 여사는 겨울의 말을 듣고 더는 말하지 않았다. 대신 몸을 돌리더니 옆 의자에 놓인 가방에서 봉투를 꺼냈다.

"우리 아들이 그런 짓까지 했었다니 난 몰랐다. 내가 대신 사과하마. 다신 그러지 않을 거야."

"……."

최 여사가 꺼낸 봉투를 제 앞에 내려놓았다. 그 봉투를 내려다보며 겨울에게 들으라고 말했다.

"이젠 지난 일, 너한테 뭐라고 하려고 찾은 건 아니다. 승주의 말을 듣고 화가 치민 건 사실이야. 내 입장이면 충분히 그럴 거라고 이해해라. 어미 된 입장에선 내 아들이 원하는 일을 이뤄주고 싶은 것이 이 세상의 어미 마음이다. 어차피 너희들은 어긋난 것 더는 미련두지 않으려고 한다. 이거 받아라."

최 여사가 앞의 봉투를 그녀 앞으로 밀었다.

“내가 가거든 이걸 봐라. 승주가 너한테 주라고 부탁하더라.”

“이게 뭔데요?”

“글쎄 보니까 사진이 들었더라. 난 자세히는 몰라. 승주가 나한테 부탁하기에 겸사겸사 나왔다. 승주의 말이 사실인지 확인도 하고 네 얼굴을 보는 것이 마지막이 될지도 몰라서.”

“죄송합니다.”

“너는 내 아들을 어떻게 생각하는지 모르겠지만 그 아이가 나쁜 아이는 아니다. 그래도 그 녀석이 네가 걱정이 되었나 봐. 네가 좋아하는 남자에 대해서 알아본 모양이더라. 네가 어떤 남자한테 가는지 지가 직접 확인하고 싶었데. 오빠의 심정으로 이젠 너를 마음 편히 보내고 싶단다. 그러며 준 거야.”

일주일 전까지 집착을 보이던 승주치곤 돌연한 행동이라 믿기지 않았다. 하지만 최 여사에게도 그렇게 말을 했다면 믿을 만했다. 이제야 승주의 집착이 끝나나 보다고 생각했다. 그녀는 최 여사가 자리에서 일어나자 따라 일어섰다.

“여기에 네가 만나는 남자에 대해서 들어 있다고 하더라.”

최 여사는 가게를 나가면서도 끝까지 할 말을 했다.

“그 남자가 보는 것하곤 너무도 딴판이라서 이것을 너한테 전해야 할지 며칠을 고민을 했대. 일주일 전인가 너를 찾아가 실수한 것이 미안해서 더는 얼굴을 못 볼 것 같다고 나한테 줬다. 그간 너희들 사이에 무슨 일이 있었는지 난 자세히 모른다. 승주가 너한테 모질게 굴었다면 이해해라. 그 아이가 너를 좋아하다 보니까 마음대로 안 돼서 그랬을 거야.”

"죄송해요."

겨울은 승주는 몰라도 그간 정이 들은 최 여사에게는 많이 죄송스런 마음이었다. 그녀가 고개를 숙이자 최 여사가 결론을 내리듯이 말했다.

"그만하자. 이 안의 서류를 보고 네가 판단하는 거니까 내가 더 말해봤자 입만 아프지. 난 이만 가보마. 언제 다시 만날 일이 있을지 모르겠다만 길거리에서라도 만나게 된다면 눈인사 정도는 하자."

최 여사의 냉담한 반응을 받으며 그녀는 최 여사가 차 타는 데까지 배웅했다.

"조심해서 가세요."

최 여사가 고갯짓만 하고는 차 유리를 올렸다. 그녀가 탄 차가 서서히 출발하자 겨울은 문뜩 들고 있던 봉투 생각이 났다.

그녀는 주차해 놓은 차를 향해 걸었다. 좀 전에 최 여사가 한 말이 마음에 걸렸다. 강준이 보기와는 딴판이라는 말에 왠지 들고 있는 봉투 안에 심상치 않은 것들이 들어 있을 것만 같았다.

조심스럽게 봉투를 열었다. 사진이 다수 들어 있었다. 흐릿하게 찍힌 것들은 강준의 차였다. 그녀와 사는 아파트 입구를 찍은 것이었다. 근데 이게 뭐가 어쨌다는 것인지 모르겠다. 이해할 수 없는 사진을 쓱쓱 넘기던 그녀는 무슨 의미로 이런 사진을 찍어 보냈는지 모르겠어서 대수롭지 않게 조수석에 던져 놓았다. 대체 저걸로 강준이 보기와는 딴판인 사람이란 말을 왜 전했는지 모르겠다.

신경을 쓰지 않으려고 시동을 걸려다가 힐끗 그것을 보았다. 뭔가 찜찜해 은근 신경이 쓰였다. 찜찜한 속으로 궁금할 바에야 전화라도 해볼까. 휴대폰을 들었다. 승주의 번호를 누르다가 말고 시동을 걸었다. 차를 몰고 다시 사무실로 들어가는데 왠지 뒤를 덜 닦은 찜찜함은 가시질 않았다. 석연치 않은 마음으로 남느니 승주를 직접 만나는 것도 아니고 전화를 거는 것이야 어떠랴 싶었다. 갓길에 차를 세우곤 승주에게 전화를 걸었다.

"나예요."

[오랜만이군. 내 전화를 스팸으로 해놓곤 받지 않더니 내 어머니는 만났나?]

그녀의 전화를 기다렸다는 듯이 받았다.

"그러고 싶어서 그런 게 아니잖아요."

[그만하자. 너하고 싸우는 것도 지쳤어. 전화한 용건은?]

그녀의 전화를 기다린 사람의 다급함은 전혀 느껴지지 않았다. 오히려 태연할 정도였다.

"방금 어머니를 만났어요. 근데 이 사진들은 다 뭐예요?"

[네가 전화를 해줄 줄 알았어. 내 전화는 받지 않아서 부득이 어머니한테 부탁할 방법밖에 없었어. 물론 내가 알아낸 그것들을 네 회사로 보내도 되겠지만 어머니가 전해주는 것도 나쁘지 않을 것 같아서. 어머니가 네 얼굴을 보고 싶다고도 하셨고.]

"그래서요. 강준 씨가 아파트에 들어가는 게 뭐가 이상하다는 거죠?"

[이상하지 않겠지. 너하고 그 자식이 사는 아파트니까.]

"……그걸 어떻게 알아냈어요?"

승주의 정보력에 새삼 놀랐다. 승주는 그의 세컨드 하우스까지 조사를 마쳤다. 임 기획 사람들도 모르는 그의 아파트를 승주가 알고 있어 당황되었다.

[많이 당황했지?]

그가 이죽거렸다. 그녀는 애써 참으며 말했다.

"그래서, 이 말도 안 되는 사진을 보내선 강준 씨가 보는 것하고 다르단 말은 또 뭐예요?"

[그걸 네가 모르는 것 같아서 설명해 주려는 것 아니야.]

"네?"

[내가 알아본 바로는 그 아파트에 D그룹의 딸 C씨도 살아.]

그녀가 핏 웃었다.

"그 해묵은 스캔들을 꺼내려면 그만둬요. 그거 가십이란 거 아는 사람은 다 알아요."

그녀가 무시하자 승주가 화를 냈다.

[네가 그러니까 그 자식한테 이용당하는 거야. 나도 가십인 줄 알았어. 오래전부터 떠도는 소문이고 밝혀진 것도 없어서 그렇게 생각했는데 아니었어.]

"무슨 근거로 말하는 거죠? 우리 아파트엔 강준 씨와 같은 스타들과 재벌 3세들이 많이 살아요. C씨도 그 재벌 3세 중에 한 명이에요. 말을 만드는 사람들이 그걸 연관 지어 스캔들을 만든 거라구요."

[하! 어이가 없군.]

승주가 콧방귀를 뀌었다.

[잘 들어. 그 자식이 청바지 모델 할 때는 근근이 밥만 먹고살았어. 너도 알잖아.]

승주의 말이 사실이어서 대답하지 않았다.

[근데 너하고 헤어지고 바로 드라마 주인공으로 캐스팅되지. 너하고 사귈 때는 빌빌대던 놈이. 그게 뭘 뜻하는 거겠어? 머리가 있다면 생각이란 것을 좀 해.]

그녀를 무시했다. 그녀도 지지 않았다.

"그게 그 여자와 어떤 관계가 있다는 말이에요?"

[내 말을 이해 못하는 거야 못하는 척하는 거야. 그 외모와 젊은 나이에 게이란 말을 들어도 어떤 변명도 않던 그 자식의 뒤에는 그 자식을 스폰해 준 사람이 있었어. 그게 바로 C씨야. 그런 여자가 있어 그 자식이 드라마 주인공에 캐스팅이 가능했다고.]

말도 안 되는 소리라고 치부했다.

"그만 끊죠. 내가 전화를 한 것이 잘못이네요. 다신 이런 사진들."

그녀가 전화를 끊으려는 순간이었다.

[기다려!]

"……."

[그 자식한테 미쳐도 단단히 미쳤구나? 넌 지금 그 자식한테 이용당하는 거야. 너와 공개 연애를 하고서 이득 본 것은 그 자식뿐이야. 게이설도 쏙 들어가고 스폰설도 묻혔어. 이 바보야. 너를 공개적인 여자로 내세운 거야. 그리고 뒤로는 아직도 그 C씨를 만나

고 있다고.]

믿고 싶지 않았다. 승주의 집착이 또 다른 집착을 불러일으킨 것이다.

"끊어요."

[잠깐!]

"……."

[그렇게 그 자식을 믿는다면 오늘 저녁 청담동에 있는 아담과 이브 퓨전 레스토랑으로 가봐. 10시쯤에 그 자식이 거기서 누굴 만나는지 네 눈으로 똑똑히 확인해. 그래도 그 자식을 믿는다면 하는 수 없지.]

그녀는 대답 못했다.

[그것뿐이 아니고 그 자식이 D그룹의 주식을 꽤나 많이 소유하고 있었어. 하필이면 그 자식이 D그룹 주식을 갖고 있을까 생각을 해봤지. 결론은 스폰 대가로 받은 거지. 편법으로 받았는지 그 관계는 더 알아봐야 하겠지만 그 자식이 무슨 수로 그 많은 재산을 불렸겠어. 그게 다 몸을 팔아서 얻은 거야.]

"그만!"

듣고 싶지 않아 귀를 막고 싶었다. 승주의 말은 오래전부터 강준과 C씨가 스폰 관계를 맺었고 편히 만날 장소로 지금 그녀와 살고 있는 아파트로 정했다는 것이었다.

머리가 지끈거렸다. 승주의 말대로라면 C씨와의 관계 유지를 위해서 자신이 필요했다는 말이다.

[사진을 다 보지 않아 내 말을 못 믿나 본데. 거기 내가 보낸 것

중에 사진 말고 패션지 봐. 그 자식하고 C씨가 함께 있는 기사가 있어. 그것이 오래전에 그 잡지에 실린 거야. 우연찮게 찾았다. 설마 그런 것들이 모두 다 우연이었을까?]

승주의 말을 믿지 않던 겨울이 허겁지겁 패션지를 찾았다. 찢겨진 낱장이 있어 뭔가 봤더니 강준의 기사가 실린 기사였다. 거기에 젊은 여자도 함께 찍혀 있었다. 이 여자가 C씨란 말이었다. 머리가 아파 인상을 찡그렸다.

[기사 읽었어? 사진의 여자가 바로 그 여자야. 한겨울, 봤어?]

"정말 이 여자가 C씨예요?"

그녀의 빠른 대답에 승주의 목소리엔 웃음이 섞여 있었다.

[이제야 내 말을 알아듣는군. 확실히 증거를 잡으려고 내가 사람을 붙였더니 요즘 그 자식이 아담과 이브란 퓨전 레스토랑을 드나들던데. 아나?]

"거기는 강준 씨 친구가 하는 식당이에요."

[나도 알아. 그러니까 거기서 대놓고 그 여자를 만나지.]

"……."

[요즘 그 자식 행동이 이상하지 않았어? 밤 10시쯤이면 어김없이 혼자 그 식당을 가던데.]

겨울은 잠이 들었다 잠시 깨었을 때 그가 옆에 없었단 사실이 생각났다.

[거기서 어제 그 여자를 만나는 걸 봤는데. 거기 그 사진도 있을텐데 잘 찾아봐. 내가 괜히 그 자식을 의심하겠어? 확신이 있으니까 그런 거지.]

승주의 말은 믿을 수 없었다. 그녀가 아무런 대답이 없자 승주는 결론을 내주었다.

[하긴 네가 그 자식한테 미쳤으니 그런 눈치를 챌 리가 없지.]

그녀를 한심한 여자라고 빈정댔다.

[내 말을 정 못 믿겠으면 오늘 저녁 9시쯤 그리로 가. 먼저 가서 잠복을 해. 확인을 하라고. 네가 직접 확인해야 믿는다면 그렇게 해. 그 자식한테 속지 말고.]

이 멍청아! 승주가 그 말을 씹은 것같이 느껴졌다. 그녀는 승주와의 전화를 끊었지만 지금까지 승주가 한 말은 모두 다 거짓말 같았다. 강준의 사람됨을 믿는 그녀로서는 승주의 말은 전혀 신뢰감이 들지 않았다.

하지만 며칠 사이에 강준과 찍힌 그 여자를 보자 여자로서의 직감이 느껴졌다. 여자는 그룹의 딸이라선지 뭔지 모르게 세련됐다. 그처럼 예쁜 남자의 곁에 서도 꿀리지 않을 미모의 젊은 여자였다. 성현과 강준, 그리고 그 여자까지 주차장에서 찍혔는데 나이 또래가 그녀와 비슷한 연배처럼 보였다. 이런 여자가 마음에 드는 상대에게 대시를 한다면 남자들이라면 백 명 중에 백 명 모두 다 그녀의 마음을 받아들일 것이다.

생삭이 거기까지 미치자 확인하고 싶어 조바심이 났다. 강준이라면 조건이 좋은 여자를 고를 정도의 스펙을 가진 남자였다. 그럼에도 톱스타인 그가 왜 자신처럼 부족한 여자를 선택했을지 하는 의문이 슬금슬금 자리를 차지하고 있었다.

12. 파국으로 치닫다

집으로 돌아왔다. 승주와의 통화가 자꾸 거슬려 마음이 진정되지 않았다. 속을 진정시키려고 카모마일 티를 끓였다. 다 끓인 차를 들고는 거실 소파에 쪼그리고 앉았다. 차를 마시면 조금은 안정되겠지. 그러나 그것은 그녀의 착각이었다. 차를 마시고 그를 기다리는 동안에도 승주의 온갖 말들이 그녀의 뇌리를 스쳤다.

"그 자식이 청바지 모델 할 때는 근근이 밥만 먹고살았어. 근데 얼마 안 돼서 그 자식이 드라마 주인공으로 캐스팅되지. 그 한 편이 지금의 그 자식을 만들었다고 해도 과언이 아닐 거야. 그게 바로 그 자식의 뒤에는 그 자식을 스폰해 준 C씨가 있어 가능했다는 거야."

고개를 흔들었다. 그를 누구보다도 잘 안다. 아니, 그 시절엔 몰랐지만 지금은 잘 안다. 그가 어떤 사람인지. 그의 진심이 누구를 향했는지도. 그런데 왜 이렇게 불안한 것일까.

"그것뿐이 아니고 그 자식이 D그룹의 주식을 꽤나 많이 소유했어. 하필이면 그 자식이 D그룹 주식을 갖고 있을까 생각을 해봤지. 결론은 스폰 대가로 받은 거지. 편법으로 받았는지 그 관계는 더 알아봐야 하겠지만 그 자식이 무슨 수로 그 많은 재산을 불렸겠어. 그게 다 몸을 팔아서 얻은 거야."

아니라고 두 귀를 막아버렸다.

"내 말을 정 못 믿겠으면 오늘 저녁 9시쯤 그리로 가. 먼저 가서 잠복을 해. 확인을 하라고. 네가 직접 확인해야 믿는다면 그렇게 해. 그 자식한테 속지 말고."

귀를 막았지만 승주의 이죽거리는 음성은 사라지지 않았다. 그녀는 직접 확인하지 않고는 믿을 수가 없었다. 분명 그날 잠결에 그를 확인했을 때는 없었지만 아침에 깨었을 땐 옆에 있었다. 말끔히 면도를 한 깨끗한 얼굴이었다. 이번에 딴 CF 계약 때문에 일찍 나가봐야 한다는 그는 너무나도 눈부신 흰 와이셔츠 차림이었다.

그녀가 그의 품에 안겨 말했다.

'멋져요. 이럴 때면 꿈을 꾸는 걸로 착각해요. 서강준이란 남자는 눈을 뜨고 만날 수 있는 남자가 아닌데, 먼 곳에 있는 사람이라고 생각했는데, 어느새 그런 남자가 내 남자가 되어 침대에서 나를 봐주다니. 나 꿈이면 어쩌죠?'

그가 대답 대신 환하게 웃었다. 눈이 부실 정도로 맑은 웃음이었다. 그를 보는 순간조차도 너무 좋았고 행복했다.

'근데 언제 일어나 씻은 거예요? 너무 부지런한 것 아니에요?'

그녀가 묻자 그가 어깨를 으쓱했다.

'좀 전에. 참, 어제는 네가 많이 피곤한 것 같아서 안 깨웠어. 빨리 준비해. 출근해야 할 시간이야.'

그가 몸을 움직이며 일어나려고 했다. 그녀는 좀 더 있고 싶어서 그에게서 떨어지지 않았다.

'좀 더 있어요. 근데 어제는 왜 안 깨웠어요?'

그가 맞닿은 가슴을 살짝 떼고는 느릿하게 말했다.

'네가 피곤한 것 같아서.'

그의 배려가 고마웠다. 그녀가 방긋 웃으며 몸을 일으키다가 어젯밤 일이 문뜩 생각나 말했다.

'참, 근데 어제 강준 씨 옆에 없더라. 어디 나갔다 온 거예요?'

그냥 물었다. 그런데 그의 반응이 예민했다. 왠지 괜히 물은 것처럼 물은 사람이 미안할 정도였다.

'가긴 어딜 가. 거실에 있었어.'

그가 당황하자 그녀는 재밌었다. 그냥 물어본 건데 뭘 그렇게 죄지은 사람처럼 굴까. 그녀는 웃어넘겼다.

그 웃어넘긴 일이 왠지 마음에 걸렸다. 승주의 말대로 그녀가 자던 그 시간에 그가 C씨를 만난 것일까? 거기까지 생각이 들자 미칠 것 같았다. 곧 확인하고 싶은 충동이 스멀스멀 그녀의 전신을 감쌌다.

그녀는 머리를 흔들었다. 이런 모습은 한겨울이 아니다. 백승주가 원하는 것이 바로 흔들리는 자신의 모습일 것이다. 그녀는 백승주의 말을 믿고 싶지 않았다. 하지만 분침이 9시를 향해 달려가는 동안에 강준에 대한 신뢰가 점점 무너져 갔다.

시각을 확인했다. 시계의 분침이 정확히 9시를 가리켰다. 서서히 불안해지기 시작했다. 입안에 침이 바싹 마르더니 몸에 열이 났다. 손바닥은 얼마나 힘줘 쥐었는지 마비가 돼서 잘 펴지지 않았다.

초침이 가는 소리가 귀에 들리는 듯했다. 미리 가야 강준과 C씨가 만나는 것을 확인할 수 있다는 승주의 말이 귓가를 맴돌았다. 그녀는 초조해지자 더는 참지 못하고 일어났다. 뭔가에 홀린 사람처럼 외투를 집어 들고는 집을 나갔다. 차에 올라 곧장 성현의 가게, 아담과 이브 퓨전 레스토랑을 향해 운전했다.

숨이 차도록 운전을 한 것 같았다. 앞뒤 생각도 않고 도착한 곳은 성현의 식당 주차장이었다. 워낙 주차장이 넓어 한쪽에 세워두고 식당을 오가는 사람들을 살펴도 될 만큼 주차공간이 커서 여유가 있었다.

그녀는 숨죽이듯이 가게를 주시했다. 차를 대는 사람들과 식당을 빠져나오는 사람들로 식당은 붐볐다. 차 안의 그녀를 누가 볼

세라 몸을 낮춰 눈이 빠져라 식당 문을 응시했다. 힘을 준 눈을 혹사시켰나 보다. 눈이 벌겋게 충혈된 듯 아팠다. 하지만 식당 정문을 응시한 채 꼼짝하지 않았다.

초조와 불안 때문에 또다시 시각이 재깍재깍 가는 소리가 들리는 듯했다. 무엇을 위해 이렇게까지 해야 되는지 의문도 생겼다. 이렇게까지 해서 무엇을 얻으려는지 초라했다. 이런 모습이 진정 한겨울의 모습은 아니었다. 승주에게 여자들이 많다는 소문을 듣고도 의연했다. 그런데 이번엔 달랐다. 승주에게 당한 기억 때문일까? 아님 더는 당하고 싶지 않은 처절한 몸부림일까.

승주의 전화에 흔들려 강준의 뒤를 밟는 것이 한심했다. 이건 아니란 생각을 했다. 설사 강준이 그녀를 배신한다고 해도 지금처럼 행동하면 안 된다.

그녀는 더는 초라해지고 싶지 않았다. 만약 강준이 스폰 관계의 여자와 현재 진행형일지라도 그가 말해줄 때까지 기다려 줘야 한다고 생각했다. 그것이 그녀가 힘들 때 옆을 지켜준 그에 대한 신의라고 생각했다. 사랑에도 믿음과 신뢰가 바탕을 이뤄야 한다는 생각이었다. 그녀는 몸을 움직여 시동을 켰다. 그때 누군가가 운전석 유리창을 똑똑 두들겼다. 반사적으로 고개를 돌리며 유리를 내리다가 소스라치게 놀랐다.

"혹시 했는데 네 차였어. 여긴 웬일이야?"

"강준 씨?"

그의 질문에 대답도 못한 채 몸이 굳었다. 그녀를 의문스럽게 보다가 아! 하며 탄성을 질렀다.

"성현이 이 자식. 그렇게 말하지 말랬더니."

그가 아쉽다는 표정으로 말했다.

"크리스마스이브에 맛있는 요리 만들어주려고 했더니 글렀네. 근데 뭐 해? 내리지 않고. 어차피 들켰으니 오늘 만들어줄게."

그가 운전석 문을 열어주었다. 그의 말을 이해는 못했지만 얼떨결에 그가 내민 손을 잡았다. 차에서 내리자 그가 허리를 살짝 당겨 몸에 붙였다. 목각 인형처럼 뻣뻣하게 긴장한 그녀에게 말했다.

"내가 밤눈이 밝다니까. 저기에다 주차하고 내리는데 네 차 같았어. 그래도 설마 했지. 네가 이 시간에 여기 있을 사람이 아니라서. 근데 왠지 신경이 가더라. 너라서 그랬을 거야."

기분이 좋아 보였다. 흐뭇한 시선으로 그녀의 볼을 쓸어주었다. 하지만 그녀는 어떤 말도 할 수 없었다.

"오늘 안 들켰으면 연구 좀 더 해서 맛있는 요리를 탄생시켰을 텐데. 하는 수 없다. 맛없어도 맛있다고 먹어줘야 해. 그간 성현이한테 요리 배우려고 너한테 거짓말까지 했는데."

순간 머리가 아팠다. 그의 표정을 살피는데 어떤 거짓말로 위장한 것 같지 않았다. 너무도 자연스런 행동이었다. 그녀는 도대체 왜 여기에 섰는지 후회했다. 그러면서도 알고 싶었다. 그가 말하는 핵심의 요지를 듣고 싶었다.

"그간 성현 씨한테 요리를 배운 거예요?"

"어. 너 알고 온 것 아니야?"

그가 당연한 듯이 물어 당혹스러워웠다. 아무리 생각해도 잘못 짚었다.

"그게…… 사실은……."

이대로 식당에 들어가면 안 될 것 같았다. 여기에 온 것을 성현의 연락쯤으로 아는 그가 성현에게 타박할 것이다. 그렇다면 아니란 것이 밝혀진다. 그녀는 이 자리를 피하는 것이 우선이라고 생각했다. 만약 그를 의심했다는 사실을 알게 된다면 걷잡을 수 없는 사태까지 발전할 것이다. 사랑하는 여자가 자신을 믿지 못했다는 사실을 알고 멀쩡할 남자는 없다. 그녀가 강준의 손을 잡았다.

"강준 씨, 오늘은 그냥 집에 가요. 난 저녁도 먹었고 지금 또 먹기도 부담스러워요. 이브에 먹어요."

"그래도 여기까지 왔는데 성현이 얼굴은 보고 가. 성현이가 너 얼굴 보고 싶다고 했어."

"나중에, 나중에 봐요."

그녀는 당혹스러워 그의 팔을 끌었다. 그가 그녀의 얼굴을 살폈다. 왠지 얼굴이 창백했고 몸을 떨었다. 그녀의 안색을 살피던 그가 걱정되어 고개를 끄덕여 주었다.

"좋아. 내가 운전할게 키 줘. 네 차 타고 가자. 너 내일 출근해야 하잖아."

그가 허락하며 손을 내밀었다. 그녀는 성현을 만나지 않아 다행이다 생각하며 얼른 차 키를 넘겨주었다. 그가 차 문을 열고는 운전석에 앉았다. 겨울이 앉은 자리라서 그가 시트를 뒤로 빼 공간을 확보하는데 조수석에 봉투가 보였다. 뭔가가 삐죽 나와 있는데 사진 같아 그것을 집었다.

그런데 그의 차 사진이 아닌가. 지금 사는 아파트 입구에서 찍힌 것들이었다. 일순 표정이 굳었다. 대체 겨울이 이 사진을 왜 갖고 있는 것일지. 이런 것들을 어떤 이유로 찍었을지 궁금했다.

그가 굳은 표정으로 고개를 쳐드는데 자리에 앉으려던 그녀와 눈이 마주쳤다. 순간 그녀가 당황했다. 그 모습이 예사롭지 않았다. 그 모습은 사진의 내용을 이미 알고 있다는 당혹스런 표정이었다.

"이게 뭐지?"

그가 묻자 그녀가 황급하게 그의 손에 들린 사진을 뺏었다.

"아무것도 아니에요."

이상한 직감이 들었다. 그녀의 당황한 모습을 보자 분명이 겨울은 이 사진에 대해서 알고 있는 눈치였다.

"뭐야? 오늘 너 이상해. 여기에 온 것부터 수상해. 대체 이 사진은 어디서 났고 여긴 왜 온 거야. 성현이가 연락한 게 맞아?"

겨울이 죄를 지은 사람처럼 고개를 숙였다. 분명히 뭔가가 있다는 생각이 들었다.

"성현이가 너한테 전화 안 했지? 어쩐지 들어가지 않고 자꾸 집에 가자고 허둥대는 것이 이상했어. 성현이가 내 말을 어기고 너한테 전화할 애가 아니야. 말 못해! 말을 못하는 것 보니 너 혹시 사람을 시켜서 나를 미행했어? 그래!"

묻다 보니까 점점 깊숙이 알고 싶었고 그럴수록 그 나름대로의 짐작이 되자 화가 치밀었다.

"왜 대답을 못해? 대체 여긴 왜 온 건데!"

"강준 씨, 사실은…… 그러니까……."

그녀는 벙어리가 된 것처럼 말을 더듬거렸다. 그의 눈빛이 싸늘하게 변했다.

"타."

집에 가서 자세히 물어봐야 할 것 같았다. 그가 명령하듯이 말했다.

"타라니까."

처음이었다. 이렇게 화를 내는 것은. 처음으로 그의 화난 모습을 본 겨울은 굳은 채로 차에 올랐다. 그녀가 차에 오르자마자 그는 금세 차를 출발시키지 못했다. 길게 한숨을 내쉰 그는 핸들에 이마를 기댄 채 엎드려 있었다. 회의로 점철된 얼굴이 어두워졌다.

잠시 깊은 생각을 하던 그가 고개를 들더니 운전했다. 천천히 식당 주차장을 빠져나가며 성현에게 전화를 걸었다.

"나야. 오늘은 기다리지 마."

[너 방금 우리 식당에서 나갔지?]

"어떻게 알았어?"

[들어오시는 손님들이 쑥덕거리는 소리를 들었어. 네가 애인한테 막 소리쳤다고.]

"별일 아니야."

[크리스마스이브에 서프라이즈해 준다더니 오늘 해주기로 마음이 바뀐 거야? 근데 왜 싸워.]

그의 미간이 좁혀졌다. 방금 전까지 찜찜했던 것이 한순간에 해결되었다. 성현이 겨울이를 불러서 여기에 온 것이 아니란 사실은 확실해졌다.

그는 전화를 걸던 그대로 고개를 돌려 무섭게 그녀를 쏘아보았다. 그녀는 겁이 난 듯 입술을 깨물며 고개를 숙였다. 그는 고개 숙인 겨울을 응시한 채로 친구에게 짜증을 냈다.

"싸운 것이 아니라니까."

[싸운 게 아닌데 손님들이 왜 그래? 여기 온 손님들이 그럼 다 거짓말한 거야? 대체 무슨 일이기에 왔다가 그냥 가는데?]

"아니라니까. 끊어!"

그는 지금 친구에게 화를 내는 것이 아니었다. 자기에게 화를 낸 것이다. 그의 고함에 그녀는 움찔 몸을 떨었다. 그는 시선을 정면으로 둔 채 침묵하며 운전했다. 그런 사람에게 겨울은 사실대로 설명도 못했다. 차가 아파트에 도착할 때까지 죄인처럼 고개도 들지 못했다.

그가 차에서 내리며 화가 풀리지 않은 음성으로 말했다.

"그 사진들 가지고 내려."

그녀에게 단호하게 말했다. 그러곤 성큼성큼 엘리베이터에 올랐다. 겨울은 그가 시킨 대로 사진들을 챙겼다. 언제 불벼락이 떨어질지 몰라 숨죽이며 그의 뒤를 따라 올랐다.

그는 현관에 들어서자 쓰고 있던 모자를 벗고는 그녀를 기다렸다. 잠시 후 조심스럽게 다가서는 그녀의 손에 들린 봉투를 뺏고는 봉투 속에 든 사진들을 꺼냈다. 봉투를 바닥에 버리고 사진들 하나하나를 세세히 보았다.

그의 미간이 점점 좁혀졌다. 그는 살핀 사진들을 테이블 위로 던졌다. 사진들은 테이블 위와 바닥으로 나뉘어 떨어졌다.

"저 사진들은 대체 뭐야?"

그녀는 죄를 지은 사람처럼 말을 못했다.

"말 안 해? 저걸 누가 찍었냐고! 네가 찍었어? 솔직히 말 안 해!"

그가 고함을 치자 죄인처럼 떨던 그녀가 말했다.

"승주 씨한테 받았어요."

그녀의 대답에 충격을 받은 그가 말했다.

"백승주 그 인간을 아직도 만나? 그래!"

그녀를 죽일 듯이 노려보았다. 겨울은 그에게서 맹수의 번득이는 눈빛을 보았다. 언제 잡아먹힐지 몰라 숨을 할딱이는 초식동물처럼 그녀가 숨도 못 쉬며 자백하듯이 말했다.

"그 사람을 만난 것이 아니고 그 사람 어머니를 만났어요. 어차피 한 번은 인사를 드려야 하니까. 전화가 와서 만났는데 그것들을 주었어요."

"그런데."

"그게 다예요. 난 그저…… 그냥……."

그녀가 말을 못하고 울먹거렸다. 그는 그녀가 거짓말을 한다고 보았다.

"그게 단데 왜 나를 미행했지?"

"그건…… 그러니까……."

"거짓말하지 말라고 했지!"

버럭 고함을 질렀다. 그의 고함에 겁이 난 그녀가 파르르 입술을 떨었다. 이미 겁에 질린 그녀의 입술은 파랗게 질렸다.

"넌 나를 의심했어."

그의 주먹 쥔 손이 부들부들 떨었다. 겨울은 그런 그가 무서웠다.

"그건 아니에요. 내가 다 말할게요. 흥분하지 말아요."

그녀는 이런 적이 처음이라서 어떻게 대처해야 할지 몰랐다. 그는 극도로 흥분한 듯 실핏줄이 터져 있었다. 시뻘건 그의 눈동자는 맹수의 눈처럼 느껴졌다.

"……사실은 강준 씨한테 스폰이 있는데 그 상대가 D그룹의 딸 C씨라고 했어요. 그 여자가 강준 씨를 키워준 사람이라고. 그리고 아직도 성현 씨 레스토랑에서 만난다고 확인해 보라고 해서…… 그래서……."

그가 비틀거렸다. 좀 전의 충격에 더한 충격을 받은 듯했다. 그녀는 차마 마주 볼 용기가 나지 않아 고개를 숙였다.

"그래서 나를 미행했군. 나보다…… 그 인간의 말을 믿었다는 거고."

좀 전의 고함과는 달리 차분했지만 모든 것을 포기한 듯이 말했다. 힘이 없는 듯 들렸다가 이를 가는 소리처럼 들리기도 했다. 으스스한 그의 음성에 그녀는 고개를 흔들었다.

"꼭 그래서 성현 씨 레스토랑에 간 건 아니에요. 그저 확인하고 싶었어요. 근데 막상 갔지만 돌아서려던 중에 강준 씨한테 들킨 거예요. 그게 다예요. 다른 생각은 하지 말아요."

그녀가 사실을 말했지만 그는 듣지 않았다. 이미 그는 판단하고 단정 지었다. 그녀가 그를 의심했다는 사실을.

"어쨌든 넌 나를 미행했고 의심했어."

그는 허탈했다. 그를 믿어주고 이해해 줘야 할 단 한 사람에게 의심을 당했다는 사실에 힘없이 실실거렸다. 전신의 모든 피가 빠져나가는 느낌을 받았다. 자신을 절대적으로 믿어줘야 할 사람이 겨울이라고 생각했다.

무기력해졌다. 다리에 기운이 빠져 소파에 앉았다. 힘이 없는 것은 상체도 마찬가지였다. 축 늘어트린 상체로 애써 버티며 생각했다. 믿었던 사람에게서의 배신감이 이렇게 허무한 것인지. 다시 재회했을 때는 이런 시행착오를 전혀 생각도 못했던 그로서는 허탈했다.

그는 자신의 사랑 하나만으로 그녀를 온전히 받아들인다면 결코 또다시 후회 같은 것은 없을 것이라고 믿었다. 그런데 그것은 착각이었다. 그가 생각하는 것만큼 그녀는 그를 사랑하지도 믿지도 않는 것 같았다.

연예계에 발을 들여놓고 늘 그의 뒤를 따라다니던 것이 C씨와의 스캔들이었다. 하지만 그는 자신만 아니면 괜찮다고 의연하게 대처했다. 그리고 그 설들은 차차 사람들 뇌리 속에서 사라졌다. 그 스캔들을 겨울이 의심했다. 겨울의 의심으로 그는 한순간에 모든 것들이 무너지는 것 같았다.

그가 고개를 들고 일어서선 그녀에게 다가갔다. 거리를 좁히는 그의 기세가 맹수처럼 사나웠다. 지금껏 그가 그녀의 앞에서 보여준 감정은 보여줬다고 할 수도 없을 만큼 미비한 것이었다.

"미진 씨와의 스캔들을 의심했어? 대답해 봐!"

무서웠다. 원초적인 두려움에 그녀는 옴짝달싹하지 못했다. 그에게서 흘러나오는 냉랭함이 사람을 도망치지도 못하게 만들었다.

"왜 대답을 못해! 내가, 그러니까 지금 내가, 남창 짓을 했다는 걸 듣고 싶은 거잖아. 네 말인즉슨 내가 미진 씨의 기둥서방 짓을 해서 이 자리까지 왔다는 말을 듣고 싶은 거잖아."

"아, 아니에요. 그건 아니에요."

"그만두자."

그가 파르르 떠는 그녀 앞에서 전신을 늘어트린 채로 돌아섰다.

"이미 결론이 났는데 더 물어보면 뭐 하겠어. 백승주의 말을 더 믿었으니까 나를 의심하고 미행했을 텐데. 그 인간의 모함이 내 진실보다 더 중요했겠지."

이성이 나간 사람처럼 허탈하게 웃는 그의 눈빛이 스산했다. 동공엔 이미 촉촉한 이슬이 비쳤다. 그의 황량한 시선이 그녀에게서 멈췄다. 그가 매끄럽지 못한 동작으로 그녀의 볼을 감쌌다. 강압적인 손놀림이 아니었는데 그녀는 곧 숨이 넘어갈 사람처럼 하얗게 질렸다.

"너를 어떻게 할까?"

그녀에게 묻는 말이 아니었다. 그는 지금 고민하고 있었다. 아직도 승주의 감언이설에 속는 그녀를 어떻게 처리해야 좋을지에 대해서. 고민하는 동안 그는 그녀의 입술을 엄지로 부드럽게 쓸었다. 운동으로 약간은 거칠어진 피부의 표면을 기억한 입술이 바들바들 떨었다.

"내가 너를 어떻게 했으면 좋겠어?"

느릿하게 입술을 더듬는 손길에 심장이 요동쳤다. 그는 그녀의 심장을 쥐고 흔들었다.

"아까 그 말 다시 해봐. 미진이가 내 스폰이라고 했던 말."

달콤하게 속삭이는 음성에 도사리고 있는 잔혹함을 알고 있는 그녀는 떠듬떠듬 입술을 움직였다.

"……미안해요. 승주 씨의 말을 믿지 않으면서도 내 속에 잠재된 무엇이 승주 씨의 말을 믿으라고 명령했어요. 강준 씨가 요즘 이상하게 늦는 것이 일치해서 그만……. 하지만 강준 씨를 사랑해서 그랬어요. 믿어줘요."

그녀의 두 눈에서 후회의 눈물이 주르륵 흘러내렸다. 그가 경멸의 눈빛으로 그녀의 귓불을 부드럽게 만지작거렸다. 그녀는 그의 눈빛을 잊을 수가 없었다.

"이제 와서 믿는다?"

볼을 감싼 채로 그의 손끝이 다시 입술을 더듬었다. 그녀의 심장이 그의 손아귀에 있었다. 차가운 시선, 느릿한 손길로 숨이 막혔다.

"처음부터 왜 나를 믿을 수 없었던 거지?"

"그건."

"네 말을 내가 믿을 거라고 생각해?"

"강준 씨."

비릿하게 웃는 그의 목소리에 한층 노여움이 더했다.

"나를 이렇게 비참하게 만들고도 무사한 넌 대단한 여자야."

오해해서 미안하다고 말하고 싶었다. 승주의 말을 전적으로 다 믿은 것은 아니라고. 그러나 말하기 위해 입술을 여는 순간 그가 거칠게 달려들었다. 맹수처럼 빠르고 날카롭게 그녀의 입술을 점령했다. 부족한 공기는 그를 통해서만 그녀의 입안으로 들어왔다. 그녀는 눈을 감은 채 그를 끌어안았다. 그녀가 내쉬는 숨도, 상처 난 입술도 그가 모조리 집어삼켜 버렸다.

13. 밝혀진 진실

엄동설한 같은 길고 긴 밤이 지났지만 긴 밤의 터널에서 완전히 빠져나오진 못했다. 겨울은 한집에 사는 동거인쯤으로 취급하는 그의 냉대에 서러웠다. 그는 어김없이 스케줄이 끝나면 현관문을 열고 들어왔다. 그녀가 문을 열 기회조차 주지 않았다. 그녀는 그저 현관 앞에서 그를 맞았다.

"은지 작품 촬영 들어갔다고 들었어요. 피곤하죠? 물 받을까요?"

그녀의 말에 강준은 들어서다 말고 그녀를 바라보았다. 그녀를 대하는 삐딱한 시선은 여전했다. 그녀와 눈이 마주칠 때마다 그녀에게 차가운 마음을 실어 보냈다. 그의 마음을 받은 그녀는 차곡차곡 쌓아 올렸다. 엉기고 섞인 감정은 더는 처음처럼 돌아갈 수 없었다. 미워하면서 사랑하고 사랑하기에 원망했다.

그녀는 방으로 들어가는 그의 뒤를 따랐다. 그녀가 방문을 여는 것과 동시에 그가 욕실로 들어갔다. 문 닫히는 소리마저도 냉랭했다.

그 이후로 그녀의 생활은 모든 것이 달라졌다. 그는 그녀와 말도 섞이길 거부했다. 눈이 마주치는 것도 사양했고 식사도 해결하고 들어왔다. 그는 마치 하숙생처럼 굴었다.

서러웠다. 차라리 눈을 붉히며 고함이라도 쳤다면 의심한 것 평생 갚으며 살겠노라 애원이라도 할 것이다. 무릎이라도 꿇으라면 꿇고 싶었다. 하지만 그는 어떤 것도 하지 않았다.

그녀는 그를 기다리지 않고 먼저 침대에 누워 눈을 감았다. 눈을 감은 채로 욕실에서 나온 그의 움직임을 좇았다. 무엇을 하는지 한동안 멈춰 있던 그의 발걸음 소리가 들렸다. 슬리퍼가 끌리는 미세한 소음, 자박거리는 소리가 점차적으로 멀어져 갔다. 그는 그녀의 옆에서 잠자지 않았다. 그녀에게 거리를 두려는 듯이 옆방에서 지냈다.

서러움의 눈물이 복받쳐 흘러내렸다. 등 뒤의 온기가 그녀의 등을 감싸던 것이 엊그제 같은데 그건 먼 옛날의 추억이 되어버렸다. 몸이 기억한 그의 손길이 닿지 않자 그녀는 뜬눈으로 밤을 지새웠다.

그렇게 지루하고 피곤한 날이 지속되던 어느 날이었다. 일과를 마치고 퇴근 시간이 다가올 시각에 낯선 번호로 전화가 걸려왔다. 순간 승주가 전화번호를 새로 만들어 전화한 것은 아닐지 주저했다. 하지만 그녀가 피할 이유는 없었다. 만약에 승주라면 할 말이 많았다. 승주 때문에 처해진 상황이 너무도 곤혹스러워 따지려고 받았다.

[한겨울 씨죠?]

"……네. 그런데 누구시죠?"

낯선 사람은 그녀가 아는 사람도 승주도 아니었다.

[저는 정미진이라고 합니다. 강준 씨의 스캔들 C양이 저예요. 이렇게 소개해야 아실 것 같아서요.]

순간 D그룹의 C씨가 떠올랐다. 무슨 일로 전화를 걸었을까? 자신의 번호는 어떻게 알고 전화를 걸었을까? 동시에 온갖 생각들이 떠올랐다가 산만하게 사라졌다. 그녀는 침착하게 말했다.

"제 연락처를 어떻게 아셨죠?"

[죄송해요. 물어물어 알아냈습니다.]

"무슨 용건이시죠?"

[잠깐이라도 뵈었으면 싶어 초면에 실례지만 회계사님 사무실 근처 카페에 나왔어요. 바로 앞 건물.]

그녀가 내다보면 늘 보이던 3층 건물을 말하는 것이었다. 그녀가 회계사인 것까지, 사무실이 어디에 있는지 속속들이 알고 찾았다. 순간적으로 막장 드라마 속에 그녀가 들어간 것 같은 착각이 일어 어이없는 웃음이 나왔다. 그녀의 신상 정보쯤은 파악을 끝낸 상대가 궁금해지는 순간이었다.

"이렇게 가까이까지 오셨으니 잠시만 기다려 주세요. 곧 나가겠습니다."

[허락해 주셔서 감사합니다.]

여자는 상냥하게 전화를 끊었다. 겨울은 사무실에서 나와 건물을 빠져나갔다. 건너편 커피숍으로 가려고 조금 걸어 횡단보도 앞에 멈추곤 카페가 있는 층수를 확인했다. 밖에 서 있는 그녀는 안을 볼 수 없지만 그 안에 있을 여자는 아마도 그녀를 살피고 있을지도 모른다는 생각에 좀 더 자세를 단정히 고쳐 잡았다. 단아하고 우아한 기품의 여인으로 보이고 싶었다. 서강준이란 톱스타의 여자가 자신인 이상 상대보다 우월해야 한다는 생각이 그녀를 더욱 작게 만들었다.

긴장되었다. 초조해서 초록불이 켜지는 것을 보지 못해 대신 청각장애인을 위한 음성 지원에 문뜩 고개를 들고 횡단보도를 건너 1층이 베이커리인 그 건물 앞에 섰다. 곧이어 베이커리로 들어가야 커피숍이 나오는 건물 안으로 들어갔다. 곧장 2층 계단을 올라 둘러보았다. 한 여자가 눈에 띄었다. 그녀 또래의 연령대로 보였고 청순하고 예쁜 얼굴이라서 잊히지 않을 외모의 소유자에게서 시선을 떼지 못했다. 지독하게도 그와 스폰 관계에 있다고 늘 따라붙던 그 여자 같았다. 어쩌면 희생양이 된 그녀에게 다가가자 여자가 고개 숙여 알은체를 했다.

"혹시 한겨울 씨?"

"네."

"처음 뵙겠습니다. 정미진입니다."

"처음 봬요. 한겨울이에요."

가까이 봐서일까? 미진의 피부는 까칠했고 안색은 말할 것도 없이 창백했다. 병이 있나 싶을 정도로 바싹 말라 있었다. 겨울이라 수분 증발이 심해 하얗게 뜬 입술이 여자의 마음고생을 말하는 것 같아 영 불편했다.

“미리 연락을 드리지 않고 이렇게 불쑥 찾아 죄송해요. 만나뵙고 드릴 말씀이 있어서…….”

미진은 그녀에게 정말 미안해 죽겠다는 얼굴로 고개를 조아렸다. 그와의 가십이 사실이니 그를 놓아달라고 부탁이라도 하러 온 것처럼 느껴졌다. 입술이 말랐다. 미지근한 물보다는 술이 절실했다.

“위에 칵테일 바가 있어요. 차라리 거기로 옮기는 것이 편할 것 같은데요. 어차피 퇴근할 시간이고 좀 취해도 괜찮은 나이들이니까요. 저한테 하고 싶은 말씀이 있으신 것 같은데 그 편이 편하실 것도 같고요.”

그녀는 미진의 동의도 구하지 않고 돌아섰다. 속 좁게 이러지 말아야지 마음을 다잡아도 의지를 배반하고 돌아선 마음은 저만치 달려가 버렸다. 이 여자가 미웠다. 자신보다 청순하고 예뻐 보였다. 그와 관련된 어떤 것을 말하려고 자신을 찾았을 것이기에 그도 미웠다. 그녀 자신은 더더욱 미웠다.

3층 계단을 오르는 내내 그녀는 미진에게로 시선을 돌리지 않았다. 칵테일바 구석 자리에 마주 앉을 때까지 침묵은 계속되었다. 미진은 몹시 난처한 얼굴을 했다. 그녀의 눈치를 살피며 조심스런 기색을 숨기지 못했다.

그녀는 칵테일을 주문했다. 곧이어 핑크빛과 초록빛의 영롱한 빛깔의 칵테일이 나왔다. 손짓으로 들라고 말하곤 단도직입적으로 물었다.

"저를 보자는 용건이 뭔가요?"

미진은 머뭇거리더니 지금껏 감춰두었던 절절한 사연을 호소했다. D그룹의 귀하디귀한 공주님의 자세치곤 너무도 허약하게 나왔다. 그것이 뻔히 계획된 연출일지라도 드라마 속의 주인공처럼 애절했다. 미진의 두 눈에 이미 이슬이 촉촉이 맺혔다.

미진은 강준을 만나기 전부터 그가 청바지 모델로 화보를 통해 세상에 나왔을 시절부터 그를 좋아하게 되었다고 말했다. 그를 가까이 자주 보기 위해 그가 런웨이를 설 때마다 쫓아다녔다. 그의 팬이 된 그녀는 아버지 그룹의 계열사인 의류업체에서 하는 패션쇼를 관람하던 중 그를 가까이서 보았고 기념사진을 찍었다. 그 사진이 패션지에 소개되었고 지금까지 그의 스폰서로 낙인찍혔지만 싫지 않았다. 오히려 사람들 입에 오르내리도록 부추겼다. 더는 그의 옆에 다른 여자들이 서지 못하도록 방어막을 쳐버린 것이었다. 미진의 말을 듣던 그녀는 놀라 가슴을 쓸었다.

"강준 씨에게 그 누구도 달라붙지 못하게 철벽 수비를 했어요. 그 덕에 강준 씨는 게이란 소문까지 들었죠. 강준 씨는 괴로웠겠지만 난 좋았어요. 그 사람 옆에는 어떤 여자도 설 수 없었으니까."

그렇게 기회를 엿보던 3년 전이었다. 그도 그녀를 싫어하지 않은 눈치라서 은근슬쩍 마음을 표현했지만 한번에 거절당했다. 아직은 여자를 사귈 마음이 없다는 것이었다. 그러나 미진은 굴복하지 않고 지금까지 그의 곁에 남았다. 언젠가는 그가 미진의 마음을 받아줄 것이란 희망 때문이었다. 물론 그녀에게 한 가지 걸림돌이 있었다. 그가 마음을 받아줘도 부모님을 설득하는 문제가 남아 있었다.

"겨울 씨가 알지 모르겠지만 우리들 사는 세계의 결혼관은 좀 달라요. 전 평범한 사랑을 하고 싶었지만 부모님은 그 반대를 원하셨어요. 그럴 때마다 충돌했어요. 매번 힘들었지만 언젠가는 그의 곁에 갈 수 있다는 희망고문 때문에 버텼어요. 그런데 겨울 씨가 나타나더니 강준 씨가 느닷없이 공개 연애를 해버린 거예요. 난 충격을 받았고 절망했어요. 나를 떼놓기 위한 아버지의 계획에 그가 휘말려 든 것인지 알아보았지만 사실이 아니었어요. 나는 오랜 기간을 하루같이 그 사람의 마음을 돌리려고 애썼는데 겨울 씨는 단번에 그 사람의 마음을 빼앗은 거예요."

미진의 말을 듣는 순간 오싹했다. 미진은 죽을 만큼 강준을 사랑하는 것 같았다. 그녀는 절망했다. 미진의 말이 사실이라면 강준은 무고했다. 그녀를 기만한 적도 없고 그녀가 위급할 때 도와준 죄밖에 없다. 오히려 그녀가 승주에게 놀아나 그를 의심하고 기만한 것이다. 승주의 감언이설에 속아 휘둘려 그를 아프게 만든 장본인이었다. 그의 괴로움을 알면서도 노력하지 않고 오히려 적반하장 식으로 그가 먼저 손을 내밀기를 기다린 것이 전부였다.

겨울은 자신이 너무도 뻔뻔한 철면피처럼 느껴졌다. 제 손에 든 떡은 놓고 싶지 않고 오히려 떡이 맛없다고 타박했다. 스스로의 부족함이 부끄러웠다. 하지만 그것을 티내고 싶지 않아 귀에 거슬린다고 얼굴을 붉혔다.

"이런 말을 들을 거란 예상을 못해 당황스러워요. 그래서 저한테 무슨 말씀을 하고 싶으신 거예요?"

"믿기 힘드시겠지만 전 아직도 강준 씨를 좋아해요. 강준 씨도 나를 싫어하는 것만은 아니에요. 그래서 이렇게 끝내기엔 억울해요."

겨울은 할 말이 없었다.

"실례가 되는 걸 알면서도 겨울 씨에 대해서 알아보다가 흥미로운 사실을 알아냈어요. 겨울 씨는 이미 파혼했던 경력이 있네요. 제가 잘못 안 건가요?"

미진이 끝내 그녀의 파혼 전력까지 거론했다. 숨기고 싶었던 비밀이 드러났다. 겨울은 사색이 되었다.

"그런 분이 어떻게 강준 씨 같은 톱스타를 상대하려 하는지 강준 씨의 공개 연애 기사를 보고 처음에 믿기지 않았어요."

미진은 처음과는 달리 노골적으로 그녀를 질책하며 무언의 압박을 해왔다. 파혼 경력의 여자가 어떻게 푸릇푸릇한 톱스타를 넘볼 수 있느냐. 뻔뻔한 것 아니냐고 묻는 것 같아 더는 참을 수가 없었다.

"네. 미진 씨가 말한 것처럼 전 이미 파혼을 한 번 겪은 사람이에요. 그러나 그게 큰 흉은 아니잖아요. 그리고 지금 내가 왜 여기서 미진 씨의 말을 듣고 있는지 모르겠어요. 일방적인 미진 씨의 사랑을 강준 씨한테 전해달라는 말을 하고 싶은 건지 아니라면 그런 얘기는 당사자인 강준 씨와 하는 것이 맞아요. 정말 불쾌해요.

그런 말이라면 전 이만 가보겠어요."

감히 톱스타 서강준을 네깟 것이 소유하려고 하는 것이냐. 그 놀부 같은 욕심을 버리라는 채찍으로 들려 화가 났다. 그녀는 자신이 그에 비해 너무도 작은 존재라서 화가 치밀었다. 그의 옆에는 청순하고 예쁜, 공주님 같은 미진이 더욱 잘 어울릴 것 같았다.

그녀가 자리를 박차고 일어났다. 순간 미진이 따라 일어서더니 그녀의 손목을 잡았다. 그러곤 두 손을 모아 간절히 빌었다. 제발 한 번만 살려달라고. 그를 놓아달라고. 그녀만 아니라면 그가 자신에게로 올 거라고. 애원하고 부탁했다. 미진의 애원에 겨울은 굳었다. 이런 여자도 사랑 앞에서 고개를 숙이는데 자신은 지금껏 무엇을 했는지 모르겠다. 이기적인 생각과 오만으로 가득 찬 손으로 미진의 손을 냉정하게 쳐냈다.

"이 손 놓으세요."

그녀에게 부탁을 거절당한 미진은 호소가 먹히질 않자 돌연 자세를 바꿨다.

"내 말 한마디면 내일 당장이라도 서강준이가 묻힐 텐데 그래도 괜찮아? 난 그 남자를 살릴 수도 죽일 수도 있는 칼을 들고 있어. 그런데 댁의 손엔 뭐가 쥐어 있지? 그 사람을 죽일 수는 있어도 살릴 수 있는 힘은 없는 댁이 이렇게 나오면 안 될 텐데."

잘못 들었다고 믿고 싶었다. 이 여자가 방금 무슨 말을 지껄이는지 모르겠다. 지금 그녀보고 그의 곁을 떠나라고 협박하는 것이었다. 그녀는 아무것도 듣지 못한 사람처럼 고개를 돌렸다.

“그렇게 자신 있으면 강준 씨를 뺏어가요. 그럼 될 것 왜 나를 만난 거죠? 자신이 없으니까 그런 것 아닌가요? 이런 얘기 할 거면 다시 전화하지 마세요.”

미진의 앞에서 당당한 여자이고 싶어 끝까지 물러서지 않았다. 하지만 이 자리를 벗어나고 싶었다. 그만큼 미진이란 여자의 배경이 그녀의 어깨를 압박했다.

그녀는 비웃음으로 자신을 볼 것 같은 미진을 칵테일바에 남겨두고 그곳을 벗어났다. 아니, 도망치듯이 나왔다는 말이 맞을 것이다.

횡단보도에서 멍하니 섰는데 미진의 그 말이 그녀의 가슴에 비수처럼 꽂혀 쿡쿡 찔러댔다. 그의 옆에는 미진이 서는 것이 그를 위해서 더할 나위 없을 것 같다는 환청이 들렸다. 어쩌면 그도 그것을 원하는데 자신이 붙잡고 그를 힘들게 만든 것은 아닌지 모르겠다는 생각이 들었다.

“내 말 한마디면 내일 당장이라도 서강준이가 묻힐 텐데 그래도 괜찮아? 난 그 남자를 살릴 수도 죽일 수도 있는 칼을 들고 있어. 그런데 댁의 손엔 뭐가 쥐어 있지? 그 사람을 죽일 수는 있어도 살릴 수 있는 힘은 없는 댁이 이렇게 나오면 안 될 텐데.”

미진이 도도하게 뱉어낸 말이 귓가를 맴돌았다. 그리고 그를 의심했던 그녀를 경멸하듯이 보던 그의 눈빛이 떠올랐다. 순간 감기 몸살처럼 한기가 느껴져 몸을 떨었다.

마침 신호가 바뀌자 횡단보도를 건너 사무실 지하에 주차된 차로 돌아왔다. 차에 올라서야 제대로 된 숨을 내쉬었다.

미진의 말이 진득진득 엉겨 붙었다. 이대로 집으로 돌아갈 수 없었다. 모든 이야기의 중심에는 성현도 있었다. 그에게 모든 사실을 명백히 듣고 처신하리라 생각했다. 지하주차장에서 빠져나와 도로 갓길에 차를 세웠다. 그러곤 성현에게 전화를 걸었다. 한참의 신호가 가고서야 성현이 받았다.

[성현입니다.]

“저, 한겨울이에요. 실례인 것 알지만 전화 통화 가능할까요?”

그녀의 전화를 기다렸다는 듯이 그가 반갑게 받아주었다.

[그렇잖아도 겨울 씨한테 전화를 할지 말지를 고민하던 중이었어요. 그날 강준이하고 싸웠죠? 아직도 화해 못했고.]

성현은 그간 그녀와 강준의 상황을 짐작하고 있는 듯이 말했다. 그녀는 잠시 머뭇거렸지만 전화를 건 용건을 말했다.

“맞아요. 그날 싸우고 화해 못했어요. 근데 그게 저 때문이에요.”

[겨울 씨 때문이라니요?]

“제가 강준 씨를 의심했어요. 강준 씨와 D그룹의 C씨 스캔들을 의심했어요.”

[사실이에요?]

성현이 놀라 물었다.

“네. 그래서 전화를 드린 거예요. 성현 씨가 그 사건에 대해서 아시는 것 있으면 숨기지 말고 사실대로 말씀해 주세요. 그 사람을 돕는다고 보태지 말고요.”

[보태고 말고 할 게 없어요. 그 기사는 오보예요. 사실이 아니라고요.]

단호한 성현의 음성이 거짓이 아니라고 들렸다.

“정말이에요?”

[네. 강준이와 미진 씨는 사귄 적이 없어요. 그러니까 스캔들이 오보란 거죠.]

그녀는 조마조마한 가슴을 쓸어내렸다.

[두 사람은 일로 가끔 만났을 뿐입니다. 우연히 만나면 차나 식사를 하는 정도였고요.]

“제가 방금 미진 씨를 만났어요. 그쪽에서 저에게 연락을 해와서요.”

성현이 한숨을 길게 쉬었다.

[미진 씨가 기어코 겨울 씨를 만났군요. 무슨 말을 하던가요.]

“……별말 안 했어요.”

[그래요. 강준이는 알고 있습니까?]

“아뇨. 몰라요. ……제가 이렇게 성현 씨한테 전화를 한 건 강준 씨도 미진 씨가 자기를 좋아하는 거 아나 해서요.”

[미진 씨가 강준이를 좋아했다고 말하던가요?]

“……네. 아직도 좋아한다고 했어요.”

[저런.]

성현이 놀라는 것 같았다.

[몇 년 전에 강준이가 말하더군요. 미진 씨한테 고백을 받았다

고. 그래서 알고 있었어요. 근데 강준인 그걸 심각하게 안 받아들였어요. 미진 씨를 여자로 생각하지 않아서죠.]

"……."

[요즘에 저하고 미진 씨하고 추진하는 외식업체 프로모션을 하고 있어요. 그래서 미진 씨가 저희 가게에 자주 나와요. 그때 두 사람이 마주친 적이 있어요.]

전혀 모르던 내용을 알게 되었다.

[저번 주였던 것 같은데 강준이는 겨울 씨한테 크리스마스이브에 요리를 만들어준다고 여길 왔고 미진 씨는 나 때문에 들렀고. 그때 두 사람이 주차장에서 마주쳤죠.]

승주가 오해했던 사진 속의 사연이 이렇게 된 것이었다.

"……."

수화기를 사이에 두고 침묵이 흘렀다. 그녀는 모든 것이 자신의 오해에서 비롯되었단 사실에 후회했다. 이제라도 그에게 잘못을 빌고 용서를 받아야 한다. 진심으로 사과를 해야 한다.

[강준이가 요즘 힘들어해요. 그래서 겨울 씨하고 아직 화해를 하지 않았구나, 짐작만 했습니다.]

세상 사람들이 그를 색안경 끼고 봤듯이 그녀도 똑같이 그를 난도질했다. 그녀는 그에 대해서 너무도 무지했다. 잘 안다고 생각했지만 정작 중요한 것은 어떤 것도 알지 못했다.

당장이라도 오해를 풀고 싶었다. 그녀가 그에게 무슨 짓을 한 것인지 잘 알았다. 시각을 확인했다. 이 시간이면 오늘 촬영을 마치고 집으로 올 시간이었다. 그가 성현의 가게를 들르지 않는다면 지금쯤 그도 집을 향해 가고 있을 것이다.

차를 몰았다. 행선지는 그와 그녀가 사는 집이었다.

아파트 지하주차장에 도착했다. 그녀가 들어갈 문 위쪽에 설치된 CCTV가 움직였다. 곧장 엘리베이터로 통하는 문 안으로 들어갔다. 엘리베이터 앞에 서서 문이 열리길 기다렸고 문이 열리자 올랐다. 엘리베이터가 멈춰 내렸다. 긴 복도를 걸어 익숙한 문 앞에 섰다. 숨을 깊게 들이마시고 뱉어냈다. 비밀번호를 누르고 문을 열었다. 그의 구두가 놓여 있었다. 일찍 집에 들어와 있던 것이다. 반가워 눈물이 나올 것 같았지만 참았다.

"강준 씨, 방에 있어요?"

"……."

방금 전까지 사람이 있었던 것처럼 온 방은 불을 훤하게 밝혔다. 그녀는 거실을 지나 침실로 갔다. 그는 보이지 않았다. 드레스룸과 파우더 룸, 욕실 모두를 확인했다. 없었다. 하나 남은 방문을 조심스럽게 열었다. 그의 누워 자는 등이 보였다. 그녀는 조심스럽게 그에게 다가갔다. 그녀의 슬리퍼 소리가 자박자박 들리자 움직이지 않던 그의 몸이 움찔거렸다. 그는 아직 잠이 들지 않았다. 그가 잠이 들 시간도 아니었기에 그녀는 용기를 내었다.

"안 자면 나랑 얘기해요."

"……."

"강준 씨, 내가 잘못했어요. 다 내 잘못이에요. 용서해 줘요."

그녀가 그의 침대 밑에 무릎을 꿇고 그를 올려다보았다. 그가 가만히 등을 돌리더니 힐끗 그녀를 보았다. 하지만 그는 여전히 무심하고 냉랭한 낯이었다. 무릎을 꿇은 그녀에게 일어서란 말도 권하지 않았다. 그녀는 용서를 구할 심정이라 꿇은 무릎이 시큰했지만 참았다. 그가 침대에서 내려서더니 그녀를 지켜보았다. 그는 알고 있을까? 그의 시선을 느낄 때마다 얼마나 가슴이 떨렸는지, 그가 그녀를 보지 않을 때 얼마나 애가 끓는지. 그의 무신경이 그녀의 속을 얼마나 애태우는지 그가 알까?

"다 내 오해였어요. 강준 씨 말처럼 난 처음부터 자기를 의심하면 안 되었어요. 내가 부족해서 너무도 한심한 여자라서 그랬어요."

그녀의 저의를 살피는 그의 시선이 뾰족했다.

"그래서."

"의심해서 정말 미안해요."

"왜 이제 와 이러는 거지? 혹시 내가 너를 버릴까 봐 두려워 그래?"

그는 가증스럽다는 듯이 그녀를 비웃었다. 단단히 마음먹고 용서를 비는데 가슴이 미어졌다.

"나를 용서해 줄 거잖아요. 그럴 거면서 왜 생채기를 내려고 해요. 그럼 강준 씨가 더 아프잖아요."

"여전히 나한테는 자신만만해. 오만하고 기고만장해. 언제까지 그럴 건데? 내가 언제까지 네 오만불손함을 봐줘야 하는데?"

그가 눈썹을 찡그렸다.

"강준 씨, 자꾸 왜 그래요."

그가 눈을 치켜뜨고 그녀를 노려보았다. 그의 분노를 제대로 건

드린 모양이었다. 빨리 본론으로 들어가지 않으면 이대로 용서고 나발이고 끝날 것만 같았다. 숨 막히는 위협을 앞에 두고도 그녀는 감정을 드러내지 않는 그가 다시 보였다. 몸서리쳐질 만큼 사랑스러웠다.

"나 힘들어요. 강준 씨가 날 외면해서."

"한겨울."

늘 겨울아, 라고 불러주었다. 그런데 딱딱하게 이름을 불렀다.

"나한테 온전한 사과를 받고 싶으면 보채지 마. 더는 나를 자극하지 말라고."

그가 몸을 돌려 한 발짝 떼었다. 순간 그녀는 그의 팔을 잡았다. 그가 그런 그녀의 손목을 꽉 움켜쥐었다. 아프단 비명이 터져 나올 만큼의 세기였다. 그녀는 입술을 깨물었다. 하지만 그를 잡은 손을 놓지 않았다. 참아보려 했지만 눈물이 저절로 차올랐다. 눈이 마주치자 그가 그녀를 내동댕이치듯 놓았다. 손목에 감각이 사라졌다. 그러나 그의 무심한 시선이 더욱 아팠다.

"이 방에서 나가."

"……해줘요."

돌아서려던 그의 몸이 움찔 떨렸다. 움켜쥔 손에는 분노가 가득했다. 이를 악문 그가 그녀에게 다가섰다. 그녀의 옷깃을 틀어쥐고 들어 올렸다.

"다시 말해봐. 방금 뭐라고 했어?"

"사랑…… 해줘요."

그가 어이없다고 실소를 터트렸다.

"이 상황에서 그 짓을 해달라? 내가 그런 놈밖에 안 되나?"

"아니에요. 그건 아니에요."

그녀는 단호하게 고개를 저었다.

"그럼 남자가 필요해? 그래서 나야?"

그의 차가운 말이 그녀를 아프게 했다. 그녀를 아프게 할 작정으로 일부러 그런 것이다. 그것을 알면서도 서운했다. 버릇처럼 입술을 깨무는데 그의 얼굴에 그늘이 졌다. 그녀에게 상처를 준 것을 후회하고 있을까. 그렇다면 그를 상처 입혀서 많이 후회한다고 말할 것이다. 하지만 그는 아무 말도 하지 않았다.

"난 오직 강준 씨가 필요할 뿐이에요."

"늦었어."

이상하게도 그가 화를 내는데 나쁘지 않았다. 그가 화를 내는 것은 아직도 그녀에 대한 사랑이 존재함이기에. 그렇게 생각하는 자신이 미쳐 가는 것 같았다.

그의 눈이 가라앉았다.

"시간이 필요해. 너를 이해할 시간. 그게 1년이 될지 2년이 될지 나도 몰라. 결혼은 할 거야. 너하고의 약속이니까. 정확히 4월에. 날짜가 정해지면 알려주지. 그때까지 우리는 지금처럼 살아. 그게 네가 나를 의심한 벌이야."

그는 그녀에게 결혼을 보장해 준다는 말을 하고 있었다. 하지만 그녀는 그런 결혼을 원한 것은 아니었다. 사랑도 없는 의무적인 결혼 생활은 생각하기도 싫었다. 그날 이전의 달콤하고 행복했던 그런 결혼 생활을 꿈꿨던 그녀로서는 받아들일 수 없었다.

"그날 이전으로 돌아갈 수 있다는 꿈은 예전에 버려."

"내가 미안하다고 하잖아요. 의심한 것. 다신 그러지 않겠다고 이렇게 사정하잖아요."

절실하게 그가 필요하듯이 그도 그녀를 절실히 원할 것 같았다. 사랑을 시작하면 그는 밤이 새도록 강철 같은 체력으로 거뜬히 이겨냈다. 그런 그는 그녀가 옆에 있어야만 잠들 수 있을 것이다. 그녀가 그렇듯이 그도 똑같을 것이라고 생각했다.

"그간 잘도 버티더니 갑자기 변한 이유가 뭐지?"

"말했잖아요. 강준 씨가 없으면 안 된다고. ……사랑한다고. 다신 강준 씨를 의심하거나 하는 짓 따윈 하지 않을 거예요. 정말 미안했어요."

더는 그의 앞에서 비굴하게 용서를 빌고 싶지 않았다. 그녀가 자신의 잘못을 모르는 것은 아니다. 물론 잘못했기에 이렇게 고개를 숙이고 용서를 비는 것이다. 최후에 남은 자존심까지도 버리고 그에게 매달렸다. 그런 그녀의 행동에 그가 적잖이 놀란 것 같았다. 닫힌 마음의 빗장을 천천히 풀더니 독백처럼 말했다.

"죽을 때까지 너를 괴롭히려고도 생각했어. 나를 의심한 벌을 충분히 벌하려고도 했어. 근데 그럴수록 내가 더 힘들었어. 그날 이후로 죽을 만치 괴로웠어. 너도 잘못했다고 용서를 비니 이 시점에서 용서해 줄게."

"강준 씨."

희망이 서서히 보이고 있었다.

"이번이 처음이니까 용서해 줄게. 하지만 두 번은 안 돼."

그녀의 노력이 가상하다고 생각했는지 그가 더는 말꼬리를 잡고 늘어지지 않을 것처럼 피식 웃었다. 심장이 쿵 하고 크게 뛰었다. 그녀는 다시 내려앉는 심장 탓에 숨을 크게 쉬었다. 숨 쉬기가 어려울 만치 그의 대답을 기다렸다.

요즘 그의 경색된 행동으로 봐선 좀 더 시일이 걸릴 줄 알았다. 그런데 그는 생각보다 빨리 기회를 주었다. 그에게 자신의 존재가 그토록 컸었는지 행복에 떨었다. 그녀는 자신이 지을 수 있는 매력적인 미소를 최대한 지어 보였다. 그녀를 보는 그의 눈빛이 달라졌다.

“고마워요. 이젠 다신 안 그래요. 누가 뭐래도 당신 말만 믿고 들을게요.”

순간 그가 그녀의 볼을 아프게 꼬집었다. 아마도 다신 그를 의심하지 말라고 경고를 주는 것 같았다. 그녀는 그런 그가 사랑스러웠다. 그의 입술에 입 맞춰주었다. 그것이 시발점이 되어 그의 혀가 그녀의 입안을 헤집었다. 그녀의 몸을 감싼 그의 몸이 움찔거렸다. 끈덕지게 달라붙던 그의 입술이 떨어졌다. 그녀는 감았던 눈을 뜨고 그를 가만히 올려다보았다. 그녀를 보는 그의 욕망이 물결쳤다. 강하고 급했다.

그는 그녀의 몸을 점령하고도 만족하지 못했다. 기어코 머릿속까지 그의 것으로 만들어야 성이 차는 모양이었다. 그가 고개를 숙였다. 아직도 덜 풀린 화로 말과 표정에는 뾰족한 가시가 박힌 것처럼 보였지만 입술과 손은 부드럽기 그지없었다. 상냥하게 몸을 여는 손길이 더할 나위 없었다. 억눌린 신음이 틀어막은 입술

사이로 새어 나왔다.

그는 더없이 난폭한 폭군 같았다. 그를 의심했던 대가는 혹독했다. 그는 달콤하게 강도를 높여 몰아붙였다. 고통의 한계를 넘긴 지점에 이르면 고통에서 쾌감을 느낀다는 말을 들었다. 그때 그녀는 모든 인간을 변태로 만들려는 농간이라며 인정치 않았다. 그러나 그 반대되는 경우는 인정할 수밖에 없었다.

극에 달한 쾌감은 고통과 흡사했다. 그는 그녀가 평생 경험하지 못한 쾌감을 느끼게 해주려는 듯 보였다. 혀가 얼얼해 마비될 정도로 달콤한 쾌감을 맛보게 했다. 동시에 그 고통 같은 쾌감으로 그녀에게 벌을 주고 있었다. 그녀는 그가 주는 형벌 속으로 빨려 들었다. 또 한 번의 격한 쾌감이 그녀의 몸을 관통했다. 목이 뒤로 꺾이며 숨이 한꺼번에 들이닥쳤다. 그런 그녀를 내려다보는 그의 시선에 욕망이 이글거렸다. 그의 손에서 다시 태어나는 그녀를 감상했다.

눈앞이 핑핑 돌고 정신이 이리저리 분산되어 하나로 모였다 싶으면 흩어졌다. 그렇게 모였다 흩어지길 반복했다. 그녀는 그가 주는 감각에 젖어 시공의 감각을 상실했다. 그녀가 누구인지조차 잊어버릴 것 같았다.

한차례 휩쓸고 지난 쾌감에 늘어진 그녀는 혼절하기 직전이었지만 그는 아직 그녀의 몸을 열고 들어오지 않았다.

이런 식으로 그녀에게 지독한 형벌을 주려는 것일까? 치명적인 달콤함으로 그녀는 그를 사랑하는 마음을 멈추지 못했다. 시시때때로 가슴에 불이 올라 죽을 것 같았다. 그를 보면 사랑에 눈이 멀었다. 독한 술을 마신 것처럼 그에게 취했다. 그녀를 다 용서하지 못해 미워하면서도 사랑은 계속되었다.

고작해야 흘러넘치는 눈물을 덜어내기 위해 눈을 깜빡였다. 그가 그녀의 눈가에 입술을 맞췄다. 더없이 간절하고 애정 어린 몸짓이었다. 그러나 그의 입술에는 독이 숨겨져 있었다. 음험한 시선 아래 감춰진 본심이 그의 입가에 걸린 미소로 드러났다. 그가 그녀에게 품은 감정이 좀 더 확실해졌다.

그전에는 어땠을지 모르겠지만 지금은 그녀와 같은 사랑은 아니었다. 애증보다 더 복잡한 감정의 갈등이 소용돌이쳤다. 아직도 그녀가 한 사과를 받지 못한 것이다. 이성을 거스르는 욕망이 보였다. 그가 분노하는 것은 그를 의심하고 믿지 않았던 그녀에게 집착하는 자기 자신이었다. 미워하면서도 그녀의 곁을 맴도는 스스로를 용서하지 못하는 것이다. 누구보다 뼈저리게 아는 그 감정이 그를 뒤흔들고 있었다. 많이 괴롭고 힘들 것 같았다. 그녀가 그러했던 것처럼…….

그가 애처로워 가슴이 아팠다. 자신 때문에 아파했을 그가 안타까워 그녀는 힘겹게 손을 들어 그의 한쪽 얼굴을 감쌌다. 이유 모를 눈물을 덜어내고 나니 겨우 그의 얼굴이 보였다. 그녀가 사랑하는 사람의 얼굴이 행복해야 하는데 그렇지 않았다. 그녀의 곁에서는 결코 더한 행복을 누릴 수 없을 것 같았다. 그것을 알면서도 그녀는 그를 이제껏 붙잡고 있었다.

그는 가만히 얼굴을 내맡겼다. 손을 쳐내지 않았지만 그렇다고 협조해 주지도 않았다. 무슨 속셈인지 가늠하는 시선이 그녀를 헤집었다.

오래전엔 서로가 서로를 향한 마음을 알면서도 헤어졌다. 그가 그녀를 생각하는 마음이 어떤 종류의 깊이인지 그녀는 모른다. 다만 그녀가 그를 향해 가졌던 마음은 애틋함이었다. 그녀의 현실이 그를 받아들일 수 없어 그의 손을 놓았다. 하지만 세월이 흐른 뒤에 재회했고 그가 내민 손을 그녀가 잡아주었다. 그를 만나 얼마 안 돼서 그녀는 마음의 문과 몸의 문을 동시에 열어주었다. 그와 그녀는 서로를 애타게 그리워했다는 사실에 함께했다.

처음부터 그녀는 그에게 먼저 손을 내밀지 않았다. 먼저 내밀어 준 것도 안아준 것도 전부 그였다. 그래서일까? 그는 그녀가 자신보다 덜 사랑한다고 믿는 것 같았다.

그녀는 있는 힘을 다해 상체를 들어 올리고 그에게 입을 맞췄다. 오래 지탱하고 있을 기력이 없어 입맞춤은 짧게 끝났다. 힘없이 떨어져 나가려는 그녀의 손을 그가 붙잡았다. 전혀 예상하지 못한 반응이었다. 그녀가 사랑한 매섭고 깊은 눈동자에 그녀의 얼굴이 비쳤다. 그녀를 담은 눈빛이 순간 흔들렸다. 그의 입가에 걸렸던 냉소가 사라졌다. 단정한 입술에 진짜 미소가 걸리는 행운을 맛보았다. 가슴이 떨려 순간적인 그 미소를 다시 보고 싶었다.

혀가 얽히고 진득하게 빨아들였으나 쾌감만을 위한 행동은 아니었다. 입안으로 그의 절박한 심정이 흘러들었다.

그녀는 언제든지 그를 받아들일 준비가 되어 있었다. 몸을 열고 그가 들어왔다. 녹녹하게 풀려 있었지만 시작은 늘 빠듯했다. 엉덩이 아래로 그의 손이 들어와 허리를 살짝 들었다. 본능적인 배려가 그의 손에서 묻어났다.

꼭 다물려 있던 공간으로 여유를 두고 비집고 들어온 그는 잠시 거친 숨을 몰아쉬었다. 그리고 남은 팔로 그녀의 복부부터 들어와 있는 아랫배까지 천천히 쓸어내렸다. 저절로 몸에 힘이 들어갔다. 그녀의 변화를 그는 느끼고 있었다. 그의 눈이 번뜩였다. 그녀와 닿아 있던 단단한 하체가 경직되는 것이 느껴졌다.

아랫배에 머물렀던 그의 손이 왔던 길을 타고 올라 어깨에 자리 잡았다. 그의 손이 그녀의 어깨를 힘껏 잡느라 상체가 앞으로 기울었다. 그 탓에 결합한 부위가 압박되어 빈틈없이 맞물렸다. 꿈틀대는 욕망이 그녀의 몸을 장악했다. 선연한 그 느낌으로 그녀가 약한 신음을 흘렸다. 시선으로 시선을 붙잡은 그가 그녀를 내려다보며 허리를 쳐올렸다. 턱이 들려 열린 입에서 또다시 교성이 터져 나왔다. 높이 떠올랐다가 떨어지는 감각에 어깨를 잡고 있는 그의 손과 허리께 있는 팔을 붙잡고 매달렸다.

온몸이 빨갛게 달아올랐다. 수축한 몸이 그를 옭아매듯 조였다. 그녀의 어깨를 잡은 그의 손에도 힘이 들어갔다.

거친 호흡과 잔인하게 빛나는 그의 눈빛은 정상이 아니었다. 그는 욕망 앞에 모든 것을 내려놓고 활개 쳤다. 무서운 속도로 허리를 치대기 시작한 그를 도무지 따라가지 못한 그녀는 한없이 흔들리며 몰아치는 쾌락에 울부짖었다.

입안에 침이 다 말라 버려 목소리가 더는 나오지 않을 때까지, 흘릴 눈물이 남아 있지 않을 때까지 그녀를 휘몰아쳤다. 참기 어려운 쾌감에 숨이 넘어가는 듯한 착각이 들었다. 그 순간 그가 그녀의 몸에 액을 쏟았다. 뜨겁게 퍼지는 쾌감에 여운을 느끼기도 전에 그녀는 또다시 혼절을 경험했다.

14. 봄이 오다

잠에서 깨려고 꿈틀댈 때 메시지 뜨는 소리에 겨울은 혹사당한 것 같은 몸을 일으켰다. 침대 테이블에 놓인 휴대폰을 집으려고 몸을 움직이다가 그가 옆에 있음을 알았다. 평온한 그의 얼굴을 보자 안심되었다. 오랜만에 편한 그의 얼굴에 자신의 마음이 놓이는 것은 그를 사랑하는 마음이 깊어서이리라. 바쁘면 새벽부터 나가는데 오늘은 스케줄이 오후에 잡혔나 보다. 요즘은 그와 오붓한 대화를 나누지 못해 그냥 짐작할 뿐이었다.

사랑하는 그의 얼굴을 가만히 들여다보다가 좀 전의 메시지가 생각나 조용히 침대를 내려갔다. 그러곤 휴대폰을 들어 확인했다. 전혀 예상도 못한 미진의 메시지가 도착했다. 눈을 의심하며 글을 읽어 내려갔다.

「어제 내가 한 말 쉽게 넘기지 않았으면 싶어 메시지 남겨요. 지금부터 겨울 씨가 어떻게 처신해야 강준 씨가 구렁텅이에 빠지지 않을지 깊게 생각했으리라 믿겠어요. 그 사람 곁에 누가 있어야 좋을지는 굳이 꼭 짚지 않아도 알 거예요. 겨울 씨의 빠른 대답을 기다리죠. 더는 시간을 끌지 말았으면 좋겠어요. 난 그리 성격이 좋은 사람이 못 돼요.」

전혀 예상치 못했던 미진의 등장과 압박에 겨울은 그녀가 이런 메시지를 보내지 않아도 어제 미진을 만나고 많은 생각을 했다. 미진의 말대로 자신이 그의 곁에 있어서 그가 행복할지 미진의 옆이 행복할지 생각했지만 가늠하지 못했다. 그가 자신을 사랑하는 마음이 어느 정도인지 알면서도 미진의 출현은 그녀를 머뭇거리게 만들어 버렸다.

그를 사랑해서 동거를 시작했다. 단지 승주의 모함이라고 제 죄를 덮어 씌웠지만 실은 그녀도 그와 미진의 관계를 의심했다. 그런 자신을 용서치 못하는 것이다. 그가 어떤 사람이란 것을 알면서도 승주의 농간에 놀아났다.

어젯밤에 그와 뜨겁게 사랑을 했다지만 그는 그녀를 다 용서하지 못했을 것이다. 그래서 차근차근 그의 상처난 마음이 치료될 수 있도록 노력하려고 애썼다. 하지만 그것이 다는 아닌 것 같았다. 문뜩문뜩 그녀의 이기적인 욕심 때문에 그를 놓지 않는 것은 아닌지, 미진의 설득력이 그녀의 뇌리를 스칠 때마다 편치 않았다.

고개를 돌려 그를 내려다보았다. 숨소리가 작게 들렸다. 그가 깨지 않도록 조심스럽게 침실을 나왔다. 차분히 마음을 가라앉히며 카모마일 티를 끓였다. 그것을 들어 마시며 깊은 사색에 잠겼다. 누구의 협박 때문이 아니고 그녀의 결심이 그를 위한 것인지 고민하지만 답이 나오지 않았다.

그를 위해서 그녀가 떠나야 하는지……. 한집에서 살지만 그가 딴 방에서 자는 것조차도 고통스러운데 그의 곁을 떠난다는 것은 상상도 못했다. 그러나 그와 다시 시작했다고 처음처럼 총천연색의 무지갯빛 세상이 펼쳐질 것은 아닐 것이다. 어제와 같이 몸만 나누는 육체적인 날들만 기다리고 있을 것이다. 그것이 결코 사랑은 아니리라. 결심한 듯이 그녀가 은지에게 전화를 걸었다.

"나야. 일찍 일어났네?"

[응. 방금 성수 씨가 가서. 왜?]

은지와는 요즘 통화를 자주 못해 그간의 일들을 알지 못했다.

"너한테 할 말이 있어. 잘됐다. 내가 그리로 갈게."

[근데 일찍 웬일이야?]

"가서 해. 끊어."

급하게 서둘렀다. 샤워는 하지 않고 양치와 세수만 했다. 머리도 감지 못해 한 갈래로 묶고 모자를 썼다. 그녀에게 있어 은지는 친구이자 멘토 상대였다. 이런 일을 혼자의 결정으로 선택하기엔 무리였다. 자신의 생각은 이러한데 친구라면 어떤 결정을 할지 의논하고 싶었다.

침실 문을 조용히 열었다. 그는 깊은 잠에 빠진 듯 미동이 없었다. 아침잠이 없는 사람처럼 새벽형 인간으로 보이던 그가 많이 피곤했던 것 같았다. 잠든 그를 잠시 바라보고 살짝 집을 나왔다.

그녀는 곧장 은지의 옥탑방으로 달려갔다. 편한 추리닝 차림의 은지가 세수도 안 한 얼굴로 그녀를 맞아주었다.

"아침은?"

"아직."

"잘됐다. 어제 볶음밥 남은 것 있어. 그거 데워 먹자."

"지금은 생각 없어. 이따가."

힘없는 친구의 얼굴을 자세히 훑던 은지가 나무 테이블에 앉으며 겨울을 살폈다. 왠지 얼굴이 어두운 친구는 곧 톱스타 서강준과 결혼할 여자의 행복한 얼굴과는 동떨어진 모습이었다.

"너 얼굴이 많이 상했어. 무슨 일 있지? 이렇게 일찍 나를 보자고 한 것도 이상하고. 대체 뭐야? 나한테 할 말이란 것이."

겨울이 가만히 있다가 말했다.

"실은 내 얘기가 아니고 다른 사람 얘기처럼 돌려 말하려고 했어. 근데 너한테는 안 되겠다. 솔직히 말할게."

그녀가 요즘에 강준을 의심했던 이야기와 미진의 얘기를 은지에게 털어놓았다. 그녀의 이야기를 다 듣던 은지가 벌컥 화를 냈다.

"강준 씨가 화낼 만해. 넌 백승주 그 인간의 말을 믿어? 너같이 똑똑한 애가 왜 그랬어?"

"그건 내가 많이 잘못했어. 그래서 강준 씨한테 사과했어. 근데 나를 대하는 게 처음과 같지 않아."

"그건 당연하지. 그게 금세 풀릴 일이니? 너 입장 바꿔서 강준 씨가 너와 백승주를 그런 식으로 의심했다고 치면 화 안 나겠니?

누구보다도 사랑한 강준 씨가 너를 의심했는데."

그렇게 들으니 더욱 설득력이 있었다.

"그러니까 강준 씨를 이해해. 네가 더 노력해야 풀릴 거야. 아직은 시간이 짧아. 그 사람은 지금껏 스캔들에 시달렸어. 그런 사람한테 너까지 한통속으로 의심했는데 그럼 안 그러겠니?"

은지의 말을 그녀는 조용히 듣고만 있었다.

"근데 그 미진이란 여자는 대체 무슨 생각으로 너한테 나타난 건데. 지가 뭔데 너한테 떨어지라 마라야. 지가 그 C양이라도 그래. 그건 가십이라며? 강준 씨 본인도 그러고 강준 씨 친구도 아무런 관계가 아니라고 말했다며? 근데 지가 뭔데 지랄이야. 넌 그런 여자한테 아무런 말도 못했니? 너 정말 왜 이렇게 자신이 없어. 네 남자 그 여자한테 뺏길 거야? 강준 씨 없이 혼자 살 수 있어?"

그녀가 아니라고 고개를 저었다.

"그럼 바보야, 붙잡으란 말이야. 그럼 너희들 그런 상태야? 따로 자는 거야?"

"아냐. 어제 같이 잤어."

"그럼 강준 씨가 화를 푼 거네. 용서한 거야."

"내가 볼 때 아직은 아닌 것 같아. 눈빛이 차가워."

"차츰 풀리겠지. 그게 하루아침에 풀리겠니? 너한테 의심을 받았는데. 다른 사람이라면 덜 화가 났을 텐데 너라서 자존심이 무너졌을 거야. 말은 스폰이라지만 솔직히 기둥서방이란 거잖아. 얼마나 창피했겠어."

겨울은 그가 남창이라고 했던 말이 생각나 고개를 숙였다. 그의 수치심이 그녀가 생각했었던 이상으로 컸었던 것이다. 그녀는 그의 마음을 이해하지 못했다. 자신만의 이기적인 생각으로 그를 아프게 했음에도 불구하고 노력조차 하지 않았다. 그가 먼저 손을 내밀어주기만을 기다렸던 자신이 한심스러웠다. 왜 넓은 가슴으로 그를 포용하지 못했을까.

"설사 요즘 강준 씨가 좀 서먹하게 굴어도 그건 시간이 지나면 해결될 일이니까 참아. 강준 씨가 너를 너무 사랑해서 상처를 받아 그런 거라고. 강준 씨를 아직도 모르니? 난 강준 씨한테 감동받았어. 너를 생각하는 마음만은 늘 특별했어. 나도 아는데 넌 왜 모르니."

다른 때와는 다르게 은지에게서 듣는 질책이 마음 편했다.

"그리고 C양의 말은 고민할 가치도 없어. 넌 강준 씨와의 결혼 준비나 해. 만약 그게 자꾸 걸리면 차라리 강준 씨한테 그 여자가 너한테 떨어지라고 협박했다고 말해. 그럼 강준 씨가 어떤 대책을 세우겠지. 이제부터 넌 나보다는 강준 씨와 머리를 맞대고 상의해야 해. 너한테 가장 소중하고 값진 사람은 강준 씨라고."

은지의 설득에 겨울은 가슴이 먹먹했다. 어쩌면 친구에게 이런 말을 듣고 싶었는지 모른다. 자꾸 자신 없어 하는 자신을 일깨우기 위해서.

"근데 생각할수록 그 여자 웃기다. 느닷없이 나타나선 너보고 떨어지라니. 지가 뭔데 감 놔라 대추 놔라야."

그녀는 친구가 자신이 하고 싶은 말을 대신해 주자 속이 시원했다.

"빨리 가서 강준 씨하고 상의해. 강준 씨의 생각도 모르면서 섣불리 행동하는 건 금물이고. 그것처럼 바보는 없어. 네 인생은 네 거야. 누가 만들어주는 것이 아니라고."

은지의 설득력이 그녀에게 용기를 주었다. 그가 끼어준 커플 반지를 만지던 겨울은 은지에게 등을 떠밀려 친구의 집을 나왔다. 자신이 얼마나 바보 같은 생각을 했는지 알았다. 그녀는 친구의 말처럼 누구를 위한 것이 아닌 자신을 위한 선택을 하기로 마음먹었다. 그러자면 그를 만나 미진의 이야기부터 시작할 필요가 있었다.

차를 몰고 가면서도 마음이 급했지만 그에게 전화를 걸고 싶은 마음을 참았다. 혹시라도 자는 사람을 깨우는 것 같았다. 얼추 은지의 집에서 보낸 시간과 왕복 거리를 합해서 두 시간을 소요한 것 같았다. 그래도 아침 일찍 움직였기에 그는 외출하지는 않았을 것이란 짐작을 했다.

집 근처 빵집에서 갓 구운 빵을 샀다. 아침에 가야만 바게트와 식빵을 살 수 있는 곳이었다. 그만큼 맛있어 소문이 난 집에 들러 빵을 사선 집으로 들어갔다.

막 현관을 들어서는데 거실 쪽에서 그의 목소리가 들렸다. 조심스럽게 들어간다고 했지만 중문을 여는 소리에 그가 전화기를 댄 채 돌아섰다. 그와 그녀의 시선이 마주쳤다. 그가 그녀를 빤히 쳐다보더니 전화를 끊었다.

그의 시선은 한번도 그녀에게서 떨어지지 않았다. 하필이면 딱 맞춰 그의 통화를 방해한 것 같아 미안해하는 그녀를 가만히 지켜

보던 그가 엷게 웃더니 고개를 까딱거렸다. 냉큼 들어오지 뭐 하냐는 고갯짓 같았다. 아주 찰나였지만 분명했다. 건성 웃어주는 것이 아니어서 화가 풀렸다고 직감했다. 환한 미소를 지으며 거실을 올라 식탁 쪽으로 몸을 돌렸다. 한 발짝 떼려는데 그가 말했다.

"아침 일찍 어딜 다녀오는 거야. 찾았잖아."

그가 걱정했다는 말이어서 코끝이 찡했다.

"나랑 얘기 좀 해. 이리 와 앉아."

그의 음성이 다감하게 들렸다.

"이거 내려놓고요."

기뻐 좋으면서도 쭈뼛하게 식탁에 사온 것들을 내려놓았다. 그러며 목소리를 높여 말했다.

"차 마실 거죠?"

"어."

"내갈게요."

차를 끓이면서 가만 생각해 보니 어제와는 다른 눈빛과 말투였다. 그녀에게 먼저 말도 붙이는 것이 예전 같아 마음이 놓였다.

차가 다 끓자 그것들을 찻잔에 옮기며 거실 테이블 위에 내려놓았다.

"들어요."

그녀가 그와 거리를 두고 앉으려 하자 그가 손을 뻗어 그녀의 허리를 감쌌다. 그녀의 등을 감싼 채로 안아주었다. 순간 심장이 바닥에 툭, 떨어지는 것 같았다. 그녀가 몸을 돌리려는데 그가 하지 못하게 살며시 턱을 내리더니 가만히 말했다.

"미진 씨가 너 협박했지? 네가 떠나지 않으면 나를 가만두지 않겠다고 했다면서?"

"그거 어떻게 알아요?"

미진과의 일을 아는 사람은 은지와 성현뿐이라서 놀랐다. 그렇다면 두 사람 중에 한 사람이 그에게 말한 것이다.

"혹시 은지가 전화했어요?"

"누구한테 듣던 무슨 상관이야."

아무래도 은지가 그새를 못 참고 전화를 한 것 같았다.

"사실은 그것 때문에 강준 씨와 의논하려던 참이었어요."

"짐작했어. 미진 씨가 급하긴 했네. 너를 협박하고. 그러면 내가 알 거란 사실을 몰랐을까? 아마 알면서도 너를 만났을 거야. 그래도 그렇지, 너를 건드리다니. 내가 용서 못해. 이번 기회에 정리를 해야겠어. 계속 갖고 있으니까 스폰설이 끊이질 않아서 이번에 거기 주식 다 내놓아야겠다. 그럼 잠잠해지겠지."

이건 또 무슨 말일까?

"얼마나 갖고 있기에 그래요?"

"좀 있어. 미진 씨가 나를 함부로 하지 못할 정도. 그걸 갖고 있어야 끌려 다니지 않을 것 같아서 좀 모아두었지. 근데 이젠 팔아야겠다. 미진 씨한테서 대가성으로 받은 거란 소문을 들었어도 나만 아니면 괜찮다고 생각해서 안 팔았는데 이번에 정리해야겠어."

문뜩 그가 D그룹의 주식을 꽤나 많이 갖고 있고 아마도 그건 스폰 대가로 받았을 것이란 승주의 말이 떠올랐다. 하지만 진실은 그것이 아니었다. 그는 사람들의 입방아에 오르면서도 D그룹의 주식을 보유했다. 아마도 이런 결과를 우려해서 자신의 방어용으로 주식을 사들인 것은 아닐지 짐작했다. 뒷날을 기약하기 위한 그의 기발한 계획이라면 매우 성공적이었다. 그녀는 강준이 대단히 영리한 남자란 사실을 알았다.

"아까 성현이한테서 전화 왔어. 백승주가 창민이."

그녀가 창민이를 몰라 설명해 주었다.

"창민이는 성현이 밑에 있는 직원이야. 걔가 요즘 가게도 안 나오고 이상해서 성현이가 알아본 모양이야. 그러다가 백승주의 사주를 받고 돈을 챙긴 사실을 알아냈어. 할머니가 많이 아프셔서 어쩔 수 없었다고 자백했대."

승주는 성현의 직원까지 매수했다. 그의 집착에 그녀는 두 손 두 발을 다 들었다.

"승주 씨가 대단하네요. 어떻게 그런 사람까지 매수할 생각을 하다니. 아무튼 내가 미안해요. 승주 씨가 그랬어도 강준 씨를 믿었어야 했는데. 다신 안 그럴게요. 승주 씨는 죽을 때까지 안 볼 거예요. 강준 씨한테 그렇게까지 하다니 내가 용서 못해요."

그가 빙긋 웃었다.

"며칠 전 일은 없었던 것으로 하자. 그리고 당부하는데 백승주와는 절대로 연락하지 마. 만약 다시 그러면."

"죽어도 안 그래요. 이번에 당해보니까 정말 할 짓이 못 돼요."

그녀가 절레절레 고개를 흔들었다. 그가 그녀의 허리를 풀며 몸을 놀려 앉혔다. 두 사람의 시신이 가까운 기리에서 마주쳤다. 그의 까만 동공엔 오직 그녀만이 담아졌다.

"네가 나한테 와줘서 행복해. 그 사실을 잊지 마."

아주 간단한 고백이었다. 짧아서 귀 기울이지 않으면 흘려들을 고백이었지만 겨울은 가슴 깊이 담았다.

그녀는 대답 대신 그의 입술을 막고 키스했다. 그녀의 기습 입막음에 그가 놀라 크게 눈을 떴다. 하지만 그도 곧 그녀처럼 사르륵 눈을 감았다. 그녀의 입안 구석구석을 헤치던 그가 천천히 입술을 떼자 그녀가 작게 말했다.

"강준 씨가 나를 잡아줘서 행복해요. 그 사실 잊지 않을 거예요."

그녀의 고백에 그가 호탕하게 웃었다. 그녀도 그를 따라 웃었다. 두 사람의 웃음소리가 그치지 않은 가운데 그가 그녀의 손을 끌어 창가로 데려갔다. 그녀는 밖에 내리는 눈을 보았다.

"아까는 눈이 안 왔는데."

"방금 전부터 오기 시작했어. 근데 꽤 쏟아진다."

두 사람은 말없이 하늘을 보았다. 그가 가만히 그녀의 뒤로 다가서더니 등을 끌어안았다. 그녀는 두 손을 들어 제 목을 감싼 그의 양팔을 살짝 잡았다. 그의 가슴과 그녀의 등 사이로 따뜻한 온기가 퍼졌다. 그가 그녀의 귓불 가까이에 입술을 내려 속삭였다.

"너하고 눈 내리는 걸 보니까 좋다."

"나도 좋아요."

"난 가끔 이렇게 눈이 내릴 때면 기도를 했었어."

"무슨 기도요?"

"겨울이 내게 오게 해달라고."

순간 그녀는 자신이란 것을 직감해서 입을 다물었다.

"그 소원, 이렇게 이뤘네? 지금 함께 있잖아."

그의 진심이 가슴에 닿았다. 겨울은 이토록 사랑하는 그를 믿지 못했던 것이 얼마나 바보인지 깨달았다. 다시 돌아와서도 그에게 상처 외엔 준 것이 없는 자신이 바보 같았다.

어느새 그녀의 동공에 이슬이 맺혔다.

"내 손을 놓지 않은 강준 씨에게 잘할게요. 그리고 끝까지 기다려 주고 사랑해 줘서 고마워요. 사랑해요, 강준 씨."

그녀가 몸을 돌려 그의 품에 안겼다. 그가 겨울을 품에 꼭 안았다.

"나도 사랑해."

강준이 그녀의 허리를 감싸고 한 줌의 공기도 허용하지 않을 것처럼 끌어안았다.

"지나고 보니까 우리는 서로가 잘 안다고 생각했지만 정작 알아야 할 것은 모르고 지나쳤던 것 같아. 그래서 지금 알아가는 단계에 접어든 것 같아."

"그런 것 같아요. 그럼 지금부터라도 우리가 만나기 전에 어땠을지 서로 알려줄래요?"

"그거 좋은 생각이야. 나는…… 어려신 삐쩍 말랐었어. 키만 컸고. 부모님께서 걱정을 많이 하시기에 운동을 했어. 그래선지 체형이 변하더라. 좀 더 단단하게. 성격은 별로 변한 게 없어. 단지 부모님을 잃고서 자신감을 잃었는데 너를 잃고서 다시 강해져야 한다는 생각을 키웠던 것 같아."

미안해서 그녀가 고개를 숙이자 그가 입술 끝을 끌어 올려 웃었다. 비웃음이 아닌 걸 알지만 왠지 창피했다.

"나쁜 뜻으로 말한 것이 아니야. 네가 있어 잘되었다는 거야."

말투와 그의 음성은 자칫 사람을 홀린다는 말을 들을 정도로 매력이 흘러넘쳤다. 따로 여자를 홀리는 기술을 배운 것도 아닐진대 그녀는 점점 서강준이란 사랑의 늪으로 빠져들었다. 누가 먼저랄 것도 없이 입술을 맞댔다. 손에 닿는 그의 피부가 몹시 뜨거웠다.

그가 겨울의 몸을 번쩍 안았다. 겨울은 두 팔과 다리로 그를 옭아매듯 매달렸다. 침실로 가는 동안 야릇한 기대감에 입술을 질끈 깨물었다.

"아프게 입술은 왜 깨물어."

"……이상하게 강준 씨의 손끝만 닿아도 긴장돼요."

"듣기 좋은 소리군. 하지만 네 몸 전체가 내 것이니까 내 것에 상처 내지 마."

말 한마디에 사랑이 담겨 있었다. 그는 여자를 감동시키는 재주까지도 천성적으로 타고난 듯했다. 그녀를 품에 가둔 그는 숨을 고르는 그녀의 귓가에 낮게 속삭였다.

"조만간 결혼 발표 기자회견 할 거야. 그러니까 4월보다는 좀 더 빨리 결혼하자."

"조금 더 빨리라면."

"한 달 정도 앞당기자. 그리고 기자회견에 너도 함께 할래?"

"앞당기는 건 무리가 없을 거예요. 하지만 난 사람들 앞에 나서는 게 익숙지 않아서 싫어요."

"그럼 형하고 참석할게. 이젠 서강준의 여자란 사실 잊으면 안 돼. 내가 너고 네가 나야. 명심해."

"고마워요, 강준 씨."

그가 원하는 것을 해주고 싶었다. 그것이 그를 의심했던 벌을 용서받는 것이라고 생각했다. 한 달을 앞당기는 것뿐이라서 토를 달지 않았다.

겨울은 그의 청혼에 무슨 말로도 표현할 수 없을 정도로 기뻤다. 눈물이 동공을 흐리게 했지만 울지는 않았다. 그녀는 탄탄한 그의 어깨에 기대며 눈을 감았다.

에필로그

그로부터 일주일 뒤에 강준은 기자회견을 열었다. 단상에 그와 임 대표가 나란히 앉았다. 그는 자신의 기자회견을 생생하게 보도하기 위해 자리에 앉아 노트북에서 손을 떼지 못하는 기자들을 보며 취재 열기가 대단하다고 느꼈다.

그가 나타날 때부터 사방에서 플래시가 터져 눈을 뜰 수 없을 정도였다. 폭죽이 터지는 것처럼 터지는 플래시 속에서도 임 대표가 기자회견을 하게 된 상황을 간단히 설명했다. 그 뒤에 강준을 소개했다. 그는 기자들을 담담히 보며 인사했다.

"서강준입니다. 제 결혼 발표 소식을 듣고 이렇게 찾아주신 내외신 기자님들께 감사드립니다."

그의 인사가 끝나자 기자석의 한 기자가 나섰다.

"서강준 씨, 결혼을 축하드립니다."

"감사합니다."

"서강준 씨의 결혼으로 많은 미혼 여성들이 강준 씨의 피앙세를 질투하고 있습니다."

"아, 그렇습니까?"

그가 멋쩍게 웃었다.

"본론으로 들어가죠. 이렇게 빨리 결혼을 서두르는 이유가 있습니까? 공개 연애한 지 얼마 안 돼 저희들도 놀랄 따름입니다. 이유가 있으면 말씀해 주실 수 있습니까?"

"윤 기자님, 혹시 속도위반을 물으시는 거죠?"

"제 뉘앙스가 그렇게 들렸습니까?"

그가 잘 알고 있는 기자였기에 편하게 대했더니 기자가 미안한지 웃었다.

"그렇게 들리셨다면 솔직히 말씀해 주실 수 있습니까?"

"물론이죠. 하지만 지금은 아닙니다. 그러나 단정은 짓지 못하겠어요. 혹시 또 압니까? 그래서 꼭 아니라고는 말씀 못 드립니다."

그의 진지한 농담에 취재진들이 크게 웃었다. 그도 제가 뱉어놓고 웃겨 미소를 지었다.

"원래 결혼 계획이 4월 중순이었는데 제 여자와 상의 끝에 3월 14일로 잡았습니다. 그렇게 보면 조금 앞당겨진 것밖에 없습니다."

"그날은 화이트데이 아닙니까?"

"네. 기자님들도 아시다시피 그날은 남자가 여자에게 사랑을 고백하는 화이트데이입니다. 연인들의 뜻깊은 날에 결혼식을 올리고 싶어 결정했습니다."

"단지 그 이유뿐입니까?"

"아뇨. 그날 제가 처음으로 제 여자에게 마음을 뺏긴 날이기도 합니다. 그래서 그날로 정했습니다."

기자는 그에게 시시콜콜 겨울과의 만남을 물었고 그는 아는 한 답변을 해주었다.

"근데 왜 이 자리에 피앙세를 참석시키지 않으신 것입니까?"

"제 여자는 평범한 회사원입니다. 자기의 일을 하는데 얼굴이 알려지는 것을 원치 않아 부득이 혼자 섰습니다. 이해해 주십시오."

"그럼 피앙세의 이름이라도 알려주실 수 있습니까?"

이름 정도는 괜찮다고 생각했다.

"한겨울입니다."

"아, 한겨울 씨. 이름처럼 얼굴도 미인이라는 소문이 있습니다. 나중에라도 한겨울 씨를 사적인 자리에서 만날 기회를 주시겠습니까?"

돌발적인 질문에 그가 잠시 고민했다.

"겨울이가 싫어하지 않으면 자리를 마련하겠습니다. 그간 제 기자회견에 참석해 주신 여러분들께 감사하다는 인사를 드립니다. 고맙습니다."

그가 간단한 회견을 마치고 자리에서 일어나 기자들을 향해 정중히 인사를 했다. 그러곤 곧장 회견장을 나갔다. 나가는 중에도 그를 뒤따르는 기자들의 수가 많았다.

그가 호텔 연회장을 빠져나가지 못하자 경호만 하던 경호원들이 기자들을 차단했다. 그만큼 그에 대한 국민들의 관심이 크다는 것을 보여주었다.

그는 기자들을 따돌리고 차에 올랐다. 그가 탄 차가 조용히 호텔을 빠져나갔다. 창밖으로 지나치는 시가지들을 보며 그는 기자회견을 서두르길 잘했다고 생각했다. 이로써 백승주도 D그룹 딸 미진도 더는 시끄런 잡음을 만들지 못할 것이다. 이번 기자회견으로 겨울이 자신의 여자란 사실을 공고히 하는 계기가 되었다. 제 뜻대로 모든 것을 이룬 강준의 입가에 승자의 여유로운 미소가 그려졌다.

정신없이 업무를 보던 겨울은 꺄악! 하는 성미의 비명에 고개를 쳐들었다.

"회계사님, 빨리 인터넷 기사 보세요. 지금 서강준 씨의 얘기로 가득해요."

"어?"

"방금 서강준 씨가 결혼 기자회견을 발표했대요. 회계사님은 알고 계셨던 거죠?"

"응. 근데 벌써 했어?"

"네. 어서 보세요. 아주 난리예요."

호들갑을 떠는 성미의 재촉에 그녀는 회계 자료를 정리하던 손을 멈추고 인터넷 기사를 살폈다. 성미가 호들갑을 떨 만큼 검색어 1위는 그의 결혼 발표 기사였다. 자세하게 기사를 읽은 그녀는 휴대폰을 들어 전화를 걸었다.

"나예요. 방금 기사 읽었어요."

[나도 지금 그것 보고 있어. 반응이 너무 세서 놀라는 중이야.]

"그러게요. 실감이 안 나요."

[너 데리러 갈까? 그만 끝내고 나와.]

"일이 좀 남았어요. 집으로 가요. 끝나는 대로 갈게요."

[그럼 밑에서 기다릴게.]

"그러지 말고 집에서 쉬어요."

[그건 내가 알아서 할게. 일단 만나서 얘기하자.]

그의 말대로 만나면 할 이야기라서 그녀는 퇴근 시간을 넘겨서야 사무실을 나섰다. 그가 밑에서 기다린다고 했지만 그러지 말라고 해서 부담감은 없었다. 그에게선 재촉하는 전화가 없어 편하게 일을 마친 터라 가볍게 걷는데 건물 앞에 빨간색 재규어가 서 있었다. 얼핏 어디선가 본 듯한 차라서 지나치지를 못하는데 차에서 그가 내려 걸어왔다. 걷는 모습은 언제 봐도 설레었다. 날이 차선지 슈트 위에 코트를 걸쳤다. 완벽한 차림의 그는 마치 딴 세상에서 뚝 떨어진 것 같았다. 그가 뿜어내는 독보적인 분위기에 시선들이 모아졌다.

간간이 어머! 서강준이 여기에 웬일이지? 혹시 서강준의 여자가 이쪽 회사에 다니나? 만나러 왔을까? 속삭인다고 하지만 그녀의 귀까지 사람들의 음성이 들렸다. 듣지 못한 것처럼 무신경하게 섰는데 그가 두 발짝 앞에 서며 말했다.

"일이 그렇게 바빠?"

"혹시 아까부터 쭉 기다린 거예요? 왜 그랬어요. 집에서 쉬라니까. 아니면 빨리 나오라고 전화라도 하죠."

그를 기다리게 만든 자신에게 화가 났다.

"바쁜 사람이 나 때문에 시간 낭비하지 말아요."

속상했다. 그것을 아는지 옅게 웃었다.

"낭비 아니야. 타."

그가 급하게 그녀의 손을 잡고 차로 끌었다.

"어디 갈 데 있어요?"

"많지."

코끝이 시큰거렸지만 그녀는 환하게 웃는 것으로 감동을 표현했다. 누가 어느 만큼의 깊은 사랑을 솔직히 표현하느냐도 중요하지만 상대의 마음이 보여 좋았다. 그는 먼저 그녀에게 그 깊이를 보여주었다. 그녀는 순간 너무도 깊고 넓은 사랑을 받자 두려웠다. 이것이 그녀의 것이 아닌 것처럼 불안했다. 그의 무한한 사랑 앞에서야 깨달았다. 사랑은 먼저 주는 것이라고. 내가 보여주지 않으면 상대가 볼 수 없다고. 그런 생각이 들자 그가 더욱 애틋했고 소중했다.

"농담 말고요."

"농담 아니야. 너하고 갈 데가 얼마나 많은데. 그래도 오늘은 꼭 거기부터 가려고."

이미 그들은 차에 올랐다.

"어딘데요?"

"우리 큰아버지 댁. 너희 외삼촌 댁."

회사 일이 바빠서 늘 생각하고 있었지만 꺼내지 못했다. 그의 큰아버지의 가족과 만나는 일을 차일피일 미뤘다. 그곳을 다녀와서 곧 자신을 돌봐준 외삼촌을 찾으려고 했었다.

"큰아버지가 너 빨리 보고 싶다고 하셔서. 너도 외삼촌이 나 보고 싶다고 안 해?"

"왜 아니겠어요. 나도 그 생각했는데 계속 시간 나기만을 기다렸죠. 그럼 아까 말하지. 그럼 오늘은 강준 씨 큰아버지 봬요. 두 집을 다녀오긴 시간이 촉박해요."

"그러자. 그럼 내일 시간 내. 하루라도 빨리 너희 외삼촌께 인사드리고 싶어."

"알았어요."

그녀가 자리를 고쳐 앉았다.

"은근 긴장돼요. 강준 씨 큰아버지라면 아버지 같은 분인데. 어떤 분이에요?"

"좋으신 분. 나를 자식처럼 키워주신 분."

"혹시 나에 대해서 어른이 물어본 것 있죠? 어르신이 날 마음에 안 들어 하면 어쩌죠."

거의 울상진 얼굴이 되었다. 그가 힐끗 보았다.

"큰아버지는 내가 사랑하는 여자면 무조건 오케이라고 했어. 그러니까 걱정 마."

그는 대수롭지 않게 말했지만 그녀의 긴장은 더욱 높아졌다. 커플링을 만지작거리다가 선물을 준비 못한 것이 생각났다.

"아차! 큰아버지는 뭘 좋아하세요?"

"왜?"

"선물이요. 그냥 갈 순 없죠."

"내가 다 준비했어. 네가 이렇게 부담 느낄까 봐 먼저 말 안 한 거야. 봐봐. 딱 저승에 오르는 사람처럼 허옇게 질려선. 긴장하지 말래니까."

"놀리지 말고요. 뭘 준비했는데요. 내가 직접 눈으로 확인해야 해요. 그렇게 말해놓고 빈손으로 가려고. 혼자 들를 땐 괜찮지만 내가 함께했을 땐 경우가 다르다고요. 더욱이 처음으로 인사를 드리는 날인데."

"오호! 한겨울이 아는 것 많네. 과연 내가 여자 하나는 잘 골랐다니까."

여전이 농담을 섞은 그가 얄궂었다.

"저기 백화점에서 차 세워요."

그가 여유롭게 말했다.

"트렁크에 큰아버지가 좋아하시는 견과류하고 젤리 사놨어."

"아, 큰아버지께서 그런 것 좋아하시는구나. 기억할게요."

그녀의 순수함이 예뻤는지 그가 씨익 웃었다.

그의 큰아버지는 어린 사람에게 함부로 하지 않는 인자함을 지닌 분이었다. 정중했고 그녀가 불편해할까 시종 미소의 배려를 아끼지 않았다. 그녀가 준비했다고 그가 젤리와 견과류를 내놓자 포장을 뜬어 맛을 봐주었다. 흐뭇해하는 어른을 보며 그녀의 마음도 푸근했다. 어른께서 준비해 주신 저녁식사 자리에 함께 앉았다.

"일전에 아가씨에 대해서 강준이한테서 들었어요. 외삼촌이 계시다고."

"네."

"이미 결혼 날짜는 잡아서 말인데 빠른 시일 내에 상견례 날짜를 잡읍시다. 우리 쪽도 아가씨 쪽과 같으니 나만 일정을 맞추면 될 것 같아요."

"그리하겠습니다."

"강준이가 스타라고 해서 거창하게 하지 않을 거예요. 그러니까 외삼촌께서도 부담 갖지 말라고 전해요. 그리고 결혼 축하해요. 강준이는 잘살아야 한다."

덕담도 잊지 않으셨다. 그녀는 시댁 식구라고 해서 어려울 줄 알았다. 생각보다 그리 어렵지 않았다. 어른께서 그녀의 사정을 봐주신 것 같았다.

집에 돌아오자마자 어렵다고 생각지 않았던 시댁인데도 긴장이 풀려선지 옷도 갈아입지 않은 채 가만히 앉아 있었다. 그가 옆에 앉으며 말했다.

"피곤해 보여. 회사 일이 고돼?"

"아뇨. 늘 해왔던 건데요. 근데 오늘따라 몸이 무겁네요."

"많이 무거워?"

"좀."

손 하나 까딱하기 귀찮고 피곤할 정도였다. 이미 연말이 지나

새해가 밝았고 일주일이나 지났다. 매서운 날씨에도 감기에 걸리지 않았는데 몸살기가 있는 것처럼 으슬으슬거렸다. 아마도 결혼 준비에 회사 일을 하느라 피곤이 겹쳤나 보다. 그가 이미 웨딩플래너에게 모든 것을 일임했지만 그녀가 준비해야 하는 것 때문에 신경을 써서 그런 것도 같았다.

지쳐 기운 없이 가만히 몸을 맡기다가 이상한 느낌이 들었다. 혹시 하는 생각에 자리에서 벌떡 일어나 달력을 확인했다. 아무리 생각해도 이번 달은 많이 늦어지고 있었다. 이미 저번 달 말일에 생리를 시작했어야 했다. 회사 일에 결혼 준비까지 바쁜 일과로 그것을 깜박해서 전혀 감도 못 잡았다. 그녀가 놀란 나머지 그에게 말했다.

"강준 씨, 아무래도 나 이상해요. 약국에 다녀와야겠어요."

"많이 아파? 열나? 감기 걸렸나? 요즘 날씨가 워낙 찼어야지. 어서 병원 가자."

그가 걱정된 표정으로 시각을 확인했다. 응급실로 가야 한다며 차 키를 집어 들었다. 그녀에게 외투를 걸쳐 주며 손으로 그녀의 이마를 짚었다. 이마의 열을 확인한 그가 고개를 갸웃거렸다.

"열이 높진 않은데……. 그래도 모르니까 어서 가자."

"그게 아니고 어쩜 아닐 수도 있는데 삼이 이상해요. 나 임신테스트기로 확인해야 할 것 같아요."

그녀가 예상치 못한 얼굴로 말했다. 그 역시도 똑같은 표정을 지었다. 그사이 그녀는 제 아랫배에 손을 얹어보았다. 밋밋한 아랫배에서 마치 살아 있는 심장이 뛰는 느낌이 들어 그의 손을 끌어다가 그녀의 아랫배에 올려놓았다. 그제야 알아챈 그가 놀랐다. 그녀의 얼굴을 한 번, 손이 놓인 아랫배를 한 번씩 번갈아 보았다. 그녀가 아무래도 맞는 것 같다고 고개를 주억거렸다. 그가 그녀를 품에 안더니 갑자기 몸을 떼며 그녀에게 말했다.

"다녀올게. 넌 여기 있어."

그가 벅찬 듯이 밖으로 나갔다. 잠시 후에 숨도 고르지 못한 그가 현관으로 들어섰다. 그의 손에는 임신테스트기가 들려 있었다. 그가 그녀에게 내밀었다. 서로 대화는 없었지만 충분히 알 수 있었다. 그녀는 그의 기다리는 마음을 조금이라도 덜어주기 위해서 욕실로 뛰어들었다. 그러곤 곧 확인할 수 있었다. 선명한 두 줄이 임신테스트기에 나타났다.

"강준 씨!"

그녀가 벅차게 그것을 보여주었다. 그가 한참을 보더니 되물었다.

"이러면 임신이 맞는 거야?"

그가 복합적인 감정의 설렘으로 말했다. 그녀가 눈물이 섞인 미소로 대답했다.

"내일 병원 가서 확인하면 확실하겠지만 임신이 맞는 것 같아요."

그가 웃는 것도 그렇다고 당황한 것도 아닌 묘한 표정으로 서 있었다. 마주 보며 환한 미소를 짓는 그녀에게 두 팔을 벌리더니 제 품으로 끌어당겨 안고는 몸을 떼었다. 다시 밋밋한 그녀의 배를 내려다보더니 별말 없이 다시 그녀를 품에 안았다. 그런 뒤로도 그녀의 얼굴을 보고 품에 안고, 다시 배를 보고 품에 안고를 반복적으로 하고서야 입을 열었다.

"네가 내 아이를 가진 거야?"

"네."

"정말이지?"

"내일 병원 가야 확실히 알 수 있지만 임신테스트기가 그렇다면 그런 거예요."

결혼식을 올리기 전에 아기가 태어난다면 어떨까 하는 그런 상상을 가끔 했었다. 그런데 사실로 이루어질 것 같았다. 강준은 소중한 보물을 끌어안듯이 그녀를 보듬으며 다음날을 맞았다.

그는 오전부터 외출을 서둘렀다. 기어코 그녀가 오후에 확인해도 된다고 미뤘지만 차에 태우고 근처의 병원을 찾았다.

임신 여부를 검사받은 겨울은 강준과 의사 앞에 나란히 앉았다. 그들은 침을 넘기는 것도 잊고 의사의 결과를 기다렸다. 의사가 진찰한 결과를 보며 말해주었다.

"임신이 맞네요. 축하드립니다."

"정말입니까? 우리 겨울이가 임신한 게 틀림없어요?"

그가 믿기지 않는다고 몇 번이고 확인하자 의사가 초음파 사진을 내주었다.

"네. 이제 7주 되었네요. 지금 조심하실 때입니다. 보세요."

두 사람은 동시에 의사가 내민 사진을 보았다. 화질은 흐릿했지만 검은 바탕에 흰 그림이 보였다. 그 점이 새로 태어날 아기란 말을 의사에게서 들은 강준이 겨울을 끌어안았다.

"믿기지 않아. 네가 나한테 오더니 아이까지……. 고마워. 외로운 나한테 가족을 만들어줘서. 사랑해, 겨울아. 사랑해."

겨울은 되풀이하며 고맙다 말하는 그를 꼭 안아주었다.

"나도 고마워요. 강준 씨가 나한테도 가족을 만들어줬잖아요. 진심으로 사랑해요, 강준 씨."

그가 이를 보이며 환하게 웃었다. 가슴이 떨린 그녀는 울먹였다. 진찰실 밖 창문 너머로 눈이 소복이 내리고 있었다.

— THE END —

작가 후기

무료한 일상에서 뛰쳐나가고 싶던 추운 겨울이었어요. 순간적인 상상으로 어느 한 작품이 제 머릿속을 뒤집어놓았죠. 아주 짧은 순간의 영감으로 연재를 하게 된 작품이 있어요. 그게 『겨울이 오면』입니다.

추운 몸을 따뜻한 커피처럼 녹여줄 남자를 찾던 중에 탄생한 순정남이 서강준이에요. 강준이 있어 추운 겨울에 탄생한 작품 『겨울이 오면』.

이 작품을 연재하는 동안 이런 남자가 옆에 있었으면 싶은 생각으로 내내 행복했어요. 무명의 모델에서 톱스타로 발돋움하지만 사랑하는 여자를 끝내 찾는, 평범한 남자이기를 거부한 이 세상에 존재치 않을 남자를 만들었어요.

어쩌면 제 무의식 속에 잠재된 사랑이 이 연재를 시작하게 만든 동기부여를 해주었는지도 모릅니다. 그런 소망이 담긴 작품이 드디어 책으로 나오는 기쁨을 맛봅니다.

이 글을 연재하는 동안 로망띠끄를 찾아 읽어주신 사랑하는 독자님들과 자칫 묻힐 뻔한 이 작품을 꺼내 선택해 주신 예원북스의 유경화 실장님께 감사하다는 인사를 드려요.

특히 제 작품의 출간과 수정을 도와주신 유경화 실장님과의 첫 대면은 메일로 시작되었지만 지금도 설렌답니다. 아직 미숙한 면이 많은 저를 위해 끝까지 함께 해주신 점 잊지 못할 겁니다.

마지막으로 독자님들과의 짧은 인사를 마치며 행복하시란 말씀을 전합니다.

행복하세요. 여러분.